윤 云
중 中
가 歌
2

운중가 2

ⓒ동화 2015

초판1쇄 인쇄 2015년 9월 10일
초판1쇄 발행 2015년 9월 15일

지은이 동화桐華

펴낸이 박대일
편집 이문영 · 임유리 · 신지연 · 박현주
교정 김미영
마케팅 송재진
표지디자인 김은희

펴낸곳 파란 썸(파란미디어)
출판등록 2004년 9월 14일 제313-2004-00214호

주소 04072 서울시 마포구 성지1길 32-36 (합정동)
전화 02.3141.5589(영업부) 070.4616.2012(편집부)
팩스 02.3141.5590
전자우편 paranbook@gmail.com
카페 http://cafe.naver.com/paranmedia
트위터 @paranmedia

ISBN 978-89-6371-205-5(04820)
978-89-6371-203-1(전4권)

운 云
중 中
가 歌

2

동화 장편소설 · 전정은 옮김

파란

차례

15장
병기 부딪고, 사람 마음 알 길 없다

　공주는 감천궁 나들이를 통해 황제와 더욱 가까워질 생각이었다. 황제가 기분이 좋으면 때를 봐서 할 이야기도 있었는데, 그 이야기를 꺼내기도 전에 영문도 모른 채 황제의 미움을 샀고, 어려서부터 친하게 지냈던 황제는 그녀를 점점 멀리하기 시작했다.

　감천산에 있는 동안 황제는 그녀를 냉대했고, 도리어 광릉왕에게 잘해 주었다. 광릉왕이 봉지로 돌아갈 때가 되자 황제는 친히 감천궁 밖까지 배웅을 나가 많은 상을 내리고, 그 아들들에게 봉작을 더해 주었다. 그런데 공주에게는 어땠는가? 늘 주던 상도 없었고, 마음대로 황궁을 드나드는 권리도 빼앗겼다. 울어도 보고 소란도 피워 보았지만 아무 소용이 없었다.

　장안성으로 돌아온 후 공주는 진귀한 물건들을 모아 황제와의 관계를 회복하려고 혼신을 다했다. 그러나 황제는 그 선물들을 예의상 훑어본 후 한쪽으로 치우게 했다.

황제와 공주의 관계가 악화되었다는 소식은 순식간에 장안에 퍼져 문전성시를 이루던 공주부 앞은 점차 조용해졌다. 예전에는 공주의 생일 한 달 전부터 각 지방의 군수와 부호들이 다투어 선물을 보내왔다. 선물을 가져온 사람들이 문 앞에 줄을 지어 설 정도였다. 그러나 올해는 사람 수가 급격히 줄었고, 집 안도 조용했다.

공주가 상심에 빠져 있는데, 정외인이 기뻐하며 들어왔다.

"공주 마마, 연왕께서 생신을 축하하며 선물을 보내왔습니다. 보라색 옥여의玉如意 두 개와 원앙호접패 한 쌍, 수정침……."

연왕은 선제가 살아 계실 때 호시탐탐 태자 자리를 노렸기 때문에 공주도 늘 그를 경계했다. 때문에 연왕이 매년 선물을 보내왔지만 공주는 그때마다 거절했다. 그런데 손님이 뚝 끊긴 지금도 연왕이 생일을 축하하는 선물을 보내온 것이다.

공주는 연왕과 교분을 맺을 마음이 없었지만, 차마 그 선물을 거절할 수가 없었다. 죽은 정승이 산 개만도 못하다는 말이 있지 않던가.

"받아 두어라! 선물을 가져온 사람은 잘 대접하고."

정외인이 웃으며 권했다.

"이처럼 권세에 빌붙지 않는 사람은 드뭅니다. 연왕께 편지라도 쓰시는 게 어떨지요?"

공주는 잠시 생각해 본 후 말했다.

"그러자꾸나. 두터운 은혜에 감사는 해야지. 아무래도 말로 하면 성의가 없어 보이니까."

정외인이 재빨리 필묵을 준비해 왔다. 그가 공주를 부축해 주며 말했다.

"공주 마마, 올해 생신 연회는 어떻게 할까요?"

공주가 힘없이 대꾸했다.

"지금 상황을 보려무나. 작년에는 폐하께서 기억해 주셨지 만 올해는 전혀 모르시는 것 같으니, 연회를 베풀 마음이 나지 않는구나."

"물론 아첨만 하는 소인배들은 오지 않겠지만, 상관 대인과 상 대인께서는 벌써 선물을 보내오셨는데 모르는 척할 수도 없 지 않겠습니까? 이런 일을 겪어 보니, 역시 공주 마마께 진심 인 사람들만 남는군요. 그러니 겉보기에는 나쁜 일 같아도 사 실은 좋은 일입니다. 게다가 공주와 폐하께서는 친남매지간이 아닙니까? 어려서 어머니를 잃은 폐하를 공주께서 돌보아 오셨 으니, 그 정은 보통이 아닐 겁니다. 그러니 폐하의 화가 누그러 지시고 나면 분명 관계를 돌이킬 기회가 올 테니 너무 초조해 하지 마십시오. 상관 대인께서도 공주 마마를 위해 폐하께 말 씀을 드려 보겠다고 제게 넌지시 말씀하셨습니다. 곽 대인 역 시 폐하께 좋은 말씀을 전하겠다고 하셨고요."

찡그려졌던 공주의 미간이 조금 펴졌다.

"역시 넌 세심하구나. 본 궁이 생일 연회까지 열지 않으면 세력에만 빌붙는 소인배들에게 비웃음을 살 뿐이야. 그 일은 네게 맡기겠다. 상관 대인과 상 대인 외에 곽광에게도 초대장을 보내어라. 곽광도 오지 않을 수는 없을 거야. 그 세 사람만 있으면 연회장이 썰렁하지 않을 테니, 누가 감히 뒤에서 쑥덕공론을 하겠느냐?"

정외인은 연신 "예, 예." 하고 대답했다. 겉으로는 신중한 표정이었지만 실제로는 무척 득의양양했다.

사실 황제는 성격이 괴팍해서 희비를 예측하기 어려웠다. 방금 공주에게 한 말은 곽우가 그에게 위로 차 한 말을 그대로 옮겼을 뿐, 그 자신도 진짜 믿지는 않았다. 오직 공주만 그렇게 믿고 싶어 할 뿐이었다.

방금 한 말로 그는 벌써 큰 수입을 올렸다. 곽우와 상관안, 그리고 연왕에게서 들어온 수입이었다. 이 소식을 이용해 맹각에게도 조금 뜯어내야 할까?

곽우가 공주의 생일 연회에 대해 물은 것은 별로 대단한 일이 아니지만, 권세에 빌붙으려는 멍청한 상인 맹각은 권력자와 관계있는 소식이라면 얼마를 요구해도 바보같이 갖다 바칠 것이다. 그러니 그냥 두기엔 아까웠다.

칠월 칠석 명절을 보내기 위해 운가는 아침 일찍부터 허평군과 함께 교과巧果[1]를 만들었다. 허평군은 저녁에 친척 자매들과 다 함께 교과를 먹기로 약속했다.

---

1 칠월 칠석에 먹는 음식. 설탕을 녹인 후 밀가루와 깨 등을 넣어 만든다.

유병이는 그녀와 운가가 그 이야기를 나눌 때는 반대하지 않았지만, 오후에 맹각이 사람을 보내 무슨 소식을 전하자, 두 사람에게 집에 남아 자신과 함께 교과를 먹자고 했다.

운가와 허평군은 제사에 쓸 과일을 늘어놓고, 각종 채소로 탁자를 가득 채웠다. 준비가 끝나자 허평군이 웃으며 주머니 하나를 가져와 운가에게 내밀었다.

"네게 주려고 틈날 때마다 만든 거야."

주머니에는 흰 구름이 수 놓여 있었다. 꼼꼼한 자수 솜씨로 보아 많은 공을 들였다는 걸 알 수 있었다. 감동한 운가는 미안한 듯이 말했다.

"난 언니에게 줄 선물이 없는데……."

허평군이 시원스레 웃었다.

"이 음식들이 다 네 솜씨잖아? 이걸 먹으면 네 선물을 받은 거야. 혹시라도 내 선물을 만들겠다고 바늘을 들 생각이면, 오늘 밤에 직녀에게 잘 빌어 보렴."

운가가 웃으며 입을 삐죽였다.

"오라버니, 들었죠? 언니가 내 바느질 솜씨를 비웃어요!"

바깥 동정에만 정신을 팔고 있던 유병이는 운가의 말에 그저 미소만 지어 보였다.

농업은 나라의 근본이기 때문에 역대 황제들은 칠월 칠석날을 매우 중요하게 여겼다. 이날 황후는 성장盛裝을 하고 직녀에게 바느질 솜씨를 빌면서, '남자는 경작, 여자는 바느질'이라는 말의 중요성을 널리 알리곤 했다.

높은 사람들 못지않게 민간의 여자들도 칠월 칠석을 즐겼다. 여자들은 서로 모여 바느질 솜씨를 다투고, 과일을 놓은 시렁 아래에서 직녀에게 제사를 올렸다. 누군가 놓은 과일에 거미가 줄을 치면, 그 사람이 직녀의 총애를 받는다는 전설도 있었다.

이 명절은 견우와 직녀의 슬픈 전설 때문에 칠석이라는 이름이 붙기도 했다. 날이 날이니만큼 연인들은 남들 눈을 피해 서로 만나 평생을 약속하기도 하고, 소란을 좋아하는 아가씨들은 바느질 재주를 빈다는 핑계로 참석하지 않은 여자 친지나 친구들을 잡아 오기도 해서, 정월 대보름 못지않게 떠들썩했다.

작년 칠석날에는 날이 저물 때부터 이경二更을 알리는 북소리가 울릴 때까지 떠들고 노는 소리가 끊이지 않았다. 그런데 올해는 좀 이상했다. 초경이 되자 거리는 쥐죽은 듯 고요해졌고, 담벼락 너머에서만 이따금씩 웃음소리가 들릴 뿐이었다.

운가와 허평군도 차츰 이상함을 감지했다. 그들이 의아해하고 있을 때쯤, 거리에서 규칙적인 발소리와 창칼이 부딪는 소리가 들려왔다. 그리고 군인의 커다란 외침 소리가 들려왔다.

"모두 문을 닫으시오! 아무도 나오지 말고, 아무도 들이지 마시오! 어기는 사람은 모반죄로 체포할 것이오."

허평군은 깜짝 놀라 황급히 대문을 닫아걸었다. 그리고 운가가 밖으로 달려 나가려는 것을 붙잡았다. 유병이 역시 문을 열려는 운가의 손을 붙잡았다.

"운가, 맹각은 아무 일도 없을 거야. 내가 보증해."

운가는 문에서 손을 뗐지만, 불안한 듯 정원을 왔다 갔다 했다.

"번왕이 모반을 일으킨 건가요? 연왕? 광릉왕? 아니면…… 창읍왕?"

유병이는 고개를 저었다.

"아닐 거야. 번왕이 모반했다면 밖에서부터 장안성을 공격할 거야. 혹여 대신과 손을 잡고 안팎으로 호응하기로 했다면, 대신이 성문을 열고 번왕의 병사들을 성 안으로 들였겠지. 그러니 독에 든 쥐를 잡듯이 이렇게 성문을 닫아걸 리 없어."

우안은 비밀 요원이 전한 소식을 듣자마자 황제에게 아뢰러 달려갔다. 목소리가 떨려 말이 잘 나오지 않았다.

"폐, 폐하! 상관 대인이 몰래 병사를 일으켰습니다."

유불릉이 벌떡 일어났다. 드디어 그날이 왔구나!

상관걸 부자는 둘 다 우림영 출신으로, 상관걸은 좌장군, 상관안은 표기장군이었다. 그들이 몇 년 간 그 자리를 지키는 동안, 우림영은 상관씨의 사병이나 다름없게 되었다. 그러니 황제의 명령 없이 상관 부자가 움직인 병력이라면 우림영이 분명했다.

우림영은 부황이 직접 창설한, 용맹하고 사나운 군대였다. 본래 목적은 흉노를 물리치고 황제를 보호하는 것이었지만, 지금은 권력을 쟁취하기 위한 권신의 무기가 되고 말았다. 늘 자신을 매우 뛰어난 인물로 생각했던 부황이 지하에서 이 사실을 알면 어떤 표정을 지을까?

유불릉은 조소를 머금었다. 곽광도 지금쯤 소식을 들었을 것이다. 곽광의 세력 기반은 금군이었다. 곽광의 아들 곽우와 조카 곽운霍雲은 중랑장이고, 또 다른 조카 곽산霍山은 봉거도위였다. 사위인 등광한鄧廣漢은 장락궁의 위위고, 또 다른 사위 범명우範明友는 황제의 거처인 미앙궁의 위위였다.

금군이 궁궐 문을 장악하고 있으니 황제의 안위는 모두 금군에게 달려 있었다. 그러니 금군은 황제의 가장 가까운 경호원이라고 할 수 있었다. 금군은 반드시 황제 한 사람의 명령에만 따라야 했다. 하지만 지금 금군은 곽광의 명령만 따랐다. 즉 유불릉의 목은 곽광의 손에 쥐어진 것이나 다름없었다.

'부황, 부황께서는 어머니가 권력을 농단하여 저를 해칠까 봐 어머니를 죽이셨지요. 그런데 지금은 어떻습니까? 부황께서 친히 고른 고명대신들이 어떻게 하고 있습니까?'

유불릉이 불쑥 우안에게 말했다.

"즉시 사람을 보내 누님을 궁으로 모셔라. 오늘이 누님의 생일이니, 짐이 보고 싶어 한다고 전해라."

"예."

우안은 즉시 대답하고 물러갔다. 하지만 얼마 지나지 않아

새파래진 얼굴로 돌아온 그가 격분하며 말했다.

"폐하, 범명우가 병사를 끌고 와서 미앙궁을 지키고 있는데, 소인을 나가지 못하게 할 뿐만 아니라 아무도 들어오지 못하게 막고 있습니다."

"짐을 따르라."

유불릉이 밖으로 나가자 우안과 환관들이 바짝 뒤를 따랐다. 범명우가 사람들을 이끌고 유불릉 앞을 가로막았다. 그는 무릎을 꿇고 말했다.

"폐하, 신이 모반 소식을 듣고 달려왔습니다. 폐하의 안전을 지키기 위해서이니 부디 미앙궁 안에 계십시오."

유불릉의 손에 힘줄이 불거졌다.

"누가 모반을 했느냐?"

"대사마 대장군 곽 대인께서 철저히 조사 중이십니다. 조사가 끝나면 즉시 폐하께 고할 것입니다."

유불릉은 그래도 계속 앞으로 걸어갔다. 그러나 그의 앞을 막아선 시위는 물러날 기미가 없었다. 칼자루를 꽉 쥔 게 당장이라도 뽑을 기세였다. 유불릉 뒤를 따르던 환관들이 즉시 황제의 앞을 막아섰는데, 그 움직임이 비범했다.

범명우가 무릎걸음으로 따라와 무거운 목소리로 말했다.

"좋은 약은 입에 쓰고, 충언은 귀에 거슬린다고 했습니다. 예로부터 신하들은 죽음을 무릅쓰고 간언하였습니다. 오늘 신 역시 죽음으로써 폐하를 거스를 수밖에 없습니다. 폐하, 부디 미앙궁에 머물러 계십시오. 나중에 신을 죽이시더라도, 오늘 밤

폐하께서 무사하시기만 하다면, 신은 죽어도 여한이 없습니다."

선덕전 밖에서는 벌써 갑옷을 입은 병사들이 삼엄하게 늘어서 있었다. 모두들 무기를 들고 범명우의 분부를 기다리고 있었다. 우안이 울며 유불릉에게 머리를 조아렸다.

"폐하, 날이 저물었으니 그만 쉬십시오."

유불릉은 소매 속에서 주먹을 힘껏 움켜쥐었다. 손이 부르르 떨렸다. 그는 홱 돌아서서 선덕전으로 들어갔다.

유불릉은 탁자 위에 놓인 찻주전자를 집어 던지려다가, 도중에 팔을 멈추고 천천히 주전자를 다시 내려놓았다. 우안이 눈물을 흘리며 말했다.

"폐하, 던지고 싶으시면 던지십시오! 울분 때문에 몸이 상하시면 안 됩니다."

유불릉이 돌아섰다. 뜻밖에도 그의 얼굴에는 이상한 미소가 떠올라 있었다.

"짐이 무능한 것을, 무고한 주전자에게 화풀이할 필요가 있겠느냐? 일찍 쉬어야겠구나! 벌써 결과는 정해졌다. 내일 조서를 내려 난리를 평정한 곽광의 공을 치하해 주면 되겠지."

우안은 어리둥절했다.

"금군이 지리적인 이점은 있으나, 전투력으로 따지면 흉노가 이름만 들어도 간담이 서늘해진다는 우림영이 금군보다 훨씬 뛰어납니다. 어쩌면 싸우다 양쪽 모두 크게 상할지 모릅니다."

그러자 유불릉이 웃으며 우안을 바라보았다. 그리고 더없이 부드러운 목소리로 말했다.

"상관걸 곁에도 곽광의 첩자가 있을 것이다. 범명우의 대답을 들어 보니 이미 준비가 된 것 같았다. 창졸간에 곽광의 명령을 받은 것이라면, 소심한 범명우의 성격상 결코 짐에게 그런 말을 꺼내지 못했을 것이다. 상관걸의 움직임은 모두 곽광이 예측한 바에서 벗어나지 않는다. 겉으로는 곽광이 아무것도 하지 않는 것 같지만, 사실은 때가 오기만을 기다리고 있었던 것이지."

유불릉은 돌아서서 내전으로 들어갔다.

"권력을 잃은 누님이 이 사건에 연루되지 않았기만을 바랄 뿐이다."

그 말을 들은 우안은 식은땀이 솟았다. 공주의 생일잔치 이야기는 들어 알고 있었다. 감천궁에서 돌아온 이후로 황제가 공주를 냉대했기 때문에 차마 말을 꺼내지 못했지만, 공주가 연회에 초대한 손님은 상관걸과 곽광, 그리고 상홍양이었다.

우안은 입을 달싹였지만, 여위고 외로워 보이는 황제의 뒷모습에 다시 입을 다물고 말았다.

'하늘이여, 굽어 살피소서!'

공주는 일개 여자에 불과하다. 병사도 없고 세력도 없으니 아무 일도 없을 것이다. 아무 일도…….

공주가 생일잔치에 초대한 사람은 많지 않았지만, 손님 한 명 한 명이 주요 인물이었다. 상관씨 일족과 곽씨 일족, 그리고 상홍양은 나이가 너무 많아 그 아들인 상안桑安을 초대했다. 하지만 상안은 병이 나서 참석하지 못했다. 공주는 상씨들은 아무도 축하하러 오지 못할 거라고 생각했지만, 뜻밖에도 상홍양이 직접 찾아왔다.

연회가 시작되고 떠들썩하게 술잔이 왔다 갔다 하자 모두들 무척 즐거워했다. 덕분에 한동안 썰렁했던 공주부에 다시금 생기가 감돌았다. 자연히 공주도 기분이 좋아졌다.

상관걸과 상관안 부자는 웃는 얼굴로 곽광을 바라보며 연신 술을 권했다. 오늘만 지나면 내일부터는 한 황실의 조정은 모두 상관씨 일족의 차지였다.

곽광과 곽우 부자도 미소를 띠며 술잔을 비웠다. 마치 모두 알고 있다는 듯이.

상관걸은 점점 더 즐거워하며 곽광에게 또 술을 권했다.

"자, 곽 아우, 한 잔 더 하세."

곽광은 딸 곽련아霍憐兒를 통해 상관씨들의 움직임을 완전히 파악하고 있었다. 하지만 상관씨가 그의 계략을 재차 이용하고 있는 줄은 알지 못했다. 곽련아가 위험을 무릅쓰고 전한 소식은 모두 상관씨가 짜낸 속임수였던 것이다.

연회장의 분위기가 무르익을 무렵, 갑자기 창칼 부딪치는 소리가 들리더니 곽운이 궁궐의 금군을 이끌고 들어왔다. 모두 무장한 상태였고, 몸에는 피가 묻어 있었다. 곽운이 공주부로 달려 들어와 말했다.

"대사마 대장군께 아룁니다! 우림군이 모반을 했습니다! 폐하의 명령 없이 사사로이 군영을 벗어나 미앙궁을 공격하려 하고 있습니다."

순간 연회장은 적막에 휩싸였다. 어느새 금군이 연회장의 출구를 단단히 틀어막았다. 상관걸은 안색이 싹 변했고, 상관안은 소리를 질렀다.

"그럴 리가!"

상관걸이 앞으로 달려 나가 무기를 빼앗으려 했지만, 정원에 있던 곽운이 재빨리 활을 쏘았다. 상관걸은 가슴팍에 꽂힌 화살을 잡고 곽광을 향해 참담한 미소를 지었다.

"역시 네, 네놈이 나보다 도, 독하구나……."

그의 몸은 바닥으로 쓰러졌지만, 두 눈은 끝까지 곽광을 노려보고 있었다.

장내의 여자들이 울며 비명을 질렀으나, 상관걸이 죽는 것을 보자 그 소리도 뚝 그쳤다. 모두들 공포에 질려 눈을 동그랗게 뜰 뿐이었다.

상관안이 노성을 지르며, 앞에 놓인 탁자를 무기 삼아 들고 일어나 곽광을 공격했다. 그 순간만큼은 권력과 부귀에 좀먹었던 용맹한 장수의 풍모가 다시금 살아났다.

곽우가 금군이 건넨 칼을 받아 들고 곽광 앞을 막아섰다. 곽련아가 소리 질렀다.

"여보! 아버지께서 당신은 살려 주기로 하셨어요. 그러니 그만 내려놓……."

그사이 상관안은 두 명의 금군이 휘두른 칼에 다리를 찔려 똑바로 서 있을 수가 없게 되었다. 곽우가 칼을 휘두르자 상관안의 머리가 바닥으로 툭 떨어져 데굴데굴 굴렀다. 여전히 부릅뜬 그의 두 눈은 곽련아를 향하고 있었다. 마치 왜 자신을 해쳤느냐고 묻는 것 같았다.

곽련아는 다리가 후들거려 털썩 쓰러졌다. 얼굴은 눈물투성이였다.

"아니야……. 이럴 리가……."

곽성군과 곽련아는 어머니가 달라 그리 가까운 사이가 아니었다. 하지만 이렇게 참혹한 일이 벌어지고 눈물범벅이 된 언니의 모습을 보자 곽성군도 마음이 아파 언니를 부축해 주려고 했다. 그러나 곽 부인이 그녀를 꽉 붙잡고 그녀의 머리를 품에 안으며 말했다.

"성군, 보지 마라. 보면 안 된다."

금군 두 명이 다가와 곽 부인과 곽성군이 연회장을 나갈 수 있도록 보호했다.

곽광은 상홍양을 바라보았다. 상홍양의 시종 두 명이 목숨을 걸고 그를 보호하려고 했으나, 상홍양은 도리어 껄껄 웃음을 터트리며 그들을 물렸다. 그가 지팡이를 짚고 일어나 말했다.

"곽 아우, 이 늙은이에게까지 직접 손쓸 필요 없네. 지난날 선제 앞에서 우리 네 사람이 함께 무릎을 꿇었을 때, 내 벌써 오늘 같은 날이 올 줄 알았지. 함께 30년을 일한 정을 보아 시신만은 온전히 보전해 주게."

그는 힘없이 쓰러져 있는 공주를 바라보며 가볍게 한숨을 쉬었다.

"곽 아우, 그날 선제 앞에서 했던 맹세를 잊지 말게. 절대, 잊지 말게……."

말을 마친 상홍양은 벽에 머리를 박았다. 뇌수가 사방으로 튀고, 그는 그 자리에서 숨이 끊어졌다.

상홍양의 두 시종은 칼을 쥔 채 주위를 포위한 금군들을 둘러보더니, 주인을 따라 벽에 머리를 박고 자결했다.

정외인은 바닥에 엎드린 채 곽우에게 기어가 덜덜 떨면서 말했다.

"곽 대인, 곽 공자. 저는 언제나 곽 대인께 충성을 다했습니다. 곽 공자를 도와……."

곽우가 고개를 끄덕이자, 금군 한 사람이 칼로 정외인의 가슴을 푹 찔러 더 이상 말하지 못하게 했다.

금군이 공주부로 달려든 후 지금까지 겨우 몇 분이 지났을 뿐인데 사방이 온통 피요, 시신이었다. 상관걸이 곽광에게 따라 준 술은 아직도 곽광이 들고 있는 술잔 안에 들어 있었다. 곽광은 상관걸의 시체를 앞에 두고 웃으며 그 술을 마셨다.

곽우가 곽운에게 눈짓하자, 곽운은 금군에게 명령해 장내에 있는 시녀들과 시종들을 모조리 잡아 가두었다. 금군은 공주부에서 연왕이 보낸 선물을 찾아내고, 또 공주가 연왕에게 보내는 편지마저 도중에 가로챘다.

곽광이 담담한 목소리로 분부했다.

"우선 공주를 유폐하라. 폐하께 보고하여 처분을 기다릴 것이다."

아무도 반대하는 사람이 없었다. 침묵 속에서 곽련아의 흐느끼는 소리가 유난히 크게 느껴졌다. 그녀는 이제야 자신의 남편인 상관안이 자기 가족 손에 죽었다는 것을 확실히 깨달았다. 그녀는 몸을 일으켜 비틀거리며 곽광에게 다가갔다. 그리고 눈을 똑바로 뜨고 그를 바라보며 말했다.

"아버지, 제게 약속하셨잖아요? 분명히 약속하셨잖아요?"

곽광이 부드럽게 대답했다.

"애야, 세상에는 좋은 남자가 많다. 상관안은 이 아비 때문에 그간 네게 모질게 굴지 않았더냐? 아비가 다 보상해 주마."

곽련아의 눈에서 눈물이 뚝뚝 떨어졌다. 그 눈물이 바닥에 얼룩진 상관안의 피에 섞여 어지러운 핏자국을 만들었다.

"아버지, 정靖이도 놔두지 않으실 거죠? 소매는요? 소매는 황후니 당장은 못 건드리시겠죠. 그럼 정이는요? 그 애는 아버지의 외손자예요. 부디 그 애를 살려 주세요."

곽련아는 울면서 애원했다. 곽광은 고개를 돌려 곽우에게 말했다.

"누나를 집으로 데려가거라."

곽련아의 눈에는 절망만 남았다. 곽우가 그녀를 부축하자, 곽련아는 그 틈을 타, 그가 허리춤에 차고 있던 칼을 뽑아 자신의 목에 가져갔다. 곽우는 함부로 움직이지 못하고 끈질기게 설득했다.

"누님, 누님은 곽씨예요. 아직 젊으니 아이도 금방 다시 가질 수 있을 겁니다."

곽련아는 한 걸음, 한 걸음 뒤로 물러나면서 곽광을 향해 웃으며 말했다.

"아버지, 제게 약속하셨잖아요. 분명 약속하셨어요……."

가냘픈 팔이 움직이자 핏방울이 흩날렸다. 칼이 떨어지고 그녀의 몸도 바닥으로 쓰러졌다. 공교롭게도 상관안의 머리 옆이었다. 그녀가 조금 전 상관안을 죽였던 칼로 자결한 걸, 눈을 부릅뜬 상관안에게 보여 주기 위해서이기라도 한 듯.

❀

운가와 허평군, 유병이는 밤새도록 잠을 이루지 못했다. 장안성에 있는 많은 사람들이 그날 뜬눈으로 밤을 지새웠을 것이다.

통금이 풀리자 운가는 바삐 맹각을 만나러 갔다. 유병이와 허평군도 마음이 놓이지 않아 그녀를 따랐다.

평소라면 날이 밝자마자 지나는 사람들로 가득한 장안성이었건만, 오늘은 무척 썰렁했고, 집집마다 문을 꼭 닫아걸고 있었다. 돈을 좋아하는 상 아저씨조차 장사를 하지 않고 문을 잠근 채 집에서 늦잠을 잤다.

반대로 일품거는 문을 열고 아무 일도 없었다는 듯이 평소처럼 장사를 했다. 운가는 속으로 감탄을 금치 못했다. 과연 백 년 넘게 이어져 온 가게답게 장안성의 풍파에는 익숙해진 모양이었다.

허평군도 감탄을 터트렸지만 유병이는 빙그레 웃기만 했다.

"지난날 위 태자가 모반을 일으켰을 때도 그랬다더군. 위 태자와 무제가 서로 병사를 내는 바람에 장안성 안에서 닷새 동안이나 혈전이 벌어졌지. 피가 강물이 되어 흐르고 거리는 스산했지만, 일품거가 제일 먼저 정상을 되찾고 장사를 시작했다지. 그때에 비하면 지금은 아무것도 아니야."

이른 아침의 바람이 제법 차가워서 운가는 가볍게 몸을 떨었다. 장안성의 번화한 모습 아래 숨겨진 피비린내 나는 잔혹함을, 그녀는 처음으로 느꼈다.

그때 아리따운 백의의 여자가 그들 앞에 나타나, 일품거 쪽을 가리키며 말했다.

"공자께서 이층에서 기다리고 계십니다. 저를 따라오세요."

운가 등 세 사람은 그녀를 따라 일품거로 들어갔다. 백의의 여자는 그들을 데리고 대청을 지나 뒤에 있는 계단으로 안내했다. 길을 잘 아는 것을 보니 손님이라기보다는 주인 같았다.

백의 여자가 가리개를 걷자 운가 일행은 안으로 들어갔다. 맹각이 창문 앞에서 거리를 내려다보며 서 있었다. 창에는 망사가 걸려 있어, 안에서는 밖을 볼 수 있지만 밖에서는 안을 들여다볼 수가 없었다.

돌아선 맹각의 안색은 매우 초췌해 보였다. 그가 유병이에게 말했다.

"오늘부터 곽광은 대 한나라의 숨은 황제일세."

너무나도 무서운 말이었기 때문에 운가와 허평군은 아무 소리도 내지 못했다. 그러나 유병이는 밑도 끝도 없는 맹각의 말을 알아들은 것 같았다.

"자네는 누가 이기길 바랐나?"

맹각은 쓴웃음을 지으며 눈썹을 문질렀다. 그가 백의 여자에게 말했다.

"삼월, 운가와 평군에게 식사부터 대접해라. 그리고 자를 신하게 끓여 내오도록."

운가와 허평군은 서로에게 눈짓하다가 삼월을 따라 방을 나갔다.

맹각은 유병이에게 자리를 권했다.

"당연히 둘 다 무너지는 것이 제일 좋지. 아니면 한쪽이 이기더라도 힘든 승리를 하기를 바랐네. 하지만 곽광이 너무 깨끗하게 이겨 버렸어. 곽광의 신중함과 악랄함은 내 예상을 훨씬 뛰어넘었네."

"나는 겉모습만 봤을 뿐이야. 괜찮다면 자세히 이야기해 주겠나?"

"사실 상관걸은 공주의 생일잔치를 틈타 곽광이 집으로 돌아갈 때 암살할 예정이었네. 그런데 뜻밖에도 곽광은 그의 일거수일투족을 훤히 알고 있었지. 곽광은 공주의 연회장에서 모반이 일어났다고 하면서, 상관걸과 상관안, 상홍양까지 그 자리에서 주살해 버렸네. 그리고 곽우를 시켜, 본래 그들을 죽이려 했던 우림영 앞에 상관 부자의 목을 걸어 군심을 흩트렸지. 심문하는 도중에 고집 센 자들은 모두 죽었고, 남은 자들은 입을 모아 상관걸과 상관안이 사사로이 우림영을 움직여 모반을 도모했다고 말했네."

"상관걸은 어째서 공주부 밖에 병력을 배치해서, 암살을 맡은 우림영과 연락하지 않았지?"

"당연히 배치했지. 하지만 곽광이 그의 병력 배치를 완전히 파악하고 있었기 때문에 모두 금군에게 당했네. 아무도 소식을 전할 수 없었지. 곽광은 연회장이 피투성이가 될 걸 알면서도 부녀자들까지 모두 데리고 갔어. 공주부 밖에 병력을 배치해 둔 상관걸은 곽광이 애지중지하는 곽성군까지 연회에 데리고 온 걸 보자 그가 아무것도 모른다고 생각했을 거야. 그래서 성공을 자신했겠지."

"곽광은 상관걸의 암살 계획을 어떻게 알았나?"

유병이가 다시 묻자 맹각은 진한 차를 한 모금 마신 후 대답했다.

"상관안의 부인인 곽련아가 곽광에게 몰래 소식을 전했지만, 사실 그 소식들은 모두 가짜였네. 곽련아는 자책할 이유가 없어. 진짜 첩자가 누군지는, 곽련아와 상관안, 둘 다 죽어서도 모를 거야."

"누군가?"

"상관안이 아끼던 첩 노씨였어. 노씨는 사사건건 곽련아와 대립했네. 벌써 몇 년째 그렇게 싸우다 보니 곽련아는 언제나 그녀를 원수처럼 생각했어. 그러니 그 노씨가 사실은 아버지 곽광이 상관안 곁에 심어 놓은 첩자였다고 생각이나 했겠나?

상관걸은 곽련아가 자신들의 이야기를 엿듣는 것을 알고, 그녀를 통해 거짓 소식을 전해 곽광을 혼란스럽게 만들려고 했지. 하지만 곽광에게 또 다른 소식통이 있을 줄은 몰랐을 거야. 아버지인 상관걸은 호랑이지만 아들 상관안은 개에 불과했네. 아들이 그렇게 중요한 일을 첩에게 미주알고주알 털어놓은 줄은 상관걸도 몰랐을 거야."

유병이는 미소를 지었다.

"예로부터 그런 일은 흔했네. 명문가의 몰락은 모두 안부터 썩으면서 시작되지. 곽광이 어떤 사람인가? 그에게는 상세한 소식도 필요 없네. 상관안이 침대에서 넋이 나가 여자에게 몇 마디 털어놓기만 해도, 곽광은 상관씨 집안의 계획을 모두 추측할 수 있었을 거야."

맹각도 동의한다는 듯 고개를 끄덕였다. 유병이는 가볍게 한숨을 쉬었다.

"곽련아의 기분이 어떨지 모르겠군. 너무 상심하지 말아야 할 텐데."

그러자 맹각의 입가에 한 줄기 조소가 떠올랐다.

"죽기 전의 곽련아 표정을 보았다면, 그런 말은 못 했을 거야."

유병이의 안색이 살짝 변했다.

"네 명의 고명대신 중에서 곽광이 가장 명성을 중요하게 생각하는 사람일세. 어젯밤 공주의 연회에서 곽씨의 심복 외에는 모두 죽음을 면치 못했을 거야. 그런데 자네는 사건이 벌어지기도 전에 알고 있었으면서 왜 따라갔나? 곽광이 죽이려고 했다면 어쩔 셈이었나?"

맹각이 쓴웃음을 지었다.

"곽광은 벌써 나를 의심하고 있을 거야. 그러니 어제 그 자리에 가지 않았다면 기밀 유지를 위해서라도 날 가만두지 않았을 걸세."

유병이는 웃음을 터트렸다.

"늘 강물 가까이 있으니 신발이 젖지 않을 리 있나?"

그러자 맹각이 진지한 표정으로 대답했다.

"사건이 마무리될 때까지 나 대신 운가를 잘 보살펴 주게."

"자네가 말하지 않아도 그럴 거야. 황궁의 상황은 어떤가?"

맹각이 고개를 저었다.

"어젯밤의 난리를 틈타 곽광이 금군을 싹 갈아 치웠네. 자기 뜻에 맞지 않는 통령들은 모두 잘라 버렸지. 지금 금군이 궁궐을 삼엄하게 지키고 있어서 안에서 무슨 일이 벌어지는지는 곽광 말고는 아무도 모르네. 어젯밤 곽광이 하는 양을 보니, 아마 상관걸과 상홍양, 상관안이 연왕과 손을 잡고 모반했다고 고할 것 같네. 공주도 연루되겠지."

유병이는 큰 소리로 웃었다.

"누가 믿겠나? 장안성 내 병력 중에 금군은 곽광의 손에, 우림영은 상관걸의 손에 들어 있네. 조정도 그들 손에 좌지우지된 지 오래고, 황제에게는 믿을 만한 신하도 없어. 게다가 황후는 상관걸의 손녀야. 훗날의 태자 또한 반은 상관씨의 핏줄

28

이지. 그런데 연왕과 상관걸이 무슨 관계가 있나? 아무 관계도 없어. 연왕에게는 따르는 자들도 있고 병력도 있네. 게다가 아들들도 다 컸어. 그런데 상관걸이 유불릉을 죽이고 연왕을 세운다? 아마 개에게 머리를 뜯어 먹힌들, 미치지 않고서야 연왕을 세우려고 모반을 일으킬 리 없을걸.”

맹각은 웃으며 되물었다.

“예로부터 지금까지 날조가 아닌 모반죄가 얼마나 되겠나? 이긴 쪽에서 그랬다고 하면 그런 거야. 다들 이긴 쪽에 알랑거리기 바쁜데, 그게 말이 되는지 아닌지 따질 사람이 몇이나 있을까? 게다가 민간 백성들이 무슨 수로 자네처럼 황실의 우여곡절을 알겠나?”

유병이가 입을 다물고는 창가로 다가가 장안성의 거리를 내려다보았다. 잠시 후 그가 느릿느릿 말했다.

“세상 참 우습군! 십여 년 전에는 이광리와 강충이 암암리에 구익부인과 연왕, 상관걸의 후원을 받아 위 태자가 모반했다고 모함했지. 그 당시엔 그들도 자신들의 끝이 어떻게 될지 몰랐을 거야. 이광리와 강충은 목숨을 걸고 뛰어다녔지만 결국 구익부인에게 좋은 일만 해 준 셈이었고, 구익부인은 결국 바람을 이루었지만 아들이 등극하는 걸 보지 못한 채 사사당했지. 상관걸 역시 바람대로 어린 황제를 등에 업고 조정을 장악했지만, 그런 자신도 결국 모반죄를 뒤집어쓸 줄은 몰랐을 거야. 그들 모두 끝이 좋지 못했어. 하긴, 오늘 여기 앉아 한가롭게 그들의 생사에 대해 이야기를 나누고 있는 자네와 나에게도 훗날 어떤 운명이 기다리고 있는지 모를 일 아닌가?"

맹각이 웃으며 유병이 옆으로 걸어왔다.

"자넨 곽광의 손을 빌려 복수를 한 셈이니 기뻐해야지."

그러자 유병이가 차갑게 비웃음을 흘렸다.

"힘이 없어서 남의 손을 빌려 복수하는 사람이 기쁠 것 같나? 이 상황을 만들어 낸 사람이 나라면 나도 기뻐했겠지. 하지만 나는 이 일에서 아무 역할도 하지 못했네."

맹각이 빙그레 웃었다.

"지금 힘들어진 사람은 날세. 자네는 그저 웃으며 구경이나 하면 돼. 누군가 풀이 죽어야 한다면 그건 난데, 왜 자네가 그러나?"

지난날의 슬픔에 잠겼던 유병이도 맹각과 웃으며 이야기를 나누는 동안 약간이나마 편안하고 느긋한 미소를 떠올렸다. 맹각이 창문을 열어 푸르른 하늘을 올려다보았다.

"인생의 즐거움이란 모르는 것에서부터 시작하는 걸세. 가장 중요한 건 온 힘을 쏟아 노력하는 과정이야. 결과는 남들에게 보여 주기 위한 것이지만, 과정이야말로 자신의 인생이지. 내일 일을 모르기 때문에 무한한 가능성이 있는 거야. 내게 필요한 건, 내가 원하는 것을 가질 수 있다는 가능성일세."

그렇게 말하는 동안 맹각의 얼굴에는 평소의 부드러운 표정이 가시고 보기 드물게 격앙된 표정이 떠올랐다. 그는 마치 하늘을 움켜쥐려는 듯 창밖으로 손을 휘저었다.

그때 밖에서 운가가 문을 두드렸다.

"이야기 끝났어요?"

유병이가 문을 열고 나가 운가 옆에 있던 허평군을 데리고 아래층으로 내려갔다. 운가가 어리둥절한 얼굴로 물었다.

"어딜 가세요?"

그러자 허평군이 웃으며 고개를 돌렸다.

"속으로는 우리 같은 방해꾼이 얼른 비켜 줬으면 했으면서?"

운가는 코를 찡그리며 반박하려 했지만, 맹각이 그녀를 방 안으로 끌어당기더니 일언반구도 없이 품에 안았다.

긴장한 운가의 심장이 쿵쿵 뛰었다. 맹각이 뭐라도 할 줄 알았지만, 뜻밖에도 그는 조용히 그녀를 안고 턱을 그녀의 머리에 대고 있을 뿐이었다. 조금 피곤한 모양이었다.

운가는 속으로 자신을 비웃었다. 두근거리던 심장도 제 속도를 되찾았다. 그녀는 손을 뻗어 맹각을 마주 끌어안았다.

그는 말이 없었고, 그녀 역시 아무 말도 하지 않았다. 조용히 서로를 끌어안은 동안 창밖으로 시간이 흘러갔다.

미앙궁.

유불릉은 상관걸이 연왕과 손잡고 모반했다는 곽광의 보고를 듣고 있었다.

연왕은 본래부터 역심을 품고 있었기 때문에 모반의 증거는 조작하지 않아도 얼마든지 있었다. 상관걸과 상관안은 최근 연왕과 무척 가까이 지냈으며, 사사로이 우림영을 움직였다. 게다가 증인과 물증까지 있어서 빠져나갈 길이 없었다. 공주의 죄 역시 물증이 있었다. 편지를 보냈을 뿐만 아니라 공주부 시녀의 증언까지 있었다.

곽광은 편지와 재물을 주고받은 증거를 하나하나 나열한 후, 유불릉에게 연왕이 출병하지 못하도록 당장 병력을 보내연 지방을 공격하라고 요청했다. 평소와 다름없이 공손한 곽광의 태도에 유불릉 역시 평소와 다름없이 미적지근하게 나갔다.

"모두 경이 말한 대로 하시오. 즉시 천하에 포고하고, 전천추에게 명해 군대를 이끌고 연을 공격하라 하시오. 조서에는 연왕 혼자만 벌하고, 자손에게는 벌이 미치지 않는다고 명시하시오. 대사마가 수집한 증거가 이렇게 확실한 걸 보니, 오랫동안 연왕을 경계했던 모양이오. 연왕 곁에도 대사마의 사람이 있을 테니, 연왕이 거사를 하더라도 병란이 일어나 백성들에게까지 화가 미칠까 봐 짐이 걱정하지 않아도 되리라 생각하오."

"신, 전력을 다하겠습니다."

곽광이 대답하자 유불릉이 다시 말했다.

"연왕과 악읍개 공주는 비록 죄가 있으나 모두 짐의 형제자매니, 사사하라는 명을 내리면 훗날 부황을 뵐 낯이 없소. 그러니 유폐하는 것으로 끝내겠소."

곽광이 더 말하려고 했으나 유불릉이 옥새를 곽광 앞에 내려놓으며 말했다.

"짐의 뜻에 동의하지 않는다면 차라리 경의 손으로 조서를 쓰고 옥새를 찍으시오."

유불릉의 두 눈은 한 무제 유철과 매우 흡사했지만 요즘은 냉담한 표정이 많아져 아주 약간 비슷하게 느껴질 정도였다. 그러나 지금 그의 눈빛은 날카롭고, 살기까지 깊이 감추어져 있었다. 젊은 시절 곽광이 숱하게 보아 왔던 그 눈빛이었다. 곽광은 심장이 떨려 저도 모르게 한 걸음 뒤로 물러나 바닥에 엎드렸다.

"신이 어찌 감히 그런 짓을 하겠습니까."

유불릉은 옥새를 거두며 아무 말도 하지 않았다. 어차피 벌어진 일이었다. 이제는 권력 싸움 때문에 애꿎은 백성들에게까지 화가 미치지 않도록 온 힘을 다해 막는 것밖에는 할 수 있는 일이 없었다.

잠시 후, 유불릉이 말했다.

"성지를 내려 광릉왕을 위로하고, 동시에 광릉 주변의 경비병을 늘려 광릉왕이 경거망동하지 못하게 하시오. 사흘 안에 연왕이 성문을 열고 죄를 인정하지 않으면, 대사마도 어떻게 해야 할지 알 것이오."

곽광은 어두운 얼굴로 고개를 끄덕였다.

"신, 반드시 최선을 다하겠습니다. 창읍왕은 어떻게 해야겠습니까? 그쪽도……."

"창읍왕은 신경 쓸 필요 없소."

유불릉은 그렇게 말하고 일어나 전각 밖으로 나가 버렸다.

유불릉을 따라가던 우안은 그가 황후의 거처인 초방전으로 간다는 것을 알고 의아했다. 1년에 한 번 갈까 말까 한 곳에 오늘은 무슨 일일까?

초방전 밖을 지키는 궁녀들 중 대부분은 새로 온 사람들이 었고, 낯익은 사람은 한 명도 보이지 않았다. 우안은 원망 섞인 한숨을 내쉬었다. 곽광의 일처리는 과연 번개 같았다.

황제의 행차를 본 궁녀들이 인사를 올리며 차례로 물러섰다. 유불릉은 우안에게 침대의 휘장을 걷으라는 눈짓을 했다.

우안이 휘장을 걷으려 했지만, 안에서 누군가 두 손으로 휘장을 꼭 틀어쥐어 열지 못하게 했다. 우안이 힘을 주려 하자 유불릉이 물러가라는 듯 손을 저었다. 우안은 밖으로 나가 입구를 지켰다.

"소매, 짐이다. 휘장을 열어라."

잠시 후, 휘장이 배꼼 열리더니 눈물투성이의 얼굴이 밖으로 나왔다.

"황제 오빠? 유모가 그러는데, 할아버지와 할머니, 아버지, 어머니, 동생, 그리고 고모까지 모두 죽었대요. 정말이에요?"

유불릉은 가만히 고개를 끄덕였다. 그러자 상관소매의 눈에서 눈물이 쏟아졌다. 입을 벌리고 큰 소리로 울려던 그녀는 전각 밖을 살펴보더니 차마 울음소리를 내지 못했다.

"아버지는 내가 궁에 들어가면 가족들이 편안할 거라고 하셨는데……."

유불릉이 대답했다.

"소매, 지금 내가 하는 말은 무척 중요하니 잘 들어. 넌 올해 열세 살이니 이제 어른이야. 어른은 늘 울기만 해선 안 돼. 외할아버지가 할 일을 끝내면 분명 널 찾아올 거야. 그때도 울고 있으면 기분이 안 좋으시겠지. 외할아버지가 기분이 나쁘면……."

상관소매는 이불 속으로 몸을 잔뜩 웅크렸다. 마치 달팽이가 껍질 속으로 몸을 숨기려는 것 같았다. 하지만 그녀에게는 껍질이 없어서, 두 손으로 자신을 부둥켜안는 것이 고작이었다.

"알아요. 외할아버지의 기분이 나쁘면 날 숙일 거예요."

유불릉은 당황했다.

"이제 보니 다 컸구나. 외할아버지가 아버지나 어머니가 보고 싶냐고 물으면 뭐라고 대답할 거지?"

상관소매는 눈물을 닦으며 대답했다.

"나는 여섯 살 때부터 황궁에서 살아서 부모님을 만날 일이 별로 없었어요. 물론 잘 계시겠지만, 어떻게 지내시는지는 잘 모르겠어요. 어머니가 보고 싶지만, 평소에 절 돌봐 주는 궁녀 언니들이 더 가까운 것 같아요."

유불릉은 감탄한 듯 고개를 끄덕였다.

"총명하구나. 몇 년 간 궁에서 많은 걸 배웠어."

유불릉이 일어나서 문 쪽으로 걸어가자 상관소매가 뒤에서 외쳤다.

"황제 오빠, 언제 또 올 거예요?"

유불릉은 멈칫했지만 결국 그녀의 질문에는 대답하지 않고 그대로 밖으로 나가 버렸다.

전각은 마치 끝이 없는 것처럼 넓었다. 상관소매는 유불릉의 그림자가 망사 가리개 너머로 점점 흐려지는 것을 지켜보았다.

마침내 그림자가 완전히 사라졌다. 살랑살랑 흔들리는 망사 끝이 그 사람이 왔었다는 것을 일깨워 줄 뿐이었다.

상관소매는 휘장을 내리고, 옷자락을 잡아 입에 밀어 넣었다. 소리가 나지 않게 입을 단단히 틀어막자 눈물이 비처럼 쏟아져 내렸다. 그녀는 두 주먹을 꼭 틀어쥐고 미친 듯이 휘둘렀지만, 아무 소리도 나지 않았다.

휘장 밖에서는 달콤한 향기가 은은하게 퍼져 나가고 있었다.

방 안은 고요했다.

16장
머리칼로 마음을 묶다

칠리향도 다시 문을 열었지만, 예전만큼 장사가 잘되지는 않았다. 주변을 둘러봐도 아무도 보이지 않자, 허평군이 운가의 귀에 속삭였다.

"일 끝났어? 끝났으면 일찍 가자."

운가가 의아한 얼굴로 물었다.

"오라버니가 데리러 올 테니 함께 가자고 당부했잖아요? 안 기다릴 거예요?"

허평군이 살짝 얼굴을 붉히며 나지막하게 말했다.

"의원에 가 보려고 해. 벌써 한 달째 있을 것이 없어. 아무래도……."

운가는 눈을 찡그리며 생각에 잠겼다.

"늘 찬 음식을 먹어서 그런 거지, 별일 아닐 거예요. 이제부터는 따뜻한 음식을 많이 드세요."

허평군이 운가를 살짝 꼬집었다.

"바보! 그게 들어선 것 같단 말이야."

운가는 그래도 이해하지 못하고 멍청하게 되물었다.

"그거라니?"

허평군이 눈을 흘겼다. 운가의 멍청함 때문에 조금 전의 부끄러움 따위는 온데간데없이 사라졌다.

"아기 말이야!"

잠시 어리둥절해하던 운가가 갑자기 허평군을 와락 끌어안았다. 하지만 그것도 잠시, 아기가 다칠까 봐 겁이 난 듯 화들짝 놀라며 떨어졌다. 그녀는 조심조심 허평군의 배를 만지며 흥분한 목소리로 말했다.

"분명히 오라버니도 좋아 죽을 거예요. 당장 찾아올게요."

허평군이 그녀의 손을 붙잡았다.

"아직 확신은 못 해. 그래서 의원부터 만나 보고 확실해지면 병이에게 말할 거야. 나 혼자 헛물 켠 걸지도 모르잖아!"

운가가 고개를 끄덕였다.

"그렇겠네요. 그럼 어서 가요."

의원이 허평군에게 임신 사실을 확인해 주자, 허평군과 운가는 기뻐서 말도 제대로 할 수가 없었다. 근검절약이 몸에 밴 허평군마저 파격적으로 의원에게 사례비까지 건네며 감사 인사를 했다.

"고맙습니다. 고맙습니다. 정말 고맙습니다……."

젊은 의원은 그 인사에 몸 둘 바를 몰라 하며 말했다.

"이러실 것 없어요. 고맙다니요, 고마운 건 남편 되시는 분이죠. 제가 한 일도 아니잖아요."

당황해서 말까지 헛나오자 의원은 얼굴이 시뻘게졌다. 덕분에 허평군의 '고맙습니다'도 겨우 그쳤다. 그 모습에 운가는 탁자를 두드리며 기절할 듯이 웃어 댔다.

운가와 허평군이 의원을 나서자 어느새 날이 어둑해져 있었다. 두 사람 다 매우 들떠 있었다. 운가가 웃으며 말했다.

"좋아, 오늘부터 언니의 음식은 내가 맡겠어요. 안태약[2] 같은 건 안 먹는 게 좋아요. 약이란 본래 3할은 독이라고 하잖아요. 집에 가서 책을 잘 읽어 볼게요. 맹각에게도 진맥을 해 달라고 하면 분명……."

순간, 운가는 거리가 이상하리만치 조용한 것을 깨달았다. 그녀는 동물적인 본능으로 허평군의 팔을 붙잡고 냅다 달리기 시작했지만 이미 늦은 후였다. 얼굴을 가린 사내 몇 명이 앞뒤에서 그들을 포위했다. 운가가 허평군을 보호하며 물었다.

"당신들 누구예요? 목적이 무엇이든 간에 나만 잡아가도록 해요."

그러자 사내들 중 한 명이 가볍게 코웃음을 쳤다.

"둘 다 필요해."

---

2 한방에서 임신을 유지시켜 준다고 하는 약.

허평군이 운가의 손을 꼭 잡았다. 몸이 부들부들 떨리고 있었다.

"우린 돈이 없어요. 그냥 보통 백성이라고요."

운가가 그녀의 손을 마주 잡으며 말했다.

"순순히 따라갈 테니 해치지 말아요. 안 그러면 서로 피해를 보게 될 거예요."

대장인 듯한 사람이 어깨를 으쓱했다. 이렇게 쉽게 임무를 완수한 것이 뜻밖인 모양이었다. 그가 다른 사내들에게 손짓을 하자, 그들은 운가와 허평군을 창과 문이 단단히 가려진 마차에 밀어 넣고 바삐 걸음을 옮겼다.

"저들은 누굴까?"

허평군이 배를 어루만지며 걱정스럽게 묻자 운가가 고개를 저었다.

"언니도 나도, 돈도 없고 원수도 없어요. 아마 맹각과 오라버니 때문일 거예요. 걱정 말아요, 언니. 우리를 죽이지 않고 어디론가 데려가는 걸 보면, 우리를 인질로 맹각이나 오라버니를 협박하려는 생각인가 봐요. 그렇다면 얼마 동안은 걱정하지 않아도 돼요."

허평군은 어쩔 수 없이 고개를 끄덕인 후 운가의 어깨에 머리를 기댔다. 아기를 가졌기 때문인지 평소답지 않게 무척 가냘파 보였다. 갑자기 운가는 허평군과 아이를 보호해야 한다는 책임감이 솟아났다.

문득 지난날 맹각이 선물한 비수에 생각이 미쳤다. 모양도 예쁘장하고, 들고 다니기 좋아서 꽃이나 풀을 자를 때 꽤 쓸모가 있었기 때문에 늘 가지고 다니는 비수였다. 운가가 허평군에게 속삭였다.

"우는 척해요. 밖에 들릴 정도로 적당히요."

허평군은 영문을 몰랐지만 운가가 꾀가 많다는 것을 잘 알고 있었기 때문에 훌쩍훌쩍 흐느끼기 시작했다. 운가는 그녀를 달래는 척하면서 부지런히 손을 놀려 비수로 마차 깔개를 찢고, 나무 바닥의 틈을 따라 조심조심 구멍을 냈다.

자그마한 구멍이 생기자 운가는 비수를 허평군에게 건네며 가지고 있으라는 눈짓을 했다. 그리고 품에서 주머니들을 꺼내 그중 하나를 열었다. 안에는 통후추가 들어 있었다. 그녀는 조심스레 후추를 한 움큼 쥐어 구멍을 통해 솔솔 뿌렸다. 그러나 마차가 멈추기도 전에 후추가 다 떨어져, 다른 주머니에 있는 것까지 모두 써야 했다.

마차의 속도가 점점 느려지자 운가는 재빨리 구멍 위로 깔개를 덮고, 내내 함께 울었던 것처럼 허평군을 끌어안았다.

운가와 허평군은 머리에 검은 천을 쓴 채 마차에서 끌려 내려왔다. 천이 벗겨졌을 때는 어떤 방에 들어와 있었다. 조촐하긴 해도 있을 것은 다 있는 방이었다. 잠시 후에는 음식도 갖다주었다.

운가는 허평군에게 하룻밤 푹 쉬라고 당부했다. 조용히 기다리면 맹각과 유병이가 그들을 구해 낼 것이고, 혹시라도 그들이 때맞춰 오지 못하면 스스로 달아날 방법을 마련해야 하기 때문에 체력을 비축할 필요가 있었기 때문이다.

허평군이 조그맣게 물었다.

"조금 전 그 방법이 먹힐까?"

"모르겠어요. 부디 맹각과 오라버니가 발견하기를 바라야죠. 오늘 밤에 비가 오지 말아야 할 텐데."

허평군은 마음이 불안했지만, 편안하게 잠든 운가를 보자 곧 진정하고 천천히 잠에 빠졌다. 그녀가 잠들자 운가가 눈을 떴다. 그녀는 지붕을 올려다보며 눈을 잔뜩 찡그렸다.

걱정하면 그대로 된다더니, 비가 오지 말라고 빌기 무섭게 바람 소리가 점점 거세지더니 빗물이 처마를 두드려 대기 시작했다. 운가는 우울한 기분으로 생각했다.

'하늘이 청개구리처럼 내게 장난을 치는 건가? 그렇다면 하느님, 우릴 다 잡아 가두세요!'

하지만 차마 대놓고 그렇게 빌 수는 없었다. 만에 하나라도 그 바람대로 될까 봐 두려웠기 때문이다. 이제는 스스로를 믿는 수밖에 없었다!

허평군도 빗소리에 놀라 깨어나 걱정스레 물었다.

"운가, 우리 정말 무사히 돌아갈 수 있을까?"

운가가 웃으며 대답했다.

"그럼요! 맹각과 오라버니는 우리가 사라졌다는 걸 벌써 알고 있을 거예요. 어쩌면 내가 뿌린 후추를 발견했는데 아직 우리 위치를 찾아내지 못한 걸지도 몰라요. 최소한 단서가 있으니 쫓아올 수는 있겠죠. 게다가 비가 오는 게 좋은 점도 있어요. 비가 오면 경비병들도 다소 경계가 느슨해지니, 달아나기 좋을 거예요.”

이튿날.

아직도 비는 그칠 기미 없이 주룩주룩 내리고 있었다. 경비병들은 운가나 허평군과는 아무 말도 하지 않았지만 식사는 제때 갖다 주었다.

운가는 그들이 보통 강호인이 아니라 훈련을 받은 사람들이라는 걸 깨달았다. 저런 사람들이 그녀들을 인질로 맹각과 유병이를 협박해서 얻어 내려는 것이 무엇인지 알 수가 없었다. 하지만 동물적인 육감으로 그들의 눈에서 살의를 읽을 수 있었다. 운가와 허평군을 바라보는 그들의 눈빛이 마치 다 잡아 놓은 토끼를 보는 듯했기 때문이다. 아무래도 맹각과 유병이가 그들이 하라는 대로 하든 안 하든, 그들은 운가와 허평군을 죽일 생각인 것 같았다.

물론 운가도 맹각이 구하러 와 주기를 고대했지만, 자기 힘으로 벗어나야 한다는 것을 깨달았다.

밤이 되자 운가는 허평군에게 멀찍이 떨어져 있으라고 한 다음 초록색 주머니 하나를 조심스레 열었다. 그러자 그 안에서 어린아이 주먹만 한 크기의 거미가 슬금슬금 기어 나왔다.

운가는 조용히 뒤로 물러서서 거미가 느리지도 빠르지도 않게 창문으로 기어오르는 것을 바라보았다.

"독거미야?"

허평군이 소곤소곤 묻자 운가는 고개를 끄덕이고 말했다.

"며칠 전에 서역 상인에게 큰돈을 주고 샀어요. 독약이 곧 영약이라잖아요. 저런 거미를 '검은 과부'라고 부르죠. 가끔 수거미까지 잡아먹거든요. 저 거미는 사람이 키운 건데, 체내의 독을 한데 모으기 위해서 어려서부터 수거미를 먹였대요. 오후에 경비병이 음식을 가져오면, 저 두 경비병의 몸에 수거미를 갈아 만든 가루를 뿌릴 거예요. 우리 검은 과부는 이틀이나 굶었으니 분명 그 냄새를 알아챌 거예요. 나머지는 운에 달렸죠."

허평군은 살그머니 문 옆에 기대어 긴장한 얼굴로 바깥 동정을 살폈다. 그사이 운가는 비수를 꺼내 이불을 조심조심 뜯어냈다. 그리고 겉면은 허평군에게 우비처럼 두르라고 주고, 안쪽 면은 여러 갈래로 자른 뒤 끝을 서로 단단히 묶어 긴 밧줄을 만들었다.

비가 쏟아지고 날이 어두웠기 때문에 가끔 순찰을 도는 경비병 말고는 모두 방에 들어앉아 술을 마시거나 군것질을 하고 있었다. 하지만 운가와 허평군을 감시하는 두 경비병은 밤새도록 처마 밑에 서 있어야 했다. 안달이 난 그들은 바닥에서 조용히 기어오는 위험을 전혀 감지하지 못했다. '검은 과부'는 독을 뿜기 전에 마취액을 뿌려 사냥감을 마취시키는 특징이 있었다.

한 경비병이 못 참겠다는 듯 손을 비벼 대자 다른 한 사람이 낮은 소리로 말했다.

"조금만 더 참아. 오늘 밤이면 끝이잖아. 아마 조금 있으면 두목이 소식을 전해 올 거야."

그러나 두 사람 다 갑자기 피로가 밀려와 서 있을 수가 없었다.

"좀 앉아야겠어."

한 명이 먼저 문에 기대앉자, 다른 사람도 털썩 주저앉았다. 그리고 얼마 지나지 않아 눈을 감았다.

허평군이 운가에게 손짓을 하자 운가는 고개를 끄덕였다. 그리고 우선 허평군에게 마늘을 건네며 신발에 문지르라고 했다.

"검은 과부는 마늘 냄새를 싫어해요. 어디로 기어갔는지 모르니 조심하는 게 좋겠어요."

그 말을 들은 허평군은 신발뿐 아니라 손과 얼굴, 목까지 마늘을 문질러 발랐다. 운가는 킥킥 웃으며, 만들어 두었던 우비를 허평군에게 씌워 주었다. 허평군은 아기 생각에 차마 사양하지 못하고, 고마운 듯 운가의 손을 꼭 잡았다.

운가는 비수로 자물쇠가 달린 부분의 문을 조심조심, 나무째로 잘라 냈다. 문이 열리자 기대고 있던 경비병들이 바닥으로 쓰러졌다. 허평군은 화들짝 놀라 뒤로 물러섰다.

"죽었어?"

"아뇨, 아니에요. 아마 기절했을 거예요. 서둘러요, 허 언니."

운가는 허평군을 달래어 시체들을 건너게 했다. 그리고 비수를 건네며, 오는 길에 어렴풋이 기억해 두었던 방향을 가리켰다.

"저쪽으로 달아나요. 나도 곧 뒤따라갈게요."

"뭐 하려고?"

"이곳을 치워 시간을 벌려고요. 이대로 두었다가 순찰하는 사람이 보면 우리가 달아났다는 것을 금방 알아채잖아요."

운가는 두려움을 꾹 참고 문을 닫은 다음, 두 경비병의 시체를 문턱과 벽 구석에 기대 세웠다. 멀리서 보면 아무 문제도 없어 보였다.

허평군을 뒤따라간 운가의 얼굴은 창백했고 몸은 덜덜 떨리고 있었다. 허평군이 그 모습을 보고 물었다.

"운가, 왜 그래? 토했어?"

운가가 고개를 저었다.

"괜찮아요. 빨리 달아나요. 발각되기 전에 가능한 한 여기서 멀어져야 해요."

두 사람은 허리를 숙이고 수풀 사이를 마구 달렸다. 한참 달리고 나자 예상대로 끌려올 때 마차가 멈추었던 높은 담장이 나타났다. 운가의 무술 솜씨는 그리 뛰어나지는 않았지만, 나뭇가지의 도움을 받으면 담을 뛰어넘을 수는 있었다. 하지만 허평군은 무술이라고는 아는 바가 없었다.

"내가 먼저 올라가서 튼튼한 곳에 밧줄을 묶을게요."

운가는 서둘러 나무를 타고 올라 나뭇가지의 반탄력을 이용해 담장 위로 뛰어올랐다. 그리고 담장 한가운데에 비수를 눌러 박은 후, 천으로 만든 밧줄을 비수에 꽁꽁 묶었다. 그리고 밧줄을 아래로 던지며 말했다.

"허 언니, 어서 올라와요."

그러나 허평군은 높디높은 담장을 올려다보며 고개를 저었다.

"난 못 해."

"언니, 언니도 할 수 있어요."

운가가 초조한 목소리로 다그쳤지만 그래도 허평군은 고개를 저었다.

"못 한다니까! 그러다 떨어지면 어떡해?"

잠시 생각하던 운가가 아래로 내려가 몸을 웅크렸다.

"언니, 밧줄을 잡고 내 어깨를 밟아요. 그럼 내가 천천히 일어설게요. 완전히 일어나면 언니 머리에서 담장 꼭대기까지 사람 키 두 배 정도 거리밖에 안 되니까 분명 타고 올라갈 수 있을 거예요. 내가 아래에서 지키고 있으니 절대 바닥에 떨어지는 일은 없을 거예요."

그러나 허평군은 여전히 배에 손을 댄 채 망설였다.

"허 언니, 저 사람들은 우리를 죽이려고 해요. 그런 느낌을 받았단 말이에요. 그러니 어떻게든 도망쳐야 해요."

그러자 허평군은 이를 악물고 운가의 어깨 위로 올라섰다. 엄마가 된다는 것은 사람을 약하게 만들기도 하지만, 또한 유달리 강하게 만들기도 한다.

운가는 아래쪽에서 긴장한 눈길로 허평군을 지켜보았다. 그녀가 얼마나 두려워하는지 운가도 느낄 수 있었다. 담장을 반쯤 기어오르자 허평군은 힘이 다해 발버둥만 치고 더 이상 올라가지 못했다. 운가는 긴장해서 그녀를 향해 손을 뻗으며 계속 말했다.

"거의 다 왔어요. 조금만 더 가면 돼요."

어렴풋이 사람 목소리와 발소리가 들리기 시작했다. 운가는 차마 뒤돌아보지도, 담장을 기어오르지도 못하고 그저 허평군만 바라보며 힘을 내라고 독려했다.

"운가, 그자들이 쫓아오고 있어. 어, 어서 올라가, 난 신경 쓰지 말고."

허평군의 외침에 운가가 버럭 화를 냈다.

"허평군, 내가 신경 쓰는 건 당신이 아니야! 누가 당신같이 쓸모없는 사람을 걱정한대? 내가 걱정하는 건 당신 뱃속에 있는 아기란 말이야. 계속 그렇게 매달려만 있을 거야? 아기가 죽기를 바라? 그럼 오라버니는 당신을 증오할 거야."

허평군은 뒤쫓는 사람들의 목소리와 발소리가 점점 가까워지는 것을 느꼈다. 그녀는 흐느끼면서도 아기를 생각하고 젖먹던 힘까지 짜내어 담장 위로 기어올랐다. 운가가 재빨리 말했다.

"밧줄을 끌어 올려서 반대편으로 타고 내려가요. 아주 쉬워요. 서둘러요!"

허평군은 아래쪽을 내려다보았다. 한 무리의 사람들이 무기를 들고 달려오고 있었다. 그녀가 울면서 외쳤다.

"운가, 넌? 어서 올라와."

그러나 운가는 그녀를 바라보며 별거 아니라는 듯이 입을 삐죽였다.

"난 다른 길로 갈 거예요. 난 무술을 할 줄 아니까 언니처럼 남들 귀찮게 하지 않고 손쉽게 빠져나갈 수 있어요. 자꾸 짐이 되지 말고 어서 내려가요!"

그렇게 말한 운가는 나는 듯이 다른 방향으로 달려갔다. 쫓아오던 사람들은 수풀 속으로 들어간 운가가 일부러 낸 소리를 듣고 서로에게 외쳤다.

"저쪽이다! 저쪽이야!"

허평군은 울면서 밧줄을 타고 아래로 내려갔다. 마침내 두 발이 땅에 닿자 그녀는 비틀거리면서도 죽어라 달렸다. 그리고 마음속으로 미친 듯이 외쳤다.

'병이, 병이! 맹각, 맹각! 대체 어디 있는 거야? 어디서 뭘 하고 있는 거야?'

하늘에서 쏟아지는 비는 허평군의 눈물 같았고, 시꺼먼 밤은 마치 허평군이 느끼는 절망 같았다. 이게 모두 유병이 몰래 의원을 찾아가려 했던 자신 때문이었다. 자기가 의원에 가려고만 하지 않았어도 이렇게 잡히는 일은 없었을 것이다. 자기 같은 짐만 없었어도 운가는 벌써 달아났을 것이다. 모두 그녀의 잘못이었다!

하늘에서는 비가 쏟아지고 사방은 칠흑같이 어두웠다. 허평군은 그저 달리기만 했다. 하지만 어디로 가야 이 어둠에서 벗어날 수 있을지는 알 수 없었다. 운가의 상황을 생각하면 더욱 마음이 아팠다. 그녀는 하늘을 향해 울부짖었다.

"병이, 병이! 대체 어디에 있는 거야?"

그때 뜻밖에도 대답이 들려왔다.

"평군! 평군? 당신이야?"

"그래, 나야!"

허평군이 미친 듯이 외치자 폭우 속에서 몇 개의 그림자가 나타났다. 유병이를 본 순간, 허평군의 몸이 흐느적거리며 쓰러졌다. 유병이가 재빨리 그녀를 끌어안았다. 허평군이 울면서 외쳤다.

"운가를 구해야 해! 어서, 빨리 가. 서두르지 않으면 늦을지도……."

맹각의 얼굴이 창백해졌다. 그는 입고 있던 우비를 유병이에게 벗어 던진 후 순식간에 빗속으로 사라졌다. 유병이는 맹각이 사라진 방향과 지쳐 쓰러진 허평군을 번갈아 바라보았다. 그는 달려가고픈 충동을 억누르며 뒤따라온 협객들을 향해 큰 소리로 말했다.

"내 친구가 아직 저곳에 있소! 형제들, 부디 맹각 형을 도와 친구를 구해 주시오."

그러자 누군가 비를 뚫고 달려가면서 웃었다.

"사람을 구하고 나면 한바탕 피를 봐야겠군. 이 늙은이가 오랫동안 사람 간으로 담근 술을 못 마셨거든."

유병이도 호탕하게 웃었다.

"물론이오! 여기까지 왔는데 실컷 즐기지 않아서야 되겠소?"

그러고는 고개를 숙이고 부드러운 목소리로 말했다.

"일단 당신부터 집에 데려다줄게."

허평군은 고개를 저었다.

"운가를 구하고 나면 갈 거야. 같이 왔으니, 같이 가야지."

"견딜 수 있겠어?"

유병이가 묻자 허평군은 억지로 미소를 지었다.

"비를 좀 맞은 것뿐인걸. 그보다는 겁이 나."

유병이는 더 이상 말하지 않았다. 그는 맹각이 주고 간 비옷으로 허평군을 감싼 후, 그녀를 안고 사람들을 쫓아갔다.

유병이는 허평군을 안고 담장 위로 올라가 안뜰을 내려다보았다. 순간, 허평군은 마치 다른 세상에 와 있는 건 아닌가 하는 생각이 들었다.

물통처럼 뚱뚱한 몸집에 인자한 얼굴을 한 사람, 대나무처럼 비쩍 마른 몸에 흉악한 얼굴을 한 사람, 그리고 꽃처럼 어여쁜 여자와 단정한 차림의 학자 등 여러 종류의 사람들이 있었지만 모두 움직임이 날랬다. 게다가 그들은 부채나 우산, 심지어 팔랑거리는 비단 띠를 들고서 적들을 하나둘 쓰러뜨리고 있었다.

그중 두세 명은 아는 얼굴이었지만 대부분은 처음 보는 사람들이었다. 하지만 낯익은 얼굴들조차 지금의 모습을 보니 무척 낯설게 느껴졌다. 허평군이 작은 소리로 물었다.

"저 사람들이 소문으로만 듣던, 행적을 알 수 없는 강호의 협객들, 악을 원수처럼 미워한다는 녹림의 호걸들이야?"

"응."

"모두 당신 친구들이고?"

"응."

허평군은 유병이를 오랫동안 알고 지냈다. 물론 유병이에게는 괴팍한 부분도 있고 석연치 않은 부분도 있었지만, 허평군은 늘 자기가 유병이를 잘 안다고 생각했다. 그러나 지금은 그녀도 다소 곤혹스러웠다. 그녀는 정말로 유병이를 잘 알고 있을까?

유병이는 여느 때처럼 제멋대로고 호방한 모습이었지만, 어쩐지 오늘은 백성의 목숨을 손에 쥐고 천하를 발아래로 내려다보는 것처럼 느껴졌다. 허평군은 얼마 전에 만났던 광릉왕보다 유병이가 더 오만해 보인다는 생각이 들었다.

하소칠이 휘두른 칼에 사람 목 하나가 날아올랐다. 허평군은 저도 모르게 비명을 질렀다. 순간적으로, 바닥에 쓰러지는 사람들이 단순히 쓰러지기만 한 것은 아니라는 걸 실감했다. 그녀는 갑자기 속이 뒤집혀 쓰러질 듯이 비틀거렸다. 다행히 유병이가 계속 그녀의 허리를 안고 있어서 바닥에 떨어지는 것은 면했다.

유병이는 그녀의 머리를 자기 어깨에 기대게 하고는 망토의 모자로 시선을 가렸다.

"보지 마. 생각하지도 말고. 저자들은 나쁜 사람들이니 죗값을 치러야 해."

하지만 유병이 자신은 저 피비린내 나는 장면을 태연하게 바라보고 있었다. 그뿐만 아니라 잔인한 장면이 벌어지든 말든 그의 시선은 사람들의 움직임 속에서 낯익은 모습을 찾아내려고 분주했다.

누군가를 안고 있는 맹각을 발견하자, 그는 가볍게 한숨을 쉬더니 손을 입으로 가져가 맑고 우렁차게 휘파람을 불었다. 아래쪽 뜰 여기저기에서 응답하는 휘파람 소리가 들리더니, 적들은 단 한 사람도 남지 않고 모두 도륙당했다.

유병이는 허평군을 안고 담장에서 내려왔다.

"운가가 다쳤나?"

맹각은 고개를 젓더니, 황당하고 우습다는 듯이 말했다.

"별거 아니야. 찰과상만 조금 입었네. 혼자 놀라서 기절했을 뿐이야. 사람을 죽였는데, 아마 처음이었나 봐. 죽여 놓고도 놀라서 덜덜 떨고 있었는데, 알고 보니 그 사람이 죽지 않았던 거지. 운가가 달아나려고 할 때 마침 그자가 다리를 잡았고, 그걸 본 운가는 귀신인 줄 알고 놀라서 기절했다네. 이월이 때맞춰 운가를 발견했기에 망정이지, 안 그랬으면……."

"예전에 운가를 데리고 무덤에 간 적이 있는데, 그때는 꽤 간이 큰 줄 알았는데……."

유병이는 고개를 설레설레 저으며 웃음을 터트렸고, 맹각의 뒤에 있던 사람들도 함께 웃어 댔다. 그제야 마음이 놓인 허평군도 웃으며 울며 투덜거렸다.

"자기는 무술을 할 줄 아니까 괜찮다고 그러더니, 결국 이 모양이잖아!"

이윽고 유병이의 친구들이 차례차례 유병이에게 와서 두 손을 모아 인사를 한 후 웃으면서 떠나갔다. 허평군은 차마 그들을 볼 용기가 없어서 맹각 쪽으로 시선을 돌렸다. 다행히 맹각의 수하들은 모두 그와 마찬가지로 기도가 출중했다. 여자들은 모두 부잣집 규수 같았고, 남자들은 학자 집안의 공자 같았다.

유병이는 웃으면서 이제 아무도 살지 않는 집을 바라보았다.

"폭우 덕분에 아무 흔적도 남지 않겠군."

맹각이 유병이에게 칭찬을 전했다.

"은원이 분명하고, 왕법이 미치지 않을 때면 사람을 죽이기도 하고, 평소에는 신분을 숨기고 사는 협객이라……. 과연 사마천이 자객열전과 협객열전을 쓸 만도 하군."

마차가 도착하자 이월이 사람들이 탈 수 있도록 가리개를 걸어 주었다. 마차에 오르자 맹각이 웃으며 허평군에게 말했다.

"진맥을 해 주겠소."

"알고 있었어요?"

허평군이 얼굴을 붉히며 묻자 맹각이 고개를 끄덕였다.

"병이에게는 직접 말해 주고 싶겠지. 그래서 일부러 그에게는 말하지 않았소."

그러자 유병이가 웃으며 끼어들었다.

"지금 무슨 수수께끼 놀이를 하는 거지?"

하지만 허평군은 아무 말 없이 고개를 숙이고 맹각에게 손을 내밀 뿐이었다. 맥을 짚어 본 맹각이 웃으며 말했다.

"괜찮소. 비를 많이 맞아 한기가 들긴 했지만, 평소 건강했으니 약만 잘 지어 먹고 좀 쉬면 나을 거요. 하지만 앞으로는 비를 맞지 마시오. 매번 이렇게 운이 좋지는 않을 테니까."

허평군은 여전히 놀란 얼굴로 고개를 끄덕였다.

"우리를 어떻게 찾아냈죠?"

"운가의 후추 덕분이지. 후추는 서역의 특산품이라 일반 백성들은 구경도 못 하는데, 운가 말고 그렇게 귀중한 조미료를 함부로 바닥에 뿌릴 사람이 어디 있겠어? 조금 늦게 발견하긴 했지만, 도움이 됐지."

유병이의 대답이었다. 그때 운가가 천천히 정신을 차렸다. 그녀는 눈도 뜨기 전에 소리부터 질렀다.

"놔, 놔요!"

허평군이 웃으며 그녀를 깨우려고 하자, 맹각이 조용히 하라는 눈짓을 하며 운가의 발을 슬쩍 잡았다.

"이렇게 잡을까?"

운가가 덜덜 떨기 시작했다. 목소리마저 떨려 나왔다.

"잡지 말아요, 놓으라고요. 나도 죽일 생각은 없었어요. 당신이 먼저 날 죽이려고 했잖아요. 내가 당신을 안 죽이면……."

운가를 놀리려던 맹각도 그녀가 정말 겁먹었다는 것을 깨닫고는 그녀의 뺨을 토닥이며 말했다.

"운가, 나요."

운가는 눈을 반짝 떴다. 맹각을 발견한 그녀의 얼굴에서 두려움이 서서히 가셨다. 잠시 멍하니 있던 그녀가 갑자기 맹각을 마구 때리며 외쳤다.

"왜 이제야 왔어요? 왜 이렇게 멍청한 거예요? 똑똑한 줄 알았는데! 내 손으로 세 사람이나 죽였단 말이에요. 흑흑⋯⋯. 세 사람이나⋯⋯. 게다가 그 시체를 만지기도 했어요. 부드럽고, 따뜻했어요⋯⋯. 차갑지가 않았어요⋯⋯. 세상에는 정말 귀신이 있을까요? 전에는 없다고 생각했는데, 지금은 겁이 나요. 흑흑⋯⋯."

운가는 때리다가 지쳐 맹각의 품에 얼굴을 묻고 울음을 터트렸다. 맹각이 그런 운가를 달래며 귀에 대고 속삭였다.

"알고 있소. 당신 탓이 아니오. 그자들은 내가 죽인 거요. 염라대왕도 당신 몫으로 생각하진 않을 거요."

허평군은 민망한 듯 고개를 옆으로 돌렸고, 유병이는 가리개를 살짝 걷고 창밖을 바라보았다.

운가는 처음으로 사람을 죽였다는 죄책감과 두려움에 울음을 터트렸지만, 울고 나자 마음이 가라앉았다. 그 후에야 마차 안에 있는 다른 사람들을 발견한 그녀는 금세 얼굴이 홍당무가 되어 맹각을 힘껏 꼬집었다. 그리고 미리 알려 주지 않았다며 원망스러운 눈길로 그를 노려보았다.

맹각은 웃으면서도 아픈 듯이 헉 소리를 내더니, 운가가 더 이상 꼬집지 못하도록 손을 꽉 붙잡았다. 운가는 유병이를 흘끗 바라보았다가 다시 허평군을 돌아보았다. 허평군이 웃으며 고개를 젓자 운가는 유병이를 향해 야릇한 웃음을 지었다. 유병이가 눈썹을 문지르며 물었다.

"날 속이고 있는 게 있군?"

그러자 운가가 미소를 거두고 흉악한 목소리로 물었다.

"나와 허 언니가 둘 중 누구 때문에 이런 꼴을 당한 거죠?"

유병이는 허평군 뒤에 있던 찌그러진 방석을 툭툭 쳐서 성리한 후, 팔짱을 끼고 나른하게 허평군 옆에 누웠다. 그리고 웃으면서 대꾸했다.

"나와는 상관없어. 우리 맹 공자님께 여쭤 보라고!"

맹각은 먼저 허평군에게 사죄하고, 다시 유병이에게도 사과했다.

"막다른 곳에 몰린 연왕이 두 사람을 인질로 삼아 내게 곽광을 죽이라고 협박했소."

그가 설명하자 운가는 이해할 수 없다는 듯이 물었다.

"그럼 나만 잡아가면 될 텐데 왜 허 언니까지 끌어들였대요?"

맹각은 이미 그 이유를 알고 있었다. 연왕은 그와 허평군이 함께 있는 모습을 본 적이 있었고, 당시 다른 생각이 있었던 그는 굳이 해명을 하지 않고 일부러 연왕의 오해를 샀다. 그런데 나중에 운가가 스스로 연왕 앞에 나타난 것이다. 허평군이 시집을 가긴 했으나, 연왕은 만에 하나라도 실수하지 않기 위해 운가와 허평군을 둘 다 잡아들였던 것이다.

그러나 맹각은 사실대로 말하지 않았다.

"아마 두 사람이 같이 있었기 때문이겠지. 소식이 새어 나가면 안 되니 차라리 둘 다 잡아갔을 거요."

"곽광을 죽이는 건 연왕을 죽이는 것처럼 쉽지 않을걸요. 연왕은 이미 끈 떨어진 연이지만, 곽광은 난다 긴다 하는 권력을 얻었으니까요. 그래서 어떻게 했죠?"

운가가 묻자 맹각과 유병이가 서로 눈짓을 주고받더니 맹각이 대답했다.

"병이와 의논한 후 직접 곽광을 찾아갔소. 연왕이 내 힘을 빌려 그를 죽이려 한다는 사실을 모두 털어놓고, 곽 대인과 힘을 합쳐 연왕이 하루라도 빨리 저항을 그만두게 하려고 노력했소. 그동안 병이는 온 힘을 다해 두 사람의 행방을 찾았지. 오늘 오후에야 비합전서飛鴿傳書[3]를 받았는데, 연왕이 벌써 겁을 먹고 자결했다는구려."

맹각이 번왕의 죽음을 가벼운 투로 설명했다.

"네?"

운가는 무척 놀랐다.

"연왕은 쉽게 자결할 사람 같지 않았는데. 죽더라도 상대방을 철저히 무너뜨린 후에 죽을 사람처럼 보였거든요. 한 사람만 죽여도 본전이고, 두 사람을 죽이면 이득이라고 생각할 사람이죠. 더욱이 황제도 그를 죽이라고 하지 않았잖아요? 그런데 왜 자결했을까요? 억울하면 끝까지 싸우고, 구차하게라도 살아날 생각이면 죄를 인정하기만 하면 되는데. 그럼 계속해서

---

3 비둘기를 통해 편지를 전하는 것.

좋은 음식을 먹으며 살 수 있잖아요."

맹각과 유병이는 다시 한 번 눈짓을 주고받았다. 그러더니 맹각이 웃으면서 대답했다.

"황제의 대군이 성문 앞에 도착하자, 황제가 되려던 꿈이 끝 장났다는 것을 깨닫고 실망 끝에 자결했는지도 모르지. 운가, 그게 왜 그리 궁금하오? 그가 죽든 말든 당신과는 아무 상관 없 잖소."

운가는 코웃음을 쳤다.

"상관이 없다뇨? 왜 상관이 없어요? 오늘 밤 내가 얼마 나……."

말을 하다 보니 다시 감정이 북받쳤다. 맹각이 그녀의 손을 잡으며 달랬다.

"다 지난 일이오. 다시는 이런 일이 없게 하겠소."

운가는 맹각을 향해 억지웃음을 지었다.

"당신을 원망하는 건 아니에요."

맹각은 빙그레 웃었지만 괴로운 표정이었다.

"난 나 자신이 원망스럽소."

허평군이 헛기침을 하며 끼어들었다.

"어휴, 팔에 닭살 돋는 것 좀 봐."

얼굴이 새빨개진 운가는 눈을 감았다.

"피곤해요, 좀 잘게요."

맹각이 만들어 준 안정제를 먹었지만, 운가는 여전히 처음

죽인 사람의 그림자에서 벗어나지 못해 밤이면 늘 악몽에 놀라 깨어나곤 했다. 운가의 상태가 걱정된 맹각은 아예 밤마다 그녀를 찾아와 함께 있어 주었다. 그런다고 운가가 악몽을 꾸지 않게 해 주지는 못했지만, 최소한 악몽을 꿀 때 깨워 주고, 두려움을 쫓아내 줄 수는 있었다.

허평군의 임신 소식을 들은 유병이는 슬프기도 하고 기쁘기도 했다. 하지만 겉으로는 슬픔을 감추고 새로운 생명에 대한 기대감만 드러냈다. 목재를 사 와 정원에 아기를 위한 요람을 만들고, 작은 목마도 만들었다. 그리고 허평군이 힘들게 일하지 않도록 요리는 운가에게 맡기고, 설거지나 빨래, 물 길어 오기, 술 빚는 일 등은 모두 자신이 도맡았다.

"당당한 사내대장부가 아내를 위해 빨래하는 걸 남들이 보면 비웃을 거야."

허평군의 잔소리에 유병이는 웃으며 대꾸했다.

"대장부와 빨래가 무슨 관계가 있어? 게다가 아내를 어떻게 대하든 내 마음이지, 남들이 무슨 상관이야?"

허평군은 더할 나위 없이 행복했다. 유병이가 정원에서 요람을 만들 때면, 그녀는 그 옆에서 아기 옷을 만들었다.

햇빛이 나뭇가지 사이로 쏟아져 정원은 맑고 환했다. 옷을 짓다 피곤하면 허평군은 고개를 들고, 허리를 숙인 채 목재를 다듬는 유병이를 바라보았다. 그때마다 황홀하리만치 행복했다.

어려서부터 지금까지 먹고 살기 위해 온갖 고생을 해 온 그녀는 언제나 이런저런 소망을 빌며 그것이 이뤄지기를 바랐다. 그런데 이제 난생처음으로 만족을 느끼며, 시간이 이대로 멈추었으면 하고 생각했다. 그녀는 배를 살짝 어루만지며 속으로 중얼거렸다.

'아가, 넌 아직 태어나지도 않았는데 벌써 이렇게 많은 사람들에게 사랑을 받고 있구나. 넌 엄마보다 더 행복할 거야! 아들이든 딸이든, 아빠와 엄마는 널 무척 사랑할 거란다. 그리고 널 아껴 줄 고모도 있고, 나중에는 재주 많은 고모부도 생길 거야.'

이른 아침, 맹각은 집을 나섰다가 정오가 되기 전에 돌아와 운가에게 성 밖으로 나가자고 했다. 그는 마부를 부르지 않고 직접 마차를 몰아 운가를 데리고 장안성을 빠져나갔다.

운가는 그 옆에 앉아 끊임없이 재잘대며 이 얘기 저 얘기를 꺼냈다. 자신이 만든 요리에서부터 최근 읽은 시문, 가족 이야기 같은 것들이었다. 그녀는 얘기를 하다가 신이 나면 몸을 앞뒤로 흔들어 대며 깔깔거렸고, 다소 불쾌한 얘기가 나오면 마치 돈이라도 떼먹힌 사람처럼 눈살을 찌푸렸다.

맹각은 조용히 듣기만 했다. 빙그레 웃기는 해도 운가처럼 웃었다 찡그렸다 하지는 않았다. 그렇지만 가끔씩 운가에게 물주머니를 건네거나, 햇빛이 강할 때면 운가에게 삿갓을 씌워 주기도 했다. 또, 운가가 웃다가 마차에서 떨어질 뻔하면, 그때마다 말고삐를 놓고 운가의 팔을 붙잡아 주었다.

마차가 어떤 장원 앞에서 멈추자, 운가는 그제야 맹각이 산책하러 나온 것이 아니라는 것을 깨달았다. 문 앞의 편액에는 '청원靑園'이라는 두 글자가 쓰여 있었다. 안뜰은 관리가 잘되어 있었지만, 풀이나 나무, 기둥, 복도 같은 것들은 꽤 오래된 것 같았다.

"여긴 누구 집이죠?"

운가가 조용히 묻자 맹각이 그녀의 어깨를 잡고 진지한 표정으로 말했다.

"운가, 지난번에 내가 소개해 준 분을 기억하오?"

운가가 고개를 끄덕였다.

"이곳 역시 그분 것이오. 풍 숙부의 병이 무거워져 약을 먹어도 효과가 없소. 어쩌면 오늘이 마지막이 될 수도 있소. 그러니 숙부께서 무슨 말씀을 하더라도 그분 심기를 거스르면 안 되오."

운가는 힘껏 고개를 끄덕였다.

"알았어요."

맹각은 운가의 손을 잡고 구불구불하고 긴 복도를 따라 걸어갔다. 얼마 후 그들은 대나무로 만든 건물 앞에 도착했다. 맹각은 운가에게 밖에서 기다리라고 한 후, 가리개를 걷고 혼자 안으로 들어갔다. 방 안으로 들어간 그는 재빨리 안쪽으로 걸음을 옮긴 후 침대 앞에 무릎을 꿇고 반쯤 엎드렸다.

"소각입니다. 사죄하러 왔습니다, 숙부님."

시동이 육풍陸風을 부축해 일으키고, 등에 방석을 받쳐 준 후 조용히 물러갔다. 그러나 육풍은 맹각을 응시한 채 한참 동안 아무 말도 없었다. 맹각 역시 한 마디도 하지 않고 조용히 무릎을 꿇고 있을 뿐이었다. 마침내 육풍이 조금 지쳤는지 눈을 감으며 한숨을 쉬었다.

"연왕을 부추겨 모반을 일으키게 하고, 상관걸과 곽광의 싸움을 부채질하더니, 이제 죽을 사람은 다 죽고 곽광 혼자 조정을 틀어쥐게 되었으니 만족스러우냐? 소각, 너는 정말 야심이 크구나. 아홉째 나리께서 서역의 사업을 네게 주지 않으시려는 이유를 알겠다."

그때 밖에서 시동이 어떤 여자와 이야기하는 소리가 들려왔다. 육풍이 물었다.

"누구를 데리고 왔지? 운가냐?"

"그렇습니다. 병 때문에 손님을 만나기 싫어하실까 봐 차마 방까지 데려오지는 않았……."

육풍이 맹각의 대답을 끊으며 화난 목소리로 말했다.

"차마? 내 앞에서 연기는 그만 해라. 운가를 데리고 와."

방에 들어선 운가는 맹각이 무릎을 꿇고 있는 것을 보자 따라서 무릎을 꿇었다. 침대에 앉은 사람은 안색이 누렇게 떴지만 눈빛만은 여전히 매서웠다. 게다가 병을 앓고 있는 사람 특유의 냄새가 나기는커녕 오히려 이상하리만치 깔끔했다.

운가를 본 육풍은 미소를 지으며 말했다.

"얘야, 너와 나는 아무 연고도 없는데 왜 무릎을 꿇느냐?"

운가는 뺨을 붉히며 맹각을 흘끔 바라보았다. 그녀는 고개를 숙였지만 목소리는 당당하고 편안했다.

"맹각의 어른이시잖아요. 맹각이 이렇게 무릎을 꿇고 있으니, 저도 따라야지요."

육풍이 웃으며 고개를 끄덕였다.

"착한 아이구나. 소각을 따를 생각이냐?"

"아뇨."

운가의 대답에 육풍과 맹각, 둘 다 당황했다. 맹각이 돌아보자, 운가는 그를 향해 생긋 웃더니 육풍에게 말했다.

"제가 이 사람을 따르는 것도 아니고, 이 사람이 저를 따르는 것도 아니에요. 그냥 둘이서 함께 앞으로의 길을 가는 거죠."

육풍이 큰 소리로 웃음을 터트렸다.

"과연 옥…… 과……의 딸답……."

그는 한 마디도 채 잇지 못하고 격렬하게 기침을 했다. 맹각이 그의 등을 두드려 주고 맥도 짚어 보았지만, 육풍은 손을 내저었다.

"괜한 짓 할 거 없다. 늘 이 모양이야. 웃을 수 있을 때 많이 웃어 두는 게 좋아."

육풍은 맹각과 운가를 번갈아 바라보더니, 베개 밑에서 새까만 철패를 꺼내 운가에게 내밀었다. 운가가 잠시 망설이다가 그것을 받자 육풍이 웃는 얼굴로 말했다.

"운가야, 나중에 소각이 널 괴롭히거든 그 거자령鉅子令으로 도와줄 사람을 찾거라."

"거자령이요? 어디서 들어 본 것 같은데……. 아, 묵자! 묵가의 사람들은 거자령의 명을 따른다고 들었어요."

"나는 묵가는 아니지만 묵자를 무척 존경한단다. 그래서 감찰 조직을 묵가의 조직과 비슷하게 만들었지. 사람 수는 적지만 모두 솜씨가 있다. 평소에는 평범한 수공예 기술자지만, 거자령의 명령이 떨어지면 섶을 지고 불 속에 뛰어들라 해도 마다하지 않을 사람들이야. 장사를 하다 보면 이익을 위해 양심을 속이는 아랫사람들이 있기 마련이라, 감찰 조직을 통해 규칙을 어기는 아랫사람들을 감독하고 처결할 필요가 있다. 장안은 이름에 편안한 '안' 자가 들어가 있지만 실은 늘 불안한 곳이지. 이걸 가져가서 네 안위를 지키도록 해라!"

"전 필요 없어요."

운가가 거자령을 다시 돌려주자 육풍이 부드럽게 말했다.

"운가야, 어른의 마음이니 받아 두어라."

운가는 그래도 거절하려고 했지만, 순간, 방에 들어오기 전에 맹각이 했던 말이 생각났다. 어쩌면 이것은 육풍의 마지막 바람인지도 모른다. 비록 그와는 단 두 번 본 사이에 불과했지만 육풍이 이상할 정도로 그녀에게 친절하게 대해 주었고, 또 맹각의 아저씨기도 해서 운가 역시 그를 집안 어른처럼 여기고 있었다. 그런 그가 이렇게까지 말하자 운가도 더 이상 거절할 수가 없어 거자령을 받았다.

"감사합니다, 풍 아저씨."

"너와 소각이 함께 있는 것을 보니 기쁘다. 아쉽게도 아홉째……."

운가를 뚫어져라 바라보던 육풍의 눈가에 눈물이 맺히는 것 같았다.

"운가야, 그만 나가 보아라. 소각과 할 얘기가 있다."

운가가 고개를 끄덕이고 방에서 나가자 육풍이 맹각에게 말했다.

"이제부터 한나라 영토에 있는 모든 사업은 네 차지다. 그러니 네 마음대로 해도 된다."

"감사합니다, 숙부님."

맹각이 허리를 굽히고 머리를 조아렸다. 육풍은 굳은 얼굴로 계속 말했다.

"첫째는 네 성이 '맹'이기 때문이고, 둘째는 운가 때문이고, 셋째는 우리 둘 다 남자기 때문이다. 나 역시 젊은 시절이 있었지. 소각……."

육풍은 눈을 반쯤 감으며 뭔가 할 말이 있는 듯 입을 달싹였다. 하지만 결국 그 말을 삼키고 손으로 맹각의 어깨를 두드리며 말했다.

"너도 수년 간 아홉째 나리를 모셨으니 많든 적든 그분 영향을 받았을 게다. 어차피 네게 주기로 결정한 이상, 더 이상 말할 필요는 없겠지."

육풍이 눈을 감았다.

"그만 가거라! 다시는 날 보러 올 것 없다. 난 오늘 늦게 장안을 떠날 거다. 늘 어렸을 때 가 봤던 곳이 그리웠지. 틈이 나면 다시 여행을 떠나고 싶었는데, 이 나이가 될 때까지 틈이 나지 않더구나. 시간만 있다면 소전과 소뇌도 만나고 싶구나."

시동이 들어와 육풍을 편하게 눕혔다. 맹각은 세 번 머리를 조아린 후 일어나 밖으로 향했다. 그가 대나무 발을 걷는 순간, 방 안에서 나지막한 목소리가 들려왔다.

"다시는 실수하지 마라."

맹각은 잠시 손을 멈칫했지만 곧 발을 내려놓고, 복도에서 기다리고 있는 사람에게 다가갔다.

"운가."

그녀가 달려왔다. 맹각은 웃으며 그녀의 손을 잡았다.

그와 육풍은 그렇게 친한 사이는 아니었다. 게다가 헤어질 때 육풍의 표정이 좋았기 때문에 그렇게 슬프지도 않았다. 하지만 운가와 맹각, 둘 다 마음이 무척 우울했다.

맹각은 운가의 손을 잡고, 산을 내려가는 대신 도리어 위로 올라갔다. 두 사람은 단숨에 산꼭대기에 이르렀다. 발아래 펼쳐진 산등성이와 끝 간 데 없는 푸른 하늘을 바라보자 울적한 기분이 어느 정도 가셨다.

산꼭대기는 바람이 매우 거세어 운가의 몸이 휘청거릴 지경이었다. 한기를 느낀 그녀가 바람이 덜 부는 쪽으로 가자고 말하려고 했으나, 마침 그때 맹각이 그녀를 품에 끌어안고 바람을 등지고 돌아섰다. 그는 운가 대신 바람을 맞으며 고개를 숙여 그녀의 귀에 대고 속삭였다.

"방금 누가 어떤 사람에게 시집가고 싶다 하지 않았소? 나중에 딸에게 '그때 엄마가 아빠를 졸졸 쫓아다니며 시집가겠다고 외쳐 댔단다'라고 말해 줘야겠소."

조금 전 육풍 앞에서는 당당하게 말한 운가였지만, 맹각과 단둘이 있게 되자 부끄러워서 쥐구멍에라도 숨고 싶은 기분이었다. 그런데다 맹각이 놀려 대자 부끄럽다 못해 화가 치밀어 그를 힘껏 밀어냈다.

"누가 쫓아다녔단 말이에요? 조금 전에는 풍 아저씨의 기분을 맞춰 주려고 그랬던 것뿐이니, 곧이들을 필요 없어요."

맹각은 그래도 팔에 힘을 풀지 않고 더욱 힘주어 그녀를 안았다.

"좋소. 조금 전 일은 없었던 일로 치고 다시 시작합시다. 운가, 나와 혼인해 주겠소?"

운가는 곧 안정을 되찾았다. 그녀는 황홀한 기분으로 오래전의 어떤 밤을 떠올렸다. 그날 그 사람은 별이 반짝이는 밤에 그녀에게 말했었다.

"받을게. 운가, 반드시 기억해야 해!"
"별에 대고 맹세해. 절대 번복하지 않겠다고."

맹각이 운가의 얼굴을 들어 올렸다. 약간 긴장한 눈빛이었다.

"운가, 나와 혼인해 주겠소?"

지난날의 별밤은 어린 시절 꿈에 불과했다. 지금 눈앞에 있는 사람이야말로 진짜 그녀의 사람이었다. 운가는 미소를 띤 채 고개를 숙이고 조용히 말했다.

"우리 아버지께 물어봐요. 아버지가 허락하시면요."

맹각이 웃으며 농담을 건넸다.

"그러니까 '난 벌써 좋다고 말했어요'라는 뜻이군?"

운가는 아무 대꾸도 하지 않았다. 맹각이 그녀의 턱을 살짝 들어 올렸다. 그의 입술이 뺨에 닿자 운가는 눈을 감았다.

광활하고도 높은 산봉우리에는 들바람이 횡횡 불었다. 맹각이 실수로 비녀를 건드렸는지, 아니면 바람이 강했기 때문인지, 운가의 머리가 풀어져 바람에 흩날렸다. 새까만 머리칼이 바람을 따라 춤추며 가볍게 그녀의 얼굴을 때렸다.

맹각이 운가의 까만 머리칼을 손에 말아 한데 묶었다. 그리고 웃으면서 그녀의 입술을 살짝 깨물었다.

"머리칼로 마음을 묶는군."

뺨은 차가웠지만 입술은 뜨거웠다. 운가는 이것이 꿈인지 생시인지 알 수가 없었다. 새빨간 진달래가 일순 산꼭대기에서부터 산기슭까지 가득 피어났다가, 활활 불이 붙어 횡횡 불어오는 바람에 타닥타닥 소리를 내며 타오르는 것을 보는 것 같았다.

며칠 동안 운가는 일을 하다 말고 혼자 쿡쿡 웃거나, 반찬을 만들다가도 멍하니 넋을 놓곤 했다. 반나절 동안 아무것도 하지 않고 기쁜 듯이, 혹은 부끄러운 듯이 얼굴을 새빨갛게 물들이기도 했지만 무슨 생각을 하고 있는지 아무도 알 수가 없었다.

허평군이 운가의 방 문을 활짝 열었다. 그리고 운가가 물바

가지를 든 채 물통 옆에 멍하니 서 있는 것을 보자 그녀에게 다가가 깔깔거리며 놀려 댔다.

"맹 오라버니와 몰래 혼인 약속이라도 했어?"

운가의 얼굴이 새빨개졌다.

"말 안 해요!"

허평군은 까르르 웃으며 운가에게 간지럼을 태우기 시작했다.

"정말? 이래도 말 안 해?"

운가는 달아나면서 들고 있던 바가지의 물을 허평군에게 뿌려 댔지만 그때마다 실패했다. 두 사람이 웃고 떠드는 동안 누군가 안으로 들어왔다. 운가가 뿌린 물은 노리던 허평군이 아니라 새롭게 나타난 사람에게 쏟아지고 말았다.

운가는 황급히 사과했지만, 나타난 사람이 곽성군인 것을 보자 깜짝 놀라 그 자리에 우뚝 섰다. 허평군은 마치 적을 대하는 것처럼 경계하는 눈초리로 운가 옆에 섰다.

곽성군의 하녀가 밖에서 안을 들여다보다가, 물에 젖은 아가씨를 보고 운가에게 욕을 퍼부었다.

"죽고 싶어? 감히 우리 아가씨께……."

곽성군은 얼굴에 묻은 물을 닦으며 차갑게 말했다.

"밖에 있으라고 했는데, 감히 안으로 들어와?"

하녀는 황급히 고개를 돌렸다.

"죽을죄를 지었습니다!"

곽성군은 곽광의 딸이었기 때문에, 운가는 허평군까지 연루될까 봐 두려워 웃으며 그녀에게 말했다.

"허 언니, 그만 돌아가세요. 곽 소저와 이야기 좀 할게요."

허평군은 망설이다가 천천히 밖으로 나갔다. 운가는 곽성군에게 수건을 건넸지만, 곽성군은 받지 않고 서릿발 같은 얼굴로 운가를 바라보았다. 채 닦지 못한 물방울이 마치 눈물처럼 보여서 기세등등한 그녀도 다소 약해 보였다. 운가는 수건을 거두며 입술을 살짝 깨물었다.

"내 목숨을 구해 주었는데 감사 인사도 못 했네요."

곽성군이 피식 웃었다.

"감사는커녕 은혜를 원수로 갚았지."

운가는 유감스러운 듯이 대꾸했다.

"무슨 일로 찾아왔어요?"

곽성군은 운가를 자세히 뜯어보았다. 운가의 어디가 자기보다 나은지 살펴보려는 것 같았다.

곽성군은 아름다운 얼굴과 존귀한 신분, 게다가 그녀를 보물처럼 여겨 주는 아버지까지 있었다. 때문에 자신의 인생이 부귀와 행복으로 가득하리라고 믿어 왔는데, 얼마 전 언니와 상관란의 참혹한 죽음을 목격하고 꿈에서 깨어났다.

곽광의 딸로서, 그녀 역시 자신의 미래를 어렴풋이 짐작할 수 있었다. 하지만 받아들일 수가 없었다. 그녀는 태어나면서부터 풍족하고 영광스러운 삶을 누리는 데 익숙해져 있었다. 결코 자신의 성姓과 그 성이 주는 모든 것을 포기할 수 없었다.

그렇다고 언니처럼 곽씨 일족의 영광을 위해 희생되는 바둑돌이 되고 싶지도 않았다. 그들에게 혼인은 정치적 결합 이외에 아무것도 아니었다. 곽성군 역시 자신에게 화려한 삶을 보장해 주는 사람을 원했지만, 그렇다고 마음속의 감정까지 포기할 수는 없었다.

그녀에게 있어 맹각은 자신을 행복하게 만들어 줄 유일한 사람이었다. 맹각에게는 그 자신과 그녀를 보호할 능력이 있었다. 그녀는 결코 언니나 상관란의 전철을 밟고 싶지 않았다.

운가는 곽성군의 눈빛에 모골이 송연해져 머뭇머뭇 뒤로 물러나며 억지웃음을 지었다.

"곽 소저?"

곽성군은 깊이 숨을 들이쉬더니, 억지로 평소처럼 기품 있는 웃음을 지었다.

"맹각은 속이 깊고 야망이 큰 사람이야. 솔직히 말하면 우리 오라버니보다 더 우리 아버지를 닮았지. 아마 아버지가 그를 마음에 들어 하시는 것도 그 때문일 거야. 맹각의 앞길에 너는 아무 도움도 되지 않아. 요리 좀 잘하는 것 말고 네게 무슨 재주가 있지? 사고나 치면서 그가 수습하게 만드는 거? 운가, 넌 장안을 떠나는 것이 나아."

운가는 웃으면서 문가로 손을 내밀었다.

"곽 소저, 그만 돌아가시죠. 내가 장안을 떠나든 말든 당신이 신경 쓸 일이 아니에요. 한나라 황제가 나더러 장안에 오지 말라는 명을 내린 것도 아니니까요."

곽성군은 마치 다 생각이 있다는 듯이 웃었다.

"나는 곽씨야. 내가 한 말은 모두 이루어지게 되어 있어. 나중에 울며불며 매달리지 말고 서로 체면을 세워 주는 편이 좋을걸."

문 밖에서 유병이의 목소리가 들려왔다. 유병이가 들어가겠다는 것을 곽성군의 하녀가 막고 있는 것 같았다. 유병이가 큰 소리로 불렀다.

"운가?"

"오라버니, 나 여기 있어요."

운가가 재빨리 대답하자 곽성군이 경멸하는 미소를 띠며 고개를 저었다.

"오늘은 널 좀 자세히 보려고 왔을 뿐이야. 벌써 이렇게 긴장하는 걸 보니, 정말 내가 뭐라도 하려고 했다면 어떻게 나오려나? 그만 갈게."

그녀는 봉황처럼 오만한 자세로 유병이를 스쳐 지나가려고 했다. 하지만 유병이의 자유분방한 눈빛을 마주하자 저도 모르게 심장이 쿵 내려앉아 오만하던 태도도, 경멸하는 눈빛도 사라지고 말았다. 곽성군 본인도 자신이 왜 이렇게 초라한 차림의 이 남자 앞에서 기가 죽는지 알 수가 없었다.

"운가?"

유병이가 괜찮으냐는 듯이 물었다.

"난 괜찮아요."

운가의 미소는 평소처럼 환해서 곽성군에게 아무 피해도 입지 않은 것 같았다. 유병이는 겨우 마음을 놓았다.

"역시 넌 함부로 자기 비하를 하지 않는구나. 평군이었다면 벌써 쓸데없는 생각에 푹 빠졌을 텐데."

운가는 혀를 쏙 내밀었다.

"내가 낯이 두껍다는 뜻이죠? 봉황 앞에서 부끄러운 줄도 모르는 꿩처럼요?"

그러자 유병이가 운가의 이마를 톡 때렸다.

"운가, 이것만 기억해. 남자는 여자를 좋아하게 되면 그 여자의 신분이나 지위, 권력, 재물 따위는 전혀 신경 쓰지 않아."

운가는 웃으며 고개를 끄덕였다.

17장
일편단심은 싸늘한 재가 되어

유병이와 맹각 앞에는 바둑판이 놓여 있었지만, 바둑을 두고 있지는 않았다.

유병이는 흰 돌로 빽빽하게 원을 두 개 만들어 놓고, 검은 돌을 그 원 가운데에 놓았다. 외로워 보이는 검은 돌은 흰 돌에게 포위되어 빠져나갈 구멍이 없어 보였다.

맹각이 웃으며 고개를 끄덕였다.

"한쪽은 황궁의 금군이고, 다른 한쪽은 우림영이군. 지금은 모두 곽광의 손에 들어갔지."

유병이는 검은 바둑돌을 차례로 사방에 내려놓았다. 모두 현재 한나라의 국경 요새 주둔군이 있는 곳이었다. 가끔 흰 돌도 한두 개 내려놓았는데, 전체적으로는 검은 돌이 훨씬 많았다. 이제는 흰 돌이 검은 돌의 바다에 갇힌 형국으로, 매우 불리해 보였다.

"아무래도 유씨의 천하고, 백성들 마음속의 황제도 유씨겠지. 하나……."

맹각이 흰 돌 주변에 원을 그리면서 말을 이었다.

"흰 돌이 가장 중요한 곳을 지키고 있지 않은가. 바깥의 검은 돌이 경솔하게 움직이면 위험을 감지한 흰 돌이 선수를 칠 걸세."

그리고 흰 돌 가운데에 놓인 검은 돌을 빼냈다. 그러자 유병이가 다시 검은 돌을 가운데에 넣으며 말했다.

"몇 년 동안 그는 개혁을 위해 노력해 왔네. 세금을 줄이고, 형벌을 가볍게 하고, 전쟁을 줄여 백성들을 쉬게 했네. 유생들이야 뭐라고 하든, 백성들 마음속에서는 명군이지. 지금 보면 흰 돌에게 많은 것은 권력에 대한 욕심뿐이야. 곽광은 명성을 무척 소중히 한다더군. 그런 자는 수백 년 후의 평가도 중요하게 생각하지. 그는 결코 모반을 일으킨 간신으로 역사에 남고 싶지 않을 걸세."

맹각이 웃으며 대꾸했다.

"곽광도 보통 인물은 아니지만, 유불릉도 멍청이는 아닐세. 게다가 유씨의 자손이 유불릉 한 사람인 것도 아니지. 곽광이 진짜 모반을 한다면 천하 사람들이 들고 일어나 공격을 할 걸세. 그러니 유불릉이 그를 막다른 길로 몰아넣지만 않으면, 천하 정세를 잘 아는 그가 함부로 모반을 하지는 않을 거야. 유불릉의 목숨이 그의 손에 쥐어져 있다고는 해도, 그의 목숨 역시 유불릉의 손아귀에 있지 않은가? 바깥의 번왕들이야 곽광이 유불릉을 죽이기만을 이제나저제나 바라고 있겠지. 그러면 정정당당하게 군사를 일으킬 수 있고, 천하의 병마가 자연히 따를 테니까."

유병이는 살짝 당황한 표정이 되었다. 그가 눈을 들어 맹각의 얼굴을 훑어보더니 다시 시선을 내리고 가운데 놓인 검은 돌을 가리켰다.

"이쪽은 어떤가? 자네가 보기엔?"

맹각은 잠시 생각한 후 대답했다.

"그는 황제 같지 않은 황제야. 사실 그는 상관걸과 곽광의 대립을 이용할 수도 있었네. 곽광을 가까이해서 둘의 싸움을 부추기고, 다시 상관걸을 가까이해서 정세를 안정시킨 후 남몰래 외부 주둔병을 불러들여, 황제 측근의 간신을 물리친다는 명분으로 장안을 공격하게 할 수 있었어. 위험한 방법이긴 하지만 그게 가장 적절한 방법이라는 걸 몰랐을 사람은 아닐세. 물론 그 때문에 천하가 어지러워질 수도 있지만, 무너뜨리지 않고서야 다시 세울 수도 없다는 말이 있지 않은가? 동란이 가라앉고 나면 그가 천하를 장악하게 되는 거지."

유병이가 말했다.

"자네가 말한 방법으로는 한바탕 전쟁이 벌어질 수도 있네. 한나라의 국력이 약해진 후로 사방의 이민족들이 시시때때로 들고 일어나지 않나? 시원 원년[4]에는 익주의 염두廉頭와 고증姑

---

4 기원전 86년.

繪, 장가군의 담지談祉, 그리고 서남이의 스물네 개 마을이 모반을 일으켰고, 시원 4년에는 서남이의 고증과 엽유葉榆가 또 모반을 일으켰네. 시원 5년에는 흉노가 국경의 관문을 공격했지. 이런 상황에서 그가 황제 자리에 연연하지 않고 사직과 백성들을 더 생각했다면, 병란을 최대한 막기 위해서 지금 같은 선택을 할 수밖에 없었을 거야."

그러자 맹각이 웃으며 유병이를 바라보았다.

"자네라면 어떤 방법을 선택했을까? 수만, 아니 수십만 백성들의 목숨을 희생해서라도 자신의 권력을 유지하려 했을까, 아니면 유불릉처럼 했을까?"

유병이는 웃음을 터트리더니 맹각의 질문에 대한 대답을 피했다.

"나는 그 사람이 될 일이 없으니, 그런 선택의 기로에 설 일도 없네."

맹각은 빙긋 웃으며 유병이를 바라보다가, 찻잔을 들어 차를 한 모금 마셨다.

"자네는 예전에도 조정의 동정에 관심을 가지고 있었지만, 오늘은…… 전과는 좀 다른 것 같군."

유병이는 눈을 내리뜨고 손 안에서 바둑돌을 굴렸다.

"아마 아버지가 되기 때문이겠지. 내 아들까지 나 같은 인생을 살게 할 수는 없다는 생각이 들더군. 그래서……."

유병이는 고개를 들고 자신을 살펴보는 맹각의 시선을 마주했다.

"전력을 다해 싸워 볼까 하네. 정해진 내 운명을 바꿀 수 있을지 어떨지 말일세. 내가 바라는 것은 많지 않아. 최소한 내 아들은 있는 듯 없는 듯 살지 않게 하고 싶네."

맹각이 빙그레 미소 지었다.

"이 세상에서 자네에게 정정당당하게 살 수 있는 기회를 줄 사람은 그 사람과 곽광 둘뿐일세. 곽광도 자네가 장안성에 있다는 건 이미 알고 있을 거야. 하지만 줄곧 모르는 척해 온 것을 보면 곽광이 자넬 도울 가망성은 없네. 자네가 지난 일을 내려놓을 수만 있다면, 그 사람을 만나 볼 수도 있겠지."

맹각이 손가락으로 바둑판 가운데의 검은 돌을 가리켰다. 그러자 유병이의 웃는 얼굴이 처량하게 바뀌었다.

"내가 무슨 자격으로 그걸 내려놓겠나? 이건 내가 그걸 내려놓을 수 있느냐 아니냐의 문제가 아니라, 그 사람이 내가 포기했다는 사실을 믿느냐 아니냐의 문제야."

❀

맹각은 초대장을 받아 들었다. 곽광의 초대장이었다. 이 초대에는 다른 의미가 내포되어 있다는 것을 잘 알지만, 장안에서 발붙이고 살 생각인 이상 지금 곽광에게 미움을 살 수는 없었다. 맹각은 어쩔 수 없이 아무것도 모르는 것처럼 곽광을 만나러 갔다.

그와 연왕의 비밀 담판은 오로지 두 사람만이 알고 있었다.

그동안 맹각은 누군가 자신과 연왕의 왕래를 눈치챘다 하더라도 구체적인 내용은 모를 거라고 믿었다. 그러나 곽광의 솜씨를 직접 본 후로 그 확신은 매우 약해져 있었다.

그는 곽광이 자신에 관한 일을 얼마나 알고 있는지, 자신이 권신들 사이를 왔다 갔다 하며 불씨를 퍼트린 일을 어떻게 생각하고 있는지 전혀 알지 못했다. 그래서 마음의 준비를 하고, 상황을 보아 대응하는 수밖에 없었다.

곽광은 손님을 맞을 때 한 장丈[5] 정도밖에는 거리를 두지 않았다. 그 정도만 되어도 숨어 있는 호위병이 갑작스러운 공격을 충분히 막을 수 있었기 때문이다. 그러나 상관걸이 죽은 후로는 그 거리를 한 장 반으로 늘렸다. 겨우 반 장 차이였지만, 그 정도면 암살 시도를 완벽하게 차단할 수 있었던 것이다.

"맹 현질, 차 맛이 어떤가?"

편안한 옷을 입은 곽광의 모습은 의젓하고 기품이 있어, 손바닥만 뒤집어도 장안성에 있는 사람들의 목숨을 쥐락펴락할 수 있는 사람으로는 보이지 않았다.

맹각이 웃으며 대답했다.

"떠가는 구름처럼 향이 너울거린다고 선제께서 칭찬하신 무이산 차가 아닙니까? 세상 사람들은 이 차를 군자라고 칭송한

---

5 길이의 단위. 1장은 약 3.33미터.

다지요. 대장부는 비록 몸은 궁궐에 있어도 그 마음은 구름 너머에 있고, 강호에 살면서도 조정에 뜻을 두며, 권세를 쥐고도 순수함을 잃지 않는 법입니다."

본래 따로 할 말이 있던 곽광이지만, 맹각의 뜻밖의 이야기에 그는 기쁜 표정을 지으며 찬탄했다.

"좋은 말이군! 대장부는 비록 몸은 궁궐에 있어도 그 마음은 구름 너머에 있다! 세상 사람들이 모두 군자의 뜻을 알면, 근거도 없는 유언비어로 시샘하는 일도 없을 것이네."

맹각은 웃으면서 대수롭지 않은 듯 허리를 살짝 굽혔다. 그런 맹각을 보는 곽광의 눈에 복잡한 표정이 떠올랐다. 잠시 후 그가 천천히 말했다.

"이건 최상품의 차일세. 하나, 담로천의 물을 최상품의 목탄으로 끓여 남전옥으로 만든 찻잔에 내오지 않았다면, 제아무리 좋은 차도 그 맛을 반쯤 잃었을 것이네."

곽광은 가볍게 헛기침을 했다. 그러자 어디선가 사람이 나타나 양피지로 만든 족자를 맹각 앞에 내려놓았다. 맹각은 그것을 들고 살펴본 후 다시 탁자 위에 내려놓았다. 여전히 태연하게 웃고 있는 그였지만 사실 속으로는 잔뜩 경계하는 중이었다.

곽광이 웃으며 말했다.

"자네는 모르겠지만, 이 차는 성군이 며칠 동안 나를 쫓아다니면서 손수 끓인 것일세. 성군은 내가 가장 아끼는 딸이야. 그애에게 잘해 주기만 하면 내 필시 최고급의 물과 최상품의 숯,

그리고 최상품의 찻잔을 보내 자네가 좋은 차를 맛볼 수 있게 해 주겠네."

맹각은 입술 끝으로 빙그레 웃으면서 조용히, 탁자 위에 놓인 찻잔을 들었다. 곽성군에게 잘해 주라는 말보다는 차라리 곽씨 일족에게 충성하라는 말이 나왔다.

곽광은 맹각의 대답을 기다렸지만 맹각은 한동안 아무 말이 없었다. 곽광의 눈빛이 점점 불쾌한 빛으로 바뀌어 갔다.

맹각은 확실히 보통 인물이 아니었다. 고심해서 가르친 아들조차 맹각에 비하면 아무것도 아니었다. 맹각을 처음 만난 날부터 곽광은 줄곧 그를 주의 깊게 관찰해 왔고, 날이 갈수록 그가 마음에 들었다.

그러나 곽광이 그를 마음에 들어 할수록 맹각은 위태로워질 수밖에 없었다. 곽광은 훗날 적이 될지 모르는 위험인물을 살려 둘 사람이 아니었기 때문이다.

곽광이 웃으면서 찻잔을 내려놓았다. 그가 그만 손님을 돌려보내려고 할 때, 가리개 밖에서 무슨 소리가 들려왔다. 곽광이 눈을 찡그리며 탄식했다.

"많은 자식들 중에서 저 아이가 가장 고집이 세어 그런지 더 정이 가는군."

곽성군은 더 이상 엿듣지 않고 가리개를 걷으며 들어왔다.

"아버지, 또 딸의 흉을 보시는군요."

감천산에서 헤어진 후로 맹각이 곽성군을 만난 것은 공주부의 사건 때 먼발치에서 본 것이 다였다. 그날 곽성군은 아직도 그에게 화가 나 있었다. 그런데 이번에는 그를 보고도 화를 내거나 원망하지 않고 도리어 은근한 정을 내비치며 곱게 미소를 지어 보였다.

맹각과 곽성군을 번갈아 바라보던 곽광은 속으로 한숨을 푹 내쉬었다. 확실히 잘 어울리는 한 쌍이었다. 곽성군이 끝끝내 맹각에게 시집가겠다고 고집을 피우는 이유를 알 것 같았다.

공교롭게도 오늘 곽성군은 말리꽃 기름으로 머리를 빗어, 곽광도 은은하게 나는 말리 향을 맡을 수 있었다. 말없이 서 있는 딸의 모습을 보자 갑자기 가슴이 아팠다.

마치 전생에 있었던 일처럼, 한 여자가 멀리 서서 고개를 숙인 채 그를 볼 듯 말 듯하는 장면이 떠올랐다. 그녀의 몸에서 나는 연지분 때문인지, 그녀 뒤에 있는 말리꽃 때문인지, 저녁 바람 속에 옅으면서도 우아한 향이 실려 왔다.

이어서 눈물을 흘리던 딸 곽련아가 떠올랐다. 아비로서 자식을 먼저 보낸 슬픔 때문에 곽광도 마음이 약해져, 그는 맹각에게 한 번 더 기회를 주기로 했다.

"아비는 할 일이 있어서 먼저 일어나마. 네가 맹각을 배웅하려무나."

곽광의 말에 곽성군은 기쁜 듯이 고개를 들었다. 환한 얼굴이 마치 갓 핀 말리꽃 같았다. 곽광은 자상한 눈길로 그런 딸을 바라보다가 밖으로 나갔다.

곽성군과 맹각은 어깨를 나란히 하고 긴 복도를 따라 걸었다.

맹각이 먼저 말했다.

"배웅해 주셔서 감사합니다."

곽성군은 웃었지만, 그 웃음 속에는 괴로움이 담겨 있었다.

"아버지께도 말씀드렸어요. 당신과 내가…… 당신과 내가……. 더욱이 아버지도 당신을 무척 마음에 들어 하세요. 그러니……. 사실 당신이 연왕이나 상관걸과 왕래한 일은 그렇게 큰 일이 아니에요. 따지고 보면 상관안은 내 형부고, 나도 그쪽과 왕래한 일이 있으니 모반 혐의를 받아야 하지 않겠어요? 하지만 아버지는 신중하신 분이고, 조정에 대한 당신의 포부를 잘 아세요. 그러니 친구가 되지 않는다면, 위험한 적을 남겨 두실 리가 없어요."

그래도 맹각이 침묵을 지키자 곽성군의 미소가 다소 어색해졌다. 그녀가 살짝 뺨을 붉히자 마치 석양을 받은 말리꽃처럼 가냘프고 애처롭게 느껴졌다.

"아버지께선 항상, 포기하는 것이 있어야 얻는 것도 있다고 하셨어요. 무언가를 얻기 위해서는 먼저 포기할 줄 알아야 한다고요. 하지만 난…… 난 그렇게는 못 하겠어요. 운가는…… 좋은 사람이죠. 아버지에게도 여자는 많아요. 형부들도 대부분 첩을 거느리고 있고요. 당신이 원한다면…… 운가와 함께…… 함께 당신을……."

곽성군은 부끄러움에 얼굴이 빨갛게 달아올랐다. 목소리도 점점 작아져서 마지막에는 뭐라고 하는지 들리지 않을 정도였다. 그래도 맹각이 아무 말도 없자, 곽성군도 더 이상 말을 할 수가 없었다.

두 사람은 침묵 속에 걸음을 옮겼다. 저택의 측문에 이르자, 곽성군은 고개를 숙이고 서서 말없이 옷자락을 꼬기만 했다. 맹각이 그녀에게 작별 인사를 하자, 그녀는 살짝 몸을 숙여 마주 인사를 했다. 그리고 맹각의 모습이 길 저 끝으로 사라질 때까지 내내 지켜보며 멍하니 그곳에 서 있었다.

그때, 하녀의 부축을 받고 걸어온 곽 부인이 그 모습을 보고 한숨을 쉬며 고개를 젓더니 손을 내저어 하녀를 물러가게 했다.

"성군, 생각대로 됐니?"

곽성군은 꿈에서 깨어난 사람처럼 화들짝 놀라더니, 달려가서 어머니의 팔에 매달렸다.

"네. 아마 너무 갑작스러운 제안이라 어리둥절했는지, 당장 아버지께 대답하지는 못했어요. 아버지도 맹각에게 화가 나신 것 같았지만 저를 보신 후에는 한 번 더 기회를 주셨어요. 어머니, 왜 저더러 말리꽃 기름을 바르고 담황색 옷을 입으라고 하셨어요?"

곽 부인이 딸을 흘겨보았다.

"왜가 어디 있어? 아무래도 내가 널 너무 오냐오냐하며 키웠나 보구나."

곽성군은 어머니를 부둥켜안으며 어린아이처럼 그 품에 파고들어 어리광을 피웠다.

"어머니, 어머니……."

어머니를 부르는 목소리가 점점 메어 왔다. 곽 부인이 딸의 등을 토닥이며 말했다.

"나도 안다. 난 그저 네가 사람을 잘 골랐기를 바랄 뿐이다. 여자의 일생에서 다른 실수는 해도 좋지만, 시집을 잘못 가면 절대 안 돼."

"저도 알아요. 그래서 남들처럼 '어울리는 집안' 사람에게는 시집가지 않을 거예요. 상관안 하나면 족해요. 전 다른 언니들처럼 완전히 아버지 편인 사람에게 시집갈 거예요."

곽 부인은 아무 말도 하지 않았지만 얼굴은 딸의 말을 따르겠다는 표정이었다.

한때 그녀는 곽광이 자기 딸을 상관안에게 시집보내려 하지 않아 화를 냈었지만, 지금은 상관안에게 시집간 사람이 자기 친딸이 아니라는 사실이 무척이나 다행스러웠다.

"성군, 앞으로 다시는 아버지 앞에서 그런 차림은 하지 마라. 이번에는 아버지 마음을 약하게 했지만, 다음번에는 그 모습을 보고 더욱 차가운 쇠심장이 될지도 모른단다."

곽성군은 어머니의 가슴에 안긴 채 고개를 끄덕였다.

하녀 소청은 곽성군의 화장을 지우다가 거울에 비친 그녀의 차분한 모습을 보고 말했다.

"아가씨, 예전과는 조금 달라지신 것 같아요."

언니와 형부의 참혹한 죽음을 보고서도 예전과 똑같다면 그게 더 이상한 일이었다. 곽성군은 담담하게 물었다.

"어디가 다르지?"

그러자 소청은 곤란한 듯 고개를 저었다.

"모르겠어요. 그냥…… 예전보다 더 예뻐지신 것 같아요."

곽성군이 웃으며 야단쳤다.

"입에 침이나 바르고 거짓말해."

소청은 곽성군의 머리를 빗기면서, 그녀의 기분이 나쁘지 않은 것을 알고 재차 물었다.

"아가씨, 맹 공자에게 운가를 첩으로 들이는 걸 허락하신다면서 왜 그날 운가를 찾아가 그런 말씀을 하셨어요?"

곽성군은 빙그레 웃더니 일어나서 침대 쪽으로 걸어갔다.

"넌 그런 건 몰라도 돼. 네게 필요한 것은 나에 대한 충성심이야. 내가 잘돼야 너도 잘되는 것이고, 내가 잘못되면……. 언니의 하녀들이나 상관란의 하녀들이 어떻게 되었는지 너도 잘 알 거야. 그만 가서 자! 앞으로 해야 할 일이 많이 남았어."

운가는 방에 들어갔다 나갔다 하며 정신없이 바빠 보였지만, 무엇 때문에 바쁜지는 알 수가 없었다.

맹각은 등불 앞에 앉아서 책을 읽는 중이었으나, 그의 시선은 내내 무의식적으로 운가의 움직임을 좇았다. 그러자 운가가 의아한 듯 거울 앞에 서서 한 바퀴 돌아보았다. 머리도 단정했고, 얼굴도 깨끗했다.

"이봐요, 옥 중의 왕. 내가 뭐 이상해요?"

맹각은 웃으며 고개를 저었다.

"아무렇지도 않소."

"그런데 왜 날 계속 쳐다봐요?"

갑자기 맹각이 그녀를 품으로 끌어당겨 힘껏 안았다. 운가가 몸을 비틀며 말했다.

"내 말 아직 안 끝났어요!"

맹각이 조용히 그녀의 이름을 불렀다. 그 목소리는 물처럼 부드러우면서도 납처럼 무거워 순식간에 그녀의 마음속으로 스며들었다. 운가는 어딘지 이상한 느낌이 들어 재빨리 마음을 가라앉히고 맹각을 마주 끌어안았다. 그리고 머리를 그의 목에 묻고 부드럽게 비볐다.

"나 여기 있어요!"

"일은 그만 하고 나와 산책이나 나갑시다."

운가와 맹각은 손을 잡고 천천히 걸었다. 그들은 점점 후미진 곳으로 들어서 어느 농가의 밭에 이르렀다. 어둠 속에서도 곡식의 구수한 냄새가 서서히 풍겨 왔다. 시끄럽게 개굴거리던 청개구리들이 발소리에 놀랐는지 풍덩 소리를 내며 못으로 뛰어들었다. 덕분에 밤은 더욱 고요하게 느껴졌다.

장난기가 발동한 운가는 개구리 울음소리를 흉내 내어 못을 향해 개굴개굴 울었다. 청개구리들이 다시금 그녀를 따라 울기 시작했다. 운가는 득의양양하게 맹각을 향해 미소 지었다.

"비슷하죠? 난 여러 가지 동물 소리를 흉내 낼 수 있어요!"

맹각이 웃으며 그녀의 이마를 톡 때렸다.

"청개구리들이 타지에서 예쁜 처녀 개구리가 온 줄 알았나 보군. 개굴거리면서 구애하는 걸 보면."

'나더러 개구리라고? 예쁜 개구리라는 건 못생긴 사람이라는 뜻이잖아?'

운가는 맹각에게 흉악한 표정을 지어 보이고는, 다시 못을 향해 개굴개굴 울었다. 그러고는 맹각을 돌아보며 말했다.

"개구리들에게, 이 처녀 개구리는 멋진 청년 개구리와 함께 있으니 더 이상 구애하지 말라고 말해 줬어요."

한참을 걸었지만 맹각은 돌아갈 생각이 없어 보였다. 운가는 피곤했지만 아무 말 없이 그를 따랐다. 밭두렁에 이르자 길이 좁아 더 이상 나란히 걸을 수가 없었다. 맹각이 몸을 숙였다.

"업어 주겠소."

운가는 헤헤거리며 맹각의 등으로 뛰어올랐다.

"피곤했는데 잘됐다!"

사람 키보다 높이 자란 수수밭이 나왔다. 빽빽하게 자란 수수들 사이로 가지 몇 줄기가 길 가운데까지 뻗어 나와서, 운가는 맹각을 위해 앞을 가로막는 수수를 손으로 헤쳐 주었다. 드넓은 수수밭 위로 흘러내린 달빛이 운가의 손가락을 타고 춤을 추며, 그 손가락을 옥처럼 희고 영롱하게 비추었다.

"운가, 노래 한 곡 불러 주시오."

운가는 맹각의 등에 업힌 채 아무렇게나 흥얼거렸다.

삼월에는 청명절
복숭아꽃은 없어도 살구꽃이 피었네
꿀벌이 꽃을 따러 오니 꽃 마음이 흔들흔들

오월에는 단오절
버드나무 가지 창문을 두드리네
웅황으로 담근 약주에 단오절이 시끌시끌

칠월에는 칠석날
하늘의 견우가 직녀를 만나네
직녀는 본래 견우의 부인이지

넓게 펼쳐진 수수밭 위로 달빛이 부드럽게 쏟아졌다. 그 위로 퍼져 나가는 운가의 구성진 목소리가 마치 꿈속을 헤매는 것 같았다.

맹각은 운가가 살그머니 뒷목에 입을 맞추는 것을 느끼고 저도 모르게 입꼬리를 말아 올렸다. 하지만 그 웃음은 채 퍼지기도 전에 입가에서 굳어 버리고 말았다.

맹각이 운가를 업고 집에 돌아왔을 때는 이미 한밤중이었다. 맹각은 달콤한 잠에 빠져 있는 운가를 침대에 눕힌 후 안뜰로 나와 깊은 생각에 잠겼다.

본래 잠버릇이 나쁜 운가 덕분에 이불이 반쯤 땅에 떨어져 짓이겨졌다. 맹각은 가끔씩 방으로 들어가 다시 이불을 덮어 준 다음 어둠 속으로 돌아오곤 했다.

아침 일찍 운가의 집을 찾아온 유병이는 청석 의자에 앉아 있는 맹각을 발견했다. 무척 피곤한 얼굴인데다 옷자락도 축축하게 젖어 있었다. 밖에서 밤을 새운 바람에 이슬에 옷이 젖은 모양이었다.

운가의 방 창문이 꼭 닫힌 것을 본 유병이는 그녀가 아직 깨어나지 않았다고 생각하고는 조용히 물었다.

"왜 그러나?"

맹각이 고개를 돌려 그를 바라보았다.

"강산과 미인 중 하나를 택해야 할 처지가 되는 게 황제뿐만은 아닌가 보네. 언젠가 자네가 강산과 미인 중 하나를 택해야 할 때가 된다면 뭘 택하겠나?"

유병이는 대답하려는 듯 몇 번 입술을 달싹였지만 끝내 대답하지 못했다. 그는 결국 손을 내저으며 말했다.

"내게 그런 골치 아픈 일은 없을 거야."

맹각이 웃으며 일어났다.

"운가는 어제 늦게 잠들었으니 깨우지 말게. 오늘 저녁에는 내가 좀 늦을지도 모르니 먼저 식사하라고 전해 주고."

가벼운 햇살을 뚫고 지나가는 그의 모습이, 평소의 우아하고 멋진 모습과 달리 무척 초췌해 보였다.

방 안에서는 맨발로 창가에 서 있던 운가가 천천히 걸음을 옮겨 침대로 돌아갔다. 그녀는 휘장을 내리고 이불로 머리를 둘둘 감았다. 하지만 두꺼운 이불도 그녀를 따뜻하게 해 주지 못했다. 마음속에서부터 차가운 한기가 스멀스멀 솟아나 몸이 덜덜 떨리기 시작했다. 그녀의 몸은 찬바람에 휘날리는 가을 나무처럼 언제라도 말라 시들어 버릴 것 같았다.

저녁이 되어 맹각이 돌아왔을 때, 운가는 여전히 얼굴이 창백했지만 다른 것은 평소와 다름이 없었다. 그녀는 평소대로 무엇으로 만들었는지 모를 이상한 색을 띤 음식을 맹각에게 내밀었고, 맹각은 그것을 먹었다. 운가는 그 옆에 앉아 말없이 그의 모습을 지켜보았다.

"맛있어요?"

맹각은 마지막 한 숟갈까지 다 먹은 후 고개를 들고 운가를 바라보았다.

"모르겠소. 입 안에 든 게 쓴지, 신지, 단지, 나는 모르오. 무얼 먹든 다 똑같소."

운가는 전혀 놀라지 않고 차분하게 고개를 끄덕였다.

"언제부터 알고 있었소? 이 이상한 요리들을 만들 때부터요?"

맹각이 묻자 운가는 생긋 웃었다.

"하지만 아무 소용이 없네요. 온갖 이상한 요리들을 먹여 보았지만 결국은 당신을 치료하지 못했어요."

그러자 맹각이 운가의 손을 잡았다.

"의부님의 의술은 편작이 환생했다고 할 정도였소. 그런 그분도 여러 가지 방법을 써 봤지만 내 병을 치료하지 못하셨소. 그리고 내게 그러시더군. 이건 마음의 병이니 약으로 치료할 것이 아니라 마음으로 치료해야 한다고 말이오. 무슨 말씀인지는 잘 모르겠지만, 의부님께서 약으로 치료할 수 없다고 하신 이상 당신이 자책할 필요는 없소."

운가는 마주 잡은 손을 내려다보았다. 어쩐지 눈물이 날 것 같아서 그녀는 재빨리 머리를 흔들었다. 맹각은 운가가 자신의 병 때문에 슬퍼하는 줄 알고 가볍게 어깨를 토닥여 주었다.

"오래전 일이라 난 벌써 익숙해졌으니 너무 마음에 두지 말아요. 당신만 날 싫어하지 않으면 그것으로 족하오. 당신은 천하에 유명한 요리사인데 나는 당신의 요리를 감상할 능력이 없으니, 장님이 미녀를 얻는 꼴이지."

운가가 그를 향해 고개를 돌렸다. 눈가에 맺혔던 눈물은 어느새 사라지고 없었다.

그녀는 웃으면서 맹각에게 투덜거렸다.

"날 위로한답시고 하는 말 같은데, 어떻게 된 게 들을수록 내가 당신을 위로해야 할 것만 같죠?"

운가의 웃는 얼굴을 보자 맹각은 갑자기 그 얼굴을 마주할 용기가 사라져 그녀의 머리를 자신의 품 안에 끌어당겨 꼭 안았다. 그의 품에 안긴 운가의 얼굴에서 웃음기가 서서히 사라졌다. 그녀는 눈을 동그랗게 뜨고 앞을 바라보았지만, 사실 무엇을 보고 있는지조차 알 수가 없었다.

그 후로 맹각이 외출을 할 때면 운가는 어디 가느냐고 절대 묻지 않았다. 그리고 맹각이 돌아오면 그에게 늘 달라붙어 있었다. 맹각은 자기 병 때문에 그렇다고 생각했고, 또 운가가 이렇게 해 주기만을 바랐기 때문에 깊이 생각하지 않았고 별다른 의심도 하지 않았다.

함께 있는 동안 두 사람은 늘 서로에게 잘해 주었다. 허평군은 보다 못해 "눈꼴시어 못 봐 주겠네!" 하며 소리를 질러 댔고, 반대로 유병이는 복잡한 표정을 지었다.

유병이는 벌써 반나절 동안 문 앞에 서 있었지만, 운가는 햇볕이 내리쬐는 안뜰에 꼼짝도 하지 않고 앉아, 그가 오랫동안 지켜보고 있다는 사실조차 깨닫지 못했다.

유병이가 문을 열고 들어가자 끼익 하는 문소리에 운가는 재빨리 웃음을 지으며 일어섰다. 그러나 들어온 사람이 유병이인 것을 확인하자 그녀의 얼굴에 떠올랐던 미소 위로 피곤함이 드러났다. 유병이가 그녀를 나무 그늘로 끌어당기며 말했다.

"벌써 알고 있었니?"

그러자 억지 미소도 완전히 사라지고 처량한 표정이 떠오르는가 싶더니 운가가 천천히 고개를 끄덕였다.

"오라버니, 그에게는 말하지 마세요."

유병이는 뭐라고 위로해야 좋을지 몰라 씁쓸했다. 그 순간, 그는 자신의 무력함과 권력의 힘을 뼈저리게 느꼈다. 그에게 권력이 있었다면 모든 것은 달라졌을 것이다.

한동안 말이 없던 운가가 웃으며 말했다.

"오라버니, 난 괜찮아요. 그가 아직 선택을 한 건 아니잖아요? 어쩌면 강산이 아니라 날 선택할지도 몰라요!"

유병이는 '만약 아니라면?'이라고 묻고 싶었지만, 억지로 미소 짓는 운가를 보니 차마 말이 나오지 않았다. 그래서 그 역시 웃으며 고개를 끄덕일 수밖에 없었다.

"그럴 거야."

순간순간 시간을 헤아리며 보내는 동안 운가는 조심스럽게 맹각의 사랑을 갈구했다.

서로 안을 때마다 어쩌면 이것이 마지막일 거라고 생각했고, 웃으며 이야기를 나눌 때마다 어쩌면 이것이 함께 웃는 마지막 순간이라고 생각했다. 그래서 가능한 한 즐겁게 보내려고 노력하고, 가능한 한 맹각의 인생에 더욱 강한 인상을 남기려고 노력했다. 이런 나날이 얼마나 계속될지, 기다림의 고통 속에서 얼마나 버틸 수 있을지 몰랐지만, 지금으로서는 그를 놓칠 수가 없었다. 그를 포기할 수가 없었다.

처음 왔을 때는 낯설었던 장안성의 거리도 이제 익숙해졌다. 그녀는 맹각과 함께 이 웅장한 도시에 많은 기억을 남겼다.

어쩌다 곽부의 후문까지 왔는지 운가도 이유를 알 수가 없었다. 왜 수풀 속에 숨는지도 몰랐다. 그저 멍하니 그 저택을 응시할 뿐이었다. 어쩌면 자신의 행복을 집어삼키려는 것이 도대체 무엇인지 자세히 보고 싶은 것일지도 모른다.

그 저택은 마치 호랑이처럼 위풍당당하게 장안성에 웅크리고 있었다. 한나라의 천하, 특히 이 장안성 안에서 그 얼마나 많은 사람들이 '곽'이라는 성을 가진 사람들과 조금이라도 관계를 맺고 싶어 안달들이던가? '곽'이라는 글자는 위엄과 권력, 부귀, 재물을 의미했다. 누가 그것을 거절할 수 있을까? 천하를 쥐고 흔들 자리를 두고, 어떤 남자가 마음이 흔들리지 않을 수 있을까?

물론 그런 남자도 있었다. 최소한 그녀가 알기로는 세 사람이나 있었다. 아버지, 둘째 오빠, 그리고 셋째 오빠. 지금까지는 그게 정상이라고 생각했다. 하지만 이제야 자기 집 남자들이 남들과 다르다는 것을 깨달았다. 어머니, 그리고 미래의 새 언니들은 운 좋은 여자일 것이다. 하지만 그녀에게는 그런 행운이 따르지 않는 것 같았다.

운가는 빙그레 미소를 지었다. 이상하게도 저 저택이 밉지 않았다. 심지어 곽성군에게도 아무런 악감정이 들지 않았다. 어쩌면 그 모든 것은 맹각의 선택이고, 맹각과 자신의 일일 뿐, 곽부와 곽성군과는 아무 관계도 없다고 생각하고 있기 때문인지도 모른다.

머릿속이 복잡했다. 얼마나 오래 그곳에 있었는지는 모르지만, 날이 어두컴컴해지자 그제야 그녀도 깜짝 놀라 정신을 차렸다. 이제 돌아가야 했다. 맹각이 집에서 기다리고 있을지도 모른다.

돌아서려는 순간, 저택의 문이 열렸다. 해 질 무렵이라 날이 어둡고 거리가 멀어서 잘 보이지 않았지만, 나타난 사람의 모습이 너무나도 익숙했다. 낯익은 모습을 발견하자 더 이상 보면 안 된다는 것을 알았지만, 어쩐지 발이 못 박힌 듯 꼼짝도 할 수가 없었다.

❀

곽성군이 맹각을 배웅하러 나왔을 때는 이미 날이 어두워져 있었다. 소청이 등롱을 들고 따라왔다. 소청과 시선이 마주친 곽성군이 질문의 눈길을 보내자, 소청은 가볍게 고개를 끄덕였다.

문 앞에 이르러 맹각이 돌아서려 하자 곽성군이 그의 소매를 잡고 얼굴을 살짝 붉히며 할 말이 있는 듯이 머뭇머뭇했다. 맹각이 빙그레 웃으며 그녀를 바라보았다. 아주 친근하게 대하지는 않았지만 그렇다고 뿌리치지도 않았다.

곽성군이 고개를 숙이며 말했다.

"아버지께서 바둑을 두시면서 이렇게 기뻐하시는 건 거의 못 봤어요. 어머니께 들으니 아버지께서 며칠 전에도 당신을 칭찬했다는군요. 어머니께서도 무척 기뻐하셨어요."

맹각은 빙그레 웃으며 아무 말도 하지 않았다. 곽성군은 천천히 그에게 몸을 기댔다. 맹각의 손이 곽성군의 허리를 살짝 붙잡았다. 먼저 손을 내밀지는 않았지만, 그렇다고 거절하는 것도 아니었다.

반쯤 닫힌 문 사이로 꽃 그림자가 무성했다. 여자는 아름답고 남자는 멋있었다. 황혼의 등불이 두 사람의 모습을 더욱 다정하게 보이게 했다.

오랫동안, 아주 오랫동안 두 사람은 움직이지 않고 그렇게 서로에게 기대어 서 있었다. 이별이 아쉬워서, 너무도 아쉬워서 차마 헤어지지 못하는 모습이었다! 마음이 있는 남녀들이나 헤어지기 아쉬워하며 이렇게 말없이 서로를 바라보지 않을까?

❀

맹각이 웃는 얼굴로 곽성군을 부축해 일으켰다.

"그만 가 봐야겠소."

곽성군이 미소를 지으며 신신당부했다.

"날이 어두우니 조심해서 가세요."

맹각이 빙그레 웃고는 부드럽게 말했다.

"바깥이 춥소. 당신도 찬바람 쐬지 말고 빨리 들어가시오."

돌아선 그는 여유롭게 걸음을 옮겼지만 다시 돌아보지는 않았다. 곽성군은 문가에 서서 그의 모습이 사라질 때까지 지켜보았다.

맹각이 보이지 않게 되자 그녀의 시선은 맞은편 수풀로 향했다. 칠흑같이 어두워 아무것도 보이지 않았지만, 그녀의 시선은 한참 동안 그곳을 바라보았다.

❀

달도 없는 밤이었다. 하늘은 높고도 검었고, 별도 드문드문해서 무척 어두웠다. 바람에 거리 양쪽의 나무에서 시든 잎들이 우수수 떨어졌다. 운가는 손을 뻗어 떨어지는 낙엽을 잡고 중얼거렸다.

"바람이 부네."

몇몇 길 가는 사람들은 목을 움츠리고 서둘러 걸음을 옮겼다. 그러나 운가는 걸음을 멈추고 잠시 생각했다.

"이제 돌아가야 해."

심호흡을 하면서 가슴의 통증을 줄여 보려고 애썼다. 집에 돌아가면 더 이상 슬프지 않을 것이다. 가슴이 아프지도 않을 것이다. 그녀는 자신에게 중얼거렸다.

"나는 아픈 게 싫어. 괜찮아질 거야."

'정말 그럴까?'

깊이 생각하고 싶지가 않았다. 지금 그녀가 할 수 있는 일은 달팽이처럼 껍질 속으로 목을 움츠리는 것뿐이었다.

그때, 머리가 백발이 다 된 노인이 회오리처럼 운가 앞으로 달려들었다. 그는 손을 흔들며 신이 난 목소리로 소리를 질렀다.

"운가, 운가! 정말 너로구나! 하하하……! 내가 복은 있다니까. 착한 운가야, 어서 이 스승님께 밥 좀 해 다오."

상심해 있던 운가는 타향에서 친구를 만난 것처럼 갑자기 코끝이 시큰해지고 눈시울이 빨개졌다. 하지만 얼른 그런 기색을 감추고 웃음을 지으며 말했다.

"함부로 부르지 마세요. 내가 언제 아저씨를 스승으로 삼는다고 했어요? 아저씨가 억지로 날 제자로 삼은 거지. 후 아저씨, 언제 장안에 오셨어요? 둘째 오빠는요?"

후 노인은 무척 화난 듯이 눈을 치뜨고 수염을 올올이 곤두세웠다. 하지만 곧 남들에게는 통하는 이 방법이 운가에게는 전혀 먹히지 않는다는 것을 떠올렸다. 보통 그가 운가에게 부탁하는 쪽이었고, 운가는 그에게 부탁한 적이 없기 때문이었다. 그는 솟구치는 화를 꾹 참으며 운가에게 아양을 떨었다.

"착한 운가야, 이 늙은이는 오랫동안 네 오빠를 못 만났단다. 연북 지방을 돌아보고 서역으로 가는 길에 장안에 잠시 들른 것뿐이다. 그런데 넌 왜 여기 있지?"

후 노인은 운가의 대답은 기다리지도 않고 다급하게 말을 이었다.

"에이, 에이! 운가야, 나를 스승으로 모시겠다는 사람이 얼마나 많은 줄 아니? 어떤 사람은 사흘 밤낮 동안 무릎 꿇고 받아 달라고 빌었지만 내가 거부했지. 그런데 너는……. 너희 집 사람들은 하나같이 이상하다니까. 네 둘째 오빠에게 가르쳐 주겠다고 했을 때도 네 둘째 오빠는 웃기만 했지. 웃는 것은 꼭 군자 같은데 결국은 거절이었지. 그리고 네 셋째 오빠는 아예 이 늙은이가 돈이라도 꾸러 온 것처럼 차가운 얼굴로 관심 없다 그러지 않겠니? 정말 실망스러웠지. 내 기술을 배우면 좋은 점이 얼마나 많은……."

운가는 가차 없는 표정으로 말을 끊었다.

"허풍 좀 그만 떨어요! 나한테 '묘수 공공아'인지 뭔지 하는 걸 배우라고 부탁했을 때 난 물건 훔치는 일은 하지 않겠다고 했어요. 그랬더니 배우고 나면 세상에서 아저씨 말고는 누구도 내 물건을 훔칠 수 없게 된다고 했잖아요? 하지만 장안에 오자마자 날치기를 당했다고요."

평생 세상을 떠돌며 재물 같은 데 얽매이지 않던 후 노인이지만, 유독 자신이 창안한 '묘수 공공아' 기술에는 자부심을 갖고 있었다. 그래서 운가의 말을 듣자 마치 사람이 바뀐 듯 진지한 표정을 지으며 물었다.

"운가야, 그게 정말이냐? 넌 내 기술 중에서 3할이나 4할 정도밖에는 배우지 않았으니 물건을 훔치는 것은 못 해도 남들에게 쉽게 당하지는 않을 텐데."

운가가 고개를 끄덕였다.

"정말이에요. 주머니를 일곱 개나 가지고 있었는데 모조리 잃어버렸어요. 객잔에 가서도 돈이 없어서 점원에게 창피를 당할 뻔했는데, 다행히……."

도와준 사람의 이름이 떠오르자 갑자기 목이 메었다. 그녀는 재빨리 입을 다물고 당장이라도 깨져 버릴 것 같은 미소를 꼿꼿이 유지했다. 후 노인은 운가의 표정에는 미처 신경 쓰지 못한 채, 의혹이 가득한 목소리로 중얼거렸다.

"그럴 리가, 그럴 리 없어. 장안성에도 고수들이 있긴 하지만, 네 눈에 띄지 않고 훔치려면 많아 봤자 주머니 네 개 정도밖에 못 훔칠 텐데 일곱 개라니…… . 나라면 몰라도…… . 으응?"

후 노인이 갑자기 웃음을 터트리며 즐거운 표정을 지었다.

"아이고, 누가 훔쳤는지 알겠다! 아하하, 우습구나, 우스워! 내게 제자가 딱 둘 있는데 아직 서로 모르는 사이였군. 하지만 어쩔 수 없었단다. 그게 이쪽 세상의 규칙이니까. 남들 보란 듯이 제자를 받으면 사람들이 네가 누군지 다 알게 될 테고, 그래서야 뭘 훔칠 수가 있겠니? 이 늙은이가 수십 년 동안 천하를 떠돌아다녔지만, 내 진짜 모습을 본 사람은 몇 명 안…… ."

후 노인이 화제를 돌려 자신의 인생을 읊으려고 하자 운가가 재빨리 가로막았다.

"후 아저씨, 본론만 말씀해 보세요! 대체 누가 내 물건을 훔친 거죠? 그 사람이 아저씨 제자란 말이에요?"

그러자 후 노인이 조심스레 웃었다.

"착한 운가야, 아마 네 사형에게…… . 아니지, 나이는 너보다 많지만 입문은 너보다 늦게 했으니까 순서대로라면 사제라고 해야겠군. 아마 네 사제에게 털렸을 게야. 너한테 이 스승이 천하제일이라고 말했을 때는 아직 소각을 만나기 전이었지! 지금은…… . 지금은…… ."

후 노인은 영 내키지 않는 듯이 말을 이었다.

"지금은 내가 천하에서 두 번째일 거야. 소각은 머리도 좋고 배우려는 마음도 너보다는 훨씬 강했지. 하지만 이상하구나. 소각이 왜 네 물건을 훔쳤을까? 내게 '묘수 공공아'를 배우긴 했지만, 녀석이 마음먹고 훔칠 만큼 마음에 드는 물건은 거의 없을 텐데. 노느라 바빠서 몇 년 동안 녀석을 못 만났군. 그 녀석도 장안에 왔나 보지? 운가야, 화내지 마라. 그 녀석도 네가 사저라는 걸 몰랐을 게야. 넌 날 스승이라 부르려고 하지 않고, 또 내 기술을 완전히 배운 것도 아니잖니. 그래서 이 늙은이는 녀석에게 제자는 너뿐이라고 말할 수밖에 없었단다. 그래야 녀석이 열심히 배워서 내 뒤를 잇지."

운가는 창백해진 얼굴로 몸을 비틀거렸다.

"후 아저씨, 소각의 진짜 이름이 뭐예요?"

후 노인은 자기 제자를 떠올리며 무척 자랑스러운 듯이 말했다.

"맹자의 맹, 옥 자와 왕 자를 더한 각, 맹각이란다. 이 늙은이가 평생 가장 존경한 사람의 양자지."

운가는 똑바로 서 있을 수가 없어 비틀거리며 뒤로 물러섰다. 한때 마음속에 품고 있었던 의문이 단번에 풀렸다. 후 노인도 그제야 운가의 안색이 이상하리만치 창백한 것을 깨닫고는 물었다.

"운가야, 왜 그러니? 어디 아프냐?"

운가는 억지로 미소를 지었다.

"아니에요. 조금 피곤해서 그래요. 오늘 하루 종일 바빴거든요. 후 아저씨, 저 먼저 가서 쉬어야겠어요. 어디에 묵고 계시는지 알려 주면 나중에 찾아뵐게요. 아니면 서역에서 다시 만나면 그때 요리를 해 드릴게요."

후 노인이 앞에 있는 객잔을 가리켰다.

"난 저기서 잠시 묵고 있단다. 오늘 밤은 바람이 세구나. 착한 운가야, 어서 돌아가서 쉬려무나. 나중에 정신이 들면 이 스승님께 요리 좀 해 다오."

칠흑 같은 밤이었다. 바람은 점점 더 거세어졌다. 셀 수 없이 많은 나뭇잎이 바람에 휩쓸렸다가 운가의 머리 위, 얼굴 옆으로 스쳐 지나갔다. 본래도 앞이 잘 보이지 않을 정도로 어두웠지만, 나뭇잎이 시야를 어지럽게 찢어 놓아 앞이 더더욱 몽롱했다.

운가는 혼란에 빠진 세상 속을 멍하니 걸었다. 많은 것들, 한때 영원할 것이라고 생각했던 것들이 한순간에 무너져 내렸다.

한때 그와의 만남은 시처럼 아름다운 만남이라고 생각했다. 수많은 이야기들처럼, 어려움에 빠진 여자를 멋진 공자가 나타나 구해 주고, 그것이 일생의 연분으로 이어질 거라고 생각했다.

하지만 진상은 달랐다. 그는 그녀의 주머니를 훔친 후, 나중에 그 앞에 나타나 은혜를 베풀며, 경험도 없고 돈도 없는 그녀를 오로지 그에게 의지하게 만들려고 했다. 하지만 그녀가 요리 솜씨를 발휘해 돈을 벌 줄은 몰랐을 것이다. 그래서 그녀는 그에게 의지할 필요가 없었다. 그의 계획은 완전히 성공하지는 못했지만, 어쨌든 그 방법으로 그녀의 세상에 뛰어든 것만은 분명했다.

어쩐지 깊은 밤 〈채미〉를 연주하더라니……

옛날 이곳 지날 때 버드나무 가지 휘날리더니

오늘 이곳 와 보니 눈비가 몰아친다

갈증과 배고픔에 걸음도 느리다

내 마음은 슬프건만 알아주는 사람 없구나

후 아저씨의 제자였으니 후 아저씨에게서 둘째 오빠 이야기를 들었을 것이다. 어쩌면 〈채미〉가 둘째 오빠가 가장 좋아하는 곡이라는 것도 알고 있었을지 모른다.

그때도 신기한 인연이라고 생각했는데, 알고 보니 다 짜인 각본이었다. 그런데 왜? 왜 그녀에게 그렇게 했을까? 그가 그녀에게 그렇게까지 신경을 써야 할 이유가 있었을까?

운가는 머리를 묶고 있던 금은화 비녀를 뽑았다. 품에서 풍 아저씨가 준 거자령도 꺼내 자세히 살펴보았다. 그리고 그날 있었던 장면들을 하나씩 머릿속에서 되짚어 보았다.

부모님은 그녀를 한나라 땅에 들어가지 못하게 했다. 그렇지만 그녀의 집안은 한나라의 풍속을 따르고 있었다.

풍 아저씨는 그녀에게 이상할 정도로 친절하게 대했고, 그녀에게 가족들에 대해 물었다. 그때는 조카의 중대사를 결정

짓기 전에 그녀의 출신 배경을 알고 싶어서 그런다고 생각했지만, 이제 생각해 보니 그날 풍 아저씨는 부모님이 잘 지내고 있는지 알고 싶어 했다.

그녀가 없었다면, 풍 아저씨는 맹각에게 어떤 벌을 내렸을까? 그가 집안의 재물과 인맥을 사용하지 못하게 금지했을까?

그가 그녀에게 마음을 고백하고, 다시는 곽성군을 만나지 않겠다고 했을 때는 마침 풍 아저씨의 병세가 심해졌을 때였다. 아마 그때 풍 아저씨는 가업을 누구에게 물려줄 것인지 고민하고 있었을 것이다. 그는 일부러 그녀를 데리고 풍 아저씨를 찾아갔다.

운가는 갑작스럽게 웃음을 터트렸다. 너무 웃는 바람에 몸에서 힘이 쭉 빠져, 미끄러지듯 바닥에 쓰러졌다. 그녀는 몸을 잔뜩 웅크리고 두 손으로 무릎을 끌어안은 채 머리를 무릎 위에 올렸다. 그 상태로 그녀는 칠흑처럼 어두운 밤거리 한가운데에 혼자 앉아 있었다.

바람에 휘날리는 낙엽들이 그녀의 몸을 스쳐 지나갔다. 비녀를 잃은 머리칼이 바람 속에 나부꼈다.

운가가 늦게까지 돌아오지 않자 유병이가 등롱을 들고 이곳까지 찾아왔다. 길고 긴 거리는 넓고도 쓸쓸했다. 마치 달팽이처럼 자그맣게 몸을 만 사람이 그 거리 한가운데 웅크리고 앉아 있었다.

몰아치는 바람에 낙엽이 춤을 추고 있었다. 새까만 머리칼도 따라서 춤을 추며 슬픔을 쏟아 내고 있었다. 유병이는 가슴이 쿵 내려앉아, 조심조심 그녀에게 다가갔다. 조금이라도 놀라게 하면 그녀가 낙엽을 따라 바람 속으로 사라져 버릴 것 같았다.

"운가, 운가……."

하지만 바닥에 앉은 운가는 그 소리를 듣지 못하는 것 같았다.

바람이 너무 강해 들고 있던 등롱이 힘없이 흔들렸다. 갑자기 등롱이 홱 뒤집히며 안에 있던 불이 등롱에 옮아 붙어 화르륵 타올랐다. 어둡던 불빛이 갑자기 찬란하게 빛나자, 운가도 그 빛에 놀라 고개를 들고 유병이를 바라보았다.

길디긴 눈썹에는 눈물이 맺혀 있었지만, 얼굴에는 아득한 미소가 떠올랐다. 꽃같이 아리따운 얼굴은 팔딱이는 불꽃 속에서 마치 달빛을 받은 연꽃이 첫 이슬을 머금은 것처럼 보였다.

불꽃이 약해지자 운가의 얼굴은 다시 어둠 속에 잠겼다. 유병이는 한참 동안 멍하니 서 있다가, 이미 대나무 손잡이만 남은 등롱을 집어 던지고 운가를 부축해 일으켰다.

휘날리는 운가의 머리칼을 붙잡고 보니, 운가의 손에 비녀가 들려 있었다. 유병이는 그 비녀로 머리를 묶어 주려고 했지만, 운가가 비녀에서 손을 놓지 않았다. 어쩔 수 없이 허리에 묶고 있던 동심결을 풀어 운가의 머리칼을 단단히 묶어 주었다.

그는 운가를 데리고 바람을 피해 골목길로, 집으로 돌아갔다. 한참 걷다 보니 운가가 겨우 정신을 차린 듯 걸음을 멈추었다.

"집으로 갈래요. 그 사람을 보고 싶지 않아요."

유병이가 부드럽게 말했다.

"집에 거의 다 왔어. 맹각은 저녁 전에 한 번 들렀다가 네가 없는 걸 알고 곧 떠났어. 누굴 좀 만나 할 일이 있어서, 하루 이틀 정도는 시간을 내지 못할 수도 있다고 전해 달라더구나. 일이 끝나면 다시 오겠대."

그 말을 듣고 난 운가는 아무 표정 없이 다시 걸음을 옮기기 시작했다.

"오늘 무슨 일이라도 있었니? 그가 선택할 때까지 기다리지 않을 거야?"

"아무 일도 없었어요."

운가는 겉보기에는 온순한 성격 같아도 고집이 보통이 아니었다. 그녀가 말하기 싫어하자 유병이는 더 이상 캐묻지 않았다.

"가서 푹 쉬어. 그러고 나면 다 좋아질 거야. 내가 보증해. 분명히 다 좋아질 거야."

허평군이 문 두드리는 소리를 듣고 달려 나왔다.

"운가, 이렇게 바람이 부는데 어딜 갔었어? 걱정돼서 죽을 뻔했잖아. 꼴은 또 어쩌다……."

운가가 자신이 유병이에게 준 동심결로 머리를 묶고 있는 것을 본 순간, 허평군의 말이 뚝 끊겼다. 유병이는 운가를 허평군에게 맡기며 말했다.

"물을 좀 끓여 올 테니 뭐라도 좀 먹어."

그는 돌아서서 주방으로 갔다.

오늘 길에 운가는 집으로 돌아가겠다고 결심했다. 하지만 유병이, 허평군과 함께할 시간이 얼마 남지 않았나고 생각히가 슬픈 와중에도 미련이 남았다.

허평군은 뜨거운 물을 떠서 운가의 얼굴과 손을 깨끗이 씻겨 주었다. 운가는 허평군이 계속 자기 머리칼을 쳐다보는 것을 깨달았다. 웃는 얼굴이었지만 어딘지 이상한 표정이어서, 그녀는 저도 모르게 머리를 만지작거리며 물었다.

"내 머리가 이상해요?"

머리를 묶은 끈을 발견하고 풀어 보니, 동심결이었다. 예전에 홍의가 매듭 만드는 법을 가르쳐 준 적이 있었는데, 나중에야 어째서 홍의가 만들어 주지 않고 그녀에게 직접 만들게 했는지 이유를 알았다.

동심결. 서로의 마음을 묶는 것. 여자가 자신의 마음을 매듭에 묶어 사랑하는 사람의 허리에 매달게 하는 것은, 영원히 한 마음이 되기를 바라는 뜻에서였다.

운가는 당황해서 황급히 동심결을 똑바로 펴 허평군에게 내밀었다.

"나, 난……."

유병이의 허리에 매달려 있던 동심결이 어쩌다 자기 머리를 묶고 있는지, 운가도 어떻게 해명해야 좋을지 몰랐다. 정신이 나가 있었기 때문에 유병이와 함께 거리를 걸은 기억밖에 없었다.

허평군은 웃으며 동심결을 받아 챙겼다.

"괜찮아! 남자들은 이런 것에 신경 쓰지 않잖아. 아마 동심결과 다른 술을 구별하지도 못할 거야."

그녀는 자기 비녀를 꺼내 운가의 머리를 고정시켜 주었다. 그러고는 아무렇지도 않은 듯 물었다.

"맹 오라버니와 무슨 일 있어? 요즘 병이한테 너와 맹 오라버니 이야기를 하면 늘 이상한 표정을 짓던데, 혹시 맹 오라버니가 널 괴롭히니?"

운가는 허평군의 말 속에서 다른 의미를 느끼고 더욱 슬퍼졌다. 사랑은 떠났지만, 우정까지 이렇게 약한 것일 줄은 몰랐다. 지금까지도 허평군은 그녀를 믿지 못하는 것이다.

갑자기 운가는 장안성에 더 이상 미련 가질 사람이 없다는 느낌을 받았다. 그녀는 몸을 옆으로 피하며, 허평군을 끌어다 옆에 앉혔다.

"언니, 난 떠날 거예요."

"떠나? 어디로?"

"집으로 갈래요."

허평군은 당황했다.

"집? 여기가 네 집이잖아? 뭐야? 서역으로 가겠다는 말이야?

왜? 병이는 알고 있어?"

운가는 고개를 저었다.

"오라버니는 몰라요. 갑작스럽게 결정한 거예요. 작별하는 게 무서워서 인사하지 않고 갈 생각이에요."

"맹 오라버니는? 같이 가지 않는 거야?"

운가는 허평군의 어깨에 머리를 기댔다.

"그 사람은 곽 소저와 혼인할 거예요."

"뭐라고?"

노기충천해서 달려 나가려고 하는 허평군을 운가가 붙잡았다.

"언니, 아기를 생각해야죠! 화내지 말아요. 나도 화를 내지 않는데요, 뭘."

운가는 금은화 비녀와 거자령을 허평군의 손에 쥐어 주었다.

"맹각이 오면 이걸 돌려주세요."

허평군은 자신과 곽성군의 차이를 떠올리자 점차 화가 가라앉았다. 하지만 운가 같은 사람조차 이런 일을 겪게 되었다고 생각하자 슬픔을 감출 수가 없었다.

"운가, 한번 싸워 보지도 않을 거야? 왜 싸우지도 않고 양보하려고 해? 넌 항상 꾀가 많았잖아? 싸울 마음만 있다면 분명 방법이 있을 거야. 집안 말고는 네가 그 여자보다 못한 게 뭐야?"

"그럴 필요 없어요. 하물며 감정이란 다른 것들과는 다른걸요. 내 것이 아니면 강요해도 행복할 수 없어요."

운가는 대야에 손을 넣어 물을 힘껏 움켜쥐었다. 그렇지만 주먹을 물 밖으로 빼내자 물은 손가락 사이로 흘러 빠져나가 버렸다. 그녀는 허평군에게 손을 펼쳐 보였지만, 그 안에는 한 방울의 물도 남아 있지 않았다. 그녀는 이어서 다른 손으로 대야의 물을 가볍게 떴다. 손바닥에 물이 고였다.

"감정은 이런 거예요. 힘을 쓰면 쓸수록 잡을 수가 없어요."

운가의 말 속에는 깊은 뜻이 담겨 있었다. 허평군은 저도 모르게 소매 속에 넣었던 동심결을 꽉 움켜쥐었다.

'그럴 리 없어. 내가 어려서부터 배운 것은, 필요한 것이 있으면 내 손으로 쟁취해야 한다는 것이었어. 난 이걸 쥐고 있을 거야. 그럼 틀림없이 우리들의 동심결을 지킬 수 있을 거야.'

"운가, 우리 다시 만날 수 있을까?"

"왜 못 만나겠어요? 난 그냥 좀 피곤해서 집으로 돌아가 쉬고 싶은 것뿐이에요. 푹 쉬고 나면 또 만나러 올지도 몰라요. 내가 장안에 오지 않더라도 언니와 오라버니가 날 보러 올 수도 있잖아요."

운가는 줄곧 웃으면서 이야기했지만, 지금 자신이 얼마나 지쳐 보이는지, 얼마나 눈을 찡그리고 있는지 알지 못했다.

허평군은 운가의 등을 가볍게 두드렸다. 헤어지기 서운해서 운가를 말려 볼까 했지만, 그 말은 계속 입 안에서 맴돌기만 했다. 결국 그녀는 한숨을 푹 쉬고 아무 말도 하지 않았다.

곽부의 아가씨가 혼인을 한다면 공주보다 더 성대한 연회를 베풀 것이다. 그때 운가가 장안에 남아 있으면 장안성의 모든 거리가 시끌벅적하게 축하하는 것을 지켜봐야 했다. 더구나 맹각도 없이 운가 혼자서…….

"언제 떠날 거야?"

"다시는 그를 만나고 싶지 않아요. 빠르면 빠를수록 좋겠죠."

허평군의 눈이 눈물로 흐려졌다.

"운가…….."

운가도 약간 목이 메었다.

"울지 말아요! 임신한 사람이 울면 아기가 울보로 태어난다잖아요."

밖에서 유병이의 목소리가 들려왔다.

"밥 먹어."

허평군이 눈가에 맺힌 눈물을 닦았다. 운가가 미소를 지으며 조용히 말했다.

"오라버니한테는 내가 떠난 후에 말해야 해요."

허평군은 잠시 망설이다가 고개를 끄덕였다.

18장
흐르는 물을 따라, 먼지를 따라

장안성 밖 여산驪山의 온천궁은 진시황 때 처음 만들어졌고, 한 무제 때 몇 차례 재건되었다. 유불릉이 등극한 후에는 더 이상 온천궁에 돈을 쓰지 않았지만, 지난날의 사치스러운 분위기는 여전히 궁전 구석구석에 남아 있었다.

위 태자의 모반 전날 밤, 한 무제 유철은 무당의 주술에 당해 이곳에서 휴양을 하기로 했다. 그 당시에는 정국이 어지러웠고, 유철 또한 만년에는 의심병이 심해져 황후와 비빈, 황자, 그리고 신하까지 아무도 믿지 않았다. 그래서 장안성의 시위들마저 온천궁에 들어오지 못하게 하고, 궁의 호위는 모두 황제 뒤에 숨은 그림자, 환관들에게 맡겼다.

선제의 유명遺命과 유불릉의 묵인 아래, 우안은 10년 넘게 이곳에 힘을 쏟아 궁궐 안에서 금군 다음가는 세력을 키워 냈다. 그 세력은 그림자처럼, 소리도 기척도 없이 이곳 여산을 뒤덮고 있었다.

온천은 궁전 안에 있었고, 온천 주변은 연꽃 문양을 새기고 금테를 두른 한백옥으로 꾸며져 있었다. 장식 효과는 물론이고 습기 때문에 미끄러지는 것을 방지하기 위해서였다.

하얀 수증기가 방 안을 가득 덮었다. 유불릉은 온천 속으로 이어지는 계단 위에 앉아 어깨까지 온천물에 담근 채, 뒤에 놓인 옥베개를 베고 잠든 것처럼 눈을 감고 있었다. 그는 누군가가 가까이 있는 것을 좋아하지 않았기 때문에, 우안도 주렴 밖에 서 있었다.

그때 환관 한 명이 조용히 나타나 우안에게 인사를 했다. 우안이 나가 그와 낮은 소리로 몇 마디 주고받더니 황급히 돌아왔다. 그러나 주렴 안쪽 상황을 잘 모르는 우안은 함부로 소리를 내지 못하고 손만 비비며 기다렸다. 유불릉이 눈도 뜨지 않고 물었다.

"무슨 일이냐?"

"폐하, 소인이 무능하여, 그날 감천궁에 있었던 여자들을 모두 조사해 보았지만 아직까지 노래를 부른 여자를 찾지 못했습니다. 하나 다른 소식이 있습니다. 폐께 요리를 바쳤던 우아한 주방장 죽공자를 기억하시는지요? 그자도 감천궁에 있었으나 다음날 소인의 명으로 쫓겨났습니다. 한데 공주의 시중을 들었던 환관 부유에게 들으니, 우아한 주방장은 비록 '죽공자'

라고 불리나 사실은 여자라고 합니다."

유불릉이 천천히 눈을 떴다. 잠시 말이 없던 그가 다시 물었다.

"이름이 뭐라고 하더냐?"

"부유는 공주부에 있었지만 공주의 심복은 아니었습니다. 그리고 공주부의 사정을 잘 아는 환관들은 모두 죽어 아직까지 그자의 이름은 알아내지 못했습니다. 그렇지만 죽공자는 장안성 칠리향의 주방장이니, 칠리향으로 사람을 보내 조사하게 했습니다. 그러니 늦어도 내일 저녁에는 소식을 들을 수 있을 겁니다."

유불릉은 죽공자가 만든 요리를 떠올리고, 다시금 감천궁에서 들었던 노랫소리를 떠올렸다. 갑자기 그가 온천에서 벌떡 일어나 황급히 몸을 닦더니 옷을 입으며 말했다.

"우안, 마차를 준비해라. 장안으로 돌아간다. 내가 직접 칠리향으로 가겠다."

우안은 무릎을 꿇고 머리를 조아렸다.

"폐하께서는 맹각을 만나기 위해서 온천궁에 오시지 않으셨습니까? 단 한 번 보았을 뿐이나, 소인은 그자에게 깊은 인상을 받았습니다. 그는 곽가의 아가씨와 마음을 주고받은 사이고, 곽광이 그를 무척 아껴 아들처럼 대한다는 말도 있습니다. 한데 그런 그가 어째서 소인의 부하들을 통해 소인에게 폐하를 뵙게 해 달라고 했는지 모르겠습니다. 소인의 생각에는 분명 무슨 뜻이 있을 것이니, 그자를 만나 보신 후 장안으로 돌아가십시오."

유불릉은 옷매무새를 정리한 후 주렴을 열고 밖으로 나왔다.

"그가 언제 온다고 했느냐?"

우안은 시간을 헤아려 보았다.

"오늘 밤 장안에서 출발한다고 했습니다. 벌써 한밤중이니 늦어도 내일 새벽이면 도착할 것입니다. 만에 하나 밤에 도착하더라도 폐하의 휴식을 방해할 수는 없을 테니, 내일 적당한 때에 사람을 보내 소인에게 통보해 올 것입니다."

유불릉은 가볍게 고개를 끄덕였다.

"오늘 밤 장안으로 가자. 그가 내일 도착하거든 기다리라고 전하라. 짐이 늦어도 내일 저녁때는 그를 만날 것이다."

우안은 잠시 생각해 보았다. 비록 황제가 평소와 다르게 나오기는 했지만, 시간만 따져 보면 합리적인 방법이었기 때문에 "예." 하고 대답한 후 마차를 준비하기 위해 물러났다.

마차 안에서 유불릉은 푹신한 방석에 기대어 있었다. 잠이 든 것처럼 눈을 감고 있었지만 마음은 조금도 편하지 않았다. 죽공자가 정말로 그가 기다려 온 사람인지 깊이 생각해 볼 용기도 나지 않았다.

이렇게 오랫동안 장안성을 지키면서, 그가 할 수 있는 일이라곤 조용히 기다리는 것뿐이었다. 이렇게 자발적으로, 자기 힘으로, 운명이 그에게 주지 않으려고 하는 것을 찾아내기 위해 나서는 것은 이번이 유일했다.

사실 가장 현명한 방법은 여산에서 조용히 소식을 기다리는 것이었다. 그녀가 맞다면 그때 움직이고, 아니라면 모든 것을 평소대로 하면 되었다.

　이렇게 서둘러 산을 내려왔으니, 아무리 행적을 감추고 위장을 해도 암암리에 감시하는 눈들을 완전히 피할 수는 없을 것이다. 그러나 그는 너무 오랫동안 기다리기만 했다. 너무 오랫동안 실수할까 봐, 만에 하나라도 잘못될까 봐 두려워해 왔다.

　죽공자가 정말 그녀라면, 무슨 일이 있어도 한시라도 빨리 그녀를 만나야 했다. 혹시라도 누가 그녀를 괴롭히면? 혹시라도 그녀의 기분이 나쁘면? 혹시라도 그녀가 장안성을 떠나면? 혹시라도 그녀가 다른 사람을 만난다면? 하루 사이에 벌어질 수 있는 일은 수없이 많았다. 더욱이 그는 하늘에 대한 믿음을 잃어버린 지 벌써 오래됐다.

　산을 내려갈 때만 해도 바람은 없었는데, 갈수록 바람이 거세게 불기 시작해서 산길을 갈 때쯤에는 사람마저 휩쓸려 날아갈 것 같았다. 마음이 불안해진 우안이 큰맘 먹고 마차 옆으로 달리며 말했다.

　"폐하, 오늘 밤은 바람이 너무 거세어 행차가 어렵습니다. 돌아가시는 게 어떨까요? 늦어도 내일 저녁이면 소식이 올 테니, 폐하께서 친히 다녀오실 필요는 없을 듯합니다."

　그러나 유불릉은 눈도 뜨지 않고 대답했다.

　"너는 돌아가거라."

　"소인이 어찌 감히 그러겠습니까."

우안은 재빨리 대답한 후 물러났다.

❀

검은 말에 올라탄 운가는 온통 검은 망토를 뒤집어쓰고 바람 속을 내달렸다. 바람이 칼날처럼 얼굴을 스쳤지만 오히려 시원했다.

이렇게 미친 듯이 달리는 것도 참 오랜만이었다. 지금 타고 있는 것이 방울이도 아니고 한혈보마도 아닌 것이 아쉬울 따름이었다. 안 그랬으면 바람과 경주라도 하듯 달리는 느낌을 즐길 수 있었을 것이다.

아버지와 어머니는 집에 계시지 않을지도 모른다. 때로는 멀리 여행을 떠나 이삼 년씩 돌아오지 않곤 하는 부모님이었다. 둘째 오빠도 어디를 떠돌아다니고 있을지 모를 일이었다. 다행히 셋째 오빠는 게으름뱅이여서 집에 있을 것이 분명했다.

셋째 오빠를 생각하자 마음이 따뜻해졌다. 심지어 얼음장 같은 얼굴로 귀찮은 듯 그녀를 대하던 셋째 오빠의 모습마저 그리웠다. 어른들이 '어머니의 마음은 아이들에게 있고, 아이들의 마음은 석판에 있다'고 하는 이유를 알 것 같았다. 아이들은 신나게 놀 때는 집을 까맣게 잊고 있다가, 상처를 입으면 집으로 돌아가려고 하는 것이다.

한때는, 그녀를 사랑해 주는 사람은 분명 그녀를 세상에 둘도 없는 보물처럼 여겨 주리라 생각했다. 남들 눈에야 어떻건 그의 눈에는 총명하고 사랑스럽고 아름다워서, 무엇으로도 대신할 수 없고, 천금을 주어도 바꾸지 않을 사람으로 비칠 것이라 생각했다. 그러나 이제는 깨달았다. 그것은 소녀 시절의 아름다운 꿈일 뿐이라는 것을.

사람의 마음은 너무 복잡하고, 사람의 욕망은 끝이 없었다. 천금을 주어도 바꾸지 않을 것을, 만금을 주면 바꿀 수도 있었다. 심지어 천금에 한 냥만 더 얹어 주어도 바꿀 수 있었다.

운가는 또다시 눈시울이 뜨거워지는 것을 느꼈다. 하지만 다시는 맹각 때문에 눈물을 흘리고 싶지 않아서, 찬바람을 맞으며 목청껏 소리를 질렀다. 찬바람이 할퀸 뺨이 불에 덴 듯 화끈화끈했고, 눈물도 쏙 들어갔다.

올 때만 해도 장안성은 천조天朝 한나라의 도성이요, 세상에서 가장 번화하고 웅장한 도시였다. 그리고 그녀가 어렸을 때부터 그리던 곳이었다. 장안은 그녀의 꿈, 그녀가 바라는 즐거움을 담고 있었다. 그러나 이제, 다시는 이곳을 떠올리고 싶지 않았다. 이곳에서 있었던 모든 일을 잊어버리고 싶었다.

말은 빠르게, 더욱 빠르게 달렸다. 모든 것을 멀리멀리 떨쳐 버릴 때까지…….

❁

검은 말. 어둠 속에서 몸을 숨기기 좋은 검은 옷. 얼굴도 가리고, 검고 어두운 두 눈만 밖으로 드러낸 채였다.

설령 한밤중에 여산에 도착하더라도 유불릉을 만나지는 못할 것이다. 그래도 길에서 머무는 시간을 최대한 줄여야 행적이 노출될 가능성을 줄일 수 있었다.

다행히 오늘 밤은 바람이 강해서 길 가는 사람이 거의 없었다. 몇 안 되는 행인들도 칼바람 때문에 얼굴을 가리고 서둘러 길을 재촉했다.

시간을 끄는 것도 이제 효력이 다했다. 더 이상 미루었다가는 곽광의 의심을 살 것이 분명했다. 이제 유불릉만이 그의 유일한 희망이었다. 유불릉이 사람들을 물리치고 그를 만나겠다고 말한 이상, 그가 할 말을 짐작했을 것이고, 받아들일 가능성 또한 높았다.

집안의 몰락과 피비린내 나는 혈겁은 유불릉과는 직접적인 관계가 없었지만, 그는 늘 유불릉과 협력하는 것을 거부해 왔다. 그래서 그는 오로지 자신의 목적을 위해 멀리서 유불릉을 지켜보고, 그의 능력을 가늠했다. 하지만 결국 이런 날이 올 줄은 몰랐다. 어렸을 때부터 증오하던 유병이와 바둑판을 놓고 세상일을 논하는 날이 올 줄 몰랐던 것처럼.

예전이었다면 모든 것이 간단했을 것이다. 분명 그는 자신에게 가장 유리한 방법, 즉 곽성군과 혼인하는 쪽을 택했을 것이다.

곽성군은 곽련아와는 달랐다. 그녀는 자신이 원하는 것이 뭔지 잘 알고 있었고, 그것을 쟁취할 힘도 있었다. 곽성군의 성격이라면, 그가 장안성에서 얻고자 하는 모든 것을 얻을 수 있도록 도와줄 것이다. 반면 운가의 이용 가치는 곽성군에 비하면 한참 부족했다.

처음 장안에 왔을 때 그는 옷 한 벌만 달랑 있을 뿐 도와줄 사람도, 돈 한 푼도 없었다. 유하가 도와주기로 약속했지만, 선제의 삭번정책削藩政策으로 번왕들의 재산은 조정이 엄격하게 관리하고 있었기 때문에 장안 내 유하의 세력은 한계가 있었다.

때문에 그의 계획은 오로지 풍 숙부의 사업과 그 휘하들의 지지에 달려 있었다. 그러나 풍 숙부는 의부의 영향을 받아 조정의 싸움에는 관심이 없었다. 그래서 그가 무슨 일을 하건 도울 생각이 없었다. 풍 숙부의 재물과 인맥을 이용해 한나라의 당파 싸움에 뛰어들려던 그의 계획은 완전히 불가능했다.

오직 운가, 그의 의부가 사랑해 마지않았던 여자의 딸만이 모든 것을 바꿔 놓을 수 있었다. 풍 숙부의 마음속에서 의부는 신과 다름없었고, 그는 의부의 유일한 후계자였다. 운가와 맹씨 성을 가진 그를 더하면 불가능한 모든 것을 가능한 것으로 바꿔 놓을 수 있었다.

역시나, 그의 예상은 적중했다. 풍 숙부는 그에게 무척 화가 나 있었지만, 운가가 머리에 꽂은 금은화 비녀를 보는 순간 다른 것은 까맣게 잊어버렸다. 그에게 중요한 것은, 맹씨 성을 가진 청년이 금은화를 꽂은 여자의 손을 잡아, 평생 마음에 품고 있던 유감스럽고도 어쩔 도리 없는 일을 보상했다는 사실뿐이었다.

이제 풍 숙부는 한나라의 사업을 모두 그에게 물려주었다. 비록 세 명의 다른 숙부들은 아직 서역의 사업을 그에게 물려주지 않았지만, 천하를 쥐고 흔드는 곽씨 일족 앞에서 그 정도 사업은 아무것도 아니었다.

그는 재차 자신을 설득하려고 노력했다. 심지어 곽성군을 안고 입맞춤까지 시도해 보았다. 끊임없이 스스로에게, '다 똑같은 여자야. 눈을 감고 품에 안으면 다 똑같잖아? 더구나 외모로만 따지면 곽성군도 운가에 뒤지지 않아' 하고 속삭였지만, 달랐다. 이성적으로는 아무리 생각해도 똑같았지만 역시 달랐다.

그는 머릿속으로 '똑같아, 똑같아'라고 생각하며 천천히 몸을 숙여 곽성군에게 입 맞추었지만, 마음은 계속 '달라, 달라' 하고 속삭였다. 마지막 순간, 입술이 곽성군의 입술에 닿으려는 찰나, 그는 결국 스스로를 통제하지 못하고 곽성군을 밀어내고 말았다.

곽성군의 놀라고 상처 입은 얼굴, 믿을 수 없다는 표정을 보자 그는 재빨리 웃으며 그녀를 위로했다. 그리고 자기가 충동적으로 실례를 범할 뻔했다며 사과했다.

하지만 그의 마음은 알고 있었다. 그가 바라는 사람은 운가뿐이었다. 그런 그녀가 손가락 사이로 빠져나가게 내버려 둘 수는 없었다. 그녀는 그의 어린 운가였다! 그가 가장 더러울 때, 가장 무력할 때, 가장 초라했을 때 그의 손을 잡아 준 운가. 그가 냉소를 터트리며 비꼴 때도 여전히 웃어 준 운가.

그녀는 그가 오랫동안 혐오해 온 귀한 집 아가씨였다. 그렇게 미워하면서도 한편으로는 그녀가 했던 말 한 마디, 그녀의 웃음, 그녀의 녹색 능라 치마, 그리고 이름까지, 내내 그의 머릿속에 남아 있었다.

세 명의 숙부는 아주 가끔 운가와 천산설타 방울이 이야기를 했다. 물론 매번 그가 우연히 이야기를 꺼냈을 때 한두 마디 대꾸한 것일 뿐, 가능한 한 그 이야기를 피하려고 했다. 그래서 그는 아주 우연히, 별 생각 없이 꺼낸 이야기처럼 가장해야 했다.

천산설타의 행적을 쫓은 끝에 어렵사리 혐오해 마지않던 사람의 소식을 듣게 되었다. 그녀는 방울이와 함께 조목호厝木湖를 지나 공작하로 갔다고 했다. 이어서 그녀는 힌두쿠시 산을 지나 천축국의 캬슈미르로 갔다. 그 후로 3년 동안 아무 소식이 없었다.

그녀는 그렇게 자유롭고 제멋대로 시간을 보내며 삶을 즐겼다. 반면 그는 공부를 하고, 검술을 익히고, 의학을 배우고, 독을 연구하고, 금을 익혔다. 그리고 숙부들을 따라다니며 장사를 배우고, 한나라에서 일어나는 일들을 자세히 관찰했다.

그는 단 한 순간도 낭비하지 않았다. 모든 것을 배우려고 노력하며, 하루에 두 시진 정도만 잠을 잤다. 밥을 먹으면서도 책을 읽었고, 심지어 꿈속에서조차 의부의 모습을 흉내 내려고 연습했다.

의부의 완벽하고 우아한 자태로 자신의 독한 심성을 숨기고 싶었다. 적과 마주쳐도 의심을 품지 않도록, 그를 경멸했던 모든 사람들이 그의 앞에서 부끄러워 고개를 돌리도록 만들고 싶었다. 무의식적으로나마, 녹색 옷을 좋아하는 그 여자애를 다시 만났을 때 최고로 보이고 싶은 마음이 있었는지는 그 자신도 알지 못했다.

초목이 자라고 시드는 사이 시간은 흐르고 또 흘렀다. 그는 조용히 복수를 할 때를 기다리며, 조용히 모든 것을 준비했다. 어쩌면…… 그의 마음속에서, 그 자신은 인정하지 못하는 마음 한구석에서는 그녀가 돌아오기를 기다리고 있었는지도 모른다.

그는 그녀와의 완벽한 재회를 기다렸다. 그리고 해냈다! 그는 흠잡을 데 없는 모습으로 나타났고, 이번에는 그녀가 거지가 되었다. 하지만 그녀는 그를 보고서도 별로 관심을 주지 않았다.

못 알아본 건가?

당연히 그렇겠지!

신경 쓰여? 속이 시원해?

그는 우둔한 그녀가 못마땅했고, 위선적인 모습을 비웃었다. 그리고 어떤 것에도 마음 상하지 않는 그녀가 싫었다. 그렇지만 놀라지는 않았다. 8년이라는 시간 동안 그의 마음속 깊은 곳에서는, 어쩌면 그녀가 그런 사람이라는 것을 벌써 알고 있었는지도 모른다.

시간이 너무 많이 흘렀고, 실타래처럼 엉킨 일도 너무 많았다. 그가 알기도 전에 모든 것이 벌어졌고, 그로서도 마음에 남겨진 흔적을 지워 낼 방법이 없었다. 장장 8년 동안 시간과 공간을 두고 지켜보면서, 어느새 그는 그 시간과 공간, 그리고 그녀의 존재에 익숙해져 있었다.

그래서 지금 그는 장안성에 남아 따스함을 누리지 않고 바보처럼 찬바람 속을 달리고 있는 것이다. 그래서 바보처럼 탄탄대로를 가지 않고 외나무다리를 건너고 있는 것이다.

이렇게 바람이 강하게 불 때는 길을 가기가 불편했다. 맹각은 이곳까지 오는 동안 아무도 보지 못했다. 덕분에 이대로 곧장 여산까지 갈 수 있겠다고 생각했지만, 뜻밖에도 저 길 끝에 마차 한 대가 나타났다. 마차 주위로는 적잖은 사람들이 둘러싸고 있었다.

이런 야밤에 길을 간다는 것은 분명 중요한 일이 있어서일 것이다. 맹각은 의심이 들어 달리던 속도를 늦추고 조심스럽게 길 한쪽으로 비켜났다. 뒤를 따르던 유월六月과 팔월八月도 맹각을 따라 길을 비켜 주었다.

찬바람 속에 말을 몰기 때문인지, 아니면 다른 이유 때문인지, 그들 역시 까만 망토를 덮어쓰고 맹각처럼 얼굴을 가리고 있었다. 마차 주위에 있던 사람들은 길옆에 선 세 사람을 보자 남몰래 무기를 쥐었다. 유월과 팔월도 잔뜩 경계했다.

서로 무사히 지나치자 양쪽 모두 안도의 숨을 내쉬었다. 그러나 바로 그때, 길옆 숲에서 얼굴을 가린 사람들이 튀어나와 곧장 마차로 달려들었다. 마차를 둘러싼 사람들이 즉시 마차를 보호했다. 유월과 팔월도 앞뒤로 맹각을 보호했다. 칼빛이 어지러이 춤을 추는가 싶더니 한바탕 싸움이 시작되었다.

이번 길에 데려온 환관들은 모두 고수들로, 선제 때부터 남몰래 훈련시킨 영위影衛들이었다. 나타난 자들의 수가 많았지만, 우안은 두려워하지 않고 오히려 분노하여 외쳤다.

"모두 죽여라!"

맹각은 오해를 받고 있다는 것은 알았지만, 자객들이 자기 뒤쪽 숲에서 튀쳐나온 이상 같은 편이라고 생각하는 것도 당연했다. 당장 해명을 할 방법은 없고, 벌써 싸움은 시작되었으니 가만히 있다가는 당할 수밖에 없었다. 그래서 그도 얼떨결에 싸움에 끼어들게 되었다.

어려서부터 엄격한 훈련을 받은 환관들은 무술이 뛰어난 것은 물론이고, 살인하는 방법과 고문하는 방법도 잘 알고 있었다.

자객들도 솜씨가 훌륭했지만, 어려서부터 궁궐 깊숙한 곳에 틀어박혀 아무것도 모른 채 살인하는 법만 배운 사람들을 당해 낼 수는 없었다. 더욱이 그들은 육욕이 없어서 공격하는 동작이 음험하고 살기가 넘쳐 자객들보다 더 잔인했다.

자객들은 점차 수세에 몰려 환관들의 연검軟劍[6]에 차례차례 쓰러졌다. 더욱이 모두 가장 고통스러운 방법으로 죽어 갔다.

바깥에서 들리던 칼바람 소리가 잦아들자, 유불릉은 마차 벽을 가볍게 두드리며 말했다.

"자백을 받아라."

우안은 그제야 후회로 발을 동동 굴렀다. 조금 전에는 화가 나서 판단이 흐려졌던 것이다. 그가 외쳤다.

"남은 자들은 살려라!"

그러나 그때쯤 남은 것은 맹각 일행 세 명뿐이었다. 우안이 몸을 날려 맹각에게 다가갔다.

세 살 때부터 궁궐의 늙은 환관으로부터 황자를 모실 수 있도록 교육을 받은 우안이었다. 그는 천부적으로 재능이 뛰어났다. 그렇지 않았다면 유철이 수천 명의 환관들 중에서 미래의 황제를 보필할 사람으로 그를 고르지도 않았을 것이다. 근 수십 년 동안, 우안은 음험하고 부드러운 무술에 있어서 천하제일이라고 불릴 수 있을 정도였다.

맹각에게도 좋은 스승이 많았지만, 그는 나이가 든 후에야 무술을 배웠다. 보통 사람과 겨룰 때는 퍽 훌륭한 솜씨였지만, 우안 같은 절정의 고수를 만나면 위험할 수밖에 없었다.

유월과 팔월은 벌써 여기저기 상처를 입어 목숨이 위태로운

---

6 휘어지는 검.

상태였다. 그들과 싸우던 두 환관은 마치 고양이가 쥐를 가지고 놀 듯했다. 그렇지만 않았어도, 검 한 번 휘두르는 것만으로도 유월과 팔월의 목숨은 벌써 끝장나고 말았을 것이다.

맹각은 계속 오해라고 외쳤지만, 우안은 그를 생포할 생각뿐, 들으려고도 하지 않았다. 맹각도 오기가 발동해 더 이상 해명하기 싫었다. 그는 마음을 굳게 먹고 우안의 약점만 공격하기 시작했다. 서역의 살수들이 대대로 쌓아 온 경험으로부터 만들어진 그의 초식은 단순했지만, 죽는 한이 있어도 상대방을 반죽음 상태로 만들어 놓겠다는 필사적인 초식이었다.

적을 생포할 목적인데다, 자신이 다치는 것도 원치 않았던 우안은 아무래도 마음대로 공격을 퍼부을 수가 없었다. 하지만 비록 당장은 어찌할 수 없어도 맹각을 쓰러뜨리는 것은 시간문제였다. 다른 환관들은 마차 주변을 지키며, 벌써 승부가 정해진 싸움을 웃는 얼굴로 지켜보았다.

그때, 바람 속에 매캐한 냄새가 실려 왔다. 숲 속에서 연기가 뭉게뭉게 피어오르고 있었다. 우안은 깜짝 놀랐다. 그는 자객이 다시 공격해 오는 줄 알고, 맹각을 내버려 둔 채 즉시 유불릉을 보호하기 위해 돌아갔다.

역대 궁궐의 싸움에서 가장 많이 사용하던 것이 바로 독약과 해독약이었다. 환관들은 항상 독약과 해독약을 몸에 잔뜩 지니고 다니며, 사람을 죽이거나 살려야 할 때, 혹은 비밀을 누설하지 않도록 자결해야 할 때 사용했다.

우안은 적이 독을 쓰는 것은 두렵지 않았다. 천산설련天山雪

蓮, 백 년 묵은 하수오何首烏, 천 년 묵은 인삼 등 온갖 유명한 약은 다 먹어 본 그였다.

하지만 지금은 아무런 효과가 없었다. 일행은 콜록콜록 기침을 하고, 눈이 불에 덴 듯 따가운 것을 느끼면서 눈물을 쏟았다. 하지만 힘이 빠지지는 않았기 때문에, 중독된 것 같지는 않았다.

짙은 연기 때문에 사람들은 제대로 검을 휘두르지 못했다. 맹각은 이상하다고 생각했지만, 기침을 하면서도 저도 모르게 미소를 지었다. 조미료를 무기로 쓸 만한 사람은 세상에서 그의 운가 외에는 아무도 없을 것이다.

독약이 아니니 해독약도 없는 것이 당연했다. 유일한 해독법은, 깨끗한 물로 입과 눈을 씻어 내는 것뿐이었다.

우안은 누군가 기습이라도 할까 봐, 다른 환관들과 함께 미친 듯이 눈물 흘리고 기침을 하면서도, 긴장을 늦추지 않고 마차를 호위하며 경거망동하지 않고 환관들이 맹각 일행과 싸우는 것만 바라보았다.

운가는 젖은 수건으로 코와 입을 막은 채, 짙은 연기를 뚫고 맹각 곁으로 다가갔다. 그리고 맹각과 싸우고 있는 환관들을 향해 뭔가를 집어 던지며 거친 소리로 외쳤다.

"오독식심분五毒蝕心粉이다!"

환관들은 무의식적으로 몸을 피했다. 그 틈을 타 운가가 맹각을 끌고 달리기 시작했다. 유월과 팔월도 황급히 그 뒤를 따랐다.

환관들은 곧 몸에 묻은 것이 회향, 후추, 팔각 같은 온갖 자질구레한 조미료인 것을 깨달았다. 다른 것은 몰라도, 오독식심분에 회향 같은 것이 들어갈 리 없었다. 속았다는 것을 알게 된 환관들이 화가 나서 그들을 쫓았다.

운가가 피워 놓은 모닥불 곁을 지날 때, 맹각은 품에서 뭔가를 꺼내 던졌다. 순식간에 흰 연기가 솟구치며 짙은 향이 났다. 그 향이 원래 나던 매캐한 냄새를 덮고 코를 찔렀다.

맹각이 돌아보며 외쳤다.

"더 이상 쫓지 마시오! 이번에는 진짜 독약이오. 더구나 보통 독약도 아니니, 제아무리 좋은 해독약이 있어도 내공이 크게 상할 거요."

뒤쫓던 환관들은 호흡을 멈추었지만, 그래도 다리에서 힘이 빠지고 속도가 느려졌다. 과연 맹각의 말대로, 해독약을 썼는데도 기력이 순조롭게 이어지지 않았다.

운가는 수풀 속에서 튀어나왔던 자객들이 남겨 둔 말을 가리켰다. 맹각과 그 일행은 재빨리 말을 끌어 왔지만 운가는 그 자리에 가만히 서 있었다.

말 등으로 뛰어오른 맹각은 운가가 계속 멍하니 서 있자, 재빨리 그녀에게 돌아와 함께 타자며 손을 내밀었다. 그러나 운가는 멍하니 그를 바라볼 뿐 그의 손을 잡지 않았다.

평소 활짝 핀 얼굴과 가을날 물빛 같던 눈빛으로 인해 자유롭고 편안해 보이는 그녀였지만, 지금은 슬프고 괴로운 표정이었고, 눈에는 눈물마저 어른거렸다. 맹각은 깜짝 놀라 그녀를 불렀다.

"운가?"

유월과 팔월은 인간이라고 믿을 수도 없을 만큼 무술이 뛰어난 적들이 쫓아오는 것을 보고 다급히 외쳤다.

"공자!"

"운가?"

맹각이 다시 한 번 운가를 불렀다. 그는 말을 몰고 그녀에게 바짝 다가가 그녀를 억지로 말에 태우려고 했지만, 운가가 피했다.

맹각의 의아해하는 시선을 받으며 그녀는 억지로 고개를 돌려 말 엉덩이를 힘껏 때렸다. 맹각의 말이 쏜살같이 달리기 시작했다. 유월과 팔월도 채찍을 휘둘러 그 뒤를 쫓았다.

운가가 피웠던 모닥불은 바람을 맞아 불꽃을 탁탁 튀기고 있었다. 불꽃 몇 개가 어쩌다 오래된 나무에 튀었고, 바람마저 거세어 숲이 여기저기 타오르기 시작했다.

불에 놀란 말들이 비명을 지르며 달음질을 쳤기 때문에 맹각은 고삐를 당겨 세울 수도 없었다. 그저 요동치는 말 등 위에 앉아 운가를 돌아볼 뿐이었다. 그의 눈 속에는 의문과 불신이 가득했다. 그러나 운가는 다시는 그를 바라보지 않았다.

하늘은 먹을 쏟은 듯이 새까맸고, 땅에서는 붉은 화염이 춤을 추었다. 바람이 하늘과 땅 사이를 휘감으며 노성을 질렀다. 놀란 말들은 불꽃 속을 미친 듯이 달리며 히힝거리는 울음소리를 냈다. 가녀린 그림자는 맹각의 시야에서 점점 사라졌다.

운가는 불길에 놀라 날뛰는 말을 붙잡아 타려고 했다. 적들이 모두 달아나려는 걸 본 한 환관이 급한 마음에 생포하라는 우안의 명령도 잊고, 들고 있던 검을 운가에게 날렸다.

말 등에 올라타려는 순간, 운가는 등에 지독한 통증을 느꼈다. 고개를 숙여 의아한 얼굴로 가슴을 내려다보니, 가슴 앞에 날카로운 검날이 튀어나와 있었다. 어쩌다 이렇게 된 것인지, 손에 묻은 새빨간 피가 어디서 흘러나온 것인지 그녀로서는 알 수가 없었다.

눈앞이 점점 까매지고, 잡고 있던 고삐가 스르르 미끄러져 떨어졌다. 그녀의 몸도 힘없이 바닥으로 쓰러졌다. 말이 앞발을 쳐들고 하늘을 향해 비통한 울음을 내질렀지만 주인을 깨우지는 못했다. 불꽃이 칠흑 같은 하늘 아래 벌어진 슬프고도 처량한 장면을 정지 화면으로 만들고 있을 뿐이었다.

바람이 숲을 휘감았다. 불꽃은 바람을 타고 점점 높이, 점점 거칠게 타올랐다. 불길은 온 숲을 불바다로 만들어 놓았다. 세상이 온통 새빨간 불꽃으로 환해졌다.

유불릉은 가리개를 걷고 마차에서 내렸다. 그리고 조용히 눈앞에서 활활 타오르는 불길을 바라보았다. 세찬 바람이 그의 장포를 펄럭펄럭 휘날렸다. 불꽃에 비친 그의 얼굴은 얼음물처럼 차가웠고, 눈빛은 별처럼 가라앉아 있었다.

2부

有女同車　顏如舜華
將翶將翔　佩玉瓊琚
彼美孟薑　洵美且都

有女同行　顏如舜英
將翶將翔　佩玉將將
彼美孟薑　德音不忘

함께 마차를 탄 그녀, 얼굴은 꽃처럼 환하다
자유롭게 달리네, 옥패는 반짝이고
미녀는 과연 곱고도 아름답도다

함께 마차를 탄 그녀, 얼굴은 꽃처럼 어여쁘다
자유롭게 달리네, 옥패 소리 쨍강쨍강
미녀의 고운 마음 잊을 수 없노라[7]

---

7 《시경》의 〈국풍(國風)〉 중 정풍(鄭風, 정나라의 음악), 유녀동차(有女同車)

1장
사랑에 눈먼 사람이 있다면

　운가는 환관들 손에 끌려갔다. 그들의 거친 동작에 상처가 벌어져 그녀는 통증으로 인해 정신을 차렸다.

　어렴풋하게, 말을 준비해서 아무도 모르게 지하 감옥으로 끌고 가 자백을 받으라고 말하는 누군가의 목소리가 들려왔다. 통증 때문인지 불길 때문인지, 눈앞의 세상이 시뻘겋게 번쩍이는 것 같았다. 어지러이 움직이는 사람들 사이로, 새빨갛게 타오르는 세상 가운데 마치 그 무엇과도 상관없는 듯이 서 있는 그림자 하나가 보였다.

　주변은 온통 덥고 어지러웠지만 그는 싸늘하고.조용해 보였다. 바람이 그의 옷자락을 날렸다. 그의 허리춤에는…… 옥패가 걸려 있었다. 옥패 위에는 보일 듯 말 듯…… 이글거리며 타오르는 불길을 따라 춤추듯이 움직이는 용이 새겨져 있었다.

피를 많이 흘려서 운가는 정신이 몽롱했다. 그녀는 무의식적으로 그 그림자를 향해 기어가, 그 옥패를 잡으려고 힘껏 손을 뻗었다. 핏자국이 바닥에 구불구불 그림을 그렸다.

거리는 이렇게 먼데, 그녀의 힘은 너무도 미약했다. 그녀는 다시, 또다시 손을 뻗으려고 발버둥 쳤다. 남아 있는 힘을 모두 쏟아부었지만, 단 몇 치도 움직일 수가 없었다.

환관들은 자객의 신분을 증명할 만한 물품이 나오기를 기대하며 시신들을 자세히 살폈다. 그리고 수색이 끝난 시신은 우안의 명령에 따라 불 속에 던져 태웠다.

우안이 몇 번이나 이곳은 자기들이 처리할 테니 먼저 돌아가라고 유불릉에게 권했지만, 유불릉은 계속 불길만 뚫어져라 바라보고 있었다.

하늘을 찌르는 불길 아래, 우안은 차분해 보이는 유불릉의 눈빛 속에서 처량하고 쓸쓸한 기분을 읽었다. 그는 유불릉의 기분을 이해할 수가 없었다. 그렇게나 서둘러 장안으로 돌아가겠다고 고집을 피우던 유불릉이 지금은 왜 꼼짝도 않고 서 있기만 하는지도 알 수가 없었다. 유불릉의 성격에, 자객 몇 사람 때문에 놀랐다는 것은 말이 되지 않았다. 재삼 생각해 봐도 알 수가 없자, 우안은 더 이상 권하지 못하고 말없이 그의 뒤만 지키고 섰다.

바람이 그의 옷자락을 휘날리자 운가는 속삭이듯 말했다.

"릉……. 릉……."

가진 힘을 다해 소리쳤다고 생각했지만, 윙윙거리는 바람소리 앞에서는 모깃소리만도 못했다.

바스락거리는 소리가 들리자 우안이 고개를 숙였다. 피와 진흙으로 범벅된 시꺼먼 그림자가 손을 뻗으며 그들에게 기어오고 있었다. 유불릉의 옷자락이라도 잡으려는 섯 끝있다. 깜짝 놀란 우안이 재빨리 앞으로 나아가 운가를 힘껏 걷어찼다.

"멍청한 놈들, 일처리가 느려 터졌구나! 서두르지 못해!"

운가는 내장이 끊어질 것 같은 고통을 느끼며 데굴데굴 굴러갔다. 그러다가 마침내 그 그림자의 얼굴을 볼 수 있었다.

'저 눈……. 저 눈동자…….'

순간 날카로운 화살에 가슴이 찔린 것 같은 통증을 느꼈다. 가슴에 난 상처보다 더 고통스러웠다. 왜 이렇게 고통스러운지 깨닫기도 전에 그녀는 완전히 정신을 잃었다.

유불릉은 한동안 불길을 바라보다가 천천히 몸을 돌렸다. 우안은 마차에 오르는 그를 보자 다시 어가를 움직이라는 명령을 내리려고 했다. 그러나 유불릉이 아무런 감정도 실리지 않은 목소리로 말했다.

"방향을 돌려라. 온천궁으로 간다."

우안은 당황했지만 곧 그 명을 따랐다.

"어가를 여산으로 모셔라."

막 출발하려고 할 때 유불릉이 다시 말했다.

"장안으로 가자."

우안은 얼른 말 머리를 돌리게 했다.

얼마쯤 가다가 유불릉은 창문을 두드려 행차를 멈추게 했다. 우안은 조용히 기다렸지만 유불릉은 마치 결정하기 어려운 일이라도 있는 것처럼 오랫동안 아무 말도 하지 않았다. 유불릉의 이런 모습은 처음이었다. 우안은 영문을 몰라 시험 삼아 말을 꺼내 보았다.

"폐하, 여산으로 말을 돌릴까요?"

갑자기 유불릉이 가리개를 홱 걷더니 마차에서 뛰어내렸다. 그리고 자신과 몸집이 비슷한 환관을 가리키며 말했다.

"너는 짐으로 분장해 여산으로 돌아가거라. 우안, 너는 짐을 따라 장안으로 가자. 나머지 사람들은 어가를 호위해서 여산으로 돌아간다."

우안은 깜짝 놀라 말리려고 했지만 유불릉의 눈길을 받자 몸이 떨려 입을 다물었다. 그는 잠시 망설였지만 결국 바닥에 엎드려, 장안으로 가시려거든 호위를 더 데려가자고 애원했다. 유불릉이 말 위에 오르며 대답했다.

"허허실실이라고 했다. 짐이 이렇게 경솔한 행동을 할 거라고는 아무도 생각지 못할 것이다. 방금 나타난 자객들은 짐을 죽이러 온 자들이 아닐 것이다. 지금 상황은 네가 짐의 안위를 걱정할 것이 아니라, 짐이 네 안위를 걱정해야 할 것이다. 가자!"

우안은 유불릉의 말을 반쯤만 알아들은 채 말에 올랐다. 얼마쯤 가다가 그는 문득, 황제가 이렇게 왔다 갔다 하는 것이 아직 얼굴도 보지 못한 죽공자 때문이라는 것을 깨달았다. 황제는 평소와 다른 자신의 행동이 죽공자를 위험에 빠뜨렸을까 봐 걱정하고 있었다. 그래서 돌아가려다가 끝내 포기하지 못하고 평소답지 않게 위험한 행동을 하기로 결심한 것이었다.

바깥에서는 바람이 세차게 불었지만 칠리향의 수인 상 아저씨는 단잠에 푹 빠져 있었다. 꿈에서 그는 커다란 금괴를 끌어안고 있었고, 주변은 온통 금빛으로 찬란하게 반짝였다. 그리고 일품거의 주인은 그의 점원이 되어 있었다. 상 아저씨가 신이 나서 미친 듯이 껄껄거리고 있는데, 갑자기 누군가가 그를 흔들어 깨웠다.

첩이 깨운 줄 알고 투덜거리면서도 손을 내밀어 어루만졌지만, 손에 닿은 것은 거칠고 얼음처럼 차가운 손이었다. 그는 깜짝 놀라 벌떡 일어났다. 침대 앞에 서 있는 사람도 무시무시했지만, 어찌 된 셈인지 상 아저씨는 창 앞에 서 있는 다른 사람에게 자꾸 시선이 갔다. 그 표표한 모습은 어둠 속에 서 있어도 보석처럼 시선을 끌었다.

너무 놀라 소리를 지를 뻔했던 상 아저씨도 그 사람을 보자 입을 다물었다. 세상에는 말을 하거나 움직이지 않아도 경외심을 불러일으키고, 보는 사람을 안심하게 해 주는 사람이 있었다. 깊은 밤 초대도 없이 찾아온 사람이라면 도둑 아니면 강도가 분명했지만, 상 아저씨는 그 사람이 있는 한 자기 목숨은 걱정할 필요가 없다고 생각했다.

침대 앞에 있던 사람은 상 아저씨가 자신을 없는 사람 취급하는 것이 불만이었던지, 손을 살짝 휘둘러 상 아저씨 목에 검을 갖다 댔다. 서늘한 한기를 느낀 상 아저씨가 결국 침대 앞에 선 사람에게 시선을 돌렸다. 그는 삿갓으로 얼굴을 가린 채 냉랭하게 상 아저씨를 노려보았다.

"돈이나 목숨을 노리고 온 것이 아니니 내가 묻는 말에만 대답하면 된다."

상 아저씨는 눈을 끔뻑끔뻑했다. 그자는 검을 살짝 치운 후 말했다.

"죽공자는 남자냐, 여자냐?"

"여자입니다. 남자라고 알려져 있지만 사실은 어린 아가씨지요."

"진짜 이름이 무엇이냐?"

"운가입니다. 구름 '운' 자에 노래 '가' 자를 쓰지요. 소인에게 그렇게 말했습니다만, 진짜 이름인지는 잘 모르겠습니다."

상 아저씨의 대답에 창 앞에 서 있던 훤칠한 그림자가 살짝 비틀거리는 것 같았다. 검으로 그를 위협하던 사람은 더 이상 질문하지 않았기 때문에 방 안은 적막에 휩싸였다.

한참 후, 맑고 차가운 목소리가 들려왔다.

"그녀는…… 그녀는 잘 있느냐?"

그 목소리에는 너무도 많은 것이 담겨 있어, 그 간단한 한마디가 마치 인생같이 무겁게 느껴졌다. 마치 수백, 수천 년의 세월을 견뎌 온 것처럼, 길고도 힘들고 고통스러우면서도 기대와 기쁨이 담겨 있는 것 같았다.

눈치 빠르기로는 둘째가라면 서러울 상 아저씨지만, 이번에는 저 사람의 감정을 확실히 판별할 수가 없었다. 저 사람의 마음에 들려면 좋다고 해야 할지, 나쁘다고 해야 할지 감이 오지 않았다.

그가 망설이는 사이, 침대 앞에 선 사람이 음침한 목소리로 말했다.

"사실대로 말해라."

"운가는 잘 지냅니다. 나리들, 운가를 만나고 싶으신가요? 이 집 뒷길로 가서 왼쪽으로 돌아 쭉 가면 딱 붙어 있는 집 두 채가 보일 겁니다. 그중 큰 것이 유병이의 집이고, 작은 것이 운가의 집입니다."

유불릉은 말없이 돌아서서 밖으로 나갔다. 우안은 검으로 상 아저씨의 머리를 툭툭 쳤다.

"꿈이었다 생각하고 푹 잠들거라."

상 아저씨는 필사적으로 고개를 끄덕였다.

우안이 검을 거두는 순간, 그의 모습은 어느새 문 밖으로 사라지고 보이지 않았다. 마치 귀신처럼 빠른 움직임이었다. 상 아저씨는 믿을 수 없다는 듯이 눈을 비볐다. 그리고 벌벌 떨며 이불 속으로 돌아가 눈을 꼭 감고 중얼거렸다.

"악몽이야, 악몽. 모두 악몽일 뿐이야."

올 때는 그렇게 서둘렀건만, 원하던 것을 거의 찾게 되자 유불릉의 발걸음은 오히려 느려졌다. 겉으로는 태연해 보이는 그의 얼굴은 슬픈 것 같기도 하고 기쁜 것 같기도 했다.

우안은 곧 날이 밝을 테니 서둘러야 한다고 말할 생각이었지만 결국 아무 말 없이 천천히 걸음을 옮겼다.

"우안, 하늘은 대체 무슨 생각일까? 나는 그녀가 만든 음식도 먹었고, 네가 그녀를 입궁시키라고 권하기까지 했는데, 나는……."

'그러나 나는 그 요리사를 아끼는 마음에, 그를 존중하는 마음에 오히려 자유롭게 놔주었지. 그리고 감천궁에서는 내 입으로 그녀를 쫓아내라고 명령했고. 그러니 우안이 아무리 찾아도 노래 부른 사람을 찾아내지 못할 수밖에.'

유불릉의 말은 입 속에서만 맴돌았다.

오랜 세월이 지난 지금, 유불릉이 다시 한 번 '나'라고 칭할 줄은 상상도 하지 못했던 우안은 마음이 쓰라려 와 뭐라고 대답해야 좋을지 알 수가 없었다.

폐하는 황제가 아니었을 때 사적인 자리에서 늘 '나'라고 말했다. 장난이라도 칠 때면, 애처로운 얼굴로 그를 '우안 형'이라고 부르면서 장난에 동조하라고 떼를 썼다. 그때마다 그는 깜짝 놀라 미친 듯이 머리를 조아리며, "전하, 그렇게 부르시면 안 됩니다. 누가 들으면 소인의 목숨이 열 개라도 남아나지 않을 겁니다." 하고 빌었다. 전하가 '형'이라고 부르지 않게 하려고, 그는 늘 장난에 함께해야 했다.

그 후로는…… '짐'이 되었다. 그 한 글자는 어머니와 아들을 사별하게 했고, 세상을 완전히 바꾸어 놓았다. 따스함은 사라지고, 오로지 차가운 용좌만 남았다. 화려하지만 조금도 편하지 않은 자리. 게다가 당장이라도 무너질 듯 불안해서 앉은 사람을 떨어뜨려 죽일 수도 있는 자리였다.

"그녀가 장안성에 온 지도 1년이 되어 가는구나. 공주부에서는 겨우 벽 하나 건너편에 있었고, 감천궁에서는 겨우 몇 걸음 떨어진 곳에 있었겠지. 크지도 작지도 않은 이 장안성에서 몇 번이나 서로 스쳐 지나갔을까?"

쉰 듯한 유불릉의 목소리는 질문이라기보다는 깊디깊은 후회의 말이었다. 우안은 아무 대답도 할 수 없었다. 이제 그도 운가라는 여자가, 황제가 열두 살 때부터 기다려 온 사람이라는 것을 알게 되었다. 그도 운가가 황제의 마음속에서 어떤 위치를 차지하고 있는지 이미 잘 알고 있었다.

오랜 세월 동안 그는 모든 것을 지켜봐 왔다. 때문에 황제의 기다림과 그 끈질긴 고집을 그보다 더 잘 아는 사람은 없었다. 황제는 낮에 상관걸과 곽광 같은 권신들에게 아무리 굴욕을 당해도, 신명대에 올라 별이 반짝이는 하늘을 바라보면 마음이 풀렸다.

세율을 낮추고 형벌을 줄이는 것은 호족이나 고관대작들의 이익에 영향을 주기 때문에, 개혁이란 무척 고된 길이었다. 그러나 저항이 아무리 거세어도 별을 바라보기만 하면 다시금 흔들리지 않고 그 길을 갈 수 있었다.

상관걸과 곽광의 핍박으로, 황제는 열세 살 때 채 여섯 살도 되지 않은 상관소매를 황후로 맞아야 했다. 그러나 한나라의 천자라는 사람이, 단 한 마디의 약속 때문에 지금까지도 황후와 신방을 치르지 않고 있었다. 다른 여자도 없었다.

스물한 살이면 이미 수많은 처첩을 거느리고 아이들도 줄줄이 딸려 있어야 할 나이였다. 일반 서민이라면 아이들이 벌써 소를 키우거나 돼지를 치고, 고관대작이라면 아이들이 벌써 활을 쏘고 말을 탈 뿐만 아니라 심지어 형제들끼리 경쟁하고 있을 나이였다.

사직의 존망이 달려 있기 때문에 황실에서는 자손을 매우 중요하게 생각했다. 선제는 열두 살에 처음 여자를 만났고, 다른 황제들도 열너덧 살쯤에는 정실부인은 없어도 시첩을 두거나 심지어 서출의 자녀를 두기까지 했다. 그러나 지금의 황제는 아직까지 잠자리 시중을 든 여자 하나 없었다.

황제는 모든 사람들에게 대항할 수가 없었고, 운명에 대항할 수도 없었다. 그러나 그만의 방식으로 자신의 약속을 지켜 온 것이다.

우안은 한참 동안 망설이다가 겨우 한마디를 꺼냈다.

"하늘이 도와 찾게 해 주신 것이 아닐까요? 좋은 일에는 마가 많이 낀다고 했습니다. 이제 찾아냈으니 앞으로는 다 잘될 겁니다."

유불릉의 입가에 한 줄기 미소가 느릿느릿 떠올랐다. 비록 씁쓸한 미소였지만 진심으로 기쁜 것 같았다.

"네 말이 맞다. 드디어 찾았구나."

그 말을 마친 유불릉이 갑자기 속도를 높였다. 우안도 따라서 속도를 높여 달리기 시작했다.

상 아저씨가 알려 준 집 앞에 이르자 우안은 곧 문을 두드리려고 했다. 그런데 유불릉이 만류했다.

"내가 하겠다."

그는 문 앞에 서서 한동안 꼼짝도 하지 않았다. 그러자 우안이 빙그레 웃으며 말했다.

"폐하, 걱정되시면 소인이 하겠습니다."

유불릉은 자조하는 웃음을 떠올리더니 문을 두드렸다.

생각이 많았기 때문인지 허평군은 그날 밤 내내 푹 잠들지 못하고 졸기만 했다. 옆에 누운 유병이도 무슨 고민이 있는지 내내 뒤척였다. 조용한 움직이었지만, 자는 척만 하고 있던 허평군은 그가 돌아누울 때마다 알 수 있었다. 유병이는 한밤중이 되어서야 잠이 들었다.

그러나 허평군은 더 이상 누워 있을 수가 없어 살그머니 바람막이를 걸치고 일어나 일을 시작했다. 닭에게 줄 모이를 까고 있는데, 담장 너머로 문 두드리는 소리가 들렸다. 그녀는 황급히 칼을 내려놓고 안뜰로 나가서 귀를 기울였다.

문 두드리는 소리는 안에 있는 사람을 놀라게 하기 싫은 듯, 시끄럽지 않고 적당히 들릴 만큼만 컸다. 아무리 두드려도 안에서 아무 반응이 없는 것으로 보아 바보라도 집에 사람이 없다는 것을 알 텐데, 문 두드리는 소리는 고집스레 이어지고 있었다. 아무도 대답하지 않으면 평생 동안 울릴 것 같았다.

방 안쪽을 흘끔 돌아본 허평군은 조용히 문을 열고 나가 뜰문을 단단히 닫은 후, 낮은 소리로 물었다.

"누굴 찾으세요?"

유불릉이 문을 두드리던 손을 멈추자, 우안이 나서서 읍을 하며 물었다.

"부인, 저희는 운가 아가씨를 찾고 있습니다."

장안성에서 운가가 알고 지내는 사람은 허평군도 모두 아는 사람들이었다. 그렇지만 지금 나타난 두 사람은 낯선 얼굴이었다.

"운가를 아세요?"

우안이 웃는 얼굴로 대답했다.

"저희 공자께서 운가 아가씨를 알고 계십니다. 운가 아가씨가 어디로 가셨는지 아십니까?"

허평군은 유불릉의 옆모습만 볼 수 있었지만, 그것만으로도 그가 범상치 않은 사람이라는 것을 알 수 있었다. 그녀는 경외심을 느끼고 사실대로 말했다.

"운가는 장안을 떠났어요."

유불릉이 홱 몸을 돌려 허평군을 바라보았다.

"뭐라고?"

허평군은 화를 내지 않아도 위엄이 느껴지는 그의 번개 같은 시선에 깜짝 놀랐다. 그녀는 저도 모르게 뒷걸음질 쳐서 문에 기댔다.

"운가는 어젯밤에 장안성을 떠났어요. 집에 가고 싶다고 했으니 아마……."

허평군은 입을 열었지만 더 이상 아무 말도 할 수가 없었다. 좀 전에는 저 남자의 기세에 눌려 자세히 보지 못했지만, 지금 보니 그의 눈빛이 어딘지…… 어딘지 유병이와 닮은 구석이 있었던 것이다.

우안은 허평군의 다음 말을 기다렸지만 그녀는 유불릉만 뚫어져라 바라볼 뿐이었다. 우안이 황급히 앞으로 나아가 그녀의 시선을 가로막았다.

"운가 아가씨께서 언제 돌아온다는 말씀은 없으셨습니까?"

허평군은 그제야 정신을 차리고 고개를 저었다. 우안은 그래도 포기하지 못하고 재차 물었다.

"부인, 혹시 운가 아가씨의 집이 어딘지 아십니까?"

허평군은 다시금 고개를 저었다.

"운가의 가족들은 여행을 좋아하는 것 같았어요. 여러 곳에 머물 집이 있다고 들었거든요. 이번에는 서역으로 간다고만 들었어요."

유불릉은 몸을 돌려 말에 오르더니 화살처럼 빠르게 달려갔다. 우안도 즉시 말을 타고 그 뒤를 바짝 쫓았다. 허평군은 유불릉이 사라진 방향을 멍하니 바라보았다.

집으로 돌아가자 유병이도 일어날 준비를 하고 있었다. 그가 옷을 입으며 물었다.

"이렇게 일찍 누가 찾아왔어?"

허평군은 고개를 숙이고 하던 일을 계속했다.

"왕씨네 아주머니가 부싯돌을 빌리러 왔어요."

어두울 때부터 날이 희끄무레 밝아 올 때까지 말은 계속 달렸다. 바람이 점차 잦아들고 기분 좋은 햇볕이 내리쬐었지만, 우안은 어젯밤보다 더 춥게 느껴졌다. 어젯밤에 출발한 사람을 지금 쫓아간들 따라갈 수 있을까? 황제가 그 사실을 모를 리 없었다.

길 양쪽의 나무들이 바람처럼 스쳐 지나갔다. 그렇게 질주한 덕에 장안성을 벗어난 지도 오래였다. 해가 서쪽으로 기울기 시작했지만 유불릉은 여전히 말에게 채찍질을 했다.

한 노인이 땔감을 지고 비틀비틀 산에서 내려오고 있었다. 귀가 어두워 말발굽 소리도 듣지 못하고, 머리를 푹 숙인 채 길 한가운데까지 나왔다. 유불릉은 모퉁이를 도는 순간 노인을 발견했다. 위험천만한 상황이었다. 노인은 놀란 나머지 그 자리에 돌처럼 굳었다.

다행히 유불릉이 탄 말은 한혈보마였다. 위험한 순간, 유불릉이 고삐를 낚아채자 한혈보마는 우뚝 멈추며 앞발을 힘껏 쳐들었다. 우안이 몸을 날려 노인을 잡아당겼다.

땔감이 어지럽게 쏟아졌지만 노인은 털끝 하나 다치지 않았다. 노인은 다리에서 힘이 빠져 비틀거리다가 곧 정신을 차리고 땔감을 줍기 시작했다.

유불릉이 말에서 내려 노인을 도왔다. 하지만 한 번도 해 본 적이 없는 일이라 어떻게 밧줄을 묶어야 할지 알 수가 없어, 그저 크기와 모양이 다른 땔감들을 한데 모아 두기만 했다. 노인이 화난 눈길로 유불릉을 쏘아보았다.

"일 솜씨가 없는 사람이구먼. 괜히 성가시게 나설 필요 없네."

유불릉은 멋쩍은 듯이 줍던 것을 멈추고 우안을 바라보았다. 우안이 허리를 살짝 숙이며 나지막이 말했다.

"소인도 스승님께 배운 적이 없어서, 어떻게 하는지 모릅니다."

두 사람은 덩그러니 서서, 늙어 움직이기도 힘든 노인이 일하는 모습을 지켜볼 수밖에 없었다. 멀리 떨어진 땔감을 노인에게 가져다주는 것이 할 수 있는 전부였다. 민망함을 감춰 보려고 우안이 억지로 말을 건넸다.

"어르신, 연세가 많으신데 어째서 혼자 땔감을 구하러 오셨습니까? 자녀 분들은 어쩌고요?"

노인이 콧방귀를 뀌었다.

"배부른 소리! 자네가 날 돌봐 주기라도 하려고? 나라에서 내라는 세금은 어쩌나? 자식들은 아침부터 밤까지 한 번 쉬지도 못하고 일하는데, 부모가 되어 가지고 어떻게든 도와야지. 언젠가 힘을 못 쓰는 지경이 되면, 자식들 짐 되지 않게 일찍 염라대왕을 만나러 가는 게 나아."

우안은 황궁에서 황제 다음가는 위치에 있어서 곽광조차 그에게 어느 정도 예의를 갖추었다. 그런 그도 오늘 시골 노인에게 야단을 들으면서도 대꾸 한 마디 할 수 없었다.

노인이 땔감을 다 정리하고 길을 가려 하자, 우안은 놀라게 해 드려 죄송하다며 돈을 좀 내밀었다. 그러나 노인은 다 받지 않고 푼돈만 조금 받으면서 미안한 듯이 말했다.

"손자에게 간식이나 좀 사 주려고 받는 걸세."

그리고 허리를 굽힌 채 몸을 돌렸다.

"자네들은 나쁜 사람 같지 않구먼. 다음번에 말을 탈 때는 조심하게."

탐욕스러운 사람들만 보아 온 우안이었다. 돈주머니를 꿰차고도 어떻게든 재물을 긁어모으려는 사람들, 높은 자리에 있으면서도 더 많은 권력을 얻으려는 사람들. 그렇지만 오늘 만난 가난한 노인은 별것도 아닌 사례금도 마다했다. 우안은 당황해서 그 노인의 뒷모습을 멍하니 지켜보았다. 한참 후, 정신을 차린 그가 말했다.

"폐하, 계속 쫓아가시겠습니까?"

유불릉은 노인이 사라진 방향을 바라보며 말없이 고개를 저었다. 그리고 다시 말에 올라 여산을 향해 달리기 시작했다.

'윤가, 아무리 원해도 난 결국 내 마음대로 널 쫓아갈 수가 없어. 내게는 백성들이 있고, 내가 짊어져야 할 책임이 있어.'

무겁게 가슴을 짓누르던 돌을 치워 버린 우안은 길게 안도의 숨을 내쉬며 말했다.

"폐하, 안심하십시오. 소인이 사람을 시켜 뒤를 쫓도록 할 것입니다. 윤가 아가씨가 아무리 빨라도 아직 관문을 넘지는 못했을 겁니다."

✺

맹각은 복잡한 심정을 억누르고 아침 일찍 황제를 알현하러 갔다. 일부터 처리하고 운가를 만나러 갈 생각이었다.

어떻게 알았는지는 모르지만, 운가의 반응을 보면 곽성군과의 일을 눈치챈 것이 분명했다. 그 일이 아니고서야 그렇게까지 단호하게 나올 리가 없었다.

아침부터 정오까지, 그리고 정오가 지나 오후까지 기다렸지만 황제는 나타나지 않았다. 맹각은 무척이나 불쾌했다. 하지만 어쨌거나 상대방은 한나라의 황제고, 지금 그에게는 황제의 도움이 필요했기 때문에 기다릴 수밖에 없었다.

저녁 식사 시간쯤 되어서야 유불릉이 모습을 드러냈다. 매우 피곤한 모습에 미간에는 외로움까지 깃들어 있어 무척이나 초췌해 보였다. 그는 맹각이 절을 하기도 전에 말했다.

"짐이 중요한 일이 있어 좀 늦었다."

담담한 말투였지만 진심이 담긴 목소리였다. 불쾌했던 맹각의 기분이 조금 풀렸다. 그는 절을 올린 후 미소 띤 얼굴로 말했다.

"도착해서 그런 말을 들었습니다. 이르면 오전, 늦으면 저녁에나 폐하를 뵐 수 있다고 말입니다. 그러니 별로 오래 기다린 것도 아닙니다."

유불릉은 가만히 머리를 끄덕이고는 맹각에게 자리를 권했다. 그리고 단도직입적으로 물었다.

"곽광이 네게 주지 못하는 게 무엇이냐? 짐이 무엇을 주었으면 하느냐?"

맹각은 조금 망설이다가 대답했다.

"폐하께서 소인의 목숨을 지켜 주시기를 바랍니다."

"곽광이 네게 무슨 죄명을 씌우려고 하느냐?"

"모반죄입니다. 곽 대인의 손에는 소인이 연왕 및 상관걸과 왕래한 증거가 있습니다."

유불릉은 잠시 맹각을 응시하다가 담담하게 물었다.

"곽성군의 어디가 마음에 들지 않느냐? 용모도 출중하다고 들었고, 곽광이 딸을 무척 아끼는 것을 보면 재능도 남다른 것 같던데."

맹각이 빙긋 웃었다.

"소인은 권력을 쫓는 자이지, 청렴한 자는 아닙니다. 하지만 권력이 아무리 좋아도 사적인 부분까지 강요받는 것은 원치 않습니다. 필요한 것이 있다면 제 손으로 얻고 싶습니다."

'강요'라는 말에 유불릉의 마음이 움직였다.

"짐을 만나러 온 것을 보면 벌써 대책이 있겠구나."

"그렇습니다. 곽 대인이 소인을 관직에 추천하면, 소인을 간의대부로 써 주시기 바랍니다."

유불릉은 눈을 내리뜨고 잠시 생각해 본 후 일어났다.

"그렇게 하겠다. 앞으로 무슨 일이 있을 때 짐을 찾아오기

어렵다면 우안을 찾아가거라."

맹각도 일어나 공손하게 유불릉을 배웅했다.

"믿어 주셔서 감사합니다, 폐하."

한동안 유불릉의 뒤를 따르던 우안이 결국 참지 못하고 입을 열었다.

"폐하, 소인이 어리석었습니다. 곽광은 신중한 편이라 맹각을 완전히 믿기 전에는 중요한 관직을 주려 하지 않겠지만, 그래도 간의대부보다는 높은 자리일 겁니다. 한나라의 관제는 기본적으로 진나라의 제도를 따르고 있습니다. 하나 간의대부는 진나라에 없던 관직으로, 선제께서 말년에 만드신 이후로 줄곧 나라의 백관의 관제에 편입되지 못하고 있습니다. 맹각은 마치 권력에 대한 욕망이 없는 사람처럼 그런 관직을 바라는데, 폐하께서는 그자를 정말 믿으십니까?"

유불릉이 대답했다.

"간의대부라는 자리는 비록 낮은 관직이지만, 부황께서 세상에 '죄기조罪己詔'[8]를 반포하시면서 목적을 갖고 만드신 자리다. 백관의 밖, 백성의 안에 있으면서, 과실이 있으면 반드시 교정하고, 법을 어기는 일이 있으면 반드시 간하며, 조정의 득실에 대해서는 반드시 살피고, 세상의 이익과 병폐에 대해서는 반드시 말하는 것이 간의대부의 역할이다. 맹각은 부황의

---

8 스스로를 벌하는 조서.

그 말씀에 따라 곽광이 함부로 자신을 건드리지 못하게 하려는 것이다. 또한, 지금 장안성 내 중요한 관직은 모두 곽광의 손을 거쳐야 한다. 정말로 중요한 자리는 곽광도 쉽게 내주려 하지 않을 것이다. 맹각은 장안성의 형세를 명확하게 파악하고, 겉모습만 황제인 짐에게 부담을 주지 않으려고 그 자리를 원하는 것이다."

우안은 한동안 고민하다가 뭔가 깨달았는지 기쁜 목소리로 말했다.

"이러니 곽광이 맹각을 자기 사람으로 만들지 못하면 죽이려 드는 것이군요. 맹각은 역시 인물입니다! 지난날 월왕 구천은 범려를 얻어 월나라를 부흥시켰으니, 폐하께서도……. 축하드립니다, 폐하!"

유불릉은 우안이 자신을 조금이라도 기쁘게 하려고 노력한다는 것을 알고 있었다. 그러나……. 그는 정신을 차리고 입꼬리를 살짝 올려 미소 짓는 척했다. 그리고 우안을 바라보며 담담하게 말했다.

"책을 다 읽지도 않고 읊어 대면 안 된다. 새가 사라지면 좋은 활도 광에 들어가고, 토끼가 죽으면 사냥개는 삶아 먹히는 법. 적국이 무너지면 책사는 잊히고, 뛰어난 공을 세운 자는 상을 받지 못하고, 이름을 날린 패자는 망한다고 했다. 월왕 구천은 좋은 군왕이 아니다."

우안은 깜짝 놀라 재빨리 무릎을 꿇었다.

"죽을죄를 지었습니다! 폐하께서는 물론……."

"됐다. 자꾸 그렇게 무릎 꿇지 마라. 너는 피곤하지 않을지 모르지만, 짐은 피곤하다. 식사를 가져오너라!"

우안은 웃으며 반절을 하고, 어린 환관에게 식사를 준비하라고 일렀다.

입맛은 없지만 하루 종일 아무것도 먹지 못한 데다 저녁 동안 처리할 상소가 많이 밀려 있었기 때문에 억지로라도 먹어야 했다. 그러나 음식을 보자, 공주부에서 시를 이용해 요리를 대접했던 사람이 떠올랐다. 수수께끼를 풀며 음식을 먹고, 요리를 한 사람과 마음이 통해 웃던 것을 회상하자 마음이 납처럼 무거웠다. 억지로 젓가락을 들었으나 차마 음식이 넘어가지 않았다. 유불릉은 서둘러 일어나 서재로 향했다.

변경의 군비 지출, 북쪽 지방의 가뭄과 남쪽 지방의 홍수에 대한 문제, 세금 경감 집행, 형벌 개혁에 대한 논의, 관리들 간의 탄핵, 번왕들의 동정, 각 주州 지방 관리들의 공적, 현량들이 조정에 대해 토론한 글들……. 상소문을 하나하나 읽고 나자 벌써 이경이 지나 있었다. 우안은 등롱을 켜 유불릉을 침궁으로 모셨다.

전각의 문을 나서서 고개를 들어 보니 오늘따라 별이 총총했다. 어젯밤 바람이 심하게 불었기 때문인지 오늘 밤은 구름 한 점 없이 맑았다. 검푸른 수정처럼 맑디맑은 하늘에서 별들이 유난히 환하게 반짝였다.

유불릉은 저도 모르게 걸음을 멈추고 별빛으로 아름답게 빛나는 하늘을 올려다보았다. 우안은 말없이 한숨을 쉬었다. 그는 여느 때처럼 말없이 뒷걸음질 쳐서 어둠 속으로 숨었다. 유불릉에게 그만의 시간과 공간을 주기 위해서였다.

한참 후, 우안은 황제에게 침궁으로 들어가길 권하려고 다시 곁으로 갔다. 유불릉의 목소리가 얼핏 들려오는 것으로 보아 뭔가 말하는 중인 것 같았다. 귀를 기울이자 시를 읊고 있다는 것을 알 수 있었다. 황제는 반복해서 이렇게 읊고 있었다.

"간다 또 간다, 임과 생이별을 하는구나. 만 리 길 떨어지고 천애로 갈라졌구나. 길은 멀고도 험하니 언제 또 만날까…… . 거리는 나날이 멀어지고, 허리띠는 나날이 헐거워지네. 임 그리며 늙어 가는데 시간은 이미 늦었구나…… ."

우안은 일부러 발소리를 크게 냈다. 시 읊던 소리가 곧 사라졌다.

유불릉이 몸을 돌리더니 침궁 쪽으로 향했다. 어린 환관이 등롱을 들고 앞장섰고, 우안은 유불릉의 뒤를 따랐다.

"폐하, 소인이 장안성에서 서역으로 가는 모든 관문을 조사하라고 사람을 보냈습니다."

유불릉은 가볍게 고개를 끄덕이고 대답했다.

"반드시 조심해야 한다."

"잘 알겠습니다. 그리고…… . 소인이 무능한 바람에 어제 잡아들인 자객의 상태가 매우 나쁩니다. 계속 고열이 나 정신을 차리지 못하고 있어 아직 자백을 받지 못했습니다. 몸에서는 빈 주머니만 나왔는데, 그것만으로는 신분을 알아낼 수가 없습니다. 그 자객이 얼마 견디지 못하고 절명하여 단서가 끊길까 봐 걱정입니다……."

유불릉은 태연하게 대꾸했다.

"어쩔 수 없지. 어젯밤 같은 상황에서 짐의 행적을 파악하고 짧은 시간 안에 자객들을 소집할 수 있는 사람은 단 한 명뿐이다. 그러나 그자가 정말로 짐의 목숨을 노린 것은 아닐 것이다. 막다른 곳에 몰리지 않은 상황에서 함부로 행동하지는 않겠지. 어젯밤의 자객들은 짐을 시험해 본 것일 가능성이 높다. 우안 네가 짐을 보호하는 것은 당연한 일이나, 네 자신의 안전에도 주의를 기울이도록 해라. 새를 잡으려는 사람은 우선 새의 날개부터 꺾어 날지 못하게 하는 법이지. 게다가 짐에게 있어서 너는 새의 날개보다 더 중요한 사람이다."

우안은 목이 메어 옴을 느꼈다.

"안심하십시오, 폐하. 소인은 언제까지나 폐하를 모실 겁니다. 훗날에는 또 황자와 황손들을 모시고, 그분들을 도와줄 환관들을 훈련시켜……."

유불릉의 눈빛이 살짝 어두워졌다. 우안은 말을 잘못 꺼냈다는 것을 알고 재빨리 입을 다물었다.

편전 모퉁이를 돌아 들어갈 때, 밤 당직을 서는 환관들이 처마 밑에 모여 수다를 떠는 소리가 들려왔다.

"참 우스운 일이었어. 눈이 얼마나 아픈지……. 독약인 줄 알았는데 그냥 이상한 조미료……."

말소리에 웃음소리도 간간이 섞여 있었다. 그때, 머릿속에 뭔가가 번뜩 스치는 듯해 유불릉은 그 자리에 우뚝 섰다. 어렸을 때도 운가가 조미료로 군관의 눈을 따갑게 만든 적이 있었다. 어젯밤 맡았던 매캐한 연기에는 독이라곤 전혀 없었다. 그 여자는 운가가 어젯밤에 장안을 떠났다고 했다…….

'어젯밤?'

지난 일과 어젯밤의 일이 머릿속에 교차되어 어지럽게 뒤섞였다.

우안은 유불릉이 환관들의 수다 소리에 짜증이 난 줄 알고 황급히 무릎을 꿇었다.

"폐하, 소인이 수하들을 잘못 가르쳤습니다. 반드시…….

유불릉이 한 글자 한 글자 힘을 주어 말했다.

"우안, 어젯밤의 연기가 조미료였느냐?"

우안은 어리둥절하다가, 곧 어린 환관을 보내 수다를 떨고 있는 환관 칠희七喜를 불러오게 했다. 나타난 환관은 어젯밤 맹각과 운가를 쫓던 자였다.

"폐하께 아룁니다. 불이 나서 모두 타 버렸기 때문에 소인들도 그 자극적인 냄새가 무엇인지 확신하지 못합니다. 하지만 나중에 피웠던 연기는 독약이 확실했고, 또한 고수가 만든 독약이었습니다."

"방금 조미료라고 한 것은 무엇 때문이냐?"

유불릉이 물었다.

"한 자객이 이상야릇한 조미료를 던지면서 독약이라고 외쳤기 때문에, 소인들이 우스개 삼아 그 전에 피어오른 연기도 조미료로 만든 것이라고 해 본 것입니다."

유불릉이 비틀거렸다. 그는 옆에 있던 옥난간을 붙잡고 절망에 잠긴 쉰 목소리로 물었다.

"조미료를 던진 자객을…… 주, 죽였느냐?"

유불릉이 반응을 보고 어떻게 된 일인지 깨달은 우안도 얼굴이 창백해져서 칠희를 걷어찼다.

"왜 미리 보고하지 않았느냐?"

칠희는 아픔을 참으며 황급히 대답했다.

"중요한 일인지 몰랐습니다. 자객들은 온몸을 망토로 꽁꽁 가리고 있었고, 밤이 어두운 데다 연기가 짙고 눈물까지 나던 때라 자세히 보지 못했습니다. 더욱이 누가 조미료를 던졌는지도 보지 못했습니다."

"썩 물러가거라!"

우안이 소리쳤다. 그는 품에서 주머니들을 꺼내 유불릉에게 내밀며 떨리는 소리로 말했다.

"폐, 폐하. 자객을 심문했던 수하에게 들었는데, 감옥에 갇힌 자객은 여, 여자라고 합니다. 소인이 참으로 어리석었습니다. 이 주머니의 자수를 보고도 그런 생각은 하지도 못했습니다. 비록 운가 아가씨와 자객들의 관계를 알아내기는 어려우나……. 소인이 어리석었습니다!"

우안이 제 뺨을 짝짝 때렸다.

"폐하, 운가 아가씨께서 감옥에 계신 듯합니다."

유불릉은 주머니를 받아 들었다. 솜씨 좋게 수놓은 흰 구름을 보자 가슴이 탁 막혔다. 그는 주머니를 코로 가져가 냄새를 맡아 보았다. 여러 가지 조미료 향이 났다. 늘 가지고 다니는 주머니에 향료가 아니라 조미료를 넣어 다니는 여자가 얼마나 될까? 유불릉이 주머니를 꽉 움켜쥐며 쉰 목소리로 말했다.

"얼른 가지 않고 뭘 하느냐?"

우안은 더 이상 머뭇거리지 않고 재빨리 길을 안내했다.

지하 감옥으로 향하는 계단은 범인이 달아나지 못하게 할 목적으로 무척 좁고 구불구불하게 만들어져 있었다. 지하기 때문에 1년 내내 햇빛 하나 들지 않고, 통풍도 좋지 않았다. 습기 차고 냉랭한 지하 감옥에서는 썩은 냄새가 진동했다. 유불릉은 걸음을 옮길 때마다 가슴이 아렸다.

'운가, 운가! 내가 널 이런 곳에 가두다니! 네게 중상까지 입히다니! 어젯밤부터 지금까지 하루 종일 널 이런 곳에 눕혀 두고 죽음만 기다리게 했다니! 유불릉, 넌 대체 뭐 하는 거냐!'

우안이 힘이 다 빠진 소리로 말했다.

"자백을 받기 위해 의원을 불러 상처를 치료하게 했습니다. 물론 가장 좋은 방에 가두고, 특별히 모포도……."

해명하면 할수록 우안의 목소리에서 힘이 빠졌다. 그리고 그가 말한 '가장 좋은 방'에 이르러 '특별 대우'를 받은 사람을 대하자 끝내 입을 다물고 말았다.

거친 모포 안에 아무런 생기도 없는 여자가 누워 있었다. 새까만 머리칼은 진흙투성이가 되어 있었고, 얼굴은 창백했다.

입술에도 핏기가 전혀 없었다.

유불릉은 그녀 옆에 무릎을 꿇고 차가운 손으로 뺨을 쓰다듬었다. 얼굴에는 열이 펄펄 끓고 있었다.

'차갑지 않구나. 차갑지는 않아……. 다행히 차갑지는 않나……. 하지만 너무 뜨거워……. 운가? 운가?'

그의 손이 목으로 내려갔다. 머리칼 매듭은 보이지 않았지만 대나무 호루라기는 예전 그대로였다. 유불릉은 슬픔이 북받쳐 조심스레 운가를 끌어안았다. 어린 시절에 그랬던 것처럼.

다른 한 짝은 어디로 갔는지, 한 짝만 남은 운가의 신발은 피에 축축하게 젖어 있었다. 신발을 신지 않은 발은 진흙투성이에 들풀과 볏짚이 어지럽게 붙어 있었다. 유불릉은 소매로 진흙을 닦아 냈지만, 피 묻은 얼룩은 쉽게 지워지지 않았다.

천산설타를 탄 소녀의 뺨에는 보조개가 곱게 피어 있었다.

진주가 달린 꽃신을 반쯤 접어 신은, 눈처럼 새하얀 발이 녹색 능라 치마 밑에서 흔들거렸다.

유불릉은 대나무 호루라기를 쥐고 주먹을 움켜쥐었다. 너무 힘을 주어 호루라기가 손바닥에 박혔다. 손가락 사이로 피가 뚝 떨어졌다.

'운가! 운가! 9년 만에 우리가 이런 식으로 만나게 될 줄이야!'

2장
덧없는 시간, 가깝고도 먼

정원의 회화나무는 여전히 짙은 그늘을 드리워 햇빛을 막고 있었다. 주방에 가지런히 정돈된 도자기 그릇 안에는 다 쓰지 못한 조미료가 남아 있었다. 책상머리에 놓인 책은 반쯤 펼쳐져 있고, 침대맡의 초도 반쯤 타다 만 상태였다.

단 하나, 울창한 회화나무 그늘이 좋다며 웃던 사람, 요리를 좋아하던 사람, 그를 위해 책을 뒤지며 치료법을 찾아내려던 사람, 그 사람만 없을 뿐이었다.

초의 반쪽은 불빛 아래 장난치며 웃던 그들의 행복과 함께해 주었다. 그 환하고 따뜻한 불빛이 그들의 온기 속에서 출렁거렸다. 그러나 남은 반쪽은 이제 벽에 외로운 그림자 하나만 비출 뿐이었다. 환하고 따뜻한 빛이 방 안의 고요하고 적막한 분위기를 비웃는 듯했다.

"맹 오라버니, 운가 소식은 아직 없나요?"

허평군이 겁먹은 듯 쭈뼛거리며 문 앞에 서서 물었다. 맹각은 일렁이는 촛불을 바라보며 아무 말도 하지 않았다. 허평군은 문을 붙잡고 한참 동안 말없이 서 있었다.

"미안해요, 맹 오라버니. 운가를 붙잡았어야 했는데."

맹각이 가볍게 탄식하더니, 마침내 허평군 쪽으로 고개를 돌렸다.

"평군, 아이를 가진 몸이니 그만 돌아가서 쉬시오!"

허평군은 그래도 떠나지 않고 도리어 안으로 들어왔다. 그리고 마치 하고 싶은 말이 있지만 차마 하지 못하는 듯 입을 달싹였다. 눈가에 천천히 눈물이 고이기 시작했다.

그런 그녀를 보는 맹각의 눈에서 싸늘한 빛이 차차 사라지고 연민의 빛이 떠올랐다. 그는 앉으라는 듯이 의자를 가리켰다.

"평군, 운가의 소식은 전혀 없지만 곧 찾을 수 있을 거요. 아마 너무 슬픈 나머지 밖에서 기분도 풀고, 또 내 얼굴을 보고 싶지 않아서 숨어 있는 것일 뿐, 언젠가는 다시 집으로 돌아갈 거요. 집으로 간다면 반드시 찾아낼 수 있소."

"운가의 집이 어딘지 아시는군요? 정말 잘됐어요."

맹각이 다소 안심한 듯한 허평군을 바라보았다.

"평군, 운가와 하루 이틀 알고 지낸 것도 아닌데 왜 그렇게 어리석었소?"

"그때 난…… 운가가 집으로 돌아가면 기분이 좀 풀릴 거라고 생각했어요."

허평군은 입술을 깨물었다. 맹각의 입꼬리가 살짝 올라갔다. 웃는 것 같았지만 실제로 얼굴에는 웃음기가 전혀 없었다.

"운가와 유병이 사이를 걱정한 거겠지. 운가는 유병이를 만난 후 늘 남다르게 대했고, 어떤 일이나 그의 의견을 따랐으니까. 하지만 운가는 그 당시에도 유병이를 두고 당신과 다투려 하지 않았소. 게다가 지금은 나 때문에 마음이 상한 상태인데 무엇 때문에 다시 유병이를 나눠 가지려고 하겠소? 당신은 운가를 얕봤을 뿐만 아니라 당신 자신도 얕봤소. 당신을 언니로 대하는 운가의 마음까지도 저버렸소."

남몰래 품고 있던 걱정과 두려움이 맹각에게 들통 나자 허평군의 눈에 맺혔던 눈물이 쏟아졌다.

요 며칠 맹각과 유병이는 운가를 찾느라 바삐 뛰어다녔다. 유병이는 평소처럼 그녀에게 다정했지만 맹각은 매우 쌀쌀맞게 굴었다. 하지만 맹각이 두렵지는 않았다. 이유는 모르지만, 맹각이 그녀를 탓하면서도 화를 내기는커녕 어느 정도 이해하고 있다는 것을 직감적으로 알고 있기 때문이었다. 오히려 평소와 다름없는 유병이의 태도에 마음이 불안했다.

눈앞에 있는 남자는 우아하고 품위가 있었으며, 나라에 맞먹는 재물을 가지고 있었다. 또한 따뜻한 겉모습 아래 숨겨진 오만한 성격 덕분에 번왕이든 곽광이든 쉽게 그를 굴복시키지 못했다. 본래라면 높은 곳에 있어야 할 사람인데, 그는 이상하게도 그녀와 같은 영혼을 가지고 있었다. 밑바닥 인생 같은 그림자와 이기심을 가졌고, 보잘것없는 소원을 위해 대가를 아끼지 않고 싸웠다.

허평군도 자기 생각이 너무나 황당무계하다는 것은 잘 알고 있었다. 어떻게 맹각이 그녀와 같을 수 있을까? 하지만 그래도 그런 느낌이 들었다. 심지어 그를 알게 된 첫날부터 그랬다.

그녀 역시 남몰래 이기심과 정정당당하지 못한 생각을 갖고 있었다. 그리고 맹각 앞에서는 그것이 나쁘다고 느껴지지 않았다. 오히려 매우 정상적인 바람이요, 생각이라고 느껴졌다.

"맹 오라버니, 난…… 나는 겁이 났어요. 운가는 총명하고 아름답고 사람도 좋아요. 그 애가 좋은 사람일수록 나는 더욱 겁이 나요. 병이는 글을 쓸 수 있는데 난 글을 몰라요. 하지만 운가는 알죠. 병이가 시를 읊으면 난 알아듣지 못해도 운가는 알아들어요. 병이가 웃으며 바둑을 두어도 나는 전혀 이해하지 못하지만, 운가는 그 웃음에 어떻게 대꾸해야 할지 알아요. 그 애가 바둑돌을 놓으면 병이는 박장대소해요. 하지만 난…… 한 번도 그의 마음을 읽을 수가 없었어요. 혼인하기 전에도 그랬고, 지금도 그래요. 때로는 기분이 좋은지 아닌지도 알아낼 수가 없어요. 요 며칠만 해도 그래요. 차라리 내게 화를 내거나, 운가가 떠난다고 했을 때 왜 말하지 않았냐고, 왜 끝까지 붙잡지 않았냐고 야단을 쳤으면 좋겠어요. 그렇지만 병이는 그러지 않았어요. 아예 한 마디도 하지 않고 평소처럼 내게 잘해 줘요. 내가 피곤할까 봐 식사 준비도, 빨래도 매일 자기가 하고, 내가 답답할까 봐 산책도 데리고 가 줘요. 심지어 요즘 내가 거의 안 웃는다며 재미있는 이야기로 웃기려고도 하죠. 마치 우리 삶에 원래부터 운가가 존재하지 않았던 것처럼요. 운가가 떠나 버렸어도 우리는 아무 영향도 없다는 것처럼요. 맹 오라버니, 난 정말 병이의 마음을 모르겠어요. 그럴수록 자신이 없어지고 겁이 나요. 내겐 아무것도 없어요. 있으나마나한 아버지, 날 좋아하지 않는 어머니. 이 세상에서 가진 거라곤 오직 병이밖에 없어요. 그러면 안 된다는 걸 알지만, 난…… 난 내 유일한 것을 지켜야만 했어요. 맹 오라버니, 미안해요. 난 그걸 지켜야 해요……."

허평군은 울면서 그렇게 말했다. 말을 하고 나자 억울하고 미안했지만, 한편으로는 속마음을 털어놓아 시원하기도 했다. 그녀는 아무 생각 없이 엉엉 울었다. 눈물이 더욱 힘차게 쏟아졌다.

맹각은 침대 위의 명주 손수건을 허평군에게 내밀며 부드럽게 말했다.

"나도 알고 있소. 당신 잘못이 아니오. 누구든 자신의 행복을 지킬 권리가 있소."

허평군은 운가 때문에 가장 화를 내야 할 사람이 자신을 전혀 원망하지 않는다는 사실에 놀랐다.

"맹 오라버니, 난……."

가슴이 아프면 아플수록 쥐고 있는 손수건은 더 빨리 눈물에 젖어 갔다.

"평군, 당신은 총명하지만 사람 보는 눈이 없소. 우물 안 개구리처럼 시야가 좁고, 마음도 넓지 못하다 보니 타고난 총명함이 빛을 보지 못하고 잔머리를 굴리는 정도밖에 안 되는 거요. 보통 남자라면 당신 능력으로 충분히 상대할 수 있소. 하지만 병이는 보통 남자가 아니오. 그러니 당신의 그런 마음이 언젠가 당신을 해치게 될 거요."

허평군은 천천히 울음을 그치고 어리둥절한 얼굴로 맹각을 바라보았다. 갑자기 운가가 떠나면서 했던 말이 떠올랐다.

"맹 오라버니, 운가가 떠나기 전에 그런 말을 했어요. 사람의 감정은 손으로 물을 쥐는 것과 같다고요. 힘을 주면 줄수록, 꽉 쥐려고 하면 할수록 주먹 쥔 손에는 물방울 하나 남지 않는다고요. 자기 이야기인 줄 알았는데 지금 보니…… 내게 하는 말이었군요!"

맹각의 표정이 어두워졌다. 허평군은 운가가 한 말의 의미가 자신의 걱정과 맞아떨어진다는 것을 깨달았다. 순간 후회와 슬픔이 북받쳐 또다시 눈물이 쏟아졌다.

"맹 오라버니, 운가는…… 운가는 당신처럼 내 마음을 꿰뚫어 본 거예요. 그렇게 떠나고 싶어 한 것은 물론 맹 오라버니에게 화가 나서기도 하지만, 나…… 나 때문이기도 했던 거예요."

맹각은 가만히 미소를 지었다. 아무 말도 하지 않는 것은 허평군의 말을 부인하지 않는다는 뜻이었다.

운가에게 세상 만물은 제아무리 귀중한 것이라도 곧 흩어질 연기와 다름없었다. 그녀에게는 정과 의리가 가장 귀중했고, 그것만이 그녀를 잡아 둘 수 있었다. 그런데 그녀는 단 하루 만에 사랑을 잃었고, 뒤이어 우정마저 질투에 잠겨 깨어질 듯이 흔들리는 것을 깨달았다. 그러니 장안성에 미련을 둘 필요가 있었을까? 의연히 돌아서서 떠나면 잃어버린 사랑에서 벗어날 수 있고, 남아 있는 약간의 우정이나마 지킬 수 있었다.

그날 밤 운가는 얼마나 마음이 아팠을까? 세속의 먼지에 더럽혀진 적 없는 순수한 정령은 이제 다시는 사뿐사뿐 춤을 출 수 없게 되었다. 어쩌면 장안성을 선택한 것 자체가 잘못이었을지도 모른다.

정원의 회화나무 그늘 아래 한참 동안 서 있던 유병이는 살며시 돌아서서 정원 밖 어둠 속으로 몸을 숨겼다. 방 안의 대화를 반쯤 들었을 뿐이지만 무슨 말인지는 충분히 알 수 있었다.

허평군과 맹각이 저렇게 가까워 보이는 것이 뜻밖이었다. 언제부터 저렇게 서로 마음이 맞았을까?

허평군은 아직도 고개를 숙인 채 흐느끼고 있었다. 맹각도 그녀에게 났던 화가 완전히 풀리고 연민만 남았다.

"평군, 당신은 당신의 행복을 지키기 위해서 그랬다지만, 그 방법이 옳은 것 같소? 이번에는 상대가 운가였기 때문에 당신에게 양보했지만, 언젠가 병이가 다른 여자를 만났을 때를 생각해 보시오. 총명하고 아름답고 운가처럼 병이의 모든 것을 이해하는 여자가 나타나 당신에게 양보하지 않겠다고 하면, 그때는 어쩔 거요?"

"나, 난…… 그럴 리가……. 그런 여자가 있을 리……."

허평군은 입술을 달싹거렸지만 끝내 말을 맺지 못했다. 그렇게 괜찮은 여자가 병이와 그녀의 세상에 나타날 리 없다고 말하고 싶었다. 하지만 그들의 세상에 뛰어든 운가는? 그들과 친구가 된 맹각은?

병이가 자신을 버릴 리 없다고 말하고도 싶었다. 하지만 병이가 운가 때문에 그녀를 버렸던가? 그런 것도 아닌데 왜 운가와 병이가 자신이 이해하지 못하는 이야기를 할 때마다 괴로워했을까?

한참 후, 허평군은 눈물을 닦고 고개를 들어 맹각을 바라보았다. 그리고 가벼운 목소리로 물었다.

"맹 오라버니, 내가 어떻게 하면 되죠?"

맹각은 감탄한듯이 미소를 지었다.

"당신은 늘 멀리 떨어진 물건을 잡으려고 손을 뻗기만 했소. 이제는 당신이 좀 더 가까이 다가가 손을 내미는 게 어떻겠소?"

허평군은 눈을 찡그리며 생각에 잠겼다.

"좀 더 가까이 가라고요?"

"운가는 병이가 쓴 글을 읽을 수 있지만 당신은 못 한다고 했소. 그렇다면 글을 배우면 되지 않겠소? 병이에게 묻거나 운가에게 물어서 하루에 열 글자씩만 배우면 1년에는 삼천육백오십 자를 익힐 수 있소. 운가는 병이가 하는 말을 이해하지만 당신은 못 한다고 했소. 왜 그렇소? 이해할 수 없는 말이 나오면 운가에게 물어보면 되지 않겠소? 이번에는 못 알아들었어도 다음번에는 알아들을 수 있을 거요. 운가의 책상에 있던 책들도 당신이 보려고만 했다면 운가는 기쁘게 알려 주었을 거요. 금이나 바둑, 글이나 그림 같은 것도, 어렸을 때는 돈이 없어서 배우지 못했겠지만 지금은 주변에 공짜로 가르쳐 줄 선생들이 얼마든지 있잖소? 그걸 몰라서 열등감을 느낀다면, 그 열등감을 없애기 위해 노력하면 되지 않겠소?"

허평군의 심장이 쿵 내려앉았다. 그녀는 한 번도 그런 생각을 해 본 적이 없었다! 모든 것을 가진 운가를 부러워하고 질투하면서, 유병이의 마음을 읽을 생각만 했지 자신에 대해서는 생각해 본 적이 없었다. 남몰래 운가를 원망하고 유병이를 원망했지, 가장 큰 문제가 자신이라는 사실은 몰랐다.

"맹 오라버니, 이제 알았어요. 그런 것 때문에 병이와 내가 다른 세상에 있다는 느낌이 들면, 그를 내 세상으로 끌어오려고 하거나, 혹은 다른 사람이 그의 세상에 들어가지 못하게 막으려고 머리 굴리지 말고, 내가 그의 세상에 들어갈 수 있도록 노력해야 하는 거였어요."

허평군은 눈앞이 확 트이는 것만 같았다. 그녀는 우물 안에 갇혀, 바깥에 새로운 세상이 있는데도 자신의 하늘은 우물에서 보는 만큼밖에 안 된다고 생각해 왔던 것이다. 바깥세상을 부러워하고, 어두운 자신의 세상에 불만을 느끼면서도 어떻게 하면 좋을지 몰랐다. 그러는 동안 그녀의 세상은 점점 어두워지고 우물은 점점 깊어져, 환하고 밝던 그녀도 점점 어두워져 갔다.

자신에 대한 운가의 고운 마음을 저버린 것을 마음 아파한 적 있었던가? 어째서 운가를 처음 만났을 때의 솔직하고 활발했던 자신의 모습을 잊고 있었을까? 우물 바닥에 엎드려 빛을 잡으려고 폴짝거렸지만, 그때마다 우물 밖으로 나가기는커녕 점점 더 진흙 속으로 깊이 가라앉기만 했다.

이제 그녀는 어떻게 우물 밖으로 기어오를 수 있는지, 어떻게 우물 밖 세상으로 나갈 수 있는지 깨달았다. 느릿느릿 가야 하겠지만 그래도 두렵지 않았다. 맹각이 알려 준 계단을 따라 천천히, 하지만 열심히 이 어둠 속에서 벗어날 것이다.

"배우고 싶은 게 있으면 언제든 날 찾아오시오. 난 시간이 없지만, 삼월이 기꺼이 가르쳐 줄 거요."

허평군은 일어나 맹각에게 절을 했다.

"고마워요, 오라버니."

맹각은 그녀를 만류하려다가, '맹 오라버니'던 호칭이 그냥 '오라버니'로 바뀌었다는 것을 깨닫고 마음 한구석이 따뜻해지는 것을 느끼고는, 슬며시 손을 거두고 허평군의 절을 받았다.

허평군이 떠나자 방에는 그 혼자 남았다. 맹각은 기분을 달래려고 책을 들었다가 운가가 남겨 둔 주석을 보았다. 그녀의 주석은 독특하게도 모두 그림으로 이루어져 있었다. 마음에 드는 부분은 환한 태양을 그려 놓고, 마음에 들지 않는 부분은 축 처진 꽃을 그려 놓았다.

환하게 솟구친 태양 그림을 보자, 뜨거운 불길과 연기 속에서도 슬퍼 보이던 운가의 눈빛이 떠올랐다. 맹각은 거칠게 책을 덮어 버렸다.

'운가, 지금 어디에 있는 거요?'

❀

장안성의 대사마 저택.

곽씨 일족은 미앙궁의 시위들까지 장악했으나, 그들의 임무는 궁궐 문을 호위하는 것이기 때문에 시위들은 궁궐 안팎을 마음대로 돌아다닐 수 없었다. 때문에 유불릉의 일거수일투족을 제때 파악하려면 환관이나 궁녀를 어전에 들여 시중들게 해야 했다.

그러나 황궁의 총관인 우안은 선제의 명을 받은 데다, 궁궐에서의 기반도 탄탄했고, 유불릉에게 충성을 바치고 있었다. 덕분에 어전에는 곽씨 일족의 사람이 들어갈 틈이 없었다.

곽우가 몇 번 욱여넣어 보았지만 그때마다 우안의 손에 흔적도 없이 사라졌다. 화가 난 곽우는 내시 따위가 얼마나 버티나 보자며 강하게 나가기로 했다.

유불릉이 장안을 떠나 여산에 있는 동안, 곽우는 곽산에게 가려 뽑은 자객들을 동원해 우안을 죽이라고 명령했다. 우안만 죽이면 환관과 궁녀들을 마음대로 부려, 궁궐의 모든 일을 손쉽게 처리할 수 있기 때문이었다.

그러나 뜻밖에도 자객들은 단 한 명도 살아 돌아오지 못했고, 시신조차 찾을 수가 없었다. 게다가 여산에서 우안을 만나보니 그는 털끝 하나 다치지 않은 데다, 평소대로 음침하게 옷기까지 했다. 그제야 곽우는 아버지가 저 내시 놈을 꺼리는 이유를 깨달았다. 아버지가 그를 두고 한 말도 이해가 되었다.

"선제께서 그렇게 중요한 곳에 보통 사람을 앉혔을 리 없다."

아버지의 비호 아래 어려서부터 지금까지 탄탄대로를 걸어온 곽우가 이렇게 은근히 골탕 먹는 일은 좀처럼 없었다. 그는 화가 머리끝까지 치밀었지만, 애꿎은 곽산과 삭운 앞에서 소리소리 지르며 화내는 수밖에 없었다. 곽운이 그런 그를 말렸다.

"큰형님,[9] 이번 일은 숙부님께 상의도 없이 우리 마음대로 저지른 일입니다. 그러니 일단 여기서 끝내시지요. 숙부님께서 아시면 단순히 무릎 꿇고 벌 서는 정도로는 끝나지 않을 겁니다."

하지만 곽산은 그 말에 동의하지 않았다.

"그럼 그깟 내시 놈이 으스대고 다니도록 놔두란 말이냐? 우리가 궁에 들여보낸 자들 중에 상관씨네 꼬마 계집애의 초방전 말고는 그놈의 손이 미치지 않는 곳이 없다. 게다가 이번에는 아무 소득도 없이 우리 고수들을 여럿 잃지 않았느냐?"

그러자 곽운이 곽산을 노려보았다.

"둘째 형님, 제발 큰형님 기분 상하게 좀 하지 마세요! 고수들의 희생이 완전히 헛된 것은 아닙니다. 최소한 우안 그 내시 놈의 실력은 알았잖습니까? 지피지기면 백전백승이라 했으니, 훗날 놈들을 처치할 때 도움이 될 겁니다."

---

9 역사에 나오는 곽운은 곽거병의 손자고, 곽우는 곽광의 아들이므로 실제로는 곽우가 곽운의 아저씨뻘임. 그러나 이 소설에서는 곽운을 곽광의 조카로 설정함.

곽운은 다시 곽우에게 말했다.

"큰형님, 군자의 복수는 10년 후에도 늦지 않는다고 했습니다. 숙부님께서도 상관걸을 제거하기 위해 몇 년이나 참지 않으셨습니까?"

곽우는 곽운의 말이 옳다고 여겼다. 이 일이 아버지 귀에 들어가면 혼쭐이 날 수도 있기 때문에 잠시 동안은 분을 참는 수밖에 없었다.

"운이 말이 일리가 있다. 이번 일은 없었던 것으로 하고 다시는 꺼내지 마라. 우안 이놈……."

곽우는 차갑게 코웃음을 쳤다.

"나중에 내 손에 걸리기만 해 봐라!"

힘들고 괴로운 일을 겪는 것을 '달달 볶인다'라고 표현하는 이유를, 우안은 처음으로 알게 되었다. 요 며칠 간 황제는 불 위에 얹힌 솥 안에서 천천히 볶이는 것처럼, 매분 매초 괴로움을 겪고 있었다. 혼절하여 깨어날 줄 모르는 저 사람이 불이 되어, 황제의 고통과 자책감을 한데 모아 펄펄 끓이고 있었다. 황제의 괴로움은 그 속에서 갈수록 뜨겁고 진해지고 있었다.

저 사람이 영원히 깨어나지 못하면, 저 솥이 최고의 온도에서 펄펄 끓게 되면 황제는 어떻게 될까? 우안은 소름이 끼쳐 더이상 생각할 수가 없었다. 그는 스스로에게 속삭였다.

'깨어날 거야. 한나라에서 제일가는 의원과 제일 좋은 약이 있으니 반드시 깨어날 거야.'

장 태의가 밖으로 나오자 우안은 재빨리 그에게 다가갔다.

"어떻습니까, 장 태의?"

장 태의는 우안에게 예의바르게 인사했다. 장 태의의 아버지도 한때 태의원에서 일했는데, 아버지와 아들 모두 바르고 곧은 성품이라 권세가 앞에서도 바른말을 하여 노여움을 산 적이 종종 있었다. 그러나 유불릉이 장 태의의 말투와 성격을 좋아했기 때문에 우안도 그를 함부로 대할 수 없었다. 그래서 얼른 장 태의를 부축해 일으켰다.

"상처가 매우 무겁고, 치료 시기를 놓쳤습니다. 소인의 의술도 한계가 있고, 약도 최대한의 효력을 발휘한 상태니, 이제는 천명을 기다리는 수밖에 없습니다."

그 말을 들은 우안은, 장 태의가 유불릉 앞에서도 저렇게 말했으리라 짐작하고 마음이 무거워졌다. 그는 저도 모르게 한숨을 쉬고는, 안색이 어두운 장 태의에게 손을 내저었다.

"장 태의의 집안은 대대손손 의술을 익혔고, 장 태의는 태의원에서도 뛰어난 의원이십니다. 그런데…….. 휴우! 이건 장 태의의 잘못이 아니라 제 잘못입니다."

장 태의도 무겁게 한숨을 쉬었다.

"사람들은 세상에서 의술이 가장 뛰어난 사람은 태의원의 의원이라고 여기지만, 사실은 그렇지 않습니다. 세상에는 숨은 호랑이나 용 같은 인재들이 많지요. 아버지께 들은 이야기입니다만, 오래전에 장안성에 편작이 살아 돌아왔다고 할 만큼 뛰어난 의술을 가진 사람이 있었다고 합니다. 그 사람에 비하면 저 같은 사람은 명성만 탐하는 무리일 뿐이지요. 그 사람이 저 낭자를 치료했다면 상황은 달라졌을 겁니다."

우안이 눈을 빛냈다.

"그 사람은 지금 어디에 있습니까? 사람을 보내 모셔 와야겠군요."

장 태의가 고개를 저었다.

"그 사람이 있는 곳을 안다면 벌써 폐하께 말씀드렸을 겁니다. 의원이라는 사람이 환자를 구하지 못하는 그 무력감이란……. 휴우! 아버지께 들으니 그 사람은 오래전에 장안을 떠나 어디로 갔는지 모른다고 합니다. 부디 그가 좋은 제자를 거두어 그 뛰어난 의술을 전수했으면 하고 바랄 뿐이지요. 그의 의술이 실전되면 의학을 배우는 사람들에게 큰 손해일 뿐 아니라, 천하 백성들에게도 큰 손실입니다."

우안은 무척이나 실망스러운 표정이었다. 장 태의는 그에게 다시 인사를 한 후 무거운 발걸음으로 떠나갔다.

우안은 방으로 들어가 유불릉의 기분을 풀어 주려고 했다. 그러나 문가에 이르자 안에서 퉁소 소리가 들려왔다. 주렴 너머로 침대에 누운 여자의 새까만 머리칼과 옥처럼 흰 얼굴, 그리고 침대 옆에 앉은 남자의 청수한 얼굴이 보였다. 남자는 여자 옆에 앉아 그녀를 위해 퉁소를 불고 있었다.

평소 유불릉의 퉁소 소리는 그의 분위기대로 담백하고 쌀쌀

했다. 하지만 오늘은 약간 달랐다. 담백한 가운데 오랫동안 간직해 온 진실한 정이 느껴졌던 것이다.

우안은 돌아서서 방을 나갔다. 주렴 안의 세상은 그들만의 것이었다. 유불릉이 9년 동안이나 기다려 왔던 만남이었다.

유불릉은 그의 퉁소 소리에 마음이 편해신 듯 씽그렸던 운가의 눈이 살짝 펴지는 것을 보았다. 한 곡이 끝나자 그는 몸을 기울여 운가의 귀에 대고 속삭였다.

"운가, 넌 다 알고 있겠지. 넌 반드시 깨어날 거야. 난 내내 널 기다렸어. 나를 만나러 오겠다고 약속했으니, 그 약속을 지켜야 해."

"릉…… 오빠……."

유불릉의 가슴이 쿵쿵 뛰기 시작했다. 기쁜 마음으로 고개를 돌려 보았지만, 운가는 혼절한 상태에서 헛소리를 한 것뿐, 여전히 의식 불명이었다. 한순간 실망했지만 곧 다시 기쁨이 밀려왔다. 가슴 한편에 아릿한 통증도 느껴졌다. 운가는 아직도 그를 기억하고 있었다! 그를 그리워하고 있었다!

운가가 듣지 못한다는 것을 알면서도, '릉 오빠'라는 말도 그를 부른 게 아니라는 걸 알면서도 그는 정성스럽게 운가의 손을 잡고 대답했다.

"운가, 나 여기 있어."

운가가 고통스러운 듯 다시 눈을 찌푸렸다. 유불릉은 황급히 그녀의 상처를 살폈다.

"또 상처가 아프니?"

운가의 미간에는 수없이 많은 고통이 아로새겨져 있는 것 같았다. 그녀가 입술을 달싹이자 유불릉은 재빨리 그쪽에 귀를 갖다 댔다.

"맹⋯⋯. 맹⋯⋯. 릉⋯⋯. 나쁜⋯⋯. 돌멩이⋯⋯. 맹⋯⋯."

잘 알아들을 수 없을 정도로 낮은 목소리여서 아무 의미도 없는 것 같았다. 하지만 유불릉은 그 조그만 중얼거림을 듣는 동안 심장이 점점 차갑게 식어 아무런 빛도 없는 심연 속으로 빠져드는 것 같았다.

3장
바라본 곳에 수심이 더하고

유불릉의 퉁소 소리에 담긴 사랑 때문인지, 아니면 운가 자신의 살고자 하는 의지 때문인지, 운가의 병세는 점점 좋아지기 시작했다. 열도 가셨다.

눈을 뜬 운가는 자신을 굽어보고 있는 사람을 어렴풋이 볼 수 있었다. 몽롱한 가운데 가슴에서인지 몸에서인지 통증이 느껴졌다. 그녀는 무의식적으로 외쳤다.

"각, 너무 아파요!"

두 사람 사이가 좋았을 때는 억울했던 일, 불쾌했던 일을 모두 그에게 불평하곤 했다. 하지만 말을 하기 무섭게 맹각은 이제 더 이상 그녀의 맹각이 아니라는 생각이 떠올라 가슴이 죄어들었다.

눈앞에 있는 사람이 누군지 확실히 볼 수 있게 되자 운가는 벼락이라도 친 듯 깜짝 놀랐다. 그녀의 세계는 순식간에 혼란 속으로 빠져들었다.

유불릉은 그녀가 부른 이름을 듣지 못한 척하며 부드럽게 말했다.

"조금만 더 참아. 의원에게 진통제를 먹이라고 했으니, 약효가 퍼지면 훨씬 괜찮아질 거야."

운가는 멍하니 그를 응시했다. 유불릉도 그녀를 바라보았다. 그의 아득하고 까만 두 눈동자에는 너무나 많은 것이 담겨 있었다. 살짝 손만 갖다 대면 그 모든 것을 읽을 수 있었지만, 운가는 그렇게 할 수가 없었다.

그녀는 갑자기 시선을 돌려 아래쪽, 그의 허리춤을 바라보았다. 옥패가 없었다. 운가는 겨우 안심했다.

유불릉이 우안의 손에서 옥패를 받아 그녀 앞에 내밀었다.

"이걸 차고 다니는 일은 거의 없어."

운가는 멍하니 그 옥패를 바라보았다. 놀람과 공포, 그리고 절망이 담긴 눈빛이었다. 유불릉은 조용히 그녀의 반응을 기다렸다.

한참 후, 운가는 고개를 돌려 방 한구석을 바라보았다. 그리고 냉담하고 예의를 갖춘 목소리로 말했다.

"일면식도 없는 사이인데, 이렇게 구해 주셔서 감사합니다, 공자."

유불릉의 손에 있던 옥패가 땅에 떨어지며 땡강, 소리를 냈다. 그의 눈동자는 마치 죽음처럼 어두웠다. 운가도 몸을 바르르 떨었다. 금빛 찬란한 햇빛이 창문을 뚫고 들어와 침대에 있는 두 사람을 내리쬐었다. 그 따스하고 자상한 빛이 그들의 윤곽선을 그렸다. 그렇지만 방 안에는 따스한 햇살마저 질식할 것 같은 적막만 감돌았다.

"공자, 다른 일이 없으시다면 저를 좀 쉬게 해 주시겠어요?"

운가가 여전히 고개를 돌린 채 담담하게 말했다. 유물릉은 일어나서 매우 차분한 목소리로 대답했다.

"낭자는 중상을 입었다가 이제 막 깨어났으니 푹 쉬어야 하오. 방해는 하지 않겠소. 건강을 되찾는 것이 가장 중요하니 다른 것은 신경 쓰지 마시오."

그는 읍을 한 후 방을 나갔다. 운가는 마음이 텅텅 비어 버린 것 같았고 머릿속은 몽롱했다. 조금만 발을 내밀어도 돌이킬 수 없는 천 길 낭떠러지도 떨어질 것만 같았다. 그녀는 필사적으로 물러서는 수밖에 없었다. 그리고 자신을 타일렀다.

'릉 오빠는 유병이 오라버니야. 허 언니와 혼인한 유병이 오라버니라고! 절대로, 절대로, 절대로 틀릴 리 없어! 절대 틀릴 리 없어!'

운가는 아직 움직일 수가 없었다. 통증을 줄이기 위해 약에 신경 안정 작용을 하는 약초를 넣었기 때문에 거의 하루 종일 잠을 잤고, 잠에서 깨어나도 말을 하지 않고 멍하니 넋을 놓고 있었다. 우안이 무엇이 필요한지, 무엇을 먹고 싶은지 물어보아도 운가는 아무 말도 듣지 못한 듯 대답하지 않았다. 표정조차 없었다. 운가가 말을 할 수 있다는 것을 몰랐다면 우안은 아마 그녀를 벙어리라고 여겼을 것이다.

운가는 자신을 꽁꽁 닫아 놓고 외부와 접촉하지 않으려 했다. 방 한구석에 엎드려 한 발짝도 나가지 않으려 했다. 그녀가 침묵했기 때문에 유불릉도 말이 없었다. 그는 침묵 속에서 야위어 가고 초췌해졌다. 바로 옆에 있는 두 사람이지만 마치 천 길만길 떨어져 있는 것 같았다.

유불릉은 몇 번 더 운가를 만나러 왔지만 그때마다 운가는 방구석만 쳐다볼 뿐 그에게는 시선을 주지 않았다. 말할 때도 매우 공손하고 예의를 차렸다. 그 말투에서 그녀의 쌀쌀함과 소원함을 느낄 수 있었다.

유불릉이 찾아올 때마다 운가의 병세가 나빠졌다. 한번은 고열이 오르기도 해서 장 태의조차 당황했다. 분명히 좋아지고 있었는데 왜 갑자기 악화되었을까?

그 후로 유불릉은 다시는 운가를 찾아오지 않았고, 그녀 앞에서 철저하게 모습을 감추었다. 시녀 말다抹茶만 옆에서 시중 들어 주었고, 우안은 가끔 운가의 거처와 식사를 점검하러 들르기만 했다.

그녀의 세상을 뒤집어 놓은 사람은 아예 존재하지 않았던 것처럼, 운가는 계속해서 스스로에게 말했다.

'틀리지 않았어. 아무것도 틀린 게 없어!'

하지만 깊은 밤이면 퉁소 소리가 은은하게 들려왔다. 면면히 이어지는 그리움은 마치 봄비처럼, 소리는 없지만 정이 담뿍 느껴졌다. 그리고 잠이 들면 꿈속의 조각난 기억 속에서 그녀는 꽤 즐거웠다. 꿈에는 사막의 찬란한 태양, 재잘대는 이야기 소리, 그리고 깔깔거리는 웃음소리가 있었다. 하지만 깨어나면 그것을 잊으려고 노력했다.

정신이 맑을 때는 고통스럽기만 했다. 갖가지 고통이 밀려와 자세히 생각할 겨를도 없었다. 그래서 아무것도 생각하지 않으려고 했고, 모든 것을 잊어버리려 했다.

어느 날 오후, 약효가 다 떨어지자 운가는 비몽사몽간에서 깨어나 반쯤 눈을 떴다. 벽사창碧紗窓[10]을 통해 그림자 하나가 비쳤다. 운가는 재빨리 눈을 감고 아무것도 보지 못했다고, 아무것도 모른다고 스스로에게 되뇌었다.

정오의 해는 무척 뜨거웠다. 그러나 그림자는 사라질 기미가 없었다. 운가 역시 꼼짝도 하지 않았다.

우안이 조용한 소리로 뭐라고 말하자 그림자는 나지막하게 몇 마디 분부를 내린 후 마침내 사라졌다. 바짝 긴장했던 운가의 마음도 겨우 안정을 되찾았다. 하지만 곧 울고 싶은 기분이 들었다.

'말도 안 돼. 어쩌자고 울고 싶은 거야? 그는 내 목숨을 구해준, 마음씨 고운 낯선 사람일 뿐이야.'

하지만 눈물이 베개 위로 뚝뚝 떨어졌다.

---

10 청록색 망사를 덮은 창.

그날 이후로 운가는 매일 정오마다 정신이 또렷해졌다. 막 약을 먹은 후여서 잠이 드는 것이 당연했지만, 침대에 누워 있어도 정신은 말짱했다.

그는 정오 때 그녀가 약 먹을 시간에 맞추어 나타났다. 그때마다 벽사창 너머에 조용히 서 있을 뿐 방 안으로는 한 걸음도 들어오지 않았다. 그리고 소리 없이 왔다가 소리 없이 사라졌다. 때로는 오랫동안 있기도 했고, 때로는 잠시 있다 가기도 했다.

그렇게 방 안과 방 밖에서 서로를 바라본 지 두 달이 지난 어느 날 저녁.

말다가 준 약을 먹은 운가가 방 안에 있는 등나무 의자를 가리키고는 다시 안뜰에 있는 자색 등나무 시렁을 가리켰다. 말다는 그녀가 나가고 싶어 하는 줄 알고 황급히 말했다.

"안 돼요, 아가씨! 상처가 심해서 조금 더 요양하셔야 침대에서 내려오실 수 있어요."

운가는 고개를 저으며 다시 등나무 의자를 가리켰다. 말다는 마침내 그 의미를 깨달았다. 운가가 무엇 때문에 그러는지는 알 수 없지만, 시킨 대로 등나무 의자를 시렁 아래에 갖다 놓았다.

운가는 창을 통해 밖을 바라보다가 눈을 감고 잠이 들었다.

이튿날.

유불릉이 찾아갔을 때 방 안은 평소처럼 조용했다. 그는 여전히 내리쬐는 햇볕을 받으며 벽사창 아래에 서서 그녀와 함께했다. 설령 그녀가 자신을 보고 싶어 하지 않아도, 그녀가 이 창 안에서 편안하게 잠들어 있다는 사실, 자신과 가까이 있다는 사실만으로도, 그녀가 어디에 있는지 짐작도 하지 못하던 때에 비하면 훨씬 마음이 편했다.

우안은 유불릉을 모시러 왔다가 시렁 아래에 놓인 등나무 의자를 보고 눈을 찡그렸다. 그러자 말다가 황공한 듯 낮은 소리로 말했다.

"소녀가 게을러서 치우지 않은 게 아닙니다. 아가씨께서 여기에 가져다 놓으라고 하셨어요."

막 뜰을 나서려던 유불릉은 그 말을 듣고 걸음을 멈추었다. 그는 마치 벽사창 너머에 있는 사람을 볼 수 있기라도 한 듯 창 안쪽으로 시선을 던졌다.

우안이 기쁜 목소리로 물었다.

"아가씨께서 말을 하셨느냐?"

"아닙니다."

우안은 유불릉과 운가 사이에 대체 무슨 일이 있었는지 몰랐지만 감히 물을 수 없었다. 게다가 운가가 그렇게 하라고 한 이상 의자를 다시 가지고 들어가라고 할 수도 없어 손을 내저어 말다를 물러가게 한 후 유불릉에게 낮은 소리로 말했다.

"폐하, 곽 대인이 위쪽 대전에서 한참 동안 기다리고 있다고 칠희가 알려 왔습니다."

유불릉은 우안의 말을 무시한 채 몸을 돌려 등나무 시렁 아래로 걸어갔다. 그리고 한 마디도 없이 의자에 앉았다. 우안은 영문을 몰라 초조했다. 곽광에게 돌아가라고 전해야 하는지 물어보려는데, 뜻밖에도 유불릉이 금방 의자에서 일어나 바쁘게 자리를 떴다. 우안은 더욱 어리둥절해서 이마를 문질렀다.

운가의 병세는 무척이나 느리게 호전되었다. 상처가 무거웠기 때문이기도 하지만, 마음의 병도 원인이었다. 억지로나마 침대에서 내려올 수 있게 되자 어느새 늦가을이었다.

침대에 누워 두 달을 보냈더니 온몸이 좀이 쑤셔 견딜 수가 없었다. 어렵사리 의원에게서 일어나도 좋다는 말을 듣자마자 운가는 당장 일어나 밖으로 나가려고 했다. 말다가 부축하려 했지만 운가는 그녀를 물리친 후 스스로 벽을 짚고 일어나 천천히 걸었다.

그동안 자신이 어디에 있는지, 어쩌다 이곳에 왔는지 전혀 모르고 있었다. 하지만 그런 것들은 갑작스레 뒤집혀진 자신의 세상에서는 전혀 중요하지 않았다.

운가는 벽을 따라 천천히 안뜰로 나갔다. 너무 오랫동안 걷지 않아서, 조금 걸었을 뿐인데도 이마에 땀이 맺혔다. 약해진 자신이 미웠다. 계단을 따라 좀 더 걷고 싶었지만 기력이 다해 다리에서 힘이 빠졌다. 쓰러지려는 그녀를 뒤에 있던 사람이 재빨리 부축했다.

말다라고 생각했던 운가는 고개를 돌리는 순간 유불릉이 보이자 그 자리에서 몸이 굳어 버렸다. 그녀는 황급히 그를 밀쳐

냈다. 하지만 몸을 급하게 움직이자 검에 상한 폐에 무리가 가 힘을 주기는커녕 도리어 기침만 격렬하게 쏟아졌다. 유불릉은 한 손으로 그녀를 부축하고 다른 손으로 등을 토닥이며 기침을 멎게 해 주었다.

운가는 그에게 돌아가라고 말하고 싶었지만, 목까지 올라왔던 말도 아득하고 깊은 그의 눈동자를 대하자 차마 입 밖으로 나오지 않았다. 그녀는 입을 꾹 다물었다. 가슴이 찌릿하고 아파서 아무 말도 할 수가 없었다.

그녀는 그의 손을 밀어내고 힘없이 계단에 주저앉았다. 머리를 무릎에 묻고 보지 않으려고, 다시는 느끼지 않으려고 했다. 그렇게 해야만 자신의 세상이 정상을 찾을 수 있는 것처럼.

유불릉은 묵묵히 옆에 앉아 아래쪽의 황금빛으로 반짝이는 숲을 바라보았다. 그리고 혼잣말처럼 중얼거렸다.

"저 앞의 나뭇잎 보여? 사막의 빛깔을 떠올리게 하는구나. 매년 이곳에서 얼마간 지내는데, 시간이 날 때면 늘 찾는 곳이 여기야. 낮에는 가을 풍경을 감상하고, 밤에는 밤하늘을 볼 수 있거든. 그동안 다른 건 몰라도 별에는 꽤 조예가 생겼지. 동쪽 하늘은 창룡蒼龍이고, 각목교角木蛟, 항금룡亢金龍, 저토학氐土貉, 방일토房日兔……."

운가의 눈에서 눈물이 뚝뚝 흘러 치마 위로 떨어졌다.

동쪽 하늘은 창룡, 북쪽 하늘은 현무玄武, 서쪽 하늘은 백호白虎, 남쪽 하늘은 주작朱雀. 동방창룡 7수宿는 각角, 항亢, 저氐, 방房, 심心, 미尾, 기箕, 북방현무 7수는 두斗, 우牛, 녀女, 허虛,

위危, 실室, 벽壁, 서방백호 7수는 규奎, 루婁, 위胃, 묘昴, 필畢, 자觜, 삼參······.

그녀도 모두 익혔던 것들이었다. 책을 뒤적이고, 밤하늘을 보며 찾곤 했다. 매일매일 보았으니 하늘의 별로 미래를 점치는 점쟁이보다 더 많이 알 정도였다.

그도 그렇다는 것을, 그도 안다는 것을 그녀는 알았다. '임의 마음이 내 마음'이라는 것을 알지만, '임의 마음을 저버리지 않으리니'라는 말대로는 할 수가 없었다. 그러니 이제 와서 무슨 낯으로 그를 볼 수 있을까?

유불릉이 운가의 얼굴을 들어 올리고 눈물을 닦아 주었다.

"운가, 우리가 정말 생면부지야? 내가 정말 널 '아가씨'나 '낭자'라고 불러 주기를 바라니?"

운가는 소리 없이 눈물만 흘렸다. 고통과 눈물로 흐려진 눈빛이었다. 유불릉은 더 이상 그녀를 몰아세울 수가 없었다.

"데려다줄게!"

수면을 돕는 약을 먹었지만 운가는 잠이 오지 않았다. 한밤중이 되자 은은한 통소 소리가 들려왔다. 무척 익숙한 곡을 연주하는 소리였다.

'그 모든 것이 꿈이 아니었어!'

운가는 한참 동안 뒤척거리다가 결국 옷을 입고 일어났다.

누군가 몰래 어둠 속에 몸을 숨기고 있는 것을 눈치챈 우안은 버럭 화가 났다. 온천궁에도 폐하를 지켜보는 눈이 있다니!

가까이 다가간 후에야 그는 그 사람이 운가인 것을 알게 되었다. 그는 고개를 젓고 한숨을 쉬며 돌아서려다가, 다시 몸을 돌려 운가에게 다가갔다.

"아가씨, 드릴 말씀이 있습니다."

운가는 깜짝 놀랐다. 돌아보니 유불릉을 그림자처럼 따르는 수하였다. 그녀는 아무 말 없이 묵묵히 서 있었다.

우안은 잠시 망설였지만, 결국 목숨을 걸고 입을 열었다. 그는 그동안 유불릉이 어떻게 살아왔는지 보고라도 하듯 운가에게 설명했다. 도련님은 늘 머리칼 매듭을 가진 사람을 기다려 왔고, 언제나 별을 보는 것을 좋아했으며, 특히 녹색을 좋아한다는 이야기도 했다. 깊은 밤에 잠이 오지 않을 때면 늘 퉁소를 불었지만, 언제나 저 곡 단 하나뿐이었다는 이야기도 했다.

단숨에 반 시진이 넘도록 이야기를 쏟아 내고 보니 운가의 얼굴은 온통 눈물투성이가 되어 있었다. 우안은 목소리를 가다듬고 다시 말했다.

"운 낭자, 어째서 하루 종일 말씀을 안 하십니까? 속으로 무슨 생각을 하고 계신지 모르지만, 최소한 도련님께 확실히 말씀을 해 주셔야 합니다. 소인이 하고 싶은 말은 끝났습니다. 이만 물러가겠습니다."

유불릉은 난간에 기대어 별이 총총한 하늘을 묵묵히 올려다보았다. 그때 뒤에서 기척이 느껴졌다. 우안이라고 생각했지만 한참 동안 인사조차 없자 고개를 돌렸다. 긴 회랑 아래쪽에 운가가 고운 모습으로 서 있었다. 유불릉은 황급히 그쪽으로 가서 바람막이를 벗어 운가에게 입혀 주었다.

"왜 아직 안 잤어? 바람이 세니 방으로 돌아가자."

운가는 멈추라는 듯이 그의 옷자락을 움켜쥐었다. 그녀는 난간에 기대앉아 먼 곳으로 시선을 돌렸다. 그리고 장안에서의 일을 덤덤하게 이야기하기 시작했다.

"머리칼 매듭은 어머니가 가져가셨어요. 제가 장안에 온 지는 1년이 좀 넘었어요. 오기 전에는 그 증표 없이 어디서 릉 오빠를 찾을 수 있을까 걱정했어요. 하지만 오자마자 릉 오빠와 딱 마주쳤죠……."

유불릉은 자신과 꼭 닮은 사람이 똑같은 옥패를 가지고 있었다는 말에 깜짝 놀랐다. 하지만 그보다는 하늘의 조화가 원망스러웠다.

운가는 담담하게 또 다른 사람을 만났던 이야기도 했다. 표정이 무덤덤해서 마치 다른 사람 이야기를 하는 것 같았다. 그 사람의 이름은 말하기 싫었던지 간단하게 '그'라고만 칭했다. 만나서 헤어질 때까지의 내용도 짧은 몇 마디로 끝냈다. 하지만 난간을 잡고 있던 손에 힘이 들어가고, 얼굴은 핏기 하나 없이 창백했다.

"그는 흐르는 물처럼 무정했지만 난 바보처럼 사랑에 빠졌죠. 내가 약속을 어겼으니 당신도 그 약속을 지킬 필요 없어요. 상처가 나으면 떠나겠어요."

유불릉은 운가의 어깨를 붙잡아 자신을 쳐다보게 했다.

"넌 약속을 어긴 게 아니야. 다만……. 다만 이런저런 사건 때문에 약간 어그러진 것뿐이지. 운가, 네가 행복하다면 나도 진주 꽃신을 돌려주고 그때 했던 맹세를 없는 셈 칠 수 있어. 하지만 네가 지난 일을 잊기로 했다면 꽃신을 돌려줄 생각 없어. 지금 대답하라고 하지 않아. 대신 우리에게 시간을 좀 주었으면 해. 딱 1년만. 1년 후에도 떠나고 싶다면 꽃신을 돌려줄게."

운가는 더 이상 차분함을 가장하지 못하고 진주 같은 눈물방울을 뚝뚝 흘렸다. 그녀는 재빨리 고개를 옆으로 돌렸다.

차라리 그가 욕을 해 주었으면, 맹세를 기억하고 있으면서도 왜 지키지 않았느냐고 질책했으면 싶었다. 화를 내고 맹세를 저버린 자신을 야단쳤으면 싶었다. 하지만 그는 그저 그녀를 바라보기만 했다. 차분한 표정에 목소리도 담담해서 아무런 감정도 드러내지 않는 것 같았지만, 어두컴컴한 눈에는 고통과 슬픔이 담겨 있었다.

유불릉은 옷자락으로 운가의 눈물을 닦아 주며 말했다.

"바람을 맞으면서 울면 안 돼. 그러다 몸 상하겠다."

그는 빙그레 웃더니 일부러 경쾌한 목소리로 말했다.

"운가, 최소한 다 하지 못한 옛날이야기는 마저 해 줘야지. 벌써 9년째야. 그때 그 어린 늑대는 이제 아들 손자 줄줄이 생겼겠지. 그 어린 늑대가 아직도 네게 엉덩이를 맞고 있는 거야? 9년 동안 때렸으니 화는 다 풀렸겠구나. 하지만 녀석은 가엾은걸……."

운가는 울다 말고 "푸하하!" 웃음을 터트렸다. 하지만 웃음이 활짝 피기도 전에 다시 눈물이 흘러내렸다.

운가는 더 이상 유불룽을 만나는 걸 거부하지 않았지만, 여전히 두 사람은 대화가 별로 없었다. 유불룽은 본래 말수가 적은 편이었고, 운가는 몸과 마음이 지쳐 말을 하고 싶지 않았다. 그러다 보니 한방에 앉아서 반나절 동안 한 마디도 하지 않을 때도 많았다. 너무 오랫동안 소리가 들리지 않아서 밖에 있던 우안과 말다는 대체 방에 사람이 있기나 한지 의심스러울 지경이었다.

침묵하는 시간이 많아도, 두 사람에게는 나름의 즐기는 방법이 있었다. 유불룽은 운가에게 금琴을 구해 주었고, 신기한 이야기가 담긴 책도 한가득 가져다주었다. 두 사람은 금을 연주하거나 신기한 이야기를 읽었다. 재미있는 부분이 나오면 운가는 입꼬리를 휘며 미소를 지었고, 유불룽도 웃음기 가득한 눈으로 그런 그녀를 바라보았다.

유불룽은 운가를 친구처럼 대했다. 지난 이야기는 물론이고 나중의 이야기도 꺼내지 않았다. 가까워지려고 억지로 노력하지도 않고, 그렇다고 거리를 두려 하지도 않았다. 그의 담백한 태도가 운가에게도 영향을 주어, 이제 운가도 그를 대할 때 느끼던 긴장감과 미안함을 잊고 차차 본래의 명랑하고 소탈한 성격으로 돌아왔다.

두 사람은 다른 사람들보다 마음이 잘 통해, 말하지 않아도 서로가 무엇을 생각하는지 느낄 수 있었다. 게다가 오랫동안 함께 지내면서 점점 더 자연스러운 사이가 되었다.

유불릉은 운가가 한가할 때 볼 수 있도록 궁궐에 있는 요리책을 가져오게 했다. 책에는 황당하거나 이상한 요리법들이 적지 않았고, 식재료의 상생상극을 논한 것도 있었다. 하지만 대부분 체계 없이 단편적으로 설명되어 있어서, 운가는 열심히 읽다가도 발을 동동 구르며 한숨을 쉬곤 했다.

유불릉은 그녀에게 요리책을 써 보라고 권했다. 예로부터 '군자는 주방을 멀리한다'고 하여 문인들은 주방의 일을 글로 쓰지 않았다. 반면 요리사들은 글재주가 없었다. 운가처럼 요리 솜씨와 글 솜씨를 모두 갖춘 사람은 드물었다. 그러니 그녀가 이 시대의 조리법을 기록해 후손들에게 정보를 남겨 주면, 후손들은 요리책을 보면서 한숨을 푹푹 쉬지 않아도 되지 않겠느냐고 했다.

운가는 의욕에 넘쳐서, 당장 자료를 정리해서 후세에 전할 요리책을 쓰겠다며 팔을 걷어붙였다. 하지만 유불릉은 운가에게 붓을 들지 못하게 하고 책에 표식만 남기게 했다. 그리고 자신이 일을 마치고 돌아와서 운가를 대신해 책에 있는 요리법을 베껴 써 주었다.

옛날 식재료의 사용법을 논한 오래된 글에는 전설적인 내용이 많고, 글자도 어려워 이해하기가 힘들었다. 유불릉은 운가를 위해 하나하나 주석을 달고, 나중에 자세히 찾아볼 수 있도록 출처까지 써 주었다.

유불릉은 글씨를 무척 잘 써서, 쓰는 족족 탁본을 떠 필기 교본으로 사용해도 될 것 같았다. 비단에 꽉 찬 소전체가 마치 용이 하늘을 나는 것 같아서 운가는 찬탄을 금치 못했다.

"이사李斯[11]가 소전체를 써서 순자荀子에게 보여 주자, 순자는 음식 맛을 잊을 정도로 그 글씨에 푹 빠져 그 자리에서 그를 제자로 거두었다는 전설이 있어요. 순자가 아직 살아 있으면 분명히 당신도 제자로 삼으려 했을 거예요. 하지만 이렇게 멋진 글씨로 고작 요리책을 쓰고 있다는 걸 알면, 나더러 무식한 여편네라고 욕을 할 게 분명해요."

또한 운가는 유불릉의 박학다식함에도 혀를 내둘렀다. 그의 머릿속에는 모든 책이 들어 있는 것 같았다. 어디서 나왔는지 모를 고사들과 낯선 단어들도, 그는 책 한 번 펼치지 않고 단번에 출처를 떠올렸다. 심지어 몇 장 몇 절에 있는지도 기억하고 있었다.

운가의 몸은 점점 좋아졌다. 활기도 되찾아, 그동안 조용히 있었던 것을 보상이라도 받으려는 듯 종종 유불릉을 곤란하게 만드는 장난을 쳤다. 유불릉이 없을 때 이것저것 뒤져서 이상야릇한 글자를 찾아냈다가 그가 오면 그 앞에 들이미는 식이었다. 제자백가와 시, 고사, 수수께끼까지 모두 뒤졌다.

처음에는 유불릉도 단박에 답을 써 내려갔지만, 나중에는

---

11 진시황 때의 승상으로, 소전체를 만듦.

바로 답하지 못하고 생각을 더듬어야 했다. 생각하는 시간이 짧을 때도 있고 길 때도 있었지만, 결국은 답을 찾아냈다.

유불릉이 답하면 운가의 패배였다. 그 벌로 그녀는 유불릉이 선택한 곡을 연주해야 했다. 그렇게 시간이 흐르자, 형편없던 운가의 금 솜씨도 비약적으로 발전했다. 운가는 이제야 음악에서 그동안 놓치고 있었던 무엇인가를 느낄 수 있게 되었다.

운가가 이기면 유불릉이 운가가 시킨 일을 하기로 했다. 하지만 운가는 지금까지 그 권리를 행사할 기회가 없었다. 그녀는 기운이 다 빠질 정도로 매일매일 지기만 했기 때문이다.

운가는 머리를 쥐어짜 생각에 생각을 거듭하다 퍼뜩 깨달았다. 이 책들은 모두 유불릉이 가져오게 한 것이니, 그의 책이었다. 그렇다면 당연히 모두 읽었을 텐데, 이런 식으로 싸우면 이길 수 없는 것이 당연했다. 이기려면 이 책들을 뛰어넘는 무언가가 필요했다.

'이 책들을 뛰어넘는 어떤 것?'

말은 쉬웠지만, 방 몇 칸에 가득 쌓인 책들을 떠올리자 운가의 얼굴은 흙빛이 되었다.

유불릉이 방으로 들어왔을 때, 운가는 침대에 비스듬히 누워 책을 뒤적이고 있었다. 그가 들어오는 소리를 들었을 텐데 쳐다보지도 않고 잔뜩 집중하고 있는 모습이었다. 하지만 시녀 말다는 흥분을 감추지 못한 표정이었다. 그녀는 언제라도 주인의 명을 받들 수 있도록 문가에 서 있었다.

우안은 유불릉의 손을 씻어 주려고 했으나, 유불릉은 그를 물리치고 곧장 탁자 쪽으로 걸어가 운가가 낸 문제를 집어 들었다.

하늘에는 있지만 땅에는 없다. 입에는 있지만 눈에는 없다. 문文에는 있지만 무武에는 없다. 산에는 있지만 평지에는 없다. 사람 이름.

유불릉은 가만히 생각에 잠겼다. 고사를 떠올려 보고, 글자를 분해해 보기도 하고, 글자 모양을 바꿔 보기도 했지만 이런 설명에 맞는 사람이 없었다.

유불릉은 차라리 포기하고 운가에게 승리를 안겨 줄까 생각했다. 사실은 활동적인 운가가 이런 놀이를 지루하게 느낄까 봐, 계속 흥미를 갖게 하려고 일부러 이기지 못하게 해 왔던 것뿐이었다.

그러나 문제를 쓴 비단 천을 내려놓으려는 순간 갑작스레 깨달았다. 그 스스로 생각의 틀에 갇혀 '사람 이름'이라는 말이 역사 인물이나 유명인, 아니면 책에 나오는 사람이라고 생각했을 뿐, 사실 그런 규정은 없었다. 그리고 이 수수께끼에 두 명의 이름이 들어 있다는 것을 운가가 일부러 확실히 말하지 않았던 것이다.

다소 억지스러운 수수께끼지만 두 사람에게는 그럭저럭 통할 만했다. 손가락으로 그녀가 쓴 글씨를 더듬는 유불릉의 눈동자에 웃음기가 떠올랐다. 고개를 들어 보니 운가의 입가에도 교활한 미소가 떠올라 있었다. 유불릉은 두근거리는 마음으로 비단 천을 내려놓았다.[12]

"모르겠어."

운가는 기다렸다는 듯이 책을 집어 던지고, 손뼉을 치며 깔깔거렸다.

"말다!"

말다가 서둘러 화로와 찻주전자를 가지고 들어왔다. 벌써 이야기를 해 둔 모양이었다. 운가는 생글생글 웃으며 유불릉에게 말했다.

"목이 마르니 릉 공자께서 차 한잔 끓여 주세요."

가리개 밖에 있던 우안도 미소를 지었다. 황제는 어려서부터 남들보다 총명했고 박학다식했다. 신동이라는 이름은 결코 헛소문이 아니어서, 시를 쓰거나 읊는 것, 악기를 다루는 것이라면 눈 감고도 할 수 있었다. 하지만 차를 끓이는 일은……

'볼 만하겠군!'

유불릉은 차분하게 웅크려 앉더니, 역시 차분하게 화로를 바라보며 생각에 잠겼다. 한참 기다려도 그가 화로만 노려보고 있자 답답해진 운가가 물었다.

---

12 하늘에는 있지만 땅에는 없는 것은 구름[雲], 입에는 있지만 눈에는 없는 것은 노래[歌], 문에는 있지만 무에는 없는 것은 유[劉, 유 자의 간체자는 문(文) 자와 도(刀) 자로 이루어짐], 산에는 있지만 평지에는 없는 것은 언덕[陵]. 수수께끼의 답은 운가유릉, 즉 운가와 유불릉.

"화로가 왜요? 이상해요?"

유불릉이 차분하게 대답했다.

"이걸로 어떻게 해야 불을 피울 수 있는지 생각 중이야. 목이 마르면 물부터 마셔. 어떻게 하는지 알아내려면 시간이 좀 걸릴 거야."

그의 표정이 너무나 태연하고 차분해서 운가는 웃으려야 웃을 수가 없었다. 그녀는 황당하다는 듯이 말했다.

"내가 가르쳐 줄게요. 하지만 말로만 알려 줄 테니, 당신이 직접 차를 끓여 줘야 해요. 안 그러면 내가 손해잖아요. 다음에 언제 또 이길지 모르는데!"

유불릉은 미소를 지었다.

"반드시 차를 마시게 해 줄게."

운가의 설명에 따라 유불릉이 차를 끓이는 것을 보면서, 가리개 밖의 우안과 말다는 배가 아플 정도로 웃어 댔다. 당당한 한나라의 황제가 소매를 걷어붙이고 불을 피우랴, 물을 퍼 오랴, 차를 끓이랴, 이리저리 뛰어다니는 모습을 본 사람이 몇 명이나 될까?

어렵사리 차를 다 끓이고 나자 유불릉은 차를 한 잔 따라 운가에게 주었다. 한 모금 마신 운가는 잠시 멈칫했다가 억지로 꿀꺽 삼키고는 미소를 지으며 물었다.

"차를 얼마나 넣었어요?"

"물에 게 눈같이 작은 거품이 일 때 차를 넣으라고 했잖아. 항아리에 든 차가 많지 않은 것 같아서 다 넣었어. 잘못한 거야?"

우안과 말다는 또 한 번 터지려는 웃음을 참기 위해 몸을 떨었다. 차 한 항아리를 다 넣었다고? 폐하께서 죽이라도 끓이실 생각이었나?

우안은 아쉬움에 몰래 한숨을 쉬었다. 저 차는 공물로 받은 무이산 차로, 1년을 통틀어 조금밖에 나지 않아 무척 귀중한 것이었다.

'귀중하긴 하지만 그래도 지금 폐하께서는⋯⋯.'

갑자기 우안은 운가의 미소에서 색다른 무엇인가를 느꼈다. 그리고 진정으로 그녀에게 호감을 느끼기 시작했다.

멀리 앉아 있어서 잘 보지 못했던 운가는 그제야 유불릉의 손이 불에 데고, 얼굴에도 검댕이 여기저기 묻어 있는 것을 알 수 있었다. 운가의 미소가 괴롭고 씁쓸한 표정으로 바뀌었다. 그녀는 차를 꿀꺽꿀꺽 마셨다.

"아뇨, 괜찮아요. 좋네요."

유불릉도 차를 마시려고 하자 운가는 황급히 주전자를 빼앗아 재빨리 잔 세 개에 나눠 따랐다. 다행히 딱 세 잔이 나왔다. 그녀는 그 잔 중 하나를 들면서 말했다.

"우안, 말다, 여러분의 도련님께서 차를 끓이셨는데, 맛은 봐야지."

우안과 말다가 서로를 쳐다보았다. 운가는 눈썹을 치켜뜨며 생글생글 웃는 눈으로 그들을 바라보았다.

"그렇게 한참 웃었으니 목이 마르기도 할 거예요."

우안은 재빨리 안으로 들어가 장사가 팔을 자르는 심정으로 차 한 잔을 꿀꺽꿀꺽 마셨다. 말다도 찻잔을 받아 들었다. 딱 한 모금 마셨는데도 지독한 쓴맛에 혀가 얼얼할 지경이었다. 하지만 겉으로는 화사하게 웃으며 말했다.

"차를 주셔서 감사합니다, 아가씨. 밖에서 천천히 마실게요."

운가의 대응이 빨랐지만, 어려서부터 언제나 속셈이 많은 사람들에게 둘러싸여 있던 유불릉은 곧 어떻게 된 일인지 깨달았다. 하지만 겉으로는 내색하지 않고 운가를 물끄러미 바라보았다. 그녀는 태연하게 차를 마셨다.

유불릉이 그녀의 손에서 찻잔을 뺏으려고 했지만 운가가 놓지 않았다. 그는 운가의 손을 억지로 붙잡아 남은 반 잔을 입에 털어 넣었다. 운가가 어리둥절한 채 그를 바라보자, 유불릉이 빙그레 웃었다.

"이제부터는 내가 있어. 너 혼자 쓴맛을 보게 놔두지는 않을 거야."

운가는 가슴이 찌릿했지만 그 말을 못 알아들은 척하며 소매에서 손수건을 꺼내 그에게 내밀었다. 그리고 억지로 웃으며 말했다.

"얼굴에 검댕이 묻었어요."

유불릉은 손수건으로 얼굴을 닦았지만 다 지워지지가 않았다. 보다 못한 운가가 직접 손수건을 받아 들고 닦아 주었다. 다 닦고 손을 거두려고 할 때, 유불릉이 그녀의 손을 살짝 잡았다. 운가의 몸이 경직되었다. 그녀는 고개를 숙이고 천천히 손을 빼냈다.

"조금 피곤해요."

유불릉은 살짝 어두워진 얼굴로 일어났다.

"조금 쉬어. 저녁은 조금 늦게 먹어도 되니까."

운가는 고개를 숙인 채 아무 대답도 하지 않았다. 발소리가 점점 멀어져 갔다. 갑자기 운가가 벌떡 일어나며 외쳤다.

"말다."

말다가 황급히 방 안으로 들어왔다.

"우안에게 전해요. 릉 오빠가 손을 데었다고."

말다는 고개를 끄덕이고 연기처럼 밖으로 사라졌다.

운가는 차차 몸이 나았지만, 검에 찔린 상처가 너무 심해서 명의와 명약의 도움을 받고도 기침은 떨어지지 않았다. 유불릉은 마음이 안 좋아, 태의원의 모든 의원들에게 기침을 멎게 하는 약을 찾아오라고 명령했다. 그런 약을 찾는 사람에게는 큰 상을 내리겠다는 말도 함께였다. 하지만 운가 본인은 전혀 신경 쓰지 않았다.

"목숨을 구한 것만 해도 다행이죠. 가끔 기침 몇 번 하는 것뿐인데, 뭐 어때요."

이 산에는 해도 달도 없는 듯 시간이 물처럼 빠르게 흘렀다. 운가가 다친 것은 여름 끝자락이었는데, 병이 다 낫고 나자 어느새 초겨울이 되어 있었다.

운가는 그 사람을 생각하지 않으려고 온 힘을 다했다. 그러나 낮에는 이것저것 하면서 잊을 수 있었지만, 밤이 되어 혼자 남으면 슬프기만 했다.

이제 그는 곽씨네 아가씨와 백년가약을 맺었을 것이다. 자기와는 상관없다고 생각하면서도, 그가 바람에 나부끼는 그녀의 머리칼을 휘감으며 '머리칼로 마음을 묶는군'이라고 하던 장면이 자꾸만 머릿속에 떠올랐다. 이제는 곽씨네 아가씨의 머리를 묶어 주어야 할 그였다.

다행스러운 것은 그를 향한 미움이 많이 가신 것이었다. 미움은 전설에 나오는 묘강苗疆 지방의 고독蠱毒[13] 같았다. 미움을 품고 있는 것은 수많은 벌레가 날마다 심장을 물어뜯는 것같이 고통스러운 일이었다. 운가는 사람을 미워하는 기분이 싫었다.

그는 그녀를 저버렸지만, 그녀 역시 룽 오빠를 저버렸다. 굳은 맹세는 아직 귓가에 남아 있는데, 세상의 비바람을 이겨 내지 못했다. 운가는 그의 유혹을 이기지 못했고, 그는 속세의 권력의 유혹을 이기지 못했다. 그래서 운가는 그를 미워할 수가 없었다. 미워해야 한다면 자신을 미워하는 게 마땅했다. 사람을 알아보지 못하고, 자기만 옳다고 생각했던 자신을.

유불릉이 들어오는 것을 보자, 훈향을 피운 화로를 멍하니

---

13 독약. 독충의 독 등을 의미.

바라보고 있던 운가가 벌떡 일어났다. 순간 유불릉의 눈빛이 어두워졌다.

운가도 숨기고 싶어 할수록 더 드러난다는 것을 알 수 있었다. 지금껏 릉 오빠를 너무도 많이 속였기 때문에 더 이상 억지로 즐거운 얼굴을 하고 있을 수가 없었다. 그녀는 조용히 유불릉을 바라보았다.

유불릉이 가까이 다가와 한동안 그녀를 응시했다. 그가 갑자기 가볍게 한숨을 쉬더니 그녀를 와락 품에 안았다.

"어떻게 해야 널 예전처럼 웃게 할 수 있지? 봉화를 피워 제후들을 불러들이는 거라면[14] 오히려 간단할 텐데."

그를 밀어내리던 운가도 그 낮고 무거운 목소리를 듣자 가슴이 죄어 들어오는 것 같아 절로 힘이 빠졌다. 그녀는 그의 어깨에 머리를 기댔다. 그냥 울고 싶었다. 그 일들만 없었다면 지금쯤 그와 그녀는 얼마나 행복할까?

유불릉은 말없이 그녀를 안고만 있다가 문득 입을 열었다.

"어제 요양하다가 답답해서 병이 날 지경이라고 그랬지? 기분도 풀 겸 같이 산을 내려가 산책이라도 할까?"

운가는 잠시 생각하다 고개를 끄덕였다.

우안은 유불릉이 산을 내려간다는 말에 재빨리 호위병을 불렀지만, 유불릉이 거절했다. 우안은 어쩔 수 없이 호위들을 분

---

14 주나라 유왕이 애첩 포사를 웃게 만들려고 거짓으로 봉화를 피워 제후들이 구하러 달려오게 했던 일을 말함.

장시킨 후 몰래 뒤를 따랐다.

여전히 자기가 어디에 와 있는지 모르고 있던 운가는 산을 내려가서야 퍽 외딴 곳이라는 것을 알게 되었다. 그녀가 있는 곳은 숲이 우거진 산봉우리 뒤에 숨겨져 있어, 한참 걸은 후에야 산길이 나왔다. 길에 서서 위를 올려다보니 건물들이 잇닿은 누대가 어렴풋이 보였다.

"저긴 어디예요?"

유불릉은 잠시 말이 없다가 대답했다.

"여산."

운가는 한나라 황제의 행궁들에 대해서는 전혀 아는 바가 없어서 별다른 생각은 하지 않았다. 단지 생각보다 장안과 가깝다는 사실에 남몰래 한숨을 쉴 뿐이었다.

때마침 장이 서는 날이어서 거리가 북적거리고, 평소와 달리 떠들썩했다. 올해는 풍년인데다 세금도 줄고, 철과 소금 등 생활에 꼭 필요한 물건들도 작년보다 가격이 내렸다. 그래서인지 거리를 왕래하는 사람들 모두 평온한 얼굴이었다. 필요한 물품을 사고도 아내에게 줄 견화絹花[15] 한 송이, 아이들에게 줄 주전부리 하나 정도 살 돈이 남았다. 상인들도 장사가 잘되자 얼굴이 활짝 폈다. 그들은 서로 인사하고 근황을 물으며 웃음꽃을 피웠다.

---

15 비단으로 만든 조화. 중국 전통 수공예품.

운가가 미소를 지으며 말했다.

"한나라에 처음 왔을 때 분위기와 비슷하네요. 황제는 좋은 사람인가 봐요. 곽광도 그렇고요."

처음으로 장안성 교외의 시장을 둘러본 유불릉은 사람들이 왔다 갔다 하며 크게 소리를 지르는 모습이 평소의 구중궁궐과는 아주 다르다는 것을 깨달았다. 시끄럽고 복잡하지만 이렇게 사람 냄새 나는 분위기가 좋았다. 그게 정상이기 때문에 따뜻하게 느껴지는 것이다.

두 사람은 사람들의 물결에 이리저리 휩쓸렸다. 유불릉은 운가를 놓칠까 봐 그녀의 손을 꼭 잡고 거리를 아무렇게나 걸었다. 두 사람은 마음이 편했지만 우안은 고생이 이만저만이 아니었다. 둘밖에 없는 눈으로 사방을 이리저리 둘러보았지만 그걸로는 부족했다. 하지만 유불릉의 미간에 따스함이 어리는 것을 보자 고생할 가치가 있다는 생각이 들었다.

광장에 한 무리의 사람들이 빽빽하게 서 있는 것을 본 운가는 재빨리 유불릉을 끌고 그쪽으로 갔다. 앞에 있는 사람들은 큰 소리로 웃다가도 깜짝 놀란 듯 탄성을 지르는 등 운가의 호기심을 자극했다.

"정말 가엾게 생겼어!"

"저 쪼그만 모습 좀 보게!"

"둘이 형제일까?"

"닮긴 했군. 쌍둥이일지도?"

"부모는? 어쩌다 둘이서만 여기서 놀고 있지? 먹을 것이나 있는지 모르겠군."

운가는 사람들 주위를 뱅뱅 돌았지만 뚫고 들어갈 틈이 없었다. 그녀는 뒤를 바짝 따르는 우안을 흘끗 바라보다가 좋은 생각이 떠올랐다.

"우안, 가까이 가서 보고 싶지 않아요?"

유불릉 앞에서 우안이 무슨 수로 거절할까? 그는 억지로 미소 지으며 대답했다.

"보고 싶군요."

그러자 운가가 생글거리며 말했다.

"방법이 있어요. 아주 효과적인 방법이죠. 큰 소리로 '저 안에 내 조카가 있소!'라고 외치면 사람들이 길을 내줄 거예요."

긴장했던 우안의 얼굴이 다소 풀어졌다. 그 정도면 나쁘지 않았다. 그는 숨을 가다듬은 후 우렁차게 외쳤다.

"비켜 주시오! 안에 내 조카가 있소!"

바깥에 선 사람들은 그 안에 무엇이 있는지 몰랐기 때문에, 다급한 그의 외침 소리에 차례차례 길을 터 주었다. 하지만 안쪽에 있던 사람들은 길을 비켜 주면서도 경악한 표정이었다.

"비켜 주시오! 내 조카가 여기……."

사람들에게 둘러싸인 것을 본 순간, 우안은 하려던 말을 삼키고 말았다. 그 덕분에 하마터면 사레가 들려 죽을 뻔했다.

사방이 고요했다.

사람들은 아무 말도 없이 우안을 바라보았다. 그들의 표정은 제각각이었다.

똑같이 생긴 새끼 원숭이 두 마리가 재롱을 피우다가, 주위가 갑자기 조용해지자 아무래도 이상했던지 머리를 긁적이며 뎅그런 눈을 또르륵 굴렸다. 길고 가느다란 꼬리가 어지럽게 흔들렸다.

운가는 웃음을 꾹 참으며 재빨리 유불릉을 끌고 우안과 선을 긋듯 뒤로 물러났다. 그리고 조용히 속삭였다.

"우린 모르는 사이인 거예요."

잠시 후, 사람들이 폭소를 터트렸다. 원숭이들도 신이 났는지 찍찍거리며 다시 공중제비를 넘고, 서로를 쫓아다니며 놀기 시작했다. 누군가 웃음 섞인 소리로 외쳤다.

"어디서 온 녀석들인지 모르지만, 그냥 내버려 두면 한겨울에 굶어 죽을까 봐 걱정이었는데, 애들 삼촌이 오셨으니 잘됐소! 삼촌께서 집에 좀 데려다주시오."

우안은 얼굴이 벌겋게 달아올랐고, 운가는 우스워서 쓰러질 지경이었다. 유불릉은 운가가 또 기침을 할까 봐 걱정스러운 듯 그녀의 등을 두드려 주며 우안에게 말했다.

"우 형, 그 녀석들을 데려가시오. 조금 자란 후에 산에 풀어 주면 선행이 아니겠소."

우안은 아연실색해서 유불릉을 바라보았다. 그 오랜 세월 동안 처음으로 그의 얼굴을 똑바로 마주 본 것이었다.

유불릉은 곁에 있는 녹색 옷을 입은 여자를 부축하고 있었다. 얼굴에는 아무 표정이 없었지만 눈에는 웃음기가 넘실거렸다. 지금의 그는 더 이상 높은 곳에 홀로 있는 사람이 아니었다. 더 이상 기쁨도 분노도 모르는 사람이 아니었다. 옆에 있는 여자를 사랑하는 평범한 남자일 뿐이었다. 우안은 눈시울이 시큰해져서 고개를 숙였다.

"예."

우안은 원숭이를 데려가면서도 내내 굳은 얼굴이었다. 운가가 말을 걸어도 "예, 예." 하면서 매우 공손하게 대했지만 제대로 대답하지는 않았다. 운가가 도움을 청하자 유불릉은 먹을거리를 꺼내 원숭이에게 주며 말했다.

"네가 자초한 일이니, 네가 수습해야지."

운가는 우안 곁으로 달려가 애교를 떨었다.

"우 오라버니, 저도 안에 원숭이가 있을 줄 몰랐어요! 어느 집에서 잃어버린 아이들인 줄 알았죠. 그래도 원숭이들에게 삼촌이 생기니 얼마나 좋아요! 보세요, 정말 귀여운 원숭이들이잖아요!"

우안이 거칠게 대꾸했다.

"그렇게 귀엽다면서 아가씨 조카라고는 안 하시더군요."

"조카가 아니라 아들이라 해도 좋아요! 우리 어머니는 늑대 손에 자랐어요. 그러니 제 외할머니는 늑대인 셈이죠. 원숭이 아들이 있는 것도 나쁘지는……."

운가의 말에 우안이 웃음을 터뜨렸다.

"혼례도 안 올리고 아들 타령이라니, 부끄럽지도 않으십니까? 아이 아빠는 누구랍니까?"

그렇게 말한 우안은 문득 운가가 원숭이들의 엄마고, 자기가 삼촌이며, 조금 전 황제가 자기를 형이라고 부른 것을 떠올렸다. 그렇다면 황제야말로 원숭이들의……!

우스웠지만 감히 웃을 수가 없어서 온 힘을 다해 웃음을 꾹 참았다. 운가도 자기가 말을 잘못한 것을 깨닫고 유불릉을 흘끔거렸다. 마침 그녀를 바라보고 있던 유불릉과 눈이 딱 마주쳤다. 그가 재미있다는 듯 웃을 듯 말 듯한 표정을 짓자 운가의 얼굴이 새빨갛게 달아올랐다.

"두 사람이 합작해서 날 놀리고 있군요!"

운가가 발을 동동 구르다가 홱 돌아서서 달려갔다. 유불릉은 얼른 우안에게 원숭이를 넘겨주고 그 뒤를 쫓았다. 그런데 얼마 가지도 않고 운가가 다시 홱 몸을 돌려 돌아왔다. 그녀의 안색이 무척 나빠서 유불릉이 팔을 잡으며 물었다.

"왜 그래?"

운가는 대답 없이 그를 끌고 부리나케 어떤 가게로 달려 들어갔다. 도자기를 파는 가게였는데, 널따란 정원에 크고 작은 도자기 용기가 널려 있었다. 커다란 물통, 적당한 크기의 쌀통, 그리고 자그마한 채소 단지까지, 다양했다.

운가는 주변을 둘러보았지만 숨을 만한 곳이 없었다. 하지만 밖에서 소리가 들리자 급한 마음에 더 이상 생각할 겨를도 없이 유불릉을 끌고 커다란 물통 속으로 들어갔다.

꽤 큰 물통이었지만 두 사람이 들어가자 매우 비좁았다. 운가와 유불릉은 마치 꼭 끌어안고 있는 것처럼 무척 친밀한 자세가 되었다.

운가가 조용히 말했다.

"급해서 바보짓을 했어요. 그들은 오빠를 모르는데, 어쩌자고 오빠까지 끌고 왔을까?"

유불릉은 아무런 표정도 없었지만 눈빛은 씁쓸했다.

유병이는 부하들한테서 운가를 닮은 여자를 보았다는 보고를 듣자마자 맹각을 불러 이곳까지 달려왔다. 확실히 유사한 모습을 한 여자가 있었지만, 가까이 가기도 전에 인파 속으로 사라져 버렸다.

몇 달 동안 맹각은 운용할 수 있는 모든 소식통을 동원해 한 나라 땅과 서역을 모두 뒤졌지만 운가의 행방은 전혀 찾을 수 없었다.

마치 세상에 흔적 하나 남기지 않고 증발해 버린 것 같았다. 심지어 그날 밤 서로 죽고 죽이며 싸우던 양쪽이 누군지도 밝혀 내지 못했다.

처음에는 태연하던 그도 이제는 걱정이 앞섰다. 그날 밤 운가가 달아나기는 했는지, 무슨 사고라도 생긴 것은 아닌지, 살아 있기는 한 건지 불안했다. 걱정과 두려움 때문에 그는 매일 제대로 잠도 잘 수가 없었다.

두 사람은 한참 돌아다녔지만 운가를 찾을 수 없자 우울한 얼굴로 도자기 가게 밖에 섰다.

"사람을 잘못 봤을지도 몰라."

유병이가 한숨을 쉬며 말하자 맹각은 한참 말이 없더니 갑자기 주먹으로 간판용으로 세워 둔 도자기 항아리를 박살 냈다.

"그녀가 분명해."

물통 안에 숨어 있던 운가가 몸을 부르르 떨자 유불릉이 모든 위협으로부터 막아 주려는 듯이 팔을 뻗어 그녀를 감싸 안았다.

가게 안에서 꾸벅꾸벅 졸고 있던 점원이 항아리 깨지는 소리를 듣고 나왔다. 버럭 화를 내려던 그는 맹각의 싸늘한 시선에 기가 죽어 한 마디도 할 수가 없었다. 맹각은 금 조각을 그에게 던졌다.

"상관 말고 가서 잠이나 자시지."

금을 받은 점원은 쪼르르 가게 안으로 달려가 계산대 앞에 앉아 눈을 감았다.

"근처에서 사라졌으니, 사람을 시켜 주변의 가게들을 살펴보는 게 좋겠네."

유병이에게 그렇게 말한 맹각은 직접 도자기 가게를 살피기 시작했다. 큰 것이든 작은 것이든 그의 손에 닿는 대로 가루가 되었다.

운가는 맹각이 대체 무슨 생각을 하는지 알 수가 없었다. 그녀를 이용한 것도 그랬고, 곽부에 출입한 것도 그랬다. 최고의 권력을 손에 넣고자 한 사람도 그랬고, 곽성군을 끌어안고 다정하게 군 것도 그랬다. 곽성군을 원하면서 왜 그녀를 찾아다니는 걸까? 설마 그녀가 곽성군과 나란히 한 지아비를 모실 수 있다고 생각하는 걸까?

유불릉은 운가의 창백한 얼굴을 보자, 맹각이 그녀의 마음속에서 얼마나 중요한 사람인지 알게 되었다. 아직 잊지 못했기 때문에 마주치는 것을 두려워하는 것 같았다. 다시 만나면 미련 때문에 다시 흔들릴까 봐 겁이 난 것이다.

도자기 깨지는 소리는 그들 쪽으로 점점 다가오고 있었다. 유불릉이 운가의 귀에 대고 속삭였다.

"만나기 싫으면 내가 저자를 막아 줄게."

운가는 고개를 저었다. 그녀는 맹각이 겉모습은 온화해 보여도 실제 성격은 매우 거칠다는 걸 알고 있었다. 게다가 지금은 온화하던 겉모습마저 벗어 던졌다. 주변을 샅샅이 뒤져 그녀를 찾아낼 때까지 멈추지 않을 것 같은 모습이었다. 릉 오빠는 평범한 사람이고 무예도 모르는데 어떻게 저런 맹각을 막을 수 있을까?

운가가 갑자기 유불릉의 손을 잡고 말했다.

"내 남편이라고 거짓말 좀 해 줘요, 네? 우리가 벌써 혼례를 올렸다고 말할 거예요. 그럼 다시는 나를……."

유불릉은 괴로운 눈빛으로 부드럽게 그녀의 말을 잘랐다.

"운가, 우린 본래 혼인을 약속했던 사이야."

운가가 말을 멈추었다. 그랬다. 두 사람은 증표를 주고받고 맹세까지 했던 부부였다!

유불릉의 손을 잡은 운가의 손에서 힘이 빠지더니 스르르 미끄러졌다. 하지만 유불릉이 빠져나가려는 그녀의 손을 꽉 쥐었다.

발소리가 점점 다가오자 운가는 더욱 복잡한 심정이 되었다. 두렵고 괴롭고 원망스런 마음과 미안하고 따스하고 괴로운 마음이 심장으로 밀려와 그녀를 찢어 놓고 발겨 놓았다. 그녀의 심장은 갈가리 찢겼지만, 굳게 붙잡고 있는 이 손만은 그녀를 굳건히 지켜 주었다.

운가는 유불릉의 손을 힘껏 잡으며 그를 향해 미소를 보냈다. 그 미소는 환히 피어오르기 전에 사라졌지만, 그녀의 눈빛은 더 이상 어지럽게 흔들리지 않았다.

바로 옆에서 항아리가 깨지는 소리가 들려왔다. 운가도 다음이 그들이 숨어 있는 항아리 차례라는 것을 알고, 심호흡을 하며 맹각과 마주할 용기를 끌어모았다.

맹각이 주먹을 들어 올리는 순간, 갑자기 웃음 섞인 목소리가 들려왔다.

"맹 대인 아니시오?"

맹각은 동작을 멈추고 천천히 몸을 돌렸다.

"우……."

우안이 재빨리 손을 내저었다.

"밖이니 예를 차릴 것 없소. 이 몸이 쓸데없이 나이만 먹어 맹 대인보다 몇 살 위니, 괜찮다면 우 형이라고 부르시오!"

맹각은 웃으며 읍을 했다.

"그렇게 말씀하시니 따를 수밖에요. 우 형께서는 어떻게 이곳에 와 계십니까?"

우안도 웃으며 대답했다.

"개인적인 일이 있어서 나왔는데, 지나가다 맹 대인이 항아리를 부수는 걸 보고 호기심이 일어 들어왔소. 급한 일이 있는 것 같은데, 혹시 내 도움이 필요하면 개의치 말고 말해 보시오."

맹각은 웃으며 밖으로 나갔다.

"별일 아닙니다. 이 가게 점원 태도가 거슬려 화풀이를 하고 있었을 뿐이지요. 우 형께서는 밖에 나올 기회가 거의 없으실 텐데, 시간이 되시면 제가 술 몇 잔 사고 싶군요."

맹각과 우안은 이야기를 나누며 도자기 가게 밖으로 나갔다. 그들이 밖으로 나가기 무섭게 환관 한 명이 들어와 후문을 통해 유불릉과 운가를 마차까지 안내했다. 마차는 곧 여산으로 돌아갔다.

운가는 머리가 복잡했다. 우안과 맹각이 아는 사이고, 게다가 맹각은 우안을 무척 존중하는 것 같았다. 우안은 릉 오빠의 총관에 불과한데, 거의 곽광에 못지않을 정도로 격식을 차리지 않았던가?

운가는 말없이 앉아만 있었고, 유불릉도 내내 말이 없어, 말발굽이 산길을 밟는 다각다각 소리만 울려 퍼졌다.

별원의 거처에 도착하자 유불릉은 사람들을 모두 물렸다.

"운가, 내게 묻고 싶은 게 있니?"

운가는 비녀를 들어 별 의미 없이 촛불을 톡톡 건드리며 눈을 살짝 찡그렸다.

"예전에는 내가 잘하면 남들도 내게 잘해 주고, 내가 진심으로 대하면 남들도 진심으로 대해 준다고 생각했어요. 하지만 아니라는 걸 알았죠. 세상 사람들은 마음이 너무 복잡해요. 속이고, 시기하고, 배신하고, 상처를 줘요. 남을 속일 마음은 없지만, 이젠 나도 더 이상 사람을 쉽게 믿지 않을 거예요. 하지만⋯⋯."

운가는 시선을 들어 유불릉을 바라보았다.

"릉 오빠, 난 오빠를 믿어요. 오빠마저 나를 속이면 난 누굴 믿어야 하죠? 난 진실을 알고 싶어요. 그러니 말해 주세요."

유불릉은 가만히 운가를 응시했다. 운가는 또 한 번 익숙한 어둠과 그 속에서 소용돌이치는 어찌할 수 없는 괴로움을 볼 수 있었다. 운가는 마음이 아팠다. 그가 즐겁고 행복하기를 바랐다. 어렸을 때나 지금이나 쭈욱.

"릉 오빠, 말하기 싫으면 관둬요. 다음에⋯⋯."

유불릉은 고개를 저었다.

"내 이름은 두 글자가 아니라 세 글자야. 유릉이라는 글자 사이에 '불' 자가 들어가지."

촛불을 건드리고 있던 운가의 비녀가 툭 떨어졌다. 그 바람에 촛불이 꺼지고 방 안은 어둠에 잠겼다.

"유불릉, 유불릉⋯⋯."

운가는 무의식적으로 그 단어를 반복해서 중얼거렸다.

"룽 오빠, 오빠의 이름이…… 한나라 황제와 똑같군요!"

유불룽은 운가 곁에 앉아 그녀의 손을 잡았다. 손이 얼음처럼 차가웠다.

"운가, 내 신분이 무엇이든 간에 난 여전히 나야. 내가 룽 오빠인 건 변함이 없어."

운가는 세상이 너무나도 혼란스럽게 느껴졌다. 룽 오빠가 황제라니? 어떻게 그럴 수가!

"룽 오빠, 오빠가 황제인 건 아니죠? 그렇죠?"

그녀는 간절한 눈빛으로 유불룽을 바라보았다. 오로지 '아니야'라는 답을 기대하면서.

유불룽은 차마 그 시선을 마주할 수가 없어 그녀를 끌어안았다. 운가가 몸부림치든 말든 온 힘을 다해 그녀를 품에 안은 채 말했다.

"운가, 나는 나야. 옛날에도, 지금도, 나중에도, 나는 언제까지나 너의 룽 오빠야."

운가는 유불룽의 가슴을 때리며 그에게서 벗어나려 했다. 하지만 유불룽은 그녀를 꽉 껴안고 아무리 때려도 절대 놓지 않았다. 마침내 운가가 큰 소리로 울음을 터트렸다.

"난 황제가 싫어요, 싫다고요! 황제를 하지 않으면 안 돼요? 네? 지금도 좋잖아요? 산속에 집을 짓고 우리끼리 조용히 사는 게 좋잖아요? 오빠는 지리에 대한 이야기를 읽는 걸 좋아하죠? 요즘 지리서는 완벽하지 않으니 우리가 직접 각지를 여행하며 그곳의 풍토와 기후, 음식에 대한 정보를 모아요. 오빠는 지리서를 쓰고, 난 요리책을……."

유불릉은 운가의 머리를 자기 어깨에 기대게 했다. 그의 눈에는 심장에서부터 솟아나는 무력감과 괴로움이 떠올랐다. 하지만 운가에게는 이렇게 말할 수밖에 없었다.

"미안해…… 미안해……."

지금까지도 신분 때문에 하고 싶어도 하지 못하는 일들이 너무나 많았다. 그래서 이번에는 신분 때문에 또다시 하고 싶은 대로 하지 못하는 상황을 피해 보려고 힘껏 노력했다.

죽공자의 요리를 먹은 후, 그는 황제라는 이유로 당연한 듯이 죽공자를 가까이 두고, 자신의 결정만으로 죽공자의 자유를 얽매는 일은 하고 싶지 않았다. 하지만 지금 그는 운가를 얽매어 두고 있었다. 그가 가장 하고 싶지 않았던 일인데도, 어쩔 수 없었던 것이다.

깊은 밤이 되어 만물의 소리가 잦아들자 운가는 침대에서 일어나 조용히 옷을 입었다.

방 안을 한 바퀴 둘러보았으나 그녀 것은 아무것도 없었다. 몸을 돌려 나가려던 운가는 문득 다시 돌아와 탁자에서 유불릉이 그녀를 위해 써 주었던 글을 주워 품에 넣었다.

그녀는 창을 통해 밖으로 나가 작은 보폭으로 살금살금 뛰어가다가, 어느 순간 우뚝 멈추어 유불릉이 묵는 방을 바라보았다. 그 방도 등불이 꺼져 어둠에 잠겨 있었다. 그도 지금은 잠이 들었을 것이다.

그렇게 오랫동안 그리워하고 찾아 헤매던 릉 오빠는 그녀가 상상하던 대로의 모습이었다. 아무 말 하지 않아도 릉 오빠는 그녀의 마음을 알아주었다. 그런데 어째서 황제일까? 황제라면 그녀의 릉 오빠가 될 수 없는 걸까?

운가는 그 질문에 대답하고 싶지 않았다. 비겁하다고 해도 좋았다. 이기적이라고 해도 상관없었다. 지금은 그저 이 모든 것에서 달아나고 싶은 마음뿐이었다.

사랑에 상처받은 후로 그녀는 맑은 정신을 유지할 수 없었다. 그 한 번의 충격도 완전히 삭이지 못했는데 또 한 번 충격을 받자 그것과 관련된 모든 사람들, 모든 일들에서 떠나고 싶었다.

마침내 떠날 결심을 하고 돌아섰을 때, 그녀는 깜짝 놀랐다. 언제 왔는지 유불릉이 그녀 뒤에 조용히 서 있었다. 어두컴컴한 밤, 그의 눈동자도 어둡고 컴컴해서 안에 무엇이 있는지 볼 수가 없었다. 운가는 멍하니 그를 바라보았다. 한참을 그렇게 서 있던 그녀는 고개를 푹 숙이고 그의 곁을 지나치려 했다.

"운가."

유불릉이 그녀 앞에 무언가를 내밀었다. 흘끗 그것을 바라본 운가의 심장이 격렬하게 떨리기 시작했다. 더 이상 걸음도 옮길 수가 없었다.

유불릉의 손에는 자그마한 녹색 꽃신이 놓여 있었다. 신발 위에 달린 커다란 진주가 별빛을 받아 부드럽게 빛을 발했다.

운가는 넋이 나간 듯 멍하니 신발을 받아 들었다. 손이 따뜻해졌다. 아마도 유불릉이 내내 품에 넣고 있었던 모양이었다.

"좋아, 장안에서 기다릴게."

"약속! 백 년 동안 변하지 말자!"

"여자가 남자한테 신발을 주는 게 무슨 뜻인지나 알아?"

"받아 두지. 운가, 꼭 기억해야 해!"

"별에 대고 맹세해. 절대 번복하지 않겠다고."

그날 밤도 오늘 밤처럼 하늘에 별이 가득했다.

그때와 같은 별밤 아래 그때와 같은 사람이 서 있었다.

이런 별빛과 이런 밤을 수없이 상상해 왔던 그녀가 아닌가?

그런데 어째서…… 어째서 이렇게 괴로울까?

유불릉의 시선이 운가가 쥔 꽃신 쪽으로 향했다.

"운가, 내게 필요한 건 딱 1년뿐이야. 9년을 기다렸으니 최소한 얼마 동안은 네가 해 주는 이야기를 들을 시간을 줘. 9년 동안 다른 곳도 많이 가 봤겠지? 난 그저 네가 했던 일들을 알고, 이해하고 싶을 뿐이야. 그리고 내게도 9년 동안 무얼 했는지 말할 기회를 줘. 설마 그런 관심조차 없는 거야?"

"난……."

운가는 말문이 막혔다. 어떻게 관심이 없겠는가? 왜 알고 싶지 않겠는가? 수없이 지붕 위에 올라가 별을 바라보면서 지금쯤 릉 오빠는 무얼 하고 있을지 상상해 보곤 했다. 심지어 그날 있었던 일을 모두 써 두었다가, 훗날 룽 오빠를 다시 만났을 때 그날 그 시간에 뭘 했는지, 그녀를 그리워했는지 물어볼 생각도 했다. 그리고 몇 년 간 쌓인 이야기들도……

유불릉은 운가가 들고 있던 꽃신을 다시 가져가며 말했다.

"1년이면 돼. 1년 후에도 떠나고 싶다면 이 진주 꽃신을 돌려줄게. 그때는 우리 사이에 아무 약속도 없는 거야. 하지만 지금은 그때 했던 약속을 지켜 줘."

갑자기 운가가 고개를 돌리고 깔깔 웃었다.

"룽 오빠는 참 똑똑해요. 난 어렸을 때도 멍청했지만 다 커서도 이렇게 멍청할 줄이야. 좋아요! 1년이에요."

그녀는 몸을 돌려 방으로 향했다.

"1년 후에 떠날 때는 배웅할 필요 없어요."

뒷짐을 진 유불릉은 손에 있는 꽃신을 꽉 움켜쥔 채, 천천히 방으로 들어가는 운가의 뒷모습을 지켜보았다. 그녀가 방으로 들어가고 한참이 지나서도 그는 여전히 그 자리에 서 있었다.

살짝 고개를 들자 별이 총총한 하늘이 보였다. 밤의 장막 위로 별이 가득 반짝이는 모습은 여전히 아름다웠다.

그때와 같은 별빛, 그때와 같은 밤이었다.

4장
이 사랑 지울 방법이 없네

화려한 마차 한 대가 미앙궁에서 나왔다. 마차 안에는 한나라의 황후 상관소매가 앉아 있었다. 그녀는 여섯 살이 채 되기 전에 입궁했고, 그 이후 처음으로 장안성의 구중궁궐을 나서는 것이었다.

상관소매는 어려서부터 황후라는 신분에 맞게 행동하도록 교육받았다. 온화하면서도 단정하고 화려해야 했고, 친절한 웃음을 지으면서도 과하게 웃어서는 안 되었다. 하지만 지금만큼은 흥분을 감출 수가 없어 저도 모르게 헤벌쭉, 웃음이 나왔다.

뜻밖에도 황제 오빠가 사람을 보내 그녀를 온천궁으로 불러들인 것이다. 황제 오빠가 그녀를 만나고 싶어 했다.

후궁에 있으면서도 그녀는 할아버지와 외할아버지, 그리고 황제 사이가 좋지 않다는 것을 알고 있었다. 할아버지와 외할아버지가 황제에게 강요해서 자신을 황후로 삼았다는 것도 알고 있었다. 심지어 황제 주변에 있는 환관들조차 그녀를 볼 때면 혐오하고 경계하는 눈빛을 띠었다.

하지만 그녀를 제일 미워해야 마땅한 황제는 한 번도 그녀에게 쌀쌀맞은 말을 한 적이 없었다. 더욱이 우안에게는 그녀를 안전하게 보호하라고 명령했다.

황제는 늘 일정한 거리를 둔 채 아무런 감정 없는 눈길로 그녀를 담담하게 바라보았다. 그는 한 번도 그녀를 가까이한 적이 없었고, 그녀 역시 그에게 다가갈 용기를 내지 못했다. 하지만 그런 소원한 태도에도 불구하고 그가 자신을 이해한다는 걸 느낄 수 있었다.

황궁 안에서 그는 유일하게 그녀의 고통을, 이 황후라는 자리를 지긋지긋해하는 그녀의 마음을 이해하는 사람이었다. 그녀가 원하는 것이 정말 천하의 어머니라는 자리였을까? 황후만 아니었다면 그를 '황제 오빠'가 아닌 '오빠'라고 불렀을 것이고, 그 역시 그녀를 지금과는 다르게 대했을 것이다.

할아버지가 죽은 후, 궁궐 안 사람들은 상관씨 일족의 멸망을 고소해하면서도 외할아버지 곽광을 두려워해 그녀를 더욱 경계했다. 그녀도 그런 그들의 행동을 이해했다.

그녀는 외할아버지에게 친밀하게 굴었다. 마치 할아버지와 아버지, 어머니, 형제들이 어떻게 죽었는지 까맣게 잊은 것처럼 행동했다. 그게 황실에서 살아남을 수 있는 방법이었다. 잊어버린 척, 모르는 척하는 것을 배우는 게 당연했다.

하물며 그녀는 곽씨의 최후 역시 상관씨보다 좋을 게 없으리라고 믿고 있었다. 그러니 반드시 그날이 올 때까지 살아남아, 곽씨의 멸망을 두 눈으로 똑똑히 보고 싶었다.

그때가 되면 남들 보란 듯이 부모님에게 제사를 올리고, 곽씨가 어떻게 무너졌는지 상세히 이야기해서 하늘에 계신 부모님의 마음을 위로할 생각이었다.

상관소매는 길을 가는 내내 가리개 틈으로 밖을 내다보았다. 그런데 마차가 온천궁으로 향하는 산길을 따라가지 않고 도리어 옆길로 새자 그녀는 황급히 가리개를 걷으며 물었다.

"어떻게 된 거지? 폐하를 뵈러 가는 게 아니냐?"

환관 칠희가 아무렇지도 않은 목소리로 대답했다.

"폐하께서는 산속 별원에 계십니다."

상관소매는 알 수가 없었다. 별원은 시위나 환관들이 머무는 곳인데 황제가 왜 그런 곳에 있을까? 하지만 환관들이 유불릉에 관한 소식을 자기에게 알려 주지 않는다는 것을 잘 알기 때문에 더 이상 묻지 않고 가리개를 내렸다.

크지도 작지도 않은 정원을 몇 개 지났다. 화려하고 장엄한 정원은 아니지만 조용하고 운치가 있었다. 오는 길에 보았던 보통 백성들의 집과 느낌이 비슷했다.

갑자기 상관소매는 자기 복장이 너무 화려하다는 생각이 들었다. 유행에 따라 꾸민 머리 모양도 적절하지 못한 것처럼 느껴졌다. 황궁을 나설 때 공을 많이 들여 오랫동안 치장했지만, 이곳에서는 전혀 어울리지 않는 것 같았다.

칠희가 그녀를 후원으로 안내한 후 앞에 보이는 방을 가리키며 말했다.

"황후 마마, 폐하께서는 저 방에 계십니다. 소인은 이만 물러가겠습니다."

말을 마친 그는 절을 올리더니 상관소매의 대답도 듣지 않고 사라졌다. 상관소매는 눈을 들어 앞쪽을 바라보았다. 하얀 꽃이 보기 좋게 핀 매화나무가 드문드문, 창문 앞까지 이어져 있었다. 그곳에서는 한 쌍의 남녀가 바둑을 두고 있었다.

벌써 황혼녘이어서 기울어진 석양이 창을 비추었다. 매미 날개처럼 얇디얇은 햇살이 아른거리고, 무성한 매화나무 그림자가 드리워진 가운데 사람 모습이 어렴풋이 비쳐 마치 그림 같은 풍경이었다.

상관소매는 한 발 내딛지도 못한 채 오랫동안 멍하니 그 모습을 바라보았다. 우안이 다가와 조용히 헛기침을 했을 때야 비로소 정신을 차렸다.

우안은 그녀에게 예를 갖춰 절했다. 그녀는 바삐 그를 일으켜 세운 후, 마음이 진정되지 않은 목소리로 물었다.

"저 여자는 누구요?"

우안이 웃으며 대답했다.

"폐하께서 마마를 모셔 오게 한 것은 운 낭자께 마마를 소개

시켜 드리기 위해서입니다."

우안은 '마마를 알현하게'라고 하지 않고 '운 낭자께 마마를 소개시켜'라고 말했다. 즉, 황후인 그녀를 운 낭자에게 인사시켜 주겠다는 의미였다. 황궁의 일을 누구보다도 잘 아는 우안이 단순히 실수로 그런 분수에 넘치는 언사를 입에 담을 리가 없었다.

상관소매는 떨리는 가슴을 안고 우안을 바라보았다. 우안은 살짝 고개를 숙였지만 그녀의 시선을 피하지는 않았다. 더욱이 얼굴에는 웃음까지 띠고 있었다. 상관소매는 고개를 끄덕였다.

"알려 줘서 고맙소, 우 총관. 잘 알았소."

방으로 들어간 상관소매가 유불릉에게 절을 하려고 하자, 유불릉이 그녀에게 가까이 오란 듯이 손짓을 했다. 그는 그녀를 가리키며 뭐라고 말하려다가, 맞은편에 앉은 여자를 보자 망설이듯 쉽게 입을 열지 못했다.

상관소매의 마음은 점점 더 깊이 가라앉았다. 존귀한 황제가 그녀가 누군지 소개하는 것조차 저렇게 어려워하다니.

운가는 화려하게 치장한 어린 소녀를 보자 별 생각 없이 유불릉에게 물었다.

"당신 손님이에요?"

유불릉의 어색한 표정을 본 그녀는 다시 한 번 소녀의 치장을 자세히 살폈다. 겨우 열두셋밖에 안 된 것 같은 소녀의 모습에 그녀가 누군지 깨달은 운가는 억지로 웃음을 지으며 일어나 상관소매에게 절을 했다.

"소녀 운가가 황후 마마께 인사드립니다."

유불릉이 절을 끝까지 하지 못하도록 운가의 팔을 붙잡았다.

"소매는 여섯 살쯤 황궁에 들어와서 항상 누이동생처럼 대해 왔어. 그렇게 예의를 차릴 것까지는……."

상관소매는 까르르 웃으며 손뼉을 쳤다.

"황제 오빠가 같이 놀자고 부르기에 처음엔 이렇게 생각했어요. '그래 봤자 그냥 산이잖아? 나무는 많겠지만 장안성보다 재미있을 게 뭐람?' 하고요. 그런데 이렇게 아름다운 언니가 있는 줄 몰랐어요. 언니, 다른 사람들처럼 할 것 없어요. 분명히 나보다 키도 큰데 늘 허리를 숙이며 난쟁이처럼 군다니까요. 미안해서 이야기도 오래 못 해요. 얼마나 답답한지!"

상관소매는 키가 작은 편이었다. 게다가 지금은 즐거운 표정으로 천진난만하게 말해서 더욱 어려 보였다. 장난기 많고 사랑스러운 그녀의 모습에 세 사람 사이의 어색함이 많이 사라졌다.

운가는 늘 떠날 생각만 하는 자신 때문에 유불릉이 일부러 상관소매를 불러 자기 마음을 표현하려 했다는 것을 깨달았다. 사실 그녀도 이해 못 하는 것은 아니었다. 우안이 지나는 말처럼 그 당시의 일들을 자세히 설명해 주었기 때문이다.

그때 유불릉의 상황이 무척 곤란했고, 거절할 힘조차 없었다는 건 그녀도 알고 있었다. 그리고 그 이후 그가 한 번도 여자를 가까이한 적이 없으며, 그 덕분에 스물한 살이 되도록 자식 하나 없다는 것도 알고 있었다. 하지만 그가 황제라는 사실을 떠올릴 때면, 그리고 그에게 황후가 있다는 사실이 생각날 때면 늘 이상한 기분이 들었다.

상관소매가 계속 서 있다는 것을 깨달은 운가는 방금 자신이 앉았던 자리를 가리켰다.

"황후 마마, 앉으세요."

상관소매는 유불릉을 흘끔 보더니 의자에 앉았다. 겨우 여섯 살에 황후 책봉식을 받을 때도 그는 그녀 곁에 앉지 않았다. 때문에 이렇게 그의 맞은편에 앉는 것은 이번이 처음이었다.

상관소매가 운가에게 말했다.

"나는 상관소매야. 그냥 소매라고 불러, 운 언니."

유불릉은 상관소매를 향해 빙그레 웃으며 고개를 끄덕였다. 상관소매는 알 수 없는 기분을 느끼면서 멍하니 생각했다.

'저 사람도 웃을 줄 아는구나.'

유불릉은 침대 옆에 앉으려는 운가를 붙잡아 자기 옆자리로 끌어당겼다. 하지만 운가는 거부했다. 평소에는 늘 그녀가 하자는 대로 하던 유불릉이지만 이번에는 그렇게 놔두지 않았다. 그는 운가가 아랫자리에 앉지 않고 꼭 자기 옆에 앉게 만들 생각이었다.

한 사람은 끌어당기고 한 사람은 끌려가지 않으려고 발버둥을 쳤다. 둘 다 고집스러워서 서로 끌고 버티는 사이에 운가의 몸이 휘청거렸다. 그때, 상관소매가 흘끔흘끔 자신들을 바라보고 있다는 걸 깨달은 운가는 미안한 마음에 유불릉이 하자는 대로 그 옆에 앉았다.

유불릉이 상관소매에게 말했다.

"때마침 잘 왔다. 오늘 바둑에서 운 언니가 져서 요리를 만들 거야. 운 언니 요리를 먹고 나면 황궁의 요리는 먹고 싶지 않아질 거다."

운가가 불만스럽게 대꾸했다.

"요리는 하겠지만, 지긴 누가 졌단 말이에요? 아직 다 끝나지 않았으니 승부는 모른다고요!"

상관소매는 바둑판을 바라보았다. 이제 중반쯤이어서 누가 이겼는지 말하기는 이르지만, 지금 형국으로 추측해 볼 때, 검은 돌이 일부러 몇 번이나 허점을 노출했다는 걸 알 수 있었다. 흰 돌을 이기게 해 주려는 것 같았지만, 흰 돌을 놓은 사람도 마음이 독하지 못해서 계속 호기를 놓친 모양이었다. 그러나 흰 돌과 검은 돌은 실력 차이가 커서, 끝까지 해 보지 않아도 누가 이길지는 뻔했다.

운가는 바둑판을 빤히 들여다보는 상관소매를 보고 말했다.

"소매도 바둑 솜씨가 좋을 것 같은데요! 현재 상태만 보고 앞에 어떤 식으로 돌이 놓였는지 알아내는 것은 나중에 놓을 돌을 예측하는 것보다 더 어려워요."

상관소매는 황급히 고개를 들고 웃어 보였다.

"궁에서 조금 배웠어요. 하지만 시간 때우려고 배운 것이라서 잘 알지는 못해요. 폐하, 운 언니의 말대로 겨우 중반까지 됐을 뿐이니 승패를 가름하기는 이른 것 같아요."

유불릉이 고개를 돌려 운가를 바라보더니 부드럽게 물었다.

"계속 두겠어?"

운가는 고개를 저었다.

"재미없어요."

그녀는 창밖의 매화를 내다보고 있는 상관소매에게 살짝 눈길을 준 후 조용히 말했다.

"당신이 이겼어요. 뭘 먹고 싶어요? 우안에게 들으니 생선 요리를 좋아한다던데, 어떤 맛이 나는 생선이 좋아요? 그걸 만들어 줄게요."

유불릉은 잠시 생각해 본 후 낮은 소리로 대답했다.

"'사군령인노思君令人老[16]'가 먹고 싶어."

운가의 얼굴이 빨갛게 물들었다.

"그게 무슨 요리예요? 난 못 만들어요."

그녀는 그 말만 남기고 재빨리 방을 나가 버렸다. 그런데 뜻밖에도 유불릉이 그녀를 따라 주방까지 왔다.

"다른 사람에게는 해 주더니, 왜 내겐 안 해 주겠다는 거야?"

운가는 어리둥절했지만, 곧 공주부에서 있었던 일을 떠올리고 가슴이 두근거리기 시작했다.

"그걸 당신이 먹었어요? 모두 다 맞혔고요? 내게 큰 상을 내린 것도 당신이었어요?"

유불릉은 미소를 지으며 고개를 끄덕였다. 운가는 갑작스레 가슴이 아파 왔다. 유불릉의 눈빛도 그녀와 같은 심정인 것 같았다.

---

16 임이 그리워 늙어 간다.

그들은 인연이 있는 걸까, 없는 걸까? 인연이 아니라고 말하기엔, 그녀의 마음은 항상 그가 알고, 그의 마음은 항상 그녀가 알았다. 두 사람 중 한 사람은 정적이고 한 사람은 동적이지만, 취향이 같고 성격도 비슷했다. 그렇다고 인연이라고 하기엔 서로 어긋나는 일이 너무 많았다. 그리고 지금은 그의 신분 때문에 같이 있으면서도 마치 한참 떨어져 있는 것 같았다.

유불릉은 운가가 무슨 생각을 하는지 짐작하고 입을 열었다.

"예전 일은 어쩔 수 없어. 그리고 앞으로의 일은 우리가 결정하면 돼."

운가는 고개를 숙였다.

'앞으로의 일?'

유불릉은 한숨을 쉬었다. 그의 신분으로 인해 운가는 무척 곤혹스러워하고 있지만, 그로선 그녀를 붙잡아 둘 수밖에 없었다. 지금 그는 1년이라는 시간 동안 자신이 운가의 마음을 붙잡아 둘 수 있는지를 두고 도박을 하고 있었다. 그 자신은 정말 그러기를 바라는 걸까?

1년은 짧다면 짧고, 길다면 긴 시간이었다. 1년 내내 우울하고 처량하게 지낼 수는 없었다. 더욱이 결국은 그의 곁을 떠날 것이니, 같이 있는 나날을 소중하게 생각해야 했다. 운가는 고개를 들고 생긋 웃었다. 그리고 훨씬 경쾌한 말투로 말했다.

"아직 빚을 갚아 주지 못한 일이 하나 더 있어요. 얼음이 얼면 꼭 당신을 얼음물 속에 몇 시진 동안 처박아 둘 거예요."

유불릉은 어리둥절했다.

"무슨 빚?"

오래전 곽부에서 둘 중 한 사람은 다리 위에, 한 사람은 다리 밑에 있었다. 그 일을 생각하자 운가는 가슴이 아프면서도 웃음이 나왔다.

"나중에 빚을 갚을 때 말해 줄게요."

시간은 빠르게도 흘렀다. 운가가 상처를 입은 이후로 유불릉은 거의 반년 동안이나 온천궁에 머물고 있었다.

선례가 없는 일은 아니었다. 한 무제 유철도 말년에는 오랫동안 온천궁에 머물렀던 적이 있었다. 그러나 유불릉은 아직 한창때였기 때문에 아무래도 이상하게 여겼다. 더욱이 연말이 다가와 연말 축전을 주재해야 했고, 내년의 풍년을 기원하고 나라의 안전과 백성의 안위를 기도하는 제례도 치러야 했기 때문에 장안으로 돌아갈 수밖에 없었다.

그는 본래 운가를 여산에 남겨 둘 생각이었으나, 언젠가는 사람들이 알게 될 일이니 미리 알리는 게 낫다는 생각이 들었다. 그보다 중요한 것은, 유불릉으로서는 1년 후에 운가가 곁에 남으려 할지 확신이 없었고, 두 사람이 헤어져 있던 시간이 너무 길었다는 사실이었다. 오랜 헤어짐 끝에 다시 만났으니 더 이상은 떨어져 있고 싶지 않았다. 그래서 유불릉은 운가를 달래 함께 장안으로 가기로 했다.

운가가 유불릉을 따라 회궁하게 되자, 그녀의 거처를 어디로 정해야 할지가 우안의 걱정거리였다. 미앙궁에는 황제가 기거하는 선실전 외에도 후궁들이 머무는 전각이 있었다. 우안의 마음 같아서는 초방전이 제일 적격이었지만, 그곳에는 상관 황후가 살고 있었다. 다른 전각들은 너무 멀고 간소한 데다 안전도 걱정이었다.

우안은 생각에 생각을 거듭했지만, 이렇게 넓디넓은 한 황실의 황궁 안에, 선제 때만 해도 3천 명의 아름다운 가인들이 머물던 궁전 안에 운가가 머물 만한 곳은 어디에도 없었다. 그렇게 우안의 고민이 깊어져만 갈 때, 유불릉이 마음을 정한 듯 그에게 선실전에 운가의 거처를 준비하라고 명령했다.

우안은 예에 맞지 않는다고 생각하면서도 지금으로서는 그것이 가장 안전하고 타당한 방법이라는 것을 인정했다. 더욱이 유불릉이 결정한 일이었다. 우안은 눈 딱 감고, 입 딱 다물고 운가를 선실전의 궁녀라고 알렸다.

단순한 회궁이었고, 그래 봤자 궁녀 한 명에 불과했지만 조정이 떠들썩했다. 황제의 나이는 어린 편이 아니었는데 아직 슬하에 자식이 없었다. 황자의 탄생이야말로 모든 사람들의 관심거리였다.

황자의 탄생은 이후 수십 년간 조정의 권력 향방을 결정지을 것이고, 새로운 바둑판에 새로운 돌을 놓을 기회였다. 그러나 유불릉은 줄곧 여색에 관심이 없었고, 후궁을 들이거나 궁녀에게 손을 대지 않았다.

게다가 곽씨와 상관씨의 위협이 있어서, 다른 사람들은 유불릉이 상관 황후와 합방하여 곽씨와 상관씨의 피를 이어받은 황자가 태어나기만을 기다릴 수밖에 없었던 것이다. 그런데 그렇게 기다리는 가운데 차츰 변화가 일어났다.

여자는 열한 살쯤 되면 합방을 할 수 있지만, 황제는 황후와의 합방을 계속 미루었다. 백관들은 오랫동안 머리를 맞대고 황제가 상관씨와 곽씨에게 어떤 마음을 갖고 있는지 쑥덕공론을 펼쳤다. 하지만 황제의 마음을 확실히 알아내지 못하는 사이 상관씨가 멸문당하고, 오직 반만 곽씨의 핏줄인 황후 상관소매만 남게 되었다.

곽광은 권력을 독점한 후 외손녀인 상관소매에게 무척 관대했고, 상관소매 역시 곽광에게 친밀하게 굴었다. 곽광은 몇 번이나 유불릉에게 이제 자식을 가져야 할 때라고 암시했지만 유불릉은 여전히 상관소매와 합방을 하지 않았다. 그런데 유불릉이 갑자기 한 여자를 입궁시킨 것이다.

사람들은 재빨리 머리를 굴리기 시작했다. 비록 지금은 곽광이 천하를 주름잡고 있지만 훗날 누가 영광을 얻게 될지는 아직 모르는 일이었다. 다만 아직은 곽광이 대권을 쥐고 있으니 섣불리 움직이지 못하고, 다들 재미있는 구경거리 보는 심정으로 곽광이 어떻게 나올지, 그 여자가 어떤 결과를 만들어낼지 지켜보기만 했다.

우안은 낯선 곳에 처음 온 운가가 불편하지 않도록 특별히 낯익은 사람에게 그녀를 돌보게 했다.

환관 부유가 나타나자 운가는 물론이고 부유도 깜짝 놀라고 기뻐했다. '어려움에 처하면 사람을 알 수 있다'라는 말이 있다. 부유는 광릉왕이 사냥개를 풀어 그들을 물어 죽이려고 할 때 목숨을 걸고 운가와 허평군을 보호했던 사람으로, 운가는 늘 그를 잊지 않고 있었다. 부유 역시 운가가 흉악한 사냥개들을 앞에 두고 '허 언니, 부유를 데리고 먼저 가세요!'라고 했던 일을 마음에 새기고 있었다.

부유는 어렸을 때부터 자신은 노예일 뿐이며, 노예의 목숨은 아무런 가치도 없이 언제든 망가뜨릴 수 있는 장난감에 불과하다는 것을 잘 알고 있었다. 그의 목숨은 공주부에서 키우는 진귀한 짐승만도 못했다. 그 진귀한 짐승들에게 무슨 문제라도 생기면 그들은 죽은 목숨이었다. 그러다가 처음으로, 자신을 한 사람으로 여겨 주는 사람을 만났다.

모두들 그가 공주에 대한 충성심 때문에 운가를 물어뜯으려는 사냥개 앞에 자신의 몸을 던져 운가를 보호했다고 생각했지만, 사실은 운가와 허평군이 그를 한 '사람'으로 여겨 주었기 때문이었다.

두 사람은 위기에 처해서도 그를 장난감처럼 내버리지 않고, 그의 목숨을 자기들의 목숨과 마찬가지로 중요하게 생각했다. 그래서 '사람'의 존엄성과 양심으로 자신을 중요하게 보아 준 그녀들에게 보답한 것이다.

부유는 '장사는 자신을 알아주는 사람을 위해 죽는다'는 거창한 도리는 몰랐으나, 인간에게 있어 가장 단순하면서도 가장 귀중한 양심이 살아 있었다.

그때의 '공'으로, 공주는 그의 '충성심'에 감동하여 특별히 그를 황궁에 추천했다. 그것으로 충성심에 대한 보상을 하면서, 열심히 노력하면 공주부의 지지를 받아 나중에 높은 자리에 오를 수도 있다고 당부했다.

부유는 공주가 말하는 '보상'이라는 것이 무엇인지 잘 알고 있었다. 공주는 궁궐 사정을 낱낱이 파악하여 자신에게 소식을 전해 줄 충성스러운 사람이 필요했던 것이다.

하지만 공주가 진심으로 그에게 상을 줄 생각으로 그랬는지 어땠는지는 몰라도, 그로서는 공주의 안배를 무척 감사하게 생각했다. 공주가 그를 궁으로 보내지 않았다면 아마 그도 죽었을 것이다.

상관걸과 상홍양의 모반 사건이 터졌을 때, 공주부에서 공주의 시중을 들던 환관과 궁녀들은 모두 사사당했다. 하지만 그는 이미 황궁으로 온 뒤였기 때문에 요행히 그 위기를 피할 수 있었다.

그는 공주의 심복도 아니었다. 공주의 권력이 완전히 사라지자 궁궐에서는 그를 중요하게 생각하지 않아 조그만 전각에서 잡일을 하게 했다. 그러다가 며칠 전 우 총관의 명령이 떨어졌다. 깨끗이 씻고 옷을 단정하게 갈아입은 후 언제든지 선실전의 시중을 들 수 있도록 준비하라는 명령이었다.

부유는 영문을 알 수가 없었다. 선실전에서 일하는 것은 궁 안에 있는 모든 환관과 궁녀들의 꿈이었다. 그런데 우 총관이 그렇게 좋은 업무를 왜 갑자기 그에게 맡기려는 걸까? 다른 꿍

꿍이가 있는 건 아닐까?

오늘 이곳에 도착했을 때만 해도 부유는 마음이 불안했다. 그러나 뜻밖에도 죽 누님을 만났고, 앞으로 모실 사람이 죽 누님이라는 것을 알게 되자 겨우 안심했다. 하늘이 자신에게 너무 잘해 주는 것은 아닐까 싶어, 저녁에 방으로 돌아가면 반드시 하늘에 절을 올려야겠다고 생각했다.

입궁한 후로 운가는 모든 것이 새로웠다. 부유와 말다가 함께 있어 주었으므로 황궁이 그렇게 무서운 곳은 아니며, 도리어 무척 재미있는 곳이라는 생각이 들었다. 다른 것은 차치하고라도, 각 전각을 구경하는 것만 해도 오랫동안 즐길 만했다.

온실전은 산초와 진흙으로 벽을 발라 벽에서 따뜻한 향이 났고, 기둥도 향기로운 계수나무였다. 침대 앞에는 병풍을 놓고 기러기 털로 만든 휘장을 늘어뜨려, 방 안에 들어서기만 해도 따뜻한 느낌이 들어서 '온실'이라는 이름이 아깝지 않았다.

청량전은 한옥으로 꾸민 곳이었다. 무늬가 있는 돌로 침대를 만들고, 보라색 유리를 가리개로 삼았다. 방 안에 있는 모든 것은 수정으로 만들어서, '한여름에도 서리가 생기니 여름에도 시원하다'는 말대로였다.

전각들을 하나하나 구경한 후, 운가는 선실전 외에도 천록각과 석거각에서 시간 보내는 것을 매우 좋아하게 되었다. 천록각은 밀서를, 석거각은 진나라의 책들을 모아 놓은 곳이었다.

유불릉이 전전에서 백관들을 만나고 정무를 처리할 때, 운가는 천록각과 석거각에서 하루 종일 시간을 보내곤 했다.

이날은 대신 몇 명이 각자 황제를 독대하고자 청하는 바람에, 온실전 안에 있던 사람이 나가기 무섭게 다른 사람이 들어왔다.

곽광이 전각을 나서는 것을 지켜보던 유불릉은 피로를 느꼈다. 우안이 황급히 전각 밖에서 대기하고 있던 전천추에게 조금 더 기다리라고 일러 유불릉이 조금 쉴 수 있게 해 주었다.

유불릉은 진한 차를 한 모금 마신 후 따뜻한 눈빛으로 물었다.

"운가는 어디 있느냐?"

우안은 향로에 옥수玉髓향을 넣으며 대답했다.

"천록각에 계십니다."

칠희가 싱긋 웃으며 나섰다.

"운 낭자는 정말 배움을 좋아하시는 것 같습니다. 소인은 그렇게 책을 좋아하는 규수를 뵌 적이 없습니다. 정말 재녀이신 것 같습니다. 폐하와 함께……."

우안이 그를 흘긋 노려보자 칠희는 입을 다물었지만 속으로는 당혹스러웠다.

'어떻게든 폐하를 기쁘게 하라는 것이 스승님의 가르침이었잖아? 그게 노비의 본분이라면서? 그런데 내가 무슨 말을 잘못했지?'

그는 불안한 마음으로 유불릉의 안색을 살폈다. 유불릉의 얼굴에는 웃음기가 없었지만 표정은 온화해서, 그렇게 큰 잘못을 한 것 같지는 않았다. 그는 조금 안심했다.

'배움을 좋아해?'

유불릉은 운가가 종일토록 뒤적이고 있는 것들을 생각하자 머리가 아팠다. 궁궐 안에 '밀서'나 '비사' 같은 것이 많다는 것을 알게 된 후로 운가는 무척 흥미를 느끼고 있었다. 물론 그녀 혼자 보는 것은 아무 상관 없지만, 돌아와서는 늘 그와 토론을 하고 싶어 했다.

"진시황은 정말 여불위의 자식일까요?"

"조희趙姬[17]는 진왕을 더 좋아했을까요, 여불위를 더 좋아했을까요?"

"황제黃帝와 염녀炎女[18]는 대체 무슨 사이였을까요? 염녀와 치우蚩尤는 무슨 사이였을까요? 염녀는 왜 치우가 아니라 황제를 도왔을까요? 만약 염녀가 정말 황제의 딸이라면, 그렇게 큰 공을 세웠는데도 왜 황제는 그녀에게 상을 내리지 않고 도리어 감금해 버렸을까요? 염녀가 황제를 미워했을 것 같지 않아요?"

피비린내 나는 왕조의 멸망과 새 왕조의 등장, 천하를 두고 벌어지는 싸움 같은 것들도 그녀에게 오면 모두 젊은 남녀 간

---

18 여불위의 첩이었으나 진왕 자초의 황후가 되어 진시황을 낳음.
19 황제의 딸로, 열기를 내뿜는 여신 발(魃)을 말함.

의 감정으로 바뀌었다.

'그녀는 지금쯤 또 뭘 읽고 있을까?'

그런 생각을 하다 보니, 방금 곽광 때문에 느꼈던 피로가 저도 모르게 약간 가셨다. 그래서 우안에게 전천추를 들이라고 하려는데, 갑자기 환관 한 명이 가리개 밖에서 얼굴을 들이밀었다.

우안이 나갔다가 돌아오더니 어두운 얼굴로 유불릉에게 나지막하게 보고했다. 듣고 난 유불릉은 잠시 침묵했다가 담담하게 입을 열었다.

"전천추를 들여보내라!"

우안은 황제의 태도가 상관없다는 의미인지 알 수 없어 당황했지만, 곧 고개를 숙이고 대답했다.

"명을 받들겠습니다."

운가는 공자 부소扶蘇[19]의 삶을 기록한 책을 읽고 있었다. 그 책에는 공자 부소의 시문들도 있었는데, 읽을수록 기분이 가라앉았다. 달처럼 밝고 물처럼 깨끗하던 부소가 결국 자결로 생을 마감해야 했던 것을 생각하니 절로 탄식이 나왔다.

"공자가 산에 들어가다니, 황실은 군주를 잘못 택했네!"

갑자기 뒤에 누군가 서 있는 느낌이 들자 운가는 웃음부터 터트렸다.

---

20 진시황의 장남.

"바쁜 일은 끝났어요? 빨리 이 시 좀 해석해 줘요. 아무래도 공자의 사랑 시인 것 같다고요! 어떤 아가씨에게 주는 건지는 몰라도……."

운가가 고개를 돌리자, 믿을 수 없다는 듯한 맹각의 차가운 시선과 마주쳤다.

"정말 당신이었군!"

운가의 웃음이 그대로 굳었고, 몸도 움츠러들었다. 헤어진 지 반년, 그는 많이 야위어 보였다. 그래서인지 미간에는 지난날의 따스함은 사라지고 날카로운 싸늘함만이 더해진 것 같았다.

운가는 그를 똑바로 바라보았지만 꼼짝도 할 수가 없었다. 말도 나오지 않았다. 심장을 바늘로 콕콕 쑤시는 느낌이 들었다. 아주 느리지는 않지만 천천히, 한 땀 한 땀 깊숙이 찔러 들어오는 것 같았다. 그 상처에서는 피도 흐르지 않았고, 심지어 흔적조차 없었지만, 상처 안은 썩어 들어가는 것처럼 아팠다. 폐에서도 은은하게 통증이 느껴지기 시작했다. 그녀는 갑자기 허리를 숙이고 기침을 하기 시작했다.

그동안 몸 관리를 잘해 왔기 때문에 오랫동안 이렇게 격렬하게 기침을 한 적이 없었다. 운가는 기침을 하면서도 일어나서 나가려고 했다. 하지만 두어 걸음 걷기도 전에 맹각에게 붙잡혔다. 맹각은 그녀를 품에 안고 한 손으로 등 뒤에 있는 각 부분의 혈을 누르면서, 다른 손으로는 맥을 짚어 보듯 손을 잡았다.

잠시 후, 맹각의 안색이 조금 따뜻해졌다. 그의 눈에는 깊은 자책감이 어려 있었다.

"이렇게 고생을 했는지는 몰랐소. 돌아가면 병을 치료할 방법을 강구해 내겠소."

맹각의 치료법이 효과가 있어서 운가의 기침이 잦아들었다. 폐의 통증도 훨씬 줄었다. 하지만 몸이 풀려서, 맹각을 밀어내고 싶어도 힘이 없어 어떻게 할 수가 없었다.

맹각은 손가락으로 그녀의 뺨을 따라 그리며 말했다.

"병이는 벌써 아빠가 되었소. 평군이 아들을 낳았지. 보고 싶지 않소?"

운가는 모든 동작을 멈추었다. 잠시 후 그녀가 어렴풋이 미소를 지으며 말했다.

"잘됐네요."

맹각이 웃으며 말했다.

"이 미래의 고모부는 벌써 만월전滿月錢[20]을 줬는데, 고모는 아직 아무것도 하지 않았군."

운가는 쓴웃음을 지었다.

"맹각, 나는 나고 당신은 당신이에요. 당신이 준 비녀는 벌써 돌려줬으니, 곽 소저를 맞아들이건 왕 소저를 맞아들이건 나와는 아무 상관 없어요."

맹각이 부드럽게 말했다.

21 출생 후 한 달 후에 주는 축하금.

"운가, 내가 곽부에 자주 드나들고 거짓말도 했지만, 곽성군을 아내로 맞겠다는 생각은 한 번도 해 본 적이 없소. 곽성군에게 혼인하자는 말도 하지 않았소."

운가는 냉소를 지었다.

"그렇겠죠! 당신은 그럴 마음이 없었겠죠! 그럼 그녀를 끌어안았던 사람은 누구였죠? 그렇게 다정하게 굴던 사람은 누구였죠? 혼인할 생각도 없으면서 그렇게 했다니, 오히려 혼인할 생각이었다는 것보다 더 치가 떨리는군요. 당신에게는 어떤 여자든 그저 이용할 가치가 있느냐 없느냐의 차이밖에 없죠?"

자신이 곽성군과 함께 있던 모습을 운가가 직접 봤으리라곤 생각조차 하지 못했던 맹각은 안색이 창백해졌다.

"운가, 그건 부득이한 이유가 있었소."

"맹각, 당신과 난 생각하는 게 달라요. 행동 방식도 다르고요. 가서 당신이 원하는 것을 찾아요. 우리 사이는…… 우리 사이는 아무것도 아니……."

갑자기 맹각이 그녀의 턱을 들어 올리고, 그 입술을 짓누르며 말을 막았다.

"운가, 당신이 날 어떻게 생각하든 난 결코 맹세를 어기는 사람이 아니오. 나는 쉽게 약속을 하지 않지만, 한번 약속한 일은 절대 저버리지 않소. 당신과 혼인하려는 건 내가 바라는 게 당신이기 때문이오."

그가 어찌나 힘주어 잡았는지 운가는 턱이 얼얼할 지경이었다.

"당신은 원하는 것도 많네요. 하지만 사람에게는 손이 두 개뿐이에요. 지금은 곽성군이 더 쓸모 있을 테고, 난…… 난 훨씬 이용 가치가 떨어져요."

맹각은 어리둥절했다.

"내가 당신을 이용하다니? 누가 그런 말을 했소?"

"후 아저씨를 만났어요. 당신은 날 사서라고 불러야 힌다더군요."

운가는 여전히 억지로 미소를 지었지만, 목소리에는 울음이 섞여 있었다.

"나는 멍청하지만 완전히 바보는 아니에요! 장안에 처음 왔을 때 내 주머니를 훔친 사람이 누구죠? 고상한 '채미' 곡 밑에 얼마나 사악한 마음이 숨어 있었던 거죠? 그 금은화 비녀도 내가 아니라 장안성에 있는 엄청난 재물을 위한 것이었겠죠? 우리 부모님과 당신네 의부가 어떤 사이인지는 모르지만, 오랫동안 서로 만나지 못하면서도 여전히 서로에게 두터운 은의를 느끼고 계셨을 거예요. 하지만 그 마음조차 당신에게는 언제든 이용할 수 있는 싸구려 물건일 뿐이었죠. 풍 아저씨와 당신 의부는 한나라의 권력 싸움에 끼어들 생각이 없었어요. 하지만 당신은 달랐어요. 그래서 그들은 그 재물을 당신에게 물려주기를 꺼렸고, 나는 당신이 꾸민 계획에 필요한 바둑돌이 되고 말았죠. 이제 당신은 최소한 바라던 것의 반 정도는 얻었을 거예요. 풍 아저씨가 한나라 안에 있는 사업들은 모두 물려줬을 테니까요. 재물도 있고 기반도 있으니, 곽부의 권세만 얻으면 무엇이든 원하는 대로 할 수 있을 거예요. 그러니 부디 당신 의부가 서역에 가진 재산까지 얻겠다고 하지는 말아요. 더 이상 당신 의부를 실망시키지 말고 날 놓아 달란 말이에요."

맹각의 몸이 딱딱하게 굳었다. 해명할 말이 없었다. 모두 사실이었으니까!

그는 무거운 시선으로 운가를 응시했다. 그의 눈동자는 보석처럼 아름답고 반짝였지만 그 속에 담긴 것은 황량한 사막처럼 처량하고 아득했다. 그 눈빛에 운가는 마음이 아팠다. 다시 기침이 나오려고 하자 그녀는 힘껏 가슴을 눌렀다. 마치 모든 감정을 그 속에 가둬 두려는 것처럼.

운가가 그를 밀어내고 떠나려 했지만, 맹각이 그녀의 손목을 붙잡고 놓아주지 않았다. 운가는 그의 손가락을 하나씩 하나씩, 느리지만 단호한 동작으로 떼어 냈다. 맹각의 눈동자에는 어렴풋한 애원이 담겨 있었지만 운가는 짙은 어둠만 볼 수 있었다.

마지막 한 손가락을 떼어 내자 운가는 휙 손을 빼내 재빨리 그에게서 달아났다.

전각을 나오자, 그녀의 시중을 드는 말다와 부유가 기절해 있는 것이 보였다. 맹각이 소리도 없이 그녀의 뒤까지 올 수 있었던 것도 당연했다.

이곳은 황궁이었다! 운가는 맹각이 이렇게 대범하게 행동했다는 사실에 깜짝 놀랐다.

❀

온실전 밖에는 더 이상 기다리는 신하가 없었다. 보통 이때쯤에는 유불릉도 어가를 옮겨 천록각이나 석거각으로 운가를 만나러 갔다. 하지만 오늘은 우안에게 상소문을 가져오게 해서 읽기 시작했다.

보이지 않는 곳에 지키는 사람들이 있어서, 운가가 소리만 지르면 언제든 나타나 도울 거라는 걸 우안도 잘 알고 있었다. 그러니 아무 일도 없을 거라 생각하면서도 초조한 마음이 드는 건 어쩔 수가 없었다. 그런데 가장 초조해야 할 사람은 오히려 차분하고 느긋했다.

우안은 속으로 탄식했다. '황제는 태연한데 환관들만 초조해 죽는다'는 말이 왜 나왔는지 알 것 같았다. 환관의 성격이 급해서가 아니라, 황제의 생각이 워낙 깊기 때문이었다. 다른 것은 몰라도, 운가의 신분이 아직 명확히 정해지지 않은 상태에서 신하들과 사적으로 만난다는 것은 부적절한 일이었다.

우안은 멀리서부터 가벼운 발소리가 들려오자 마음을 놓았다. 얼마 후, 밖에서 어린 환관이 말하는 소리가 들렸다.

"폐하께서만 계십니다."

유불릉은 즉시 붓을 내려놓았다. 눈이 환하게 빛났다. 우안은 입꼬리를 올리며 웃으려다가 꾹 참았다. 역시 황제도 정말 태연한 것은 아니었던 것이다.

운가가 총총히 들어왔다. 뺨이 살짝 달아올라 있었다. 그녀는 우안이 있는 것도 개의치 않고 유불릉의 손을 잡았다. 마치 어지러운 세상 속에서 한 줄기 마음의 안정을 주는 무언가를 붙잡듯이. 그리고 다른 손으로는 터져 나와서는 안 될 무엇인가를 억누르려는 듯 자신의 가슴을 눌렀다.

그녀는 유불릉을 향해 생긋 웃었다. 그리고 무슨 말을 하고 싶은 듯 입을 열었는데 기침이 먼저 터졌다. 창백했던 얼굴이 빨갛게 부었다. 그 모습을 보자 유불릉은 마음이 아파 다급히 말했다.

"아무 말도 하지 마. 다 알아. 그자를 만나고 싶지 않다면 앞으로 다시는 네 앞에 나타나지 못하게 할게. 말하지 마. 천천히 숨을 들이쉬었다가 다시 내쉬어……."

우안도 재빨리 어린 환관을 시켜 장 태의를 불러오게 했다.

5장
지난 일 생각하면 꿈만 같아

유병이가 암탉 두 마리를 들고 안으로 들어오면서 말했다.

"평군, 저녁에 닭구이 해 줄게."

요람 옆에서 아이를 어르던 맹각은 신이 난 그의 모습을 보고 웃음을 터트렸다.

"아들 하나에 세상 다 가진 사람 같군. 말투에도 힘이 넘쳐."

허평군이 닭을 받아 들며 투덜거렸다.

"한 달이 넘었으니 계속 보양식을 먹을 필요 없어요. 매일 이렇게 먹다간 부자도 망한다고요."

말은 그렇게 해도 기분은 좋은 듯했다.

유병이는 맹각이 웃고는 있어도 미간에는 우울함이 가시지 않는 것을 보고 허평군에게 눈짓을 했다. 그녀가 재빨리 아이를 업고 주방으로 나갔다. 유병이는 손을 씻으며 말을 건넸다.

"시장에서 곽성군과 자네 소문을 들었네. 같이 연지분 파는 가게에 들렀다지? 아주머니들이 구경하느라 난리였다더군. 대체 어쩔 생각인가? 계속 곽성군과 가까이 지내면 운가를 찾아내도 운가에게 무시당할 거야. 정말 운가가 첩이 되리라고 생각하는 건 아니겠지?"

맹각은 말없이 유병이를 노려보았다. 그 시선에 머리털이 쭈뼛하는 것을 느끼며, 유병이가 웃음 섞인 소리로 물었다.

"왜 날 노려보나?"

"병이, 물어볼 게 있어. 사실대로 대답해야 하네."

유병이는 심각한 맹각의 표정을 보자 잠시 고민하다가 대답했다.

"그러지!"

"어렸을 때 어떤 소녀에게서 꽃신을 선물받은 적 있나?"

유병이는 어리둥절한 표정이더니 곧 껄껄거리며 웃음을 터트렸다.

"얼마나 대단한 질문인가 했더니, 겨우 그건가? 그런 적 없어!"

"확실해? 잊어버린 건 아닌가?"

유병이는 고개를 저으며 웃었다.

"어렸을 때 여기저기 떠도느라 안 가 본 데가 없고, 여러 사람들을 만났지만, 여자아이에게 꽃신을 받은 적은 없네."

맹각이 시선을 떨어뜨리며 한숨을 쉬었다. 운가도 멍청하지만, 그도 다를 게 없었다! 어떻게 유병이와 흡사하게 닮은 사람이 있다는 사실을 잊고 있었을까?

유불릉은 여덟 살에 즉위했다. 한나라의 군주로서 한번 궁궐을 나가려 해도 행차가 만만치 않은데, 그 먼 서역까지 갈 수 있을 리 없었다. 그러나 뜻밖에도 그는 서역을 방문했다. 게다가 놀랍게도 운가가 잊지 못하고 그리워하던 어린 시절의 친구는 유병이가 아닌 유불릉이었다.

"맹각, 표정이 왜 그래? 내가 소녀의 꽃신을 받았기를 바라나?"

유병이가 답답한 듯 묻자 맹각이 씁쓸한 미소를 지었다.

"그렇네."

하지만 꽃신을 받은 사람은 유병이가 아니라 유불릉이었다.

유불릉이 입궁시킨 여자가 운가라는 사실을 곽성군에게서 들었을 때, 그는 그날 밤 마차를 타고 있던 사람이 유불릉이었으리라 짐작했다. 하지만 그래도 운가가 왜 유불릉을 따르기로 했는지 알 수가 없었다.

어쩌면 유불릉이 운가를 자객으로 여기고 잡아 두고 있는 건지도 모른다. 아니면 유불릉이 위기에 처한 운가를 구해 주었을지도 모른다. 하지만 어느 쪽이든 간에 운가가 유불릉을 따라 궁궐에 갈 정도의 이유는 아니었다. 그런데 이제야 모든 것이 맞아떨어졌다.

옛 친구라고 잘못 알았던 유병이에게조차 남달리 대하던 운가였다. 이제는 진짜 마음속에 있던 사람을 만났으니 상대방을 슬프게 하거나 실망시키려 할 리 없었다.

공주부에서 유불릉이 운가가 만든 요리를 먹던 장면을 떠올리자 맹각은 가슴이 서늘해지는 것 같았다. 맹각은 나가려고 자리에서 일어났다.

"맹각, 아직 대답하지 않았네. 대체 어쩔 생각인가? 곽성군과 깨끗이 헤어지지 않으면 나도 더 이상 운가를 찾는 걸 돕지 않겠네."

유병이의 말에 맹각은 고개도 돌리지 않은 채 대답했다.

"운가는 벌써 찾았네. 그러니 더 이상 찾을 필요 없어. 나와 곽광의 문제는 며칠 안에 결과를 알려 주겠네."

유병이는 깜짝 놀랐다.

"운가를 찾았다고? 어디서?"

그러나 맹각은 그 질문에 대답하지 않고 밖으로 나가 버렸다.

몇 개월 전만 해도 대부분의 관원들과 백성들은 맹각이 누군지 몰랐다. 그러나 오늘부터 맹각이라는 이름은 곽광과 마찬가지로 누구나 들으면 아는 이름이 되었다.

한 달 전, 곽광이 맹각을 천거했다. 그는 유불릉에게 관직을 내려 달라고 요청하면서, 현재 비어 있는 자리도 함께 보고했다. 그러나 유불릉은 맹각을 백관의 자리와 무관한 간의대부에 봉했다.

그 일로 모두들 고소해했다. 맹각이 곽광의 딸과 가까운 사이라는 것을 알기에, 유불릉의 행동에 곽광이 얼마나 불쾌했을지 알 만했기 때문이다. 맹각을 직접 본 일부 훌륭한 관리들은 좋은 인재가 군신 간의 암투 때문에 한직으로 밀려나게 되었다며 아쉬워하기도 했다.

그런데 뜻밖에도 오늘 조정에서 그 간의대부가, 곽광이 친히 천거한 그 맹각이 곽광의 죄상 스무여 개를 거침없이 나열한 것이다.

높은 자리에 있으면서 자신만 수양하고 집안을 다스리지 못했으니, 그것이 첫 번째 죄다.

곽씨 집안의 하인 풍자도馬子都가 주인의 위세를 업고 술 파는 이민족 여자를 독점했으니, 그것이 두 번째 죄다.

곽 부인의 친척이 곽부의 세력만 믿고 곡식 값을 올리고, 싸게 사서 비싸게 파는 방식으로 시장을 독점하여 폭리를 취했으니, 그것이 세 번째 죄다.

총관인 왕씨가 관리에게 길을 양보해야 한다는 규칙을 어기고 부하들을 시켜 거리에서 조정의 관리를 구타했으니, 그것이 네 번째 죄다…….

조정의 관원들이라면 돌아서면 잊어버릴 죄목들이었고, 자세히 살피면 집집마다 하나둘 정도는 찾아낼 수 있는 것들이었다. 하지만 중요하지 않다고 하기에는, 특히 백성들이 당한 것이 많아서 조목조목 백성들의 마음에 와 닿았다.

백성은 무엇을 두려워하는가? 그들은 대사마니, 대장군이니 하는 것에는 관심이 없었다. 그들이 두려워하는 것은 단지 관리들이 권세만 믿고 백성을 괴롭히거나, 권세로 사리사욕을 채우거나, 권세로 백성들의 눈을 가리는 것이었다.

맹각은 백성들의 이익을 중요시했고, 권력자를 두려워하지 않았다. 그의 이름은 곽광을 탄핵한 상소문과 함께 강직하고 아첨하지 않는 모습으로 조정 안팎과 장안성 골목골목에 퍼져 나갔다. 백성들은 입을 모아 훌륭한 관리, 진정으로 백성의 삶에 관심을 갖는 하늘과 같은 관리의 출현을 기뻐했다.

술 파는 이민족 여자는 다시금 자유를 얻어 술을 팔기 시작했다. 술을 사려는 사람들이 길게 줄을 섰다. 술만 사려는 게 아니라 이야기도 듣고 싶어서였다. 외지를 떠돌며 과부가 된 아름답고 젊은 부인과 대장군 대사마의 권세만 믿고 사람들을 괴롭히던 악당의 이야기는 생동감이 넘쳤다.

주흥이 솟은 어떤 사람이 그 이민족 여자의 이야기를 시로 짓기도 했다. 그 시는 금세 술집과 찻집에 유행처럼 번져 나갔다.

곽씨네에 하인이 한 명 있는데, 성은 풍이고 이름은 자도라네
장군의 세력을 믿고 술집 여자를 희롱하네
이민족 아가씨는 열다섯 살, 봄날 혼자 술을 판다네
긴 옷에 연리대[21]를 두르고, 넓은 소매에 합환유[22]를 걸쳤네
머리에는 남전옥[23], 귀에는 대진주[24]

---

22 연리지를 수놓은 띠.
23 대칭을 이루는 꽃무늬가 있는 단삼류.
24 남전 지방에서 나는 옥.
25 대진국(로마 지방)에서 나는 구슬.

양쪽으로 올린 머리 어찌나 어여쁜지, 세상에서 보기 드물다네

한쪽 머리에 오백만 냥, 양쪽 머리는 천만 냥

뜻밖에 집금오가 사람 좋은 얼굴로 우리 술집에 들렀네…….

……번쩍이는 은빛 안장 비취로 꾸민 마차 지붕이 주위를 맴도네

나더러 술 한 잔 달라기에 밧줄 엮은 옥배를 바쳤네

좋은 안주 달라기에 금 쟁반에 잉어회를 바쳤네

답례로 청동 거울을 주고 빨간 비단 치마를 주네

비단도 아깝지 않은데 이 천한 몸은 말할 것도 없네!

남자는 뒤에 오는 여자를 좋아하지만, 여자는 먼저 온 남자만 좋아하네

인생에는 새것과 옛것이 있고, 귀한 것과 천한 것이 있는 법

집금오께는 감사하지만, 헛된 짝사랑을 했구나

우연히 맹각을 만나 본 사람은, 이민족 여자의 이야기에 이어 맹각의 언행을 생생하게 묘사했다. 엄격하고 강직한 맹각 덕분에 이민족 여자가 자유를 되찾았다는 말이었다.

지난날 곽부에서 현량들을 위해 베푼 연회에서 본 맹각의 기지와 재주, 멋들어진 자태를 떠올리는 사람도 있었다. 이렇게 멋진 청년이 또 어디에 있을까?

출중한 외모, 흠잡을 데 없는 말투와 태도, 권력자도 두려워하지 않는 꼿꼿함 덕분에 맹각은 장안성 규수들이 꿈에서 그리는 우상이 되었다. 가희들의 노래에서나 기루의 연회에서 맹각

의 이름은 노래에 담긴 이야기와 함께 장안성에 가득 울렸고, 나아가 장안성 밖까지 퍼졌다.

❀

곽부의 서재.

곽우는 약이 바짝 오른 얼굴로 말했다.

"곽씨네에 하인이 한 명 있는데, 성은 풍이고 이름은 자도라네. 장군의 세력을 믿고 술집 여자를 희롱하네.' 보십시오, 아버지! 맹각이라는 놈이 우리 곽부를 손바닥에 올려놓고 놀려대고 있어요. 절대 가만히 있어서는 안 됩니다! 사람들이 술집에서 그런 노래를 부르는 것도 다 그놈 계략일 거예요. 정말로 황제가 자기를 보호해 주는 줄 아나 보죠? 우리가 제까짓 놈 하나 어쩌지 못할까 봐요? 흥!"

하지만 곽광은 태연한 표정으로 시를 끝까지 읽더니 미소를 지으며 칭찬했다.

"표현이 적절하고 마무리도 자연스럽구나. 좋은 시다."

"아버지?"

어리둥절한 곽우의 얼굴을 보고 곽광이 한숨을 푹 쉬더니 고개를 설레설레 저었다.

"네가 맹각의 반만이라도 똑똑했다면 내가 왜 그를 사위로 들이려고 했겠느냐?"

곽우는 불끈 주먹을 쥐었다. 화가 치밀었지만 대놓고 곽광의 말에 반박할 수가 없었다. 그러자 곽산이 나섰다.

"백부님, 제게 쥐도 새도 모르게 맹각을 제거해 버릴 수 있는 방법이 있습니다. 다만 누이가……."

곽광은 비웃는 눈빛으로 곽산의 말을 끊었다.

"맹각을 제거해? 공개적으로? 아니면 암살이라도 할 셈이냐? 공개적으로 죽이려고 해 봤자, 선제께서 백관이 이니라고 한 간의대부의 자리에 있는 이상 맹각의 생사는 황제조차 함부로 할 수 없다. 하물며 황제가 뒤에서 돕고 있다. 네게 아무리 좋은 창이 있어도 황제가 찌르라는 허락을 하지 않는데 어쩌겠느냐? 암살도 마찬가지다. 맹각이 우리 눈 밖에 났다는 사실을 천하가 알고 있는데, 그가 갑자기 죽으면 곽씨 가문은 충성스럽고 훌륭한 자를 죽였다는 역적의 오명을 쓰게 될 것이다. 황제는 우리가 소동을 벌이기를 노심초사 기다리고 있다. 우리가 민심을 잃고 백성들 사이에서 악명을 떨치면 우리 가족의 초석이 무너진다. 초석이 없는데 어떻게 조정에 서 있을 수 있겠느냐?"

곽산과 곽우는 넋을 놓고 그 말을 듣고 있었다. 승복하기는 싫었으나 대꾸할 말이 없었다. 곽우가 화난 목소리로 말했다.

"이도 안 되고 저도 안 되면, 아무것도 하지 말라는 말씀입니까?"

곽광이 근엄한 얼굴로 대답했다.

"물론 할 일이야 있지. 첫째, 각자 집안을 잘 다스려라. 다시 한 번 이런 황당한 일이 발생하면 어느 집 하인이건 간에 내가 직접 처벌하겠다."

곽우와 곽산, 곽운은 서로를 바라보았지만 곧 고개를 숙이고 내키지 않는 듯이 대답했다.

"알겠습니다."

"둘째."

곽광이 탁자 위에 놓인 시를 가리켰다.

"이렇게 문재가 뛰어난 자가 아직 민간에 방치되어 있다니, 대사마인 내 잘못이다. 이 사람을 찾아내 잘 대접하고, 좋은 자리에 앉혀 재능을 발휘할 수 있게 해라."

"말씀대로 하겠습니다."

곽우는 대답하지 않았지만 곽산과 곽운이 대답했다.

"셋째, 앞으로 조정에서 맹각을 만나면 가능한 한 예의바르게 대해야 한다. 소란을 피우는 모습이 내 눈에 띄면 가볍게는 가법으로 다스리고, 심할 때는 국법으로 처결하겠다."

이번에는 세 사람 다 아무 대답이 없었다. 곽광은 실망스런 눈길로 세 사람을 차례로 바라보더니 갑자기 탁자를 쾅 하고 내리쳤다.

"곽우!"

아버지의 시선을 받은 곽우는 오싹 소름이 끼쳐 벌떡 일어났다.

"알겠습니다!"

곽산과 곽운도 황급히 일어나 예를 갖춰 대답했다.

"말씀대로 따르겠습니다."

그런 세 사람을 바라보는 곽광의 얼굴에 짙은 피로가 떠올

새파란상상

도서목록

상상의 경계를 허문다
이야기의 힘을 믿는다

PARAN
IMAGINATION

파란
미디어

일러스트 : 링월드 프리퀄 1권 세제 산탄

펠루시다 (전 6권 발간예정)
에드거 라이스 버로스 지음 | 박들비 옮김 | 각 권 8,500원

《타잔》의 작가 에드거 라이스 버로스, 그의 숨겨진 걸작이 찾아온다!

지구의 중심에 있는 또 다른 세계 – 펠루시다
언제나 정오의 태양이 빛나는 그곳은 멸종된 공룡이 지배하는 원시와 야만의 공간!
시간이 없는 세계에서 벌어지는 기이하고 불가사의한 모험담!

드림 컬렉터 (전 2권)
이혜원 지음 | 값 12,000원

소버린은 우리를 계속 꿈속에서 살게 해줄 수 있다!
"꿈속으로 도피하는 것이 뭐가 나쁘지?"

자면서 꾸는 꿈을 다른 사람이 그 꿈을 즐길 수 있게 수집하는 사람들이 바로
드림 컬렉터. 그 앞에 나타난 전능한 마야의 신 – 소버린!

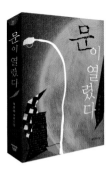

문이 열렸다
정보라 지음 | 값 11,000원

'원래' 어디가 조금씩 이상한 사람들의 세계
문이 열리면 사랑이 시작된다.
기이하고 따뜻한

당신이 모르는 곳에서 일어난
당신이 알지 못하는 이야기
일그러진 현실의 뒤에서
당신의 일상은 안녕하십니까?

죽은 자의 꿈
정보라 지음 | 값 11,000원

삶의 비밀을 가진 여자.
죽음의 비밀을 가진 남자.
그들 앞에 어느 날 죽은 남자가 찾아온다.

죽은 자들의 표식을 묻혀 오는 남자.
죽은 채로 태어나 되살아난 여자.
인간답지 않은 짓을 저지르다
정말로 인간이 아닌 것을 만난 사람들 이야기!

링월드
고호관 옮김 | 값 15,000원

고도의 지성과 첨단 과학기술,
연륜의 노회함과 극강의 전투력에 무
시무시한 확률의 운으로 무장한 그들
의 여행이 시작된다!

링월드2 링월드의 건설자들
김창규 옮김 | 값 16,000원

휴고, 네뷸러, 디트머, 로커스 상을 휩쓴
하드 SF 걸작『링월드』
믿을 수 없이 낯설고 놀라운 세계
링월드의 미스터리가 베일을 벗는다!
링월드는 누가, 왜 만들었는가?

출간예정작 | 링월드 3 **링월드의 왕좌** | 김창규 옮김
　　　　　　링월드 4 **링월드의 아이들** | 김창규 옮김
　　　　　　링월드 파이널 **세계의 운명** | 에드워드 M. 러너 공저 | 김성훈 옮김

**링월드 프리퀄
세계 선단 시리즈**

에드워드 M. 러너
공저

세계 선단 **고호관 옮김 | 값 14,000원**
우주적 규모의 적자생존 서사시, 세계 선단 시리즈의 서막!

세계의 배후자 **고호관 옮김 | 값 15,000원**
은폐되고 삭제되고 망각된 진실을 찾아서

세계의 파괴자 **고호관 옮김 | 값 15,000원**
잃어버린 고향과 새로 찾은 고향, 지켜야 할 사람들을 위해서!

세계의 배신자 **김성훈 옮김 | 값 15,000원**
『링월드』는 루이스 우의 첫 번째 모험이 아니었다!

랐다. 그는 길게 한숨을 쉬며 나가라는 듯이 손을 내저었다.

밖으로 나온 세 사람은 마침 들어오던 곽성군과 딱 마주쳤다. 곽성군이 세 사람에게 인사를 하자 곽우가 코웃음을 쳤다.

"사람 보는 눈도 참 좋아!"

그는 딱딱하게 굳은 얼굴로 휑하니 그녀를 지나쳐 버렸다. 곽산과 곽운도 곽성군 들으라는 듯이 웃어 대며 사라졌다. 곽성군은 눈에 눈물이 맺혔지만 입술을 꽉 깨물고 참았다.

살그머니 방 문을 열자, 눈을 감고 쉬고 있는 아버지가 보였다. 수척해진 얼굴에는 지친 기색이 엿보였다. 요 며칠 동안 아버지는 백발이 더욱 는 것 같았다. 어느새 희끗희끗해진 머리칼과 수염 때문에 실제 나이보다 훨씬 늙어 보였다. 곽성군은 죄송하고 괴롭고 슬펐다. 가벼운 발걸음으로 아버지의 뒤로 돌아간 그녀는 아버지의 관자놀이를 부드럽게 문지르기 시작했다.

곽광은 눈을 뜨지 않고 빙그레 웃으며 말했다.

"성군이냐?"

"아버지, 피곤하시면 좀 누우세요!"

곽광은 미소를 지으며 대답했다.

"마음이 피곤한 게야. 성군아, 그간 무슨 일이 있었는지는 너도 잘 알고 있겠지만 너무 마음 쓰지 마라. 이번 일은 아비가 경솔해서 잘못 처리했기 때문에 벌어진 일이야."

한동안 어머니의 질책하는 시선과 오빠들의 책망만 들었던 곽성군은 이런 아버지의 말에 더 이상 참지 못하고 눈물을 뚝뚝 흘렸다. 그러자 곽광이 가볍게 탄식하더니 곽성군을 앞으로 끌어당겨 어렸을 때처럼 무릎 밑에 앉혔다. 그리고 딸의 눈물을 닦아 주며 말했다.

"바보 녀석, 울긴 왜 우느냐? 곽씨 가문의 딸이 원하는 곳이라면 어디든 시집가지 못하겠느냐? 이 아비가 반드시 제일 좋은 신랑감을 골라 주마."

곽성군은 슬픔이 북받쳐 아버지의 무릎 위에 엎드려 울음을 터트렸다.

"죄송해요, 아버지."

곽광은 곽성군의 머리칼을 쓰다듬으며 빙그레 웃었다.

"바보 같긴. 네가 왜 미안하다는 거냐? 맹각 같은 사람을 알아보다니, 사람 보는 눈이 있는 게야. 널 아내로 맞아들이지 못한 맹각이 복이 없는 거다."

곽성군은 한참 동안 울었다. 그렇게 마음에 쌓였던 슬픔과 답답함을 쏟아 내고 나자 훨씬 편해졌다. 한참 후에야 그녀가 서서히 눈물을 거두고 말했다.

"아버지, 이제 어떻게 하실 거예요?"

"네 생각에는 어떻게 하는 게 좋겠느냐?"

곽광의 반문에 곽성군이 고개를 들었다.

"몸가짐을 조심하면서 가만히 놔두는 게 제일 좋을 거예요."

그 말을 들은 곽광은 딸을 빤히 바라보며 한동안 아무 말도 하지 않았다. 곽성군은 괜히 마음이 불안해져 한 마디 더 덧붙였다.

"아버지, 맹각이 걱정되어 하는 말이 아니에요. 비록 맹각이 우리 가문의 죄상을 스무 가지나 나열했지만, 역시 함부로 호랑이를 건드릴 수는 없었는지 아버지와 직접적인 관련이 있는 항목은 없었어요. 아버지의 유일한 잘못은 하인들을 제대로 다스리지 못했다는 것뿐이에요. 아버지의 명성에 손상이 가지 않은 이상 무슨 일이 벌어져도 곽씨 가문이 입은 피해는 곧 회복될 거예요. 지금처럼 구설수에 휘말렸을 때는 사람들의 이목이 집중되어, 뭘 하든 욕을 듣게 되어 있어요. 누군가 이 기회를 이용해 자꾸 트집을 잡으면, 그땐 아버지까지도 연루될 수 있어요. 그러니 우리 가문을 욕하는 사람들을 처벌하지 말고 오히려 예의바르게 대하면서 넓은 포용력을 보여 주어야 해요. 그러면서 곽부도 정돈해야 해요. 가지 많은 나무 바람 잘 날 없는 법인데다 지금은 황제의 눈엣가시기도 하잖아요. 잘 정돈하지 않으면 맹각이 아니더라도 훗날 무슨 일이 생겼을 때 다른 누군가가 나서서 성토할 수도 있어요."

곽광은 길게 탄식하며 곽성군의 어깨를 붙잡았다.

"넌 어째서 여자의 몸으로 태어났느냐? 네가 남자였다면 아비도 이렇게까지 고민하지 않았을 텐데."

미앙궁의 선실전.

따뜻하고 향기로운 방 안에 웃음소리가 울려 퍼졌다. 운가는 양털로 만든 담요를 반쯤 덮고 나른하게 침대에 누워서 웃으며 이야기를 하고 있었고, 유불릉은 운가의 침대 밑 화로 가까이에 앉아 있었다. 그는 의자도 없이, 바닥의 깔개 위에 백호 가죽을 덮고 앉아 침대 옆에 비스듬히 기대어 부젓가락으로 화로를 뒤적였다.

운가는 소월지小月氏[25]의 여왕을 만난 이야기를 하려던 중이었다. 중원에는 황제와 염제라는 두 제왕 이후로 무수한 왕들이 있었지만 여왕이 나온 적은 없었다. 그래서 유불릉은 소월지의 왕이 여자라는 말에 무척 흥미를 느꼈다.

하지만 이야기보따리인 운가는 공작하반에서 출발한 이야기부터 시작해서 온종일 떠들어 놓고도 여태까지 소월지에 발도 들여놓지 못했다. 길 가다 만난 사람 이야기, 새롭고 신기한 장난감을 산 이야기, 맛있는 음식을 먹은 이야기까지 해야 했기 때문이었다. 유불릉은 횡설수설하는 운가의 고질병 때문에 올해가 끝날 때쯤에나 소월지 여왕 이야기를 듣게 되지 않을까 생각했다.

그는 어쩔 수 없이 운가에게 시간을 정해 주었다. 중요하지 않은 일들은 부젓가락으로 화로의 재를 털어 내는 동안만 하고, 재 터는 일이 끝나면 다음 이야기로 넘어가기로 했다.

유불릉이 쥔 부젓가락의 속도가 빨라질수록 운가도 점점 말이 빨라졌다. 하지만 아무리 서둘러도 이야기를 다 하기에는 여전히 시간이 모자랐다. 다급해진 운가는 아예 침대에서 내려

---

26 서역에 있던 나라.

와 유불릉의 팔을 붙잡고 그가 재를 털지 못하게 했다.

"그 가희가 얼마나 예뻤는지 알아요? 노랫소리는 또 얼마나 고왔는데요. 그 노랫소리에 길을 가야 한다는 것도 잊었어요. 앗, 잠깐만! 털지 말아요! 이건 꼭 들어야 한단 말이에요! 진짜 재미있는 얘기예요. 셋째 오빠까지도 걸음을 멈추고 그 노래에 귀를 기울였어요……."

유불릉이 얼굴을 굳히며 다시 재를 터는 자세를 취하자 초조해진 운가는 눈을 찡그린 채 숨도 쉬지 않고 내뱉었다.

"가희의피부는양지처럼희고허리는버드나무처럼가늘었어요. 그녀는우리를보더니우리뒤를 따르면서노래를불렀어요. 우리낙타들도그노랫소리를듣고는걸음을멈추고길을가지않으려했어요. 내가은자를주었는데도그녀는받지않고아죽의얼굴을보고싶다는거예요. 이상하죠? 왜아죽의얼굴을보려고했을까요? 남자도아니면서……."

여기까지 말한 운가는 더 이상 숨을 참을 수가 없어 "아이고!" 소리를 지르며 침대에 털썩 누워 헉헉거리며 숨을 골랐다. 그래도 한 손은 계속 유불릉의 팔을 잡고 있었다.

"이게 무슨…… 이야기해 주는…… 거예요? 이러다…… 숨차 죽겠네!"

유불릉은 운가가 다시 기침을 할까 봐 걱정스러웠지만, 숨만 헐떡이는 것을 보자 마음이 놓였다. 그가 다시 팔을 들자 운가는 울상을 지었다.

'어쩜 동정심이라곤 하나도 없담!'

그녀는 침대에서 미끄러져 내려와 두 손으로 그의 팔을 부여잡고 앞을 가로막았다.

'이러면 더 이상 못 하겠지?'

유불릉은 운가의 험악한 얼굴을 보고도 무덤덤하게 말했다.

"어서 비켜."

운가가 고개를 저으며 버티자 유불릉은 무표정한 얼굴로 그녀의 뒤쪽을 바라보았다. 갑자기 운가는 이상한 냄새가 나는 것을 깨닫고 고개를 돌렸다. 그녀가 덮고 있던 양털 담요가 화로 위로 미끄러져 새까맣게 타들어 가고 있었다. 곧 불이 옮아 붙을 것 같았다.

운가는 깜짝 놀라 물을 찾으려고 허둥댔다. 유불릉이 조금 전부터 쥐고 있던 물병을 차분하게 건넸다. 운가가 물병을 낚아채 물을 쏟아붓자 쉭쉭 하는 소리와 함께 까만 연기가 피어올랐다. 방 안은 양털 타는 냄새로 가득 찼고, 바닥에는 물이 흥건했다. 운가는 코를 막으며 외쳤다.

"보고 있었으면서…… 빨리 담요를 꺼내지 않고 뭐 했어요?"

유불릉의 눈에 웃음기가 어렸지만 얼굴은 여전히 무표정했다.

"부젓가락으로 담요를 치우려고 했는데 네가 막았잖아."

운가는 아연한 얼굴로 그를 바라보았다.

'그러니까, 내가 잘못했단 말이야?'

전각 밖에 있던 육순六順이 코를 벌름거리며 슬그머니 머리를 들이밀었다. 운가를 끌고 밖으로 나가던 유불릉이 육순 곁을 지나치면서 말했다.

"안을 깨끗이 치워라."

"예."

육순이 황급히 대답했다.

유불릉과 운가가 나오는 것을 본 우안이 사람을 시켜 외투를 가져오게 했다. 하나는 불꽃처럼 빨간 여우 털 외투였고, 다른 하나는 새까만 여우 털로 된 외투였다. 유불릉은 빨간 외투를 먼저 받아서 운가에게 입힌 후, 자기도 까만 외투를 입었다.

두 사람은 선실전 담벼락을 따라 천천히 걸었다. 특별한 목적지도 없이 그냥 내키는 대로 걸었다. 멀지 않은 곳에 선 궁문을 보자, 운가가 갑자기 무슨 생각이 난 듯 걸음을 멈추었다. 유불릉이 그녀의 시선을 따라 궁궐 밖을 바라보았다.

"나가고 싶어?"

운가는 다소 쓸쓸한 표정을 지었다.

"오라버니와 허 언니가 아들을 낳았대요. 그 아이의 고모가 되어 주기로 했었는데."

"그 오라버니라는 사람이 네가 잘못 봤던 그 사람이야? 유병이라는?"

운가가 고개를 끄덕이자 유불릉은 잠시 생각에 잠긴 듯하더니, 고개도 돌리지 않은 채 명령했다.

"우안, 마차를 준비해라. 밖으로 나가겠다."

우안은 다소 곤란한 듯 하늘을 올려다보았다. 날이 어두워지고 있었다. 게다가 이렇게 갑작스럽게 출궁하는 것은 적절한 행동이 아니었다. 하지만 황제에게 밖으로 나가면 안 된다고 말하는 것은 더욱 부적절한 행동이었다. 그는 어쩔 수 없이 사람을 불러 준비를 철저히 하라고 단단히 일렀다. 그리고 우안 자신이 마부가 되어 직접 마차를 몰기로 했다.

"폐하, 어디로 가시려는지요?"

"유병이의 집."

유불릉의 대답에 채찍을 휘두르려던 우안의 손이 멈칫했다. 그는 옆에 있는 칠희를 바라보았다. 칠희는 조심하겠다는 의미로 고개를 끄덕였다.

겨울이어서 날이 금방 어두워졌고 날씨도 추웠다. 허평군은 벌써 저녁밥을 지어 먹고 구들장을 따뜻하게 데웠다. 세 식구는 구들장 위에 옹기종기 모여 앉았다. 문만 닫으면 밖이 아무리 추워도 아무 문제 없었다!

아들은 구들장 위에서 쿨쿨 자고 있었다. 낡은 솜저고리를 입은 유병이는 아들 옆에 앉아 사마천의 《사기史記》를 읽으며 유철의 실정失政에 대해 곰곰이 생각에 잠겼다. 허평군은 아랫목에 놓인 작은 탁자 위에 몸을 숙이고, 쟁반에 담긴 모래 위에 젓가락으로 글을 쓰고 있었다. 쓰면서 속으로 읽기도 하는 등 무척 열심이었다. 유병이가 가끔씩 그녀를 바라보았지만 전혀 알아채지 못하는 듯했다. 그는 웃으며 고개를 설레설레 저었다.

문득 밖에서 문 두드리는 소리가 났다. 유병이와 허평군은 의아한 얼굴로 서로를 바라보았다. 겨울밤이면 누구나 추위를 피해 집에 웅크려 있느라 찾아오는 사람이 거의 없는데, 누굴까?

유병이가 일어나려는 것을, 허평군이 먼저 구들장에서 내려와 신발을 신고 옷매무새를 가다듬었다. 그녀는 총총히 밖으로 나가 문을 열면서 물었다.

"누구세요?"

문 밖에는 남자 한 명과 여자 한 명이 나란히 서 있었다. 보통 사람 같지 않게 귀티가 나는 사람들이었다. 남자는 새까만 여우 털 외투를 입고 있었고, 여자는 보기 드문 새빨간 외투를 걸치고 있었다. 남자는 싸늘한 표정이었지만 여자는 환하게 웃는 얼굴이었다. 차가운 얼굴과 따뜻한 얼굴, 어울리지 않는 것 같으면서도 묘하게 조화로운 모습이었다.

허평군은 입을 벌리고 한참 동안 아무 말도 하지 못했다. 운가는 허평군을 향해 눈을 찡긋하면서 유불릉에게 말했다.

"아무래도 그동안 내가 너무 많이 먹어서 얼굴이 달라졌나 봐요. 언니조차 못 알아보는 걸 보면!"

허평군은 눈앞이 눈물로 흐려졌다. 그녀가 와락 달려들어 운가를 끌어안았다. 평생 운가에게 느끼는 죄책감을 씻을 날이 오지 않을 줄 알았다. 그런데 하늘이 운가를 자기 앞에 데려다 준 것이다.

허평군이 자기를 보면 깜짝 놀랄 거라고 생각했던 운가도, 그녀가 이렇게 격렬한 반응을 보일 줄은 예상하지 못했다. 운가는 속으로 감동하며 웃음 섞인 소리로 말했다.

"엄마가 되었는데도 아직 어린애 같군요. 이래 가지고 어떻게 아기를 키워요?"

허평군은 눈가에 맺힌 눈물을 살그머니 닦으며, 운가의 손을 붙잡고 안으로 이끌었다.

"병이, 병이! 누가 왔는지 봐!"

유병이가 책을 내려놓고 고개를 들었다. 운가를 본 그도 황급히 구들장에서 내려와 신발을 신으려고 했다. 그러나 운가 뒤에 있는 남자를 본 순간 멈칫하며 안색이 싹 변했다. 그는 맨발로 바닥에 내려와 몸을 똑바로 편 채 허평군과 운가를 자기 뒤로 끌어당겼다.

유불릉은 편안하게 서서 담담한 시선으로 유병이를 살펴보았다. 유병이의 가슴이 격렬하게 요동쳤고, 눈동자에는 경계의 빛이 떠올랐다.

이상한 분위기에 허평군과 운가는 유불릉과 유병이를 번갈아 바라보았다. 처음 만난 두 사람이 왜 이렇게 팽팽하게 대립하는지 이해할 수가 없었다. 유병이의 모습은 마치 목숨 걸고 싸우기라도 할 태세였다.

운가가 유병이 뒤에서 빠져나왔다. 유병이가 그녀를 붙잡으려 했지만 그 전에 운가가 유불릉 곁으로 가서 말했다.

"이쪽이 병이 오라버니예요. 이쪽은 허 언니고요."

그녀는 유병이와 허평군을 바라보았다.

"이쪽은……."

하지만 어떻게 유불릉을 소개해야 좋을지 알 수가 없었다. 그때 허평군이 유병이 옆으로 와, 주먹을 꽉 쥐고 있는 그의 손을 살짝 잡으며 미소를 지었다.

"전 공자를 뵌 적이 있어요."

유불릉은 허평군을 향해 살짝 고개를 끄덕였다.

"지난번에는 바빠서 부인께 감사 인사도 못 했소."

허평군은 웃으며 대답했다.

"감사라니요. 공자께서 운가의 친구라면, 우리의 친구노 뇌는 거예요."

그렇게 말한 그녀는 운가를 바라보며, 그녀가 아직도 말하지 않은 그 남자의 이름을 알려 주기를 기다렸다.

운가는 자신없는 표정으로 허평군을 바라보며 생긋 웃었다.

"이쪽은…… 나의…… 릉 오빠예요."

허평군이 황당한 표정을 지었다.

'이런 소개가 어디 있담? 다 큰 남자에게 성도 이름도 없다니? 남들에게 대놓고 얼굴을 내밀지 못할 사람도 아닐 텐데!'

그러나 유불릉은 오히려 따뜻한 눈빛을 띠며 허평군에게 말했다.

"공교롭게도 이 몸의 성도 유씨요. 남편 분과 같소."

그때쯤 유병이도 유불릉을 처음 봤을 때의 충격이 가시고 서서히 냉정을 되찾았다. 유불릉이 자신의 존재를 안 이상, 단 한 마디로도 그의 목숨을 가져갈 수 있었다. 그 자신이 어떤 행동을 하든 계란으로 바위치기일 뿐이니, 오히려 대범하게 대응하는 것이 나았다.

'그러나……'

유병이는 허평군과 구들장 위의 아기를 바라보았다. 그들에게 미안했다. 결국 저들까지 위험천만한 세상으로 끌어들이고 말았다.

유병이는 웃으며 유불릉에게 읍을 했다. 그는 신발을 신으며, 허평군에게 간단한 술상을 마련해 오라고 했다. 그리고 탁자를 치우고, 유불릉과 운가에게 구들장 위로 올라와 앉으라고 권했다.

구들장은 매우 따뜻했다. 외투를 입은 유불릉과 운가는 다소 덥게 느껴질 정도였다. 유불릉이 외투를 벗겨 주려 하자 운가가 웃으며 몸을 피했다.

"내 손으로 할게요. 오빠 옷이나 챙겨요."

유병이는 그런 유불릉과 운가를 바라보았다. 의아하고, 놀랍고, 이해할 수 없는 복잡한 심정이었다.

운가는 외투와 신발을 벗고 구들장 위로 올라가 유병이의 아들을 바라보았다. 아기는 여전히 깊이 잠들어 있었다. 자그마한 손으로 주먹을 쥐었다가 가끔씩 펴곤 했는데, 그 모습을 보던 운가가 킥킥 웃으며 아기의 뺨에 입맞춤을 했다.

"내가 고모란다. 알고 있니? 고모라고 해 봐!"

허평군이 술을 가지고 들어와 술상을 차리며 말했다.

"말을 하려면 아직 한참 멀었어! 병이나 너나 똑똑한 사람들이 왜 그러니? 병이도 늘 아이에게 '아빠라고 해 봐' 그런다니까. 저만한 아이가 벌써 아빠 소리를 하면 놀라서 뒤집어질 일인데, 그것도 모르나 봐."

갑자기 유불릉이 운가에게 말했다.

"아기를 안아서 보여 줘."

운가는 웃으면서 조심조심 아기를 안아 올려 유불릉에게 다가갔다. 유병이는 눈 한번 깜빡이지 않고 유불릉을 지켜보았다.

유불릉은 잠시 아이를 바라보더니, 차고 있던 합환패合歡佩를 끌러 아이의 이불 속에 넣어 주었다.

"급히 오는 바람에 가지고 온 게 없군. 이걸로 성의 표시를 하겠소."

허평군은 저런 사람의 물건은 틀림없이 보통 물건이 아닐 거라고 생각해서 거절했다. 유불릉이 웃으며 유병이에게 말했다.

"따지고 보면 내가 이 아이의 어른이기도 하니, 그 정도 예물은 받아 두어도 되오."

유병이는 운가의 손에서 아이를 받아 허평군에게 주었다.

"호虎 대신…… 공자께 감사드리겠소."

"'호'는 아명이에요? 그럼 본명은 뭐예요?"

운가가 웃는 얼굴로 물었다.

"아직 안 정했어. 계속 아명만 부르고 있지."

허평군이 대답하자 갑자기 유병이가 유불릉에게 말했다.

"공자께서 아이에게 이름을 좀 지어 주시오."

그렇게 말해 놓고 그는 속으로 바짝 긴장했다. 하지만 겉으로는 아무렇지도 않은 듯이 웃으며 유불릉을 바라보았다. 운가는 유병이를 흘끗 바라본 후 다시 유불릉을 돌아보았지만, 아무 말도 하지 않았다.

유불릉은 말없이 생각에 잠겨 있다가 잠시 후 유병이에게 말했다.

"오늘 어쩌다 '일주서逸周書'[26]를 봤는데, '석奭'이라는 글자가 퍽 마음에 들었소. 그걸 이름으로 삼으면 어떻겠소?"

"유석?"

운가는 고개를 갸웃하며 생각에 잠겼다. 허평군이 재빨리 모래가 담긴 쟁반을 그녀에게 내밀며 조용히 물었다.

"어떻게 쓰는 거야?"

운가는 의외의 행동에 놀라면서도 기뻐했다.

"언니, 글자를 배우는 거예요?"

그녀가 물으며 '석'이라는 글자를 써 주었다. 허평군은 그 글자를 마음에 새겼다. 당장은 좋은지 아닌지 알 수 없었지만, 다소 생소한 글자라는 생각이 들었다. 보통 집안의 아이에게 평소 잘 쓰지 않는 글자를 이름으로 지어 주면 사람들이 제대로 부르지 못할 것 같았다.

그러나 유병이는 유불릉이 말한 글자를 듣고 마음을 놓았다. 아이의 미래에 대한 걱정도 가셨다. 그는 공손하게 일어나 유불릉에게 예를 갖추었다.

"좋은 이름을 지어 줘서 고맙소, 공자."

허평군은 유병이가 그 이름을 무척 마음에 들어 하는 것 같아서, 그녀 역시 아이를 안은 채 유불릉에게 감사의 예를 올렸다.

---

27 주서라고도 하며, 주나라의 역사를 기술한 정사(正史).

유불릉은 살짝 고개를 끄덕이기만 하고 아무 말도 하지 않았다. 그는 구들장 위에 놓인 죽간을 보고 유병이에게 물었다.

"《사기》 중에서 어떤 구절을 가장 좋아하오?"

유병이는 잠깐 망설이다 대답했다.

"최근에는 선제께서 젊었을 때 하셨던 일을 즐겨 읽고 있소."

유불릉은 가볍게 고개를 끄덕이고는 조용히 방을 둘러보았다. 그가 말이 없자 유병이도 말이 없었다.

오늘 밤 유병이가 평소와는 다르다는 것을 느낀 허평군도 뭔가 이상하다는 것을 깨닫고 함부로 입을 열지 않았다. 운가는 그런 그들과 상관없이 고개를 숙이고 아기를 돌보다가 가끔 뺨에 입을 맞추곤 했다.

이 가족은 부유하지는 않았지만 솜씨 좋은 아내 덕분에 따뜻한 기운이 넘쳤다. 유불릉은 방 안에 놓인 탁자와 의자를 바라보다가 마지막으로 유병이에게 시선을 옮겼다. 그가 입은 솜저고리는 한눈에도 낡아 보였다. 소매도 찢어진 듯한데, 허평군이 솜씨 좋게 기운 후 약간 어두운 색의 천으로 덧대 마치 일부러 무늬를 수놓은 것처럼 보였다.

유병이는 편안하게 유불릉의 시선을 받았다. 보통 처음 만난 사람이라면 앉아서 이야기를 나눌 만한 사람인지 살펴보는 시선이었겠지만, 지금은 무엇을 살펴보는 것일까? 황손이라는 자가 얼마나 궁핍하게 살고 있는지 살펴보는 걸까?

그건 아닐 것이다. 유불릉을 만난 것은 처음이지만, 운가의 사람 보는 눈을 믿었다. 그리고 자신의 판단도 믿었다.

'그는 대체 무얼 알고 싶은 걸까? 어째서 일부러 나를 만나러 왔을까?'

방 안에는 침묵이 감돌았다. 운가가 허리를 펴고 구들장에서 내려가 신발을 신으며 말했다.

"너무 늦었어요. 오라버니와 허 언니도 쉬어야 하니까 그만 가요."

그녀가 유불릉의 외투를 가져왔다. 유불릉이 일어나자 운가는 디딤돌에 올라서서야 겨우 그와 비슷한 높이가 되었다. 운가는 웃으며 그에게 외투를 입혀 주고, 자신도 아무렇게나 외투를 걸치려고 했다. 그런데 유불릉이 마치 예상하고 있었던 것처럼, 운가보다 더 빨리 그녀의 옷자락을 붙잡아 세웠다. 운가는 입을 삐죽였지만 유불릉이 외투를 입혀 줄 때까지 기다릴 수밖에 없었다.

두 사람이 말은 없어도 다정하게 구는 것을 보자 허평군은 웃음이 나올 뻔했다.

유불릉이 운가의 외투를 꼼꼼히 여민 후에야 두 사람은 차례로 밖으로 나갔다. 유병이와 허평군은 문 앞까지 나가 배웅했다.

운가가 문을 열기 무섭게 어둠 속에서 누군가 나와 그들을 마중하고는 마차에 탈 수 있게 도왔다. 마차에 오른 운가는 창밖으로 몸을 내밀고 유병이와 허평군에게 손을 흔들었다.

마차가 완전히 어둠 속으로 사라지자 유병이는 문을 잠그고 방으로 들어갔다. 그는 한참 동안 아무 말도 없었다. 허평군은 그 옆에 묵묵히 앉아 있다가 한참 후에야 입을 열었다.

"나중에 무슨 일이 일어날지 모르지만, 일단 잠은 자야지."

유병이가 허평군의 손을 잡았다.

"앞으로는 어려운 날이 올 거야. 이렇게 된 이상 더 이상 널 속여서는 안 되겠지. 훗날 무슨 일이 벌어져도 마음의 준비는 해 두어야 하니까. 방금 온 사람이 누군지 알아?"

"귀티가 나고, 표정은 쌀쌀해도 거만한 느낌은 아니었어. 그리고…… 그리고 매우 위엄이 있어 보였어. 관리들처럼 대놓고 위세를 부리는 위엄과는 달리 뭔가 숨겨진 위엄 같은 거. 보통 사람은 아닐 거야. 하지만 누구면 어때? 운가의 친구면 우리의 친구기도 해. 참, 병이, 못 느꼈어? 그 사람 눈이 너와 무척 닮았던데. 세상은 넓고, 이상한 일도 많아. 모르는 사람이 보면 너희 친척인 줄 알았을 거야!"

유병이는 허평군의 손을 더욱더 힘주어 잡았다. 그리고 마치 그녀가 믿지 않을까 봐 두려운 듯 한 자 한 자 천천히 말했다.

"내 친척이 맞아. 항렬을 따지면 내 할아버지뻘이지. 내 친할아버지가 그 사람의 큰형님이었고, 그는 형제 중에 막내야. 그래서 형제지만 나이는 마흔 가까이 차이가 있지. 그 사람의 이름은 유불릉이고, 당금의 황제야."

허평군의 눈이 점점 커졌다. 반면 동공은 점점 작아져 바늘처럼 되었다. 손발이 덜덜 떨리고, 짧은 순간 이마에도 식은땀이 송골송골 맺혔다. 유병이는 탄식하며 그녀를 품에 안았다.

"미안해, 평군. 내 어려움 속에 너까지 끌어들여서."

허평군은 머리가 복잡해졌다. 황제의 큰형님이라면 위 태자라는 생각이 얼핏 들었다. 이어서 위 태자 일가는 참혹하게 죽음을 맞았고, 지금까지도 위 태자라는 이름조차 금기시되고 있다는 사실이 떠올랐다.

'지금이라도 유병이와 함께 달아나야 하나? 어디로 달아나지? 유병이가 황손이라고? 황손! 어머니께 말씀드리면 놀라서 기절하시겠군. 정말 귀한 집에 시집간 셈이잖아! 하지만 아무리 귀한 집이라도 이런 집안이면 어머니도 싫어하실 거야. 황제는 왜 갑자기 여길 찾아왔지? 우리를 죽이려고? 따지고 보면 나도 황비인 셈인가…….'

허평군은 기절할 정도로 두려웠다가 곧 황당무계하다는 생각이 들었다. 하지만 의지할 곳 하나 없는 가운데, 언제나 말 없이 그녀를 끌어안아 주는 품이 있었다. 덕분에 복잡하던 생각도 점점 평화를 되찾았다. 허평군은 유병이의 어깨에 얼굴을 얹고 차분하게 말했다.

"나는 너와 평생을 함께할 거야. 정말 그럴 수 있다면, 그게 내 복이야."

유병이는 허평군을 끌어안고 깊이 잠든 아들을 바라보았다. 어깨가 무겁게 느껴졌다. 이제 그는 혼자가 아니었다. 예전에는 가끔 지쳐서 다 팽개치고 싶은 생각이 들었지만, 지금은 무슨 일이 있어도 흔들리지 않고 계속 걸어야 했다. 그것도 그냥 걷는 것이 아니라 좋은 길로 걸어가야 했다.

길은 사람이 걸으라고 있는 것이었다. 설마하니 하늘이 구차하게 연명하라고 그를 살려 두었을까?

허평군은 유불릉의 말과 행동들을 계속 떠올리며 그의 마음을 헤아리려고 노력했다. 하지만 그는 시종일관 냉담한 표정이어서 기뻐하는지 화를 내는지 알 수가 없었다. 하지만 운가는 그렇지 않았다. 운가가 어떻게 황제와 친구가 되었는지 모르지만, 장안성 밖 교외에서 닭싸움이나 하는 건달이 황손이 되는 마당에, 세상에 불가능한 일이란 없다는 생각이 들었다.

"병이, 운가는 네 신분을 알고 있어? 황제가 무슨 생각을 하든, 운가는 절대 널 해치지 않을 거야."

"여기 왔을 때는 운가도 몰랐을 거야. 하지만 나중에 한 행동을 보면 대충 짐작한 것 같아."

지금의 운가는 지난날의 운가가 아니었다. 맹각이 깊은 상처를 주었으니 그녀도 덮어 놓고 사람을 믿으려고 할 리 없었다. 운가는 예전에 유병이를 따라 위 황후의 묘에 간 적이 있었다. 그때 일과 오늘의 상황을 맞춰 보면 그가 위 태자의 후손인 것까지는 알아내지 못하더라도, 최소한 그가 황실과 밀접한 관련이 있다는 것은 알 수 있을 터였다.

허평군은 속으로 탄식했다. 운가가 있는 한, 무슨 일이 생겨도 준비할 시간은 얻을 수 있을 것이다. 그녀는 마음속으로 결심했다. 설령…… 설령 훗날 무슨 일이 생겨도 최소한 아들 호만은 보호하겠다고. 아마 유병이도 그런 뜻으로 황제에게 아들의 이름을 지어 달라고 했을 것이다.

그가 바란 것은 아들의 이름이 아니라 아들의 목숨이었다. 그리고 황제가 별다른 뜻 없이 '석'이라는 이름을 지어 주자 유병이는 공손하게 예를 차리며 감사했던 것이다.

마차 안의 운가는 방석에 엎드려 생글거리면서도 평소와 달리 아무 말이 없었다. 한동안 그녀를 바라보던 유불릉이 말했다.

"유병이는 가명이야. 그의 본명은 유순劉詢이지. 그가 가진 옥패와 내 옥패는 모두 같은 장인이 화씨벽으로 만든 거야. 그래서 네가 오해를 했던 거야. 그를 직접 보니⋯⋯."

운가는 고양이처럼 웅크려 더욱 편안한 자세를 취하면서 웃는 얼굴로 말했다.

"릉 오빠, 오빠가 병이 오라버니를 해치지 않을 거라는 걸 난 알아요. 그 이상야릇한 황위 때문에 흘린 피가 얼마나 많은데, 단순히 위 태자의 후손이라는 사실만으로 그를 죽이지는 않을 거예요. 나도 그걸 걱정하는 건 아니에요. 참 우스워요. 어째서 내가 만난 유씨 성의 사람들은 모두 황실 사람일까요? 다음에 또 다른 유씨를 만나면, 제일 먼저 번왕인지 황손인지 확실히 알아내야겠어요. 그래야 이 다음에 놀라지 않죠."

유불릉도 그녀의 말이 흥미로운 듯 물었다.

"유씨를 또 알고 있어?"

운가가 혀를 쏙 내밀었다.

"자기가 천하에서 가장 잘생기고, 멋있고, 풍류 넘치고, 자유롭다고 생각하는 사람이죠. 당신의 황당무계한 조카 말이에요.”

유불릉이 의아한 듯 물었다.

“유하?”

운가가 언제 유하를 만났을까? 감천궁에서 사냥을 할 때 유하를 볼 기회가 있있겠지만, 거기서 만났다면 그가 황족이라고 놀랄 이유가 없었다.

운가는 유하를 떠올리면서 유불릉을 바라보았다. 그러자 문득 웃음이 나와 기쁜 듯이 방석을 콩콩 때려 댔다. 그 모습에 유불릉도 슬며시 미소를 지었다.

“반드시 네가 하자는 대로 해 줄게. 유하가 널 보면 아랫사람처럼 예를 갖추고, 고모라고 부르게 해 주지.”

운가는 웃으면서 연신 고개를 끄덕였다. 그러다 또 다른 사람의 모습이 머릿속에 떠오르자 즐거웠던 기분이 순식간에 가라앉았다.

유불릉은 운가가 갑자기 담요에 얼굴을 묻자 영문을 몰랐지만, 지난 일이 생각나서 그렇다는 것은 짐작할 수 있었다. 그는 위로하거나 다른 말로 주의를 돌리지 않고 그저 조용히 운가를 바라보며, 그녀에게 혼자 생각할 시간을 주었다.

얼마 후, 담요 속에서 꽉 막힌 듯한 운가의 목소리가 들려왔다.

“유하는 제멋대로 장안성에 들어와요. 맹각과도 친해요. 결의형제를 맺었다나요. 하지만 다른 사람 때문에 결의를 한 거기 때문에 맹각은 유하에게 아주 친하게 굴지는 않아요. 유하도 맹각을 진심으로 믿는 것 같지는 않고요."

유불릉은 잠시 멍하니 생각에 잠겼지만, 지금 들은 내용에 신경 쓰기 때문은 아니었다. 솔직히 규칙을 잘 지키면 유하라고 할 수가 없었다.

지금 그는 운가가 자신을 완전히 믿는다는 것, 그리고 그 믿음 속에서 그를 보호하려 한다는 사실에 더 관심이 있었다.

'하지만 운가, 1년 후에 미안한 마음 없이 떠날 수 있도록 미리 잘해 주는 거니?'

6장
헤어진 후 만남을 추억하다

이른 아침, 유병이가 일어나 허평군과 아침 식사를 하는데 낯선 사람이 찾아왔다.

"유병이 나리 계십니까?"

그 목소리를 듣자 유병이는 유불릉의 방문 이후 줄곧 팽팽하게 긴장되었던 신경이 툭 끊어지는 느낌을 받았다. 드디어 올 것이 온 것이다! 그는 서둘러 젓가락을 내려놓고 밖으로 나갔다.

"내가 유병이요."

칠희가 웃으며 예를 갖추자 유병이도 놀라 마주 인사를 했다.

"일개 서민이 어떻게 나라의 공공公公[27]에게 이런 큰 인사를

---

28 환관을 높여 부르는 말.

받을 수 있겠소."

그러자 칠희가 웃는 얼굴로 대답했다.

"유 나리는 역시 예리하시군요. 우 총관께 나리를 입궁시키라는 명을 받았습니다. 밖에 마차가 준비되어 있습니다."

허평군은 '입궁'이라는 말에 들고 있던 그릇을 떨어뜨리고 말았다. 쩅강, 그릇이 산산조각 나는 소리에 유병이가 그녀를 돌아보았다.

"금방 다녀올게. 물 항아리에 물이 다 떨어져 가니 아껴 써. 직접 길어 올 거 없어. 다녀와서 내가 물을 길어 올 테니까."

허평군은 문 앞까지 쫓아 나왔다. 눈물이 글썽글썽했지만 울지 않으려고 꾹 참았다. 유병이는 그녀를 물끄러미 바라보며 미안한 듯 웃음을 지어 보였다. 그리고 칠희를 따라 마차에 올랐다.

허평군은 문틀에 기대어 소리 없이 울었다. 이렇게 떠나면 다시는 돌아오지 않을 것 같아 애통했다. 방 안에 있던 아이도 어머니의 슬픔을 느꼈는지 울음을 터트렸다. 아직 어리지만 울음소리는 쩌렁쩌렁했다.

그 소리를 듣자 허평군은 번뜩 정신이 들었다. 이렇게 아무것도 하지 않고 일이 일어날 때까지 기다릴 수만은 없었다. 그녀는 방으로 들어가 아이를 업고 서둘러 맹삭을 찾아 나섰다.

맹각이야말로 그들을 도와줄 수 있는 유일한 사람이었다.

마차는 유병이를 태우고 궁궐의 금지 구역까지 달렸다. 그곳에 이르자 칠희가 가리개를 걷더니, 이제부터 마차에서 내려 걸어가야 한다고 말했다.

마차에서 내린 유병이가 고개를 들어 장엄한 미앙궁을 바라보았다. 슬픔을 이기려면 소리 높여 노래라도 불러야 할 것 같았다. 동시에, 큰 소리로 껄껄대고 웃고 싶은 충동도 일었다.

어려운 생활을 하며 도처를 떠돌아다니기를 십여 년, 이제는 또 하나의 신분 때문에 보잘것없는 모습으로 이 황궁 앞에 서게 되었다.

영리한 칠희는 한동안 그 옆에 가만히 서서 그에게 마음을 다스릴 시간을 준 후에야 가자고 권했다.

궁궐의 담과 긴 복도, 화려한 기둥과 난간들이 보였다. 유병이에게는 그 모든 것들이 익숙하면서도 낯설었다. 한밤중 악몽에서 보던 것들이 대부분이었는데, 아마 하늘이 그 꿈을 검증할 기회를 주려는 모양이었다. 지리멸렬한 꿈들이 환상이 아니라 실재라는 것을 확인이라도 하라는 듯이.

일반적으로 관리가 처음 입궁할 때면 환관이 함께 걸으며, 지나치는 전각들의 이름과 주의해야 할 규칙들을 알려 주기 마련이었다. 관리가 실수하지 않게 하기 위해서기도 하고, 그렇게 이야기를 나누면서 호감을 표시해 훗날 교분을 트기 위해서기도 했다. 그러나 칠희는 별로 말이 없었다. 커다란 전각을 지나갈 때면 낮은 소리로 그 이름만 말해 주었을 뿐 그 외에는 조용히 앞장서서 걷기만 했다.

온실전에 거의 도착하자 칠희가 걸음을 멈추었다.

"온실전에 다 왔습니다. 겨울이면 폐하께서는 온실전에서 대신들을 만나고 정무를 처리하십니다."

그에게 호감을 느낀 유병이가 얼른 인사했다.

"알려 줘서 고맙소, 공공."

❀

미앙궁의 초방전.

황후를 뵈러 온 곽광은 상관소매에게 머리를 조아리며 큰절을 올리고 있었다. 상관소매는 무척 어색했지만, 곽광은 속으로는 무슨 생각을 하든 남들 앞에서는 결코 예의를 잃은 적이 없었다. 그녀는 황후였고 그는 신하였다. 그래서 상관소매는 마치 바늘방석에라도 앉은 기분으로 곽광의 절을 받고는, 절이 끝나기 무섭게 어서 앉으라고 권했다.

곽광이 자리에 앉자 상관소매는 양쪽을 돌아보았다. 환관과 궁녀들이 눈치 빠르게 밖으로 나갔다.

"할아버지, 요즘 몸은 어떠세요? 할머니는 평안하시고요? 숙부들과 이모는요? 이모가 입궁하지 않은 지 오래됐어요. 보고 싶으니 시간이 나면 자주 와서 놀아 달라고 해 주세요."

상관소매의 간드러진 목소리에 곽광이 웃으며 허리를 살짝 숙였다.

"신경 써 주셔서 감사합니다, 황후 마마. 신의 식구들은 모두 잘 있습니다. 황후 마마께서는 어떠십니까?"

상관소매는 고개를 숙였다. 선실전에 여자가 한 명 나타났고, 뒤이어 누군가 곽부를 성토했다. 이런 중대한 시기에 저런 질문은 대답하기가 어려웠다. 할아버지가 바라는 대답은 좋다일까, 나쁘다일까? 틀린 답을 할 바에야 차라리 대답하지 말고 할아버지가 스스로 답을 결정하도록 내버려 두는 게 나았다.

곽광은 상관소매가 고개를 숙인 채 아무 말 없이 옥환만 만지작거리자 가볍게 한숨을 쉬었다.

"황후 마마께서는 어린 나이에 황궁에 들어와 어른의 보살핌 없이 살아오셨지요. 그래서 신은 늘 마음이 놓이지 않습니다. 하지만 신이 나서지 말아야 할 일도 있는 겁니다."

"할아버지시잖아요. 할아버지께서 모르는 척하시면 전 이 황궁에서 의지할 곳이 없어요."

상관소매가 고개를 들었다. 자그마한 얼굴에 초조함과 슬픔이 가득했다. 곽광은 잠시 망설이다가 호칭을 바꾸었다.

"소매야, 폐하와는 좀……. 폐하께서 여기서…… 쉬다 가셨니?"

상관소매는 다시 고개를 숙이고 옥환을 만지작거리며 아무렇지 않은 듯 대답했다.

"황제 오빠는 가끔 날 보러 와요. 하지만 자기 방이 따로 있는걸요. 이 방은 선실전처럼 예쁘지도 않고요. 그러니 여기서 묵은 적은 없어요."

곽광은 초조하면서도 우스웠다.

"어떻게 아직도 어린애 같으냐? 궁궐의 늙은 유모들이 알려 주지 않던? 폐하께서는 여기서 묵으셔야 하는 거야."

상관소매는 입을 삐죽였다.

"다들 그렇게 말하지만 듣기 싫어요. 내 침대는 딱 한 사람만 누울 크기라고요. 두 사람이 자면 비좁아요. 더구나 폐하께서는 늘 쌀쌀하단 말이에요. 마치……."

상관소매는 주변을 둘러보고 아무도 없다는 걸 확인한 후 조용히 말했다.

"마치 바위 같아서 싫어요."

곽광이 일어나서 그녀에게 가까이 다가왔다. 그리고 정색을 하며 말했다.

"소매, 앞으로 다시는 그런 말 하면 안 된다."

상관소매는 입술을 깨물고 억울한 듯 고개를 끄덕였다.

"소매야, 속으로는 어떻게 느끼든 폐하는 폐하시다. 그러니 너는 그분을 존경하고 기쁘게 해 드려서 어떻게든 널 좋아하게 만들어야 해. 폐하께서 잘해 주셔야 너도 궁에서 기분 좋게 살 수 있다."

상관소매는 아무 말 하지 않다가 한참 후에야 고개를 끄덕였다.

"폐하께서 새로 궁에 들인 여자는 만나 봤니?"

곽광의 물음에 상관소매가 가볍게 대꾸했다.

"아주 사람 좋은 언니예요. 저한테도 잘해 줘요. 요리도 해 주고, 같이 놀아 줬어요."

곽광은 기가 찼다.

"너도 참⋯⋯."

예로부터 후궁에서의 싸움은 전쟁 못지않게 잔혹했다. 그 어떤 여자도 도와줄 가족만 있으면 결코 손쉽게 다른 여자에게 총애를 빼앗기지 않았다. 하물며 상관소매는 육궁六宮의 주인이자, 그 가족인 곽씨는 천하의 권력을 쥐고 있었다. 얼마나 좋은 조건인가! 그런데 세상 물정 모르고 어리기만 한 황후 넉분에 지금의 후궁은 역대 둘도 없는 이상한 모습이 되어 있었다.

상관소매는 겁이 난 표정으로 곽광을 바라보았다. 눈에는 섭섭한 듯 눈물이 가득 고였다. 그녀는 부모를 별로 닮지 않았지만 지금의 가련한 모습은 곽련아와 무척 비슷했다. 곽련아도 어렸을 때 기분 나쁜 일이 있으면 아무 말도 하지 않고 눈물만 뚝뚝 흘렸던 게 떠오르자 곽광은 마음이 쓰라려 화가 누그러졌다.

상관소매는 여섯 살에 입궁했다. 나이 많은 궁녀들이 보살펴 주긴 했으나 아무래도 아랫사람 입장이었으니 차마 가르치지 못한 것도, 가르칠 수 없었던 것도 있었다. 더욱이 곽광 자신도 어떤 일들은 상관소매에게 알리지 말라고 특별히 분부한 적도 있었다. 상관소매가 몰랐으면 하는 일들이 있었기 때문이다.

상관소매는 함께 놀 동년배의 친구 하나 없이 홀로 이 방에 앉아 무지몽매하게 시간만 보냈다. 그러니 세상 물정을 익힐 기회 자체가 없었다. 곽광은 그런 상관소매를 응시하며, 뼛속 깊이 어쩔 수 없는 기분을 느꼈다.

바꿔 생각해 보면 상관소매가 어린아이 같은 게 좋은 면도 있었다. 그녀가 심계 많고 수단과 방법을 가리지 않는 악독한 황후로 자랐다면 그는 과연 마음 놓고 상관소매를 이 자리에 놔둘 수 있었을까?

곽광은 차마 그 질문에 대답할 수가 없었다. 어쨌든 지금은 상관소매가 어리석은 것을 축하해야 했다.

곽광은 상관소매의 머리를 쓰다듬으며 부드럽게 말했다.

"걱정 마라. 할아비는 널 혼내려는 게 아니야. 앞으로는 그 일로 마음 쓸 것 없다. 할아비가 잘 돌봐 줄 테니 그저 이 할아비가 시킨 대로만 하면 돼."

상관소매는 활짝 웃으며 곽광의 소매를 붙잡고 힘껏 고개를 끄덕였다.

곽광은 상관소매가 묵는 초방전에서 나왔다. 잠시 생각하던 그는 별 의미 없는 척 먼 길을 돌아 창하滄河를 거쳐 온실전으로 향했다.

얼어붙은 창하 위에서는 운가와 말다, 부유, 세 사람이 환관들 한 무리를 데리고 한창 뭔가를 만드는 중이었다. 수놓은 장갑을 낀 운가는 뭔가를 골똘히 생각하며 땅에 느릿느릿 그림을 그렸다. 말다와 부유는 그 옆에서 운가가 그리는 그림을 구경하며 떠들어 댔다. 너 한 번, 나 한 번 이야기하다가 서로 의견이 맞지 않으면 말다툼을 하기도 했다.

날이 춥고 주변은 스산했지만 그들의 모습은 무척 떠들썩하고 생동감이 넘쳤다. 초방전의 경우 공들여 키운 꽃으로 탁자를 장식하고, 사방의 벽에는 푸른 넝쿨을 늘어뜨리고, 봉황을 새긴 화로에는 옥황향玉凰香을 피워 놓았지만, 엄숙하게 눈을 내리뜬 궁녀와 음침한 환관들, 그리고 봉황 가리개 안에 가만히 누워 혼자 노는 황후 때문에 어쩐지 얼음 굴 같은 느낌이었다.

곽광은 한동안 옆에 서서 그들을 바라보았다. 누군가 그를 발견하자, 다음 순간 모두들 숨을 죽이고 일어나 그에게 예를 올렸다. 곽광은 그들을 하나하나 훑어보더니 미소 띤 얼굴로 운가를 바라보았다.

곽광의 시선을 받은 운가는 속으로 깜짝 놀랐지만, 불안한 마음을 감추고 그 시선을 마주했다. 그리고 웃으며 앞으로 나아가 절했다. 곽광이 웃음 섞인 목소리로 말했다.

"처음 만났을 때도 보통 사람이 아니라고 생각했는데, 내 눈이 틀리지 않았구나."

운가는 대답 없이 미소만 지었다.

곽광은 곤혹스러운 마음으로 운가를 응시했다. 그녀가 선실 전에 나타나자 곽광은 즉시 사람을 시켜 그녀의 내력을 샅샅이 조사하게 했다. 하지만 이 여자는 하늘에서 뚝 떨어지기라도 한 듯, 출신도, 내력도, 가족도 없었다. 갑작스레 장안에 나났고, 나타난 후부터는 마치 곽부와 떼려야 뗄 수 없는 관계라도 된 것 같았다.

처음은 유병이였다. 운가는 그가 더 이상 유병이를 모르는 척할 수 없게끔 만들었다. 그리고 맹각. 뜻밖에도 그의 딸 곽성군은 맹각을 두고 요리사 여자와 다투기까지 했다. 결국 맹각은 곽부의 얼굴에 먹칠을 했고, 곽부는 그 때문에 손해가 이만 저만이 아니었지만 그를 혼내 줄 수조차 없었다.

그러던 그녀가 이제는 유불릉 곁에 나타났다. 유불릉이 정말 그녀가 마음에 들어 입궁시킨 것인지, 아니면 곽씨 가문에 대한 소리 없는 반항으로 그녀를 이용해 곽씨를 떠보려고 하는 것인지는 알 수 없었다. 하지만 그녀가 단순한 바둑돌이든 아니든, 곽씨들로서는 곽씨가 아닌 여자가 황자를 낳도록 내버려 둘 수 없었다. 이 여자와 곽씨 가문은 언젠가는 충돌할 수밖에 없는 것이다.

곽광은 아무리 생각해도 황당하기 그지없었다. 천하를 뒤흔드는 권세가요, 인재들이 즐비한 곽씨 가문이 기껏 외로운 소녀와 싸움을 벌여야 하다니! 어쩌면 이 전쟁을 그와 황제 간의 알력 다툼이라고 바꿔 생각하면, 황당한 기분이 조금 줄어들지도 모른다.

운가는 곽광이 내내 자신만 바라보고 있자 생글거리며 그를 불렀다.

"곽 대인?"

곽광은 정신을 차렸다. 그는 마음을 가다듬고 웃는 얼굴로 운가에게 작별 인사를 했다.

그가 돌아서기 무섭게 운가는 다시 하던 일을 계속했다. 마치 아무 일도 없었다는 듯이.

부유는 곽광이 멀리 사라진 후에야 운가 곁으로 다가갔다.

뭔가 할 말이 있는 것 같았지만 주저하는 것 같았다. 운가가 웃으며 그의 머리를 콩 쥐어박았다.

"쓸데없이 머리 굴리지 마. 아무리 머리 굴려 봐도 못 이길 텐데, 굴려서 뭐 해? 지금 만드는 거나 열심히 돕는 게 네가 할 일이야."

부유는 고개를 설레설레 저으며 알겠다고 대답했다. 하지만 속으로는 정신을 바짝 차려서 앞으로 더욱 조심해서 그녀를 모셔야겠다고 결심했다.

미앙궁의 온실전.

유병이는 고개를 숙이고 두 손을 가지런히 내린 채 칠희를 따라 대전으로 들어갔다. 깊고 넓은 대전에는 유불릉이 높은 용상 위에 앉아 있었다. 무척 위엄 있어 보이는 모습이었다. 유병이는 그에게 절을 했다.

"폐하, 만세."

"일어나라!"

유불릉은 그를 흘끗 바라본 후 물었다.

"평생 살면서 지금까지 가장 즐거웠던 일이 무엇이냐? 가장 하고 싶은 일은 무엇이냐?"

유병이는 어리둥절했다. 오는 동안 유불릉이 할 말을 수백, 수천 가지나 생각해 보고, 완벽한 대답까지 준비해 두었다. 하지만 이 질문은 뜻밖이었다.

유병이는 대답 없이 서 있기만 했다. 유불릉도 서두르지 않았다. 그는 유병이에게 생각할 시간을 주려는 듯 고개를 숙이고 상소문을 읽기 시작했다.

한참 시간이 흐른 후 유병이가 대답했다.

"제 평생 가장 행복했던 일은 아직 없습니다. 굳이 꼽으라면 아들이 태어난 일이겠지요. 하지만 당시 저는 그게 슬픔인지 기쁨인지 구별할 수가 없었습니다."

그 말을 들은 유불릉이 고개를 들고 그를 바라보았다. 유병이는 쓴웃음을 지었다.

"평생 하고 싶었던 일은 관리가 되는 것이었습니다. 어려서부터 도처를 떠돌며 남이 버린 옷을 입고 밥을 얻어먹으며 자랐기에, 좋은 관리는 한 지방을 행복하게 하고, 나쁜 관리는 백성 천 명의 생활을 망친다는 것을 깊이 체득했습니다. 탐관오리를 수없이 만나 보았고, 홧김에 어쩌다가 죽이기도 했습니다만, 그건 해결책이 아니었습니다. 협객은 나쁜 관리를 혼내 줄 수는 있어도 백성을 구하지는 못합니다. 관리가 되어만 황제를 대신해 법을 집행하고, 인재를 중용하고, 백성들을 행복하게 해 줄 수 있습니다."

"장안성에 있는 협객들이 모두 너를 형님이라고 부른다지? 예로부터 협객들은 '무력을 이용해 법을 어긴다'고 했다. 너도 법을 어긴 적이 있느냐?"

유불릉의 질문에 유병이는 고개를 숙였다.

"그렇습니다."

유불릉은 그 점에 대해서는 가타부타 말하지 않았다.

"담이 큰 걸 보니 협객들의 우두머리가 될 만하구나. 조금 전 질문에 자유로운 삶을 원한다고 했다면, 짐은 네게 은자를 내리고 당장 장안을 떠나 장안성 주변 8백 리 안에 영원히 발을 들여놓지 말라고 명령했을 것이다. 그러면 너도 마음 편히 한가롭게 닭을 키우며 살 수 있겠지."

유병이는 허리를 숙였다.

"낙담해서 닭싸움이나 하며 삶을 꾸려 가면서도 밤마다 《사기》를 읽는 저 같은 사람이, 포부가 전혀 없다고 대답한다면 그것이야말로 폐하를 속이는 것이 아니겠습니까?"

유불릉이 뭐라고 대답하려는데 전각 밖에서 환관이 보고했다.

"폐하, 곽 대인이 온실전으로 온답니다. 곧 도착한다고 합니다."

유병이가 황급히 물러나려는데, 유불릉은 잠시 생각해 본 후 우안에게 뭐라고 분부했다. 그러자 우안은 유병이에게 자기를 따라오라고 말했다.

잠시 후, 곽광이 알현을 청했다. 유불릉은 그를 온실전으로 불러들였다. 곽광은 공손하게 군주에 대한 예를 갖춘 후, 얼마 전 유불릉이 그와 다른 조정의 중신들에게 자세히 생각해 보라고 했던 문제에 대해 보고했다.

한 무제 말년 이래로 호족들이 토지를 병탄하는 일이 점점 심해지고 있었다. 땅을 잃어버린 백성들은 의지할 데 없는 유랑민이 되었다. 이런 현상은 세금을 경감하면서 점차 호전되었지만 아직 완전히 해결된 것은 아니었다.

백성들이 토지를 빼앗기는 일을 막지 못하면, 이 문제는 훗날 한나라의 큰 병이 될 터였다. 만에 하나 나라에 변고가 발생해 급히 세금을 올릴 일이 생기면 민란을 촉발할 수도 있었다. 그렇다고 호족들을 너무 억압하면 지방 분위기가 불안해지고, 결국 귀족들 내부에서 충돌이 일어날 수도 있었다.

곽광은 변방 관문들의 상황에 맞추어, 유랑민들에게 관문 근처에서 둔전을 하게 장려하거나 고향으로 돌려보내는 방법을 내놓았다. 그와 함께 토지를 사고파는 일을 통제하여 강매를 엄격히 금지하고, 토지 독점이 심한 일부 지역은 토지로 관직을 살 기회를 주어 차차 그 땅을 나라의 수중에 넣어야 한다고 했다.

유화정책으로 호족을 억압하고, 소통하는 방식으로 유랑민을 해결하여 조리 있게 모순을 해결하는 방법이었다. 곽광이 위아래를 모두 살펴 매우 주도면밀하게 생각한 결과였다. 유불릉도 그의 말을 들으며 고개를 끄덕였다.

"경의 제안은 무척 훌륭하오. 지금 나라는 큰 병은 나았으나 사소한 질병이 널리 퍼진 상태와 같아서 적절하게 치료해야 하오. 이 일은 경과 전천추에게 맡기겠소. 하나, 토지로 살 수 있는 관직은 결코 실질적인 자리가 되지 않아야 한다는 것을 명심하시오."

곽광이 웃으며 대답했다.

"안심하십시오, 폐하. 그 관직에서 할 수 있는 일은, 온종일 관리라고 뻐기며 즐기는 정도밖에 없습니다."

유불릉은 잠시 생각해 본 후 말했다.

"적당한 인물이 생각났소. 경의 일을 잘 도와줄 사람이오."

전천추는 꼭두각시 승상이어서 무슨 일이든 곽광이 시킨 대로 했다. 그래서 곽광은 그를 무척 만족스럽게 여겼다. 그런데 유불릉은 다른 사람을 염두에 두고 있는 것 같았다.

곽광이 허허 웃으며 말했다.

"폐하, 이 일은 별로 좋은 역할이 아닙니다. 회유정책이긴 하나 강하게 나갈 필요가 있을 때는 결코 사정을 봐줘선 안 되지요. 그래야 일벌백계의 효과를 볼 수 있습니다. 지방의 호족들은 조정 내 관리들과 깊은 관계를 맺고 있는 경우가 많아 평범한 사람이라면……."

유불릉이 담담하게 대꾸했다.

"그자의 지금 이름은 유병이라고 하오. 대사마도 알고 있을 거요."

곽광의 눈빛이 복잡하게 변했다. 하지만 잠시 멈칫했을 뿐 곧 명령을 따르겠다는 표시로 유불릉에게 머리를 조아렸다.

"신, 명령대로 따르겠습니다. 한데 폐하께서는 유병이에게 어떤 관직을 내리시렵니까?"

"경이 알아서 하시오! 일단은 한직을 주고 실무를 맡겨 보시오."

"알겠습니다."

본래 곽광은 토지 문제를 의논한 후, 황제가 언제 황후를 찾아야 하는지에 대한 궁궐 규칙을 일러 줄 생각이었다. 하지만 유불릉의 갑작스런 천거 때문에 심사가 복잡해져 후궁의 일은 머리에서 저 멀리 달아났다. 지금은 돌아가서 이게 어떻게 된 일인지 알아보는 게 중요했다.

"폐하, 다른 분부가 없으시다면 신은 돌아가서 그 일을 준비하겠습니다."

유불릉이 고개를 끄덕이자 곽광이 물러가고, 유병이가 휘장 뒤에서 나왔다. 그는 아무 말 없이 유불릉 앞에 무릎을 꿇었다.

"신, 폐하의 은혜에 감사드립니다."

유불릉이 우안을 바라보자, 우안은 얼른 의자를 가져와 유병이에게 권했다.

"병이, 방금 대사마가 이 일을 어떻게 처리할지 상세히 보고했으나, 실제로 집행하려면 어려움이 많다. 이 일은 사직의 안위와도 관계가 있으니 반드시 잘 처리해야 한다. 짐은 그 일을 네게 맡기겠다."

진지한 유불릉의 말에 유병이는 한 치의 망설임도 없이 대답했다.

"폐하, 안심하십시오. 반드시 최선을 다하겠습니다."

칠희로부터 곽광은 벌써 떠났고, 지금 유불릉이 이야기를 나누는 사람은 유병이라는 말을 들은 운가는 눈이 동그래졌다.

그녀는 살금살금 창가로 다가가 훔쳐보았다. 단정하게 차려입고 진지한 얼굴로 아랫자리에 앉아 있는 유병이의 모습이 꽤 그럴싸해 보였다.

우안이 가볍게 헛기침을 해서 유불릉에게 알리자, 유불릉은 창밖을 돌아보았다. 머리 하나가 휙 사라지더니 이어서 나지막하게 "아야!" 하는 비명이 들려왔다. 유불릉은 운가가 허둥거리다가 어딘가에 부딪히기라도 했나 싶어 다급히 말했다.

"듣고 싶으면 들어와!"

운가는 무릎을 만지작거리며 절뚝절뚝, 안으로 들어왔다. 오래 밖에 있었기 때문에 뺨이 빨갛고, 옷을 두껍게 껴입어 뚱뚱하기까지 해서 무척 괴상해 보였다.

"사람도 없으니 여기 와서 앉아. 얼마나 부딪혔는지 보자."

유불릉의 말에 운가는 먼저 유병이에게 헤벌쭉 웃어 보인 후 용상 옆에 앉았다.

"별거 아니에요. 창밖에 있는 기둥에 살짝 부딪힌 것뿐인걸요. 오라버니는 왜 불렀어요? 매관매직이니 뭐니 하던데, 설마 황제란 사람이 관직까지 팔아야 할 정도로 가난한 거예요? 그럼 뭐 하러 황제를 해요? 차라리 나하고 음식 장사를 하는 게 낫지."

유불릉은 눈을 찡그리며 운가의 장갑을 벗긴 후 꿀밤을 먹이며 말했다.

"나라의 곳간이 빈 게 벌써 오래전이야. 내가 즉위하기 전부터 계속 가난뱅이였지. 이제 호전되고 있긴 하지만, 백성들이 내는 세금은 긴요하게 쓸 데가 많아. 황제는 세상에서 제일가는 부자일 것 같지만 사실은 아무것도 없어. 팔 수 있는 거라곤 관직뿐이고."

그러자 유병이가 웃으며 말했다.

"상인이 물건을 비싸게 팔려면 독특하거나 자기만 팔 수 있는 물건이어야 합니다. 관직이라는 것은 천하에서 황제만 가지고 있고, 황제만 팔 수 있으니, 힘들이지 않고 큰돈을 벌 수 있지요. 그런 걸 팔지 않으면 부잣집 곳간에 쌓인 저 많은 금들에게 미안한 일이 아니겠습니까."

유불릉도 웃음을 지었다.

"부황께서 재위하시던 때도 군비를 마련하기 위해 관직을 팔았다. 이해득실은 네가 잘 제어해야 한다."

"신이 반드시 신중하게 처리하겠습니다."

운가는 유병이의 '신'이라는 말에 놀라 유불릉을 바라보았다.

"오라버니를 관리로 임명했어요?"

유불릉이 가볍게 고개를 끄덕이자, 운가는 웃으며 유병이에게 읍을 했다.

"축하해요, 오라버니."

유병이가 뭐라고 대답하기도 전에 밖에 있던 칠희가 알려왔다.

"간의대부 맹각이 알현을 청합니다."

그 말에 운가는 벌떡 일어났다.

"난 선실전으로 돌아갈래요."

유불릉은 그녀를 붙잡지 않았다. 그저 그녀가 옆으로 난 복도를 따라 재빨리 시야에서 사라지는 모습을 눈으로 배웅할 뿐이었다.

환관을 따라 문으로 들어서던 맹각도 옆 복도 쪽으로 시선을 던졌다. 치맛자락이 복도의 기둥 틈으로 살짝 팔랑이는가 싶더니 눈 깜짝할 사이에 사라져 버렸다. 그는 삼시 동안 운가가 사라진 쪽을 넋을 놓고 바라보았다.

시선을 돌리자, 유불릉의 시선과 딱 마주쳤다. 한 사람은 빙그레 웃고 있었고 한 사람은 표정이 없었다. 맹각은 미소를 띤 채 시선을 내리고 공손하게 대전으로 향했다. 고개를 숙인 그의 모습은 마치 폭설과 소나기를 만나 살짝 굽어진 대나무 같았다. 겸손하지만 굴종하지는 않았다. 그가 몸을 굽힌 것은 모진 날씨를 피하기 위해서지, 비나 눈이 두려워서는 아니었다.

유불릉이 정무를 다 처리하고 선실전으로 돌아오자 운가는 벌써 잠들어 있었다. 그는 그녀에게 이불을 덮어 주고 조용히 침대맡에 앉았다. 사실은 마음이 복잡해서 잠들지 못했던 운가가 반쯤 눈을 뜨고 물었다.

"오늘은 왜 이렇게 늦었어요? 피곤하지 않아요?"

"아직은 피곤하지 않아. 오히려 기분이 좋아."

유불릉의 입에서 기분 좋다는 말을 듣는 것은 쉬운 일이 아니었다. 운가는 놀라 일어나 앉았다.

"왜 기분이 좋아요?"

"그때 만났던 월생이라는 남자아이 기억해?"

유불릉의 질문에 운가는 지난 일을 떠올렸다. 괴로움과 즐거움이 교차했다.

"기억해요. 한입에 전병을 몇 개나 먹었잖아요. 사실 그때 그 아이를 집으로 데려갈까 했었는데, 그 드센 성격 때문에 차마 말을 꺼낼 수가 없었어요. 지금쯤 누이동생을 찾았는지 모르겠네요."

"그날 그 아이가 말했지. 세금을 내기 위해 부모님이 누이동생을 팔았고, 땅이 없어서 부모님이 돌아가셨다고. 모두 황제의 잘못이고, 그래서 황제가 밉다고. 조 장군이 더는 말하지 못하게 했지만, 그것은 백성의 소리고, 천만 백성의 마음이었어. 그러니 아무도 그 소리를 막을 수는 없었지. 백성들은 황제를 미워해."

운가는 깜짝 놀랐다. 어린 나이에 어머니의 목숨을 짊어진 것도 모자라, 천하 백성들의 미움까지 짊어져야 하다니! 그가 밤마다 편히 잠들지 못하는 것도 당연했다. 그녀는 유불릉의 손을 잡으며 말했다.

"릉 오빠, 그건 오빠의 잘못이……."

유불릉은 운가가 이렇게 친밀하게 구는 것이 처음이라는 것조차 깨닫지 못하고 그녀의 손을 마주 잡으며 말했다.

"그동안 나는 늘 그 아이와 그 아이가 했던 말을 생각했어. 충분하지는 못하지만, 세금을 내렸으니 부모들이 세금 때문에 자식을 버리는 일은 없을 거야. 오늘 마련한 개혁이 잘만 진행

되면 삼사 년 후에는 땅이 없어서 유랑민이 되는 백성들도 없어지고, 월생 같은 아이도 없어지겠지. 다시 그 아이를 만나게 되면, 내가 바로 대 한나라의 황제고, 최선을 다했다고 말해 줄 거야."

그 말을 들은 운가는 멍해졌다. 그녀는 황제의 권력 밑에는 기쁨보다는 슬픔이, 인정보다는 잔인함이 더 났다고 생각해 왔다. 하지만 유불릉의 이 말은 그녀의 생각에 큰 파문을 일으켰다. 유불릉이 하는 일이 얼마나 많은 사람들을 기쁘게 할까? 황제의 권력이라는 칼로 얼마나 많은 선정을 베풀게 될까?

운가는 까만 머리칼을 반쯤 묶은 채였다. 귀밑으로 머리칼 몇 가닥이 흘러내렸지만 지저분해 보이지 않고 도리어 매력을 더했다. 일렁이는 등불이 그녀의 표정을 하나하나 비춰 주었다. 아득한 표정에서부터 곤혹스러움, 기쁨, 그리고 사색에 잠긴 표정까지.

유불릉은 갑자기 가슴이 콩닥콩닥 뛰기 시작했다. 그제야 자신이 운가의 손을 잡고 있다는 것을 깨닫자 가슴은 더욱 두근거렸다. 그가 낮은 소리로 불렀다.

"운가."

그 저음에 남다른 감정이 묻어 있어 운가의 마음도 어지러워졌다. 그녀는 황급히 손을 빼낸 뒤 겉옷을 걸치고 침대에서 내려갔다.

"식사는 했어요? 간식 좀 만들어 올게요."

유불릉은 차마 지금 두 사람 사이에 흐르는 이 아늑하고 따스한 분위기를 깨뜨릴 수가 없었고, 운가를 놀라게 하고 싶지도 않았다. 그래서 서둘러 마음속 감정을 갈무리하고 그녀의 소매를 붙잡았다.

"일하는 중에 간식 먹었어. 그러니 이렇게 늦은 시간에 고생할 필요 없어. 지금은 잠이 오지 않으니 같이 이야기나 하자."

운가가 생긋 웃었다.

"그럼 말다에게 간단히 먹을 것 좀 차리라고 할게요. 먹으면서 이야기해요. 늘 하고 싶었던 건데, 어머니는 침대에서 음식을 먹지 못하게 하셨거든요."

운가는 방에 있는 베개란 베개와 방석이란 방석은 모조리 꺼내 침대 위에 쌓아 푹신하게 만든 후, 유불릉을 기대게 하고 자신도 다른 쪽에 편안하게 기대앉았다. 두 사람 사이에는 각종 군것질거리가 있는 커다란 쟁반이 놓였다. 그런 다음 휘장을 내려 바깥세상과 담을 쳐 그들만의 세상을 만들었다.

운가는 간식 하나를 유불릉에게 건네고 자신도 하나 먹으면서 입을 오물거렸다.

"아버지는 집안일에는 전혀 관심이 없으세요. 어머니도 생각이 나면 처리하시다가도, 생각이 안 날 때는 그냥 내버려 두곤 하셨죠. 아무튼 두 분 눈에는 서로밖에 없었고, 그런 소소한 것들에는 관심이 없으셨으니까요. 우리 집에는 하녀도 몇 명 없어요. 게다가 다들 성격이 괄괄하고 괴팍해서 내가 '언니, 언니' 하면서 뒤를 졸졸 따라다녀도 늘 본척만척했어요."

"오빠들은?"

운가는 이마를 탁 치며 괴로운 표정을 지었다.

"귀에 딱지가 앉을 정도로 이야기해 주었는데도 아직 그런 바보 같은 질문을 해요? 둘째 오빠는 집에 있는 날이 거의 없고, 셋째 오빠는 항상 그렇다시피 내가 열 마디 할 때 한 마디라도 대답해 주면 감지덕지해야 할 판이었다고요. 그래서 밤마다 잠이 오지 않을 때면 난 언제나……."

운가는 고개를 숙이고 간식을 골랐다.

"언제나 오빠를 생각했어요."

운가는 간식을 집어 들고도 먹지 않고 손으로 비벼 가루로 만들며 말했다.

"우리 두 사람이 커다란 침대 위에 숨어서 이렇게 음식을 먹으며 이야기를 나누게 될 거라고 상상했죠."

어린 시절의 운가는 확실히 외로운 아이였다. 부모의 성격 때문에 한곳에 오래 머무는 일이 거의 없어 또래의 친구를 사귈 기회가 없었을뿐더러, 그녀의 부모는 다른 집 부모들과 달랐고, 오빠들도 다른 집 오빠들과는 달랐다.

다른 집 부모들은 아이들을 돌보면서 평범한 나날을 보냈지만, 그녀의 부모는 높고도 드넓은 세상에 속해 있었다. 운가의 부모는 그녀를 데리고 다니며 그들의 세상을 보여 주었지만 그 세상에서 운가는 외부인이었고, 지나가는 손님일 뿐이었다. 그 세상은 오직 그녀 부모의 세상이었던 것이다.

오빠들에게도 오빠들만의 세상이 있었다. 운가는 아예 오빠들의 세상으로 가는 문이 어디 있는지조차 알지 못했다. 게다가 부모님과 오빠들이 그녀를 위해 쓰는 시간과 힘은 한계가 있었기 때문에 운가는 대부분의 시간 동안 혼자였다.

유불릉은 부모와 오빠들이 있는 운가는 종일 누군가와 함께 있었을 거라고 여겨 왔다. 그런데 처음으로 활달하고 밝은 운가의 모습 아래 외로움이 숨겨져 있다는 사실을 깨달은 그는 그녀가 가여워졌다. 그는 손가락으로 운가의 머리칼을 살며시 쓰다듬으며 미소를 지었다.

"나도 그렇게 생각했어. 가끔은 침대에 누워서 유리로 만든 지붕을 상상했지."

"그럼 침대에 누워서도 별을 볼 수 있겠네요. 별이 없는 밤에는 초승달이라도 볼 수 있고요. 비가 오면 빗방울이 유리 지붕을 때리는 것도 볼 수 있어요. 어쩌면 빗방울이 얼굴에 떨어지는 것 같은 느낌이 들 수도 있어요."

운가가 미소를 지으며 말했다.

"하지만 난 수정으로 만든 지붕이 좋아요. 셋째 오빠한테 그렇게 큰 수정이 있는지 물어봤더니, 셋째 오빠는 빨리 잠이나 자라는 거 있죠? 꿈에서 천천히 찾아보라면서요."

유불릉이 피식 웃었다.

"그렇게 큰 수정은 없을 거야. 하지만 작은 유리를 녹여서 한데 모으면, 지금 우리가 누운 침대만 한 크기로는 만들 수 있어. 한 번은 일부러 도성에서 가장 유명한 유리 장인을 불러 몰래 물어보기도 했지."

"내가 설계할래요. 나 도면도 그릴 수 있어요."

운가가 다급히 나섰다.

"나도 할 수 있는데……."

그의 말에 운가가 눈을 찌푸리고 입을 삐죽이자 유불릉이 빙긋 웃었다.

"하지만 너보다 나이가 많으니 양보하는 수밖에."

두 사람은 서로를 바라보며 웃음을 터트렸다. 마치 사소한 비밀을 공유한 아이들처럼 유달리 즐거운 웃음이었다. 바로 그 순간, 그는 무거운 세상의 풍파를 벗어던졌고, 그녀도 더 이상 나아갈지 물러설지 고민할 필요가 없었다.

그도, 그녀도, 아직까지 동심을 간직하고 있었다. 아직도 단순한 눈으로 세상을 보고, 단순한 아름다움에 웃고 감동하는, 천진하게 아름다운 것만을 믿는 소년과 소녀였다.

지친 나날을 보내다 마음이 홀가분해지자 유불릉은 이야기를 나누는 동안 점점 졸음이 밀려왔다. 운가는 한동안 더 재잘거리다가 유불릉이 잠들었다는 것을 깨닫고는 조용히 일어나 그에게 이불을 덮어 주었다.

그의 입가에 미소가 어린 것을 보자 그녀도 빙그레 미소를 지었다. 그러나 그의 소맷자락에 수놓인 용무늬를 보는 순간, 용과 함께 날 수 있는 것은 봉황밖에 없다는 생각이 들어 웃음기가 싹 가시고 쓸쓸한 괴로움이 심장을 감쌌다.

그녀는 침대에 누워 유불릉과 상관소매를 생각하면서 잠 못 이루고 뒤척였다. 그들은 황제와 황후였고, 무척 잘 어울렸다. 두 사람 다 외로웠고, 두 사람 다 어렸을 때부터 철이 들었다. 그리고 두 사람 다 남들에게 보여 주기 위한 가면을 쓰고 있었다.

서로 속고 속이며 변화무쌍한 일들이 벌어지는 이 황궁에서, 용과 봉황 같은 두 사람이 서로의 마음을 합쳐 서로를 의지하게 된다면, 릉 오빠도 더는 외롭지 않을지도 모른다.

유불릉은 어젯밤에 언제 잠들었는지도 생각나지 않았다. 어렴풋하게 운가가 끊임없이 재잘대던 것이 생각났다. 베개와 이불은 엉망진창으로 흐트러져 있었다. 그는 침대에 세로로 누워 있었다. 침대 폭이 좁아서 몸을 웅크린 상태였다.

운가의 잠버릇으로 보아, 어젯밤에 먹다 만 간식들은 사분오열되었을 것이 뻔했다. 손으로 더듬어 보니, 역시! 간식들은 원래의 형체를 짐작할 수 없을 정도로 짓이겨져 있었다. 아마 운가의 어머니도 이래서 운가더러 침대에서 음식을 먹지 못하게 했을 것이다.

다행스럽게도 그와 운가는 각자 다른 이불을 덮고 있어서, 그는 그 참담한 피해를 피할 수 있었다.

여덟 살 이후로 그는 늘 선잠을 잤다. 작은 소리만 들려도 잠에서 깼고, 불면증도 자주 있었다. 그래서 쉴 때는 반드시 주변을 고요하고 깨끗하게 해 두었고, 아무도 방 안에 있지 못하게 했다. 하지만 어젯밤에는 이런 최악의 환경 속에서 운가의 이야기 소리를 들으며 편안하게 잠들었다. 그것도 깊이 잠들어 운가가 일어나는 것조차 느끼지 못했다.

우안이 세면도구를 들고 들어와 유불릉이 씻는 것을 도왔다. 말다는 운가에게 아침 식사를 차려 주고 있었다. 운가는 음식을 먹으며 유불릉에게 말했다.

"오늘은 소년小年[28]이니 사람들을 데리고 창하에 나가 같이 놀래요. 좀 있다가 날 만나러 와요."

유불릉이 고개를 끄덕였지만, 운가는 그가 약속을 어길까 봐 걱정스러운 듯 두 번이나 더 당부하고는 서둘러 밖으로 나갔다. 유불릉이 말다에게 눈짓을 하자, 말다는 들고 있던 그릇을 내려놓고 운가를 쫓아갔다.

---

29 음력 12월 23일이나 24일에 부뚜막 신에게 제를 올리는 한족 고유의 명절.

7장
미녀의 고운 마음 잊을 수 없네

상관소매는 세수하고 머리를 빗은 후 아침을 조금 먹고 혼자 조용히 창가에서 매화 꽃병을 만지작거렸다. 꽃을 새로 꽂고 이리저리 살피더니, 별로 마음에 들지 않는지 다시 뽑아서 새롭게 꽂기를 반복했다.

오랫동안 그녀를 모신 궁녀는 그런 이상한 행동을 보고서도 못 본 척, 아무 말도 하지 않았다. 그저 눈을 내리깔고 바닥만 보거나 똑바로 앞만 쳐다볼 뿐이었다.

상관소매는 몸집이 작았는데, 공교롭게도 초방전의 물건들은 황후의 우아함과 위엄을 드러내기 위해 무척 크고 웅장했다. 새로 온 시녀 등아橙兒는 황후가 꽃병의 꽃을 꽂았다 뺐다 하는 모습을 한참 동안 바라보았다. 그녀의 눈에 비친 황후는 마치 어린아이가 일부러 어른스러운 척하고 있는 것 같아서,

침대 한쪽 구석에 가만히 앉은 모습이 무척 가엾게 느껴졌다.

등아가 웃으며 말했다.

"마마, 어떤 모양으로 꽂고 싶으세요? 소인이 원하시는 대로 꽂아 드릴게요. 마마의 시간을 허비하지 마시고, 그런 사소한 일들은 저희에게 시키세요."

조용하던 방 안에 갑자기 사람 소리가 나자, 그런 데 익숙하지 않은 사람들이 모두 고개를 돌려 등아를 바라보았다. 등아는 자기가 무얼 잘못했는지도 모른 채 황공하여 바닥에 엎드렸다.

상관소매는 등아의 말을 듣고 손을 움찔하더니 꽃을 내려놓았다. 여섯 살 때부터 그녀에게 시간이란 어떻게든 때우기 위해 있는 것이었다. 그런데 시간을 허비하지 말라니, 그럼 뭘 하라는 걸까?

초방전 밖의 세상에는 함부로 발을 들일 수도 없었다. 바깥의 환관과 궁녀들은 그녀를 후궁의 주인인 황후가 아니라 황제를 견제하는 세력으로만 여겼다.

상관소매는 미소를 지은 채 사방에 선 궁녀들을 훑어보았다. 초방전 안에 있는 궁녀들 중 태반은 외할아버지가 보낸 감시자들이었고, 나머지는 유불릉이 보낸 감시자거나 아니면 조정의 다른 신하들이 보낸 감시자들이었다. 등아는 누구 편일까?

상관소매는 바닥에 엎드린 등아를 보며 웃는 얼굴로 물었다.

"꽃꽂이를 할 줄 아느냐? 정말 어렵구나! 이리 와서 본 궁을 도와 다오!"

등아는 환하게 웃는 황후의 얼굴을 보자 겨우 마음을 놓고 머리를 조아렸다. 그리고 무릎걸음으로 상관소매 곁으로 가서 꽃을 고르기 시작했다. 상관소매는 등아와 어떻게 꽃을 꽂을지 의논하기도 하고 잡담도 했다.

"궁에 들어온 지 얼마나 되었지?"

"곧 3년이 됩니다. 입궁한 후로 쭉 소양전에 있었습니다."

상관소매는 머리를 굴렸다. 유불릉은 후궁을 봉한 적이 없기 때문에 동서의 육궁六宮은 모두 비어 있었다. 당연히 소양전에도 여주인이 없었다. 빈 전각을 3년 동안이나 지켰다는 걸 보면 등아의 집안은 별다른 권세가 없는 모양이었다. 그런데 어떻게 갑자기 초방전으로 옮겨 올 수 있었을까?

상관소매가 이상하다는 듯 물었다.

"소양전에는 주인이 없는 것 같은데, 빈 전각에도 시중들 사람이 필요한가? 그동안은 늘 한가했겠구나?"

등아는 웃음을 터트렸다. 과연 높으신 마마답게 아랫사람의 일에 대해서는 전혀 모르는 것 같았다.

"마마, 사람이 살지는 않아도 정성 들여 돌봐야 합니다. 소인도 해야 하는 일이 많았습니다. 전각을 청소하고, 가구를 닦고, 또 방 안팎에 있는 꽃들도 돌봐야 했지요. 예전에 소양전에서 살던 마마께서는 유명인의 시와 그림, 그리고 필묵이나 여러 악기들을 많이 남겨 두셨습니다. 그것들도 자주 살펴보고 망가지지 않도록 잘 간수해야 했지요."

등아의 말에 상관소매는 문득 사람은 떠나도 물건은 남는다는 말이 떠올랐다. 저 소양전에는 어떤 여자의 일생이 담겨 있을까?

어쩐지 느껴지는 것이 있어서 상관소매는 비교적 나이가 많은 여관女官을 돌아보며 물었다.

"소양전에는 선제의 어떤 후궁이 머물렀느냐?"

여관은 가만히 생각해 보다가 고개를 저었다.

"소인도 잘 모르겠습니다. 소인이 입궁했을 때도 소양전은 비어 있었습니다. 알고 싶으시면 당직 일을 그만둔 나이 든 여관에게 물어보겠습니다. 아니면 40년 전의 전각 거주자를 기록해 놓은 책을 찾아볼 수도 있습니다."

상관소매는 고개를 저었다. 40년 동안 비어 있었다는 소양전에 호기심이 들긴 했지만, 지난 일 때문에 일을 크게 벌이고 싶지는 않았다.

"소인이 알고 있습니다."

등아가 조용히 말하자 상관소매는 그녀를 떠밀며 어린아이처럼 투정을 부렸다.

"알면 빨리 말하지 않고! 본 궁이 애가 타는구나."

소양전은 후궁 중에서는 초방전을 제외하고 가장 좋은 곳이었다. 화려하고 아름답기는 초방전에 미치지 못했지만, 우아하고 그윽해서 초방전보다 분위기가 있었다. 이렇게 중요한 전각이 선제 때부터 비어 있었다니, 3천의 아름다운 궁녀를 거느렸다는 선제의 성격으로 보아 무척 이상한 일이었다. 그래서 주위에 있던 다른 궁녀들도 흥미를 느끼고 귀를 기울였다.

"그곳은 이 부인께서 머무르셨던 곳입니다."

등아의 대답이 떨어지자, 모두들 이제야 알겠다는 표정을 지었다. 소양전을 그렇게 오랫동안 비워 놓았다면, 전설처럼 전해지는 경국지색의 이 부인이 아니고서야 누구였겠느냐며 다들 자신의 어리석음을 탓했다.

나이 든 궁녀가 새삼 감개무량함을 느끼고 가볍게 탄식했다.

"홍안박명이라더니, 참 가엾어."

상관소매는 손에 든 매화를 보며 빙그레 웃었다.

'가엾다고?'

그녀는 이 부인이 가엾다는 생각은 전혀 들지 않았다. 생전에 그렇게 사랑받고, 죽어서도 그녀를 잊지 못한 제왕이 소양전을 비워 둘 정도니, 그 일생은 정말 행복했을 것이다. 그렇게 살아 본 사람이 가엾을 리 없었다. 가엾은 사람은 그렇게 살아 보지도 못한 사람이었다.

상관소매는 웃으며 등아에게 물었다.

"수십 년 전의 일인데 어떻게 알고 있지? 재미있는 이야깃거리가 있으면 더 해 다오."

등아는 부끄러운 듯이 웃었다.

"소인은 매일 소양전을 청소하고, 또 글이나 그림을 밖에 가져가 말리기도 했습니다. 그러다 보니 우연히 선제께서 이 부인께 내리셨던 글을 보게 되었지요. 소인은 글을 좀 알기 때문에 이 부인이라고 짐작한 겁니다."

궁 안에는 글을 아는 여자가 거의 없었기 때문에 상관소매도 의외였다.

"글까지 아느냐?"

등아가 고개를 끄덕였다.

"아버지가 서당 선생님이셨습니다. 집에 서당을 차렸기 때문에 소인도 집안일을 하면서 수업을 들었고, 어쩌다가 조금 알게 되었습니다."

"그런데 어째서 소양전을 떠났느냐?"

상관소매는 그렇게 물으며, 매화를 꽃병에 꽂고 자세히 살펴보았다.

"며칠 전 운 낭자께서 소양전에 놀러 오셨다가, 소양전의 화단이 예쁘다며 누가 화단을 꾸미고 돌보느냐고 물으셨습니다. 소인은 깜짝 놀랐지요. 대담하게 소인 마음대로 화단의 가구를 옮겨 두었거든요. 운 낭자가 꽃에 대해 잘 아시는 줄은 몰랐습니다. 그분은 소인이 기른 꽃을 마음에 들어 하시며 소인과 오후 내내 이야기를 나누셨습니다. 그리고 소인에게 초방전에서 기화요초를 돌보는 것이 어떻겠느냐고 물으셨지요. 소인은 밤새 생각해 보고, 이튿날 운 낭자를 찾아가 그렇게 하겠다고 대답했습니다. 그랬더니 우 총관께서 소인을 이리로 보내셨습니다."

상관소매의 손에서 힘이 빠져 들고 있던 꽃가지가 바닥에 떨어졌다. 덕분에 가지 끝에 매달렸던 꽃송이가 꺾이고 말았다. 등아가 황급히 그녀의 손에서 꽃가지를 받아 들었다.

"소인이 하겠습니다."

그때, 전각 밖에서 재잘재잘 떠드는 소리가 들리고 궁녀가 들어왔다. 그런데 그녀가 뭐라고 보고하기도 전에 운가가 성큼성큼 안으로 들어와 말했다.

"소매, 오늘은 소년이니 같이 축하해야지! 나하고 같이 놀아. 며칠 동안 재미있는 걸 만들어 두었으니 분명 마음에 들 거야."

전각 안의 궁녀들은 너무 놀라 그 자리에 굳어 버렸다. 운가 뒤에 있던 말다는 할 수 없다는 얼굴로 조용히 상관소매에게 절을 올렸다.

상관소매는 옷매무새를 다듬고 환하게 웃으며 일어났다.

"좋아! 운 언니가 또 무슨 놀이를 만들었을까? 재미없으면 벌로 요리 만들어 줘야 해."

운가는 아무렇게나 궁녀 몇 명을 지목했다.

"유모들, 언니들, 소매에게 두꺼운 옷을 입혀 주세요. 두꺼울수록 좋지만 움직이기 불편하면 안 돼요. 등아, 너도 와. 두껍게 차려입고."

호칭도, 예의도, 이 여자 하나 때문에 엉망이 되었다. 궁녀들은 자기가 황후의 전각에 있는 게 맞는지 의심스러워하며 멍하니 옷을 찾으러 갔다.

등아가 황후에게 손난로를 주려고 하자 운가가 손을 내저으며 나무랐다.

"그런 걸 들고 다니면 어떻게 놀아? 겨울은 본래 추운 거야! 춥지 않으면 그게 겨울이겠어?"

운가는 상관소매를 끌고 초방전을 나섰다. 나이 많은 유모

둘이 황급히 뒤를 따랐다. 상관소매는 언제나 자신을 감시하는 그들의 눈길이 속으로는 무척 싫었지만 겉으로는 생글생글 웃기만 했다. 하지만 운가는 달랐다. 그녀는 발을 동동 구르고 눈을 찌푸리며 불쾌한 듯이 말했다.

"등아만 있으면 돼요. 설마 내가 소매를 팔아먹기라도 할까 봐요? 게다가……."

운가는 헤헤거리며 두 사람을 둘러보았다.

"이건 우리 같은 어린애들이나 하는 놀이니까, 늙은 유모들이 옆에서 보고 있으면 신나게 놀 수가 없단 말이에요. 연말인데, 마음껏 놀게 좀 해 줘요!"

운가는 강하게 나갔다가도 애교를 떨고, 성질을 부리다가도 고분고분했다. 궁녀라는 신분이면서도 기질과 태도는 황후인 상관소매보다 더 강했다. 덕분에 두 유모가 어떻게 해야 할지 몰라 멍하니 서 있는 사이, 운가는 상관소매를 데리고 밖으로 나가 버렸다.

한나라 초, 소하蕭何[29]는 장락궁과 미앙궁을 지을 때 이렇게 말했다.

"모든 방향으로 문을 세 개 만들고, 성 아래로 연못을 두르게 하라."

그 후 한 무제가 건장궁을 지을 때도 우림영을 훈련하기 위

---

30 한나라 초대 승상.

해 호수를 많이 만들었다. 그래서 한나라의 궁전에는 호수와 연못이 많았다.

미앙궁 전전 옆으로는 인공으로 만든 '창하'라는 강이 흘렀는데, 폭이 십여 장이나 되었다. 그것은 지난날 소하가 백성들을 위해 만든 것으로, 위하渭河와 이어졌다가 마지막에는 황하로 흘러드는 강이어서 크고 웅대했다. 이곳에서는 여름에는 출렁이는 물을 구경할 수 있고, 겨울에 수면이 얼면 스산하고 조용한 풍경을 감상할 수 있었다.

하지만 오늘은 조금도 스산하지 않았다. 호수 위에는 육칠 층 높이의, 얼음으로 만든 날아오르는 용 같은 것이 놓여 있었다. 구불구불 이어지는 얼음덩이가 햇빛에 반짝였다. 가장 높은 곳에는 용의 머리가 있었다. 조각품은 아래로 갈수록 급경사를 이루거나 완만한 굴곡을 이루면서 빙글빙글 돌아 얼어붙은 창하의 수면까지 이어져 있었다.

얼음으로 만든 비룡이 반짝이는 햇빛을 받아 은광을 뿌려 댔다. 영롱하고 투명한 데다 무척 아름다웠다.

운가는 득의양양하게 물었다.

"어때? 내가 도안을 그려서, 우안에게 사람을 시켜 얼음으로 만들게 한 거야."

상관소매는 강 위에 놓인 기다란 용을 멍하니 바라보았다.

'예쁘긴 한데 뭐 하려고 만든 거지? 그냥 구경만 하려고?'

옆에 있던 환관이 구름사다리를 가져와 용의 머리에 대었다. 운가는 상관소매를 먼저 올려 보내고 자신도 뒤를 따랐다.

상관소매는 덜덜 떨면서 용의 머리 위로 올라갔다. 미끄러운 얼음의 가장 높은 곳까지 올라오자 그녀는 겁이 나서 운가의 손을 꼭 잡았다.

햇빛이 쏟아졌다. 반짝이는 얼음 위로 하얀 빛이 반사되어 눈앞이 어지러울 정도였다. 상관소매는 멍한 상태로 생각했다.

'이 용은 운가가 만든 것이다. 그리고 그녀 스스로 위에 올라왔다. 혹시라도 발을 잘못 디뎌 떨어지더라도 내 잘못이 아니야.'

그녀는 무의식적으로 옆에 있는 얼음 난간을 꼭 잡고, 운가의 손을 살짝 놓으며 밀어내려고 했다. 마침 운가는 상관소매의 뒤쪽에서 한 발을 용 머리 위에 올려놓고, 다른 한 발은 사다리 위에 올린 채였다.

순간 누군가의 모습이 상관소매의 시야에 들어왔다. 그 사람은 검은 담비 털로 만든 외투를 입고, 멀리서 이쪽으로 천천히 다가오고 있었다. 하얗게 반짝이는 얼음 덕분에 새까만 모습이 유난히 눈에 띄었다.

그는 높은 곳에 오르는 운가를 보았는지 속도를 높여 달리기 시작했다. 뒤에 있던 우안이 깜짝 놀라 황급히 앞장섰다. 얼음이 미끄러워 황제가 넘어질까 봐 두려워서였다.

상관소매의 손이 바르르 떨렸다.

'이 여자만 사라지면 나와 폐하는 예전으로 돌아갈 거야. 다른 여자가 없으면 폐하도 언젠가는 나를 봐 주실 거야. 이 여자만 없으면……'

상관소매는 손에 힘을 주어 운가를 밀어내려고 했다.

"운가, 조심해!"

유불릉이 고개를 들고 외쳤다. 상관소매는 심장이 철렁하며 마음이 복잡해졌고, 순간적으로 손에서 힘이 빠졌다.

"앗!"

잡고 있던 상관소매의 손이 갑자기 사라지자 운가의 몸이 휘청거리며 뒤로 쓰러졌다. 위기일발의 순간, 상관소매가 갑자기 운가의 손목을 붙잡아 힘껏 끌어당겼다. 운가는 그 힘을 빌려 용 머리 위로 뛰어올랐다.

아래쪽에 있는 사람들은 운가의 몸이 휘청거리는 것만 보았지, 그녀가 생사의 기로에 섰다는 사실은 전혀 알 수 없었다. 오로지 당사자들만이 느꼈을 뿐이었다.

운가는 상관소매를 똑바로 바라보았다. 상관소매는 강적을 만난 고양이처럼 등을 둥글게 말고 잔뜩 몸을 웅크렸다. 동그랗게 뜬 두 눈은 경계를 띠고 운가를 노려보고 있었다. 겉으로는 마치 언제든 달려들 수 있을 것 같은 모습이었지만, 사실 마음은 아무런 귀착점 없이 어지럽기만 했다.

뜻밖에도 운가는 그런 그녀의 모습에 갑자기 가슴을 두드리며 한숨을 푹 내쉬었다. 그러더니 웃으며 말했다.

"위험했어! 깜짝 놀랐네! 고마워, 소매."

잔뜩 힘이 들어갔던 상관소매의 몸에서 맥이 탁 풀렸다. 그녀는 힘껏 운가의 몸을 뿌리쳤다. 몸이 가볍게 떨렸다. 운가가 황급히 그녀를 부축해 앉혔다.

"겁내지 마. 양쪽에 난간이 있으니까, 조심하면 절대 안 떨어져."

유불릉은 고개를 들고 조용히 그녀들을 지켜보았다. 운가가 웃으며 손을 흔들더니, 갑자기 홱 몸을 돌려 상관소매를 아래로 밀었다.

"꺅!"

상관소매가 놀라 비명을 질렀다. 그녀는 잘 깎아 놓은 용의 몸을 따라 나는 듯이 아래로 미끄러졌다. 그녀의 비명과 깔깔대는 운가의 웃음소리가 창하를 뒤덮었다.

용의 몸뚱이에는 오목한 홈이 나 있어서, 위험할 것 같았지만 실제로는 안전했다. 상관소매의 몸도 그 홈을 따라 미끄러질 뿐 밖으로 튕겨 나가지는 않았다. 하지만 그녀는 겁에 질려 뭐가 뭔지도 모른 채 그저 눈을 꼭 감고 비명만 질렀다.

귓가에 바람 소리가 쉭쉭 들려왔다. 어둠 속에서 그녀의 몸은 자꾸만 아래로, 아래로 떨어지고 있었다. 마치 그녀의 일생처럼 가족도 없고, 진심으로 관심을 가져 주는 사람도 없이, 그저 혼자서 어둠 속으로 미끄러질 뿐이었다. 더욱이 그 속에서는 비명도 지를 수가 없었다. 아니, 비명은 물론이고 두려운 표정조차 지을 수가 없었다. 설령 떨어진 후 비참하고 슬플지라도 반드시 환하게 웃어야 했다. 말없이 웃기만 해야 했다.

하지만 최소한 여기서는 소리를 지를 수 있었다. 공포와 두려움, 허망함, 아무도 도와주지 않는 외로움까지, 모두 소리쳐 내뱉을 수 있었다. 슬픔도, 분노도, 원한도, 비명처럼 내지를 수 있었다.

상관소매는 죽을 듯이 비명을 질렀다. 생각해 보면 평생 이렇게 큰 소리를 질러 본 기억이 없었다. 몇 년 동안 초방전 안에서 억눌렀던 것들이 모두 터져 나가는 것 같았다.

용 꼬리까지 미끄러져 얼음 바닥에 떨어진 후에도, 그녀는 여전히 눈을 감고 두 주먹을 꼭 쥔 채 하늘을 바라보며 눈물 가득한 얼굴로 비명을 질러 댔다.

등아와 말다가 멍하니 그런 그녀를 바라보았다. 어린아이 같지만, 상관소매 같지는 않은 이 아이를 보고 두 사람은 어떻게 해야 좋을지 몰랐다.

운가가 깔깔거리며 비롱을 타고 내려왔다. 미끄러지는 동안 높은 웃음소리가 메아리쳤다. 웃으면서 용 꼬리까지 내려온 그녀는 여전히 용 꼬리 앞에 앉아 소리를 질러 대는 상관소매에게 부딪혔다. 운가는 웃으면서 그녀를 끌어안았고, 두 사람은 한 덩어리가 되었다. 두꺼운 옷으로 몸을 둘둘 만 두 사람은 마치 털북숭이 아기 곰처럼 얼음 위를 데굴데굴 굴렀다. 상관소매는 겨우 눈을 떴지만 아직 정신을 차리지는 못한 듯 멍한 눈으로 운가를 바라보았다.

'내가 안 죽었어?'

운가는 이보다 더 즐거울 수 없다는 듯이 깔깔거리며 상관소매의 코를 꼬집었다.

"아이, 부끄러워라! 얼마나 무서웠으면 이렇게까지 울었을까! 하하하하……."

운가는 얼음 위에 벌렁 누워 배를 잡고 웃어 댔다. 상관소매는 멍하니 그런 운가를 바라보았다. 머릿속과 마음이 텅 빈 것 같았다. 어찌할 바를 모르고 갈팡질팡했지만, 그러면서도 어딘지 모르게 속이 시원했다. 마치 비명을 지르면서 모든 것들을 잠시 동안 내던져 버린 것 같았다. 신분도, 가족도, 아버지도, 할아버지도, 그리고 외할아버지의 가르침도. 지금의 그녀는 운가에게 놀림을 당한 어린 소녀에 지나지 않았다.

상관소매의 눈에서 눈물이 쏟아졌다. 운가는 더는 웃을 수가 없어서 황급히 소매로 그녀의 눈물을 닦아 주었다.

"울지 마, 울지 마. 언니가 잘못했어. 놀리는 게 아닌데. 별로 저녁에 요리해 줄게. 먹고 싶은 건 뭐든 말해."

그녀는 그렇게 말하며 유불릉에게 가까이 오란 듯이 손짓을 했다.

"폐하, 와서 소매 좀 달래 줘요. 이렇게 울다가는 용왕님도 달아나겠어요."

유불릉은 운가의 말을 무시하고 멀찌감치 서서 조용히 지켜보기만 했다. 우안이 달래려고 다가가려는 것도 그가 살짝 손을 들어 막았다.

상관소매는 흑흑거리면서, 눈물 콧물을 운가의 소매에 닦았다. 운가는 조심조심 그녀를 달랬다. 한참 후에야 상관소매가 울음을 그치고 부끄러운 듯이 고개를 숙였다. 운가는 체념한 듯 유불릉을 바라보더니, 등아를 불러 상관소매의 화장을 고쳐 주라고 했다.

눈치 빠른 부유가 벌써 환관을 시켜 겉옷을 가져왔다. 그는 그것을 말다에게 건네, 운가가 더러워진 옷을 갈아입을 수 있도록 해 줬다.

운가가 유불릉 곁으로 가서 웃으며 물었다.

"같이 놀래요? 무척 재미있어요."

유불릉은 그녀를 흘끗 보고는 얼음 위의 비룡 쪽으로 시선을 옮겼다. 하지만 말은 없었다. 운가가 그에게 바짝 다가서며 속삭였다.

"사실은 무척 타고 싶은데 당당한 천자의 몸으로 저런 어린아이 같은 장난을 할 수 없어 그러는 거죠? 이 많은 환관과 궁녀들 앞에서 위엄을 잃을 수는 없다고 말이죠. 그럼 밤에 소매를 불러서 아무도 몰래 놀아요."

유불릉은 그 말을 무시했다.

"어렸을 때 이러고 놀았어?"

운가가 고개를 끄덕였다.

"아버지가 이야기해 주셨어요. 동북쪽은 겨울이 무척 추워서 귀가 다 얼어 버릴 지경인데, 그곳 어린아이들은 겨울이면 싸리 빗자루를 타고 얼음 위에서 미끄럼틀을 탄다고요. 그 이야기를 듣고 나서 나도 그렇게 놀고 싶다고 졸라 댔죠. 그랬더니 어느 해인가 내 생일에 아버지가 이걸 만들어 주셨어요. 그때도 오빠를 생각했어요. 하지만……."

유불릉이 미소를 지었다.

"지금 타도 마찬가지야."

운가의 얼굴이 환해졌다.

"밤에 나와서 나랑 소매랑 놀아 줄 거예요?"

유불릉은 대답하지 않았지만, 운가는 그가 승낙했다고 생각했다. 그때 상관소매가 고개를 숙인 채 민망한 듯이 유불릉에게 다가와 절을 했다.

"신첩이 추태를 보여 인사도 늦었습니다. 용서해 주십시오, 폐하."

유불릉은 그녀를 부축해 일으키며 담담하게 말했다.

"감정을 드러내는 것이 잘못도 아닌데, 용서하고 말 것이 어디 있어."

그가 운가를 돌아보며 다짐했다.

"감기 걸리니까 얼음 위에서 너무 오래 놀지 마."

말을 마친 그는 우안을 데리고 그곳을 떠났다. 운가는 화가 났지만 소리도 지르지 못하고 발만 동동 굴렀다.

유불릉이 나타났을 때는 환관과 궁녀들이 모두 찬바람이라도 맞은 듯 꼿꼿이 서서 예의를 철저하게 지켰지만, 그가 떠나자 다시 시든 고목이 생기를 얻은 것처럼 팔팔해져서 안달하는 눈빛으로 얼음 비룡을 바라보았다.

"모두 타도 돼."

운가가 웃으며 말하자 말다가 제일 먼저 사다리 쪽으로 달려갔다.

"제가 먼저 할래요."

등아는 겁도 나고 호기심도 나서 자꾸 망설였다. 하지만 말다가 계속 부추기자 결국 비룡 위에 올라탔다.

상관소매는 운가 옆에 서서 사람들이 비명을 지르며 즐겁게 노는 것을 바라보았다. 빠른 속도로 미끄러질 때는 다들 비명을 지르거나 큰 소리로 웃으며, 자신의 신분도, 이곳이 황궁이라는 사실도 잊었다. 그저 본능에 충실하게 감정을 마음껏 표출했다.

한참 후, 상관소매가 운가에게 말했다.

"나도 한 번 더 탈래."

운가는 그녀를 돌아보더니 생긋 웃으며 고개를 끄덕였다.

황후가 나서자 사람들이 길을 비켜 주었다. 상관소매는 천천히 가장 높은 곳까지 올라가 그 위에 한참 동안 말없이 앉아 있었다. 그러다가 갑자기 잡고 있던 난간을 탁 놓고 혼자 힘으로 미끄러졌다. 이번에는 눈을 뜬 채였다.

그녀는 차분한 마음으로 자신의 의지와 상관없이 몸이 미끄러지는 것을 바라보았다. 때로는 속도가 붙었다가, 때로는 갑자기 방향을 홱 틀었다가, 때로는 느릿느릿 미끄러지기도 했다. 그녀는 차분하게 점점 다가오는 지면을 바라보았다. 그리고 차분하게 운가를 돌아보았다.

이번에는 비명을 지르지도, 소리 내어 웃지도 않았다. 그저 말없이, 하지만 환하게 웃음을 지었다. 운가는 그런 상관소매를 멍하니 바라보았다.

전각 밖에서 등롱을 들고 선 환관을 보자, 상관소매는 또 새해가 왔다는 것을 새삼 느꼈다. 그녀는 시녀들에게 분갑을 가져오게 했다. 그것은 칠을 한 원앙 모양의 상자로, 두 마리의 원앙이 서로 목을 얽고 있었다.

목 부분을 돌리자 상자가 열렸다. 등 부분에는 두 개의 뚜껑이 있는데, 그중 하나에는 종과 경을 치는 모습이, 다른 하나에는 북 소리에 맞추어 춤을 추는 모습이 그려져 있었다. 모두 황실의 혼례를 묘사한 것이었다.

상관소매는 상자에서 빨간 비단 두견화를 꺼내 머리에 꽂았다. 그리고 거울 앞에서 자기 모습을 요리조리 비춰 본 뒤 생글거리며 말했다.

"저녁을 많이 먹었나 보다. 나가서 좀 걸어야겠구나."

옆에 있던 나이 든 궁녀가 재빨리 대답했다.

"소인이 따르겠습니다!"

상관소매가 고개를 끄덕이자, 두 명의 나이 든 궁녀가 그녀를 초방전 밖으로 안내했다. 상관소매는 장난을 치면서 자유롭게 걸었다. 그녀의 기분이 좋은 것 같자 궁녀들이 웃는 얼굴로 조심스레 물었다.

"마마, 오늘 낮에 선실전의 그 궁녀와 무엇을 하셨는지요?"

상관소매는 생긋 웃으며 대답했다.

"아주 재미있는 놀이를 했다. 높은 곳에서 떨어지는 놀이인데, 정말 떨어져서 다치지는 않아. 아주 자극적이었지."

그녀는 낮에 놀았던 이야기를 조잘조잘, 상세하게 말해 주었다. 그러는 동안 그녀는 무의식적으로 두 궁녀를 데리고 창하까지 나갔다.

은빛 달이 조각배처럼 먹빛 하늘에 걸려 있었다. 휘영청 밝은 달이 창하를 가득 비추는 가운데 구불구불한 비룡이 영롱하게 반짝였다. 그 모습이 너무도 아름다워, 마치 달빛 궁전에 와 있는 듯한 착각을 일으켰다.

용의 머리 위에는 두 사람이 앉아 있었다. 상관소매가 있는 곳에서는 그들이 마치 달 위에 앉아 있는 것처럼 보였다. 휘어진 초승달이 배처럼 두 사람을 태우고, 옥룡玉龍의 호위를 받으며 인간 세상의 하늘을 유유히 노니는 것 같았다.

상관소매를 따르던 궁녀들은 눈앞에 펼쳐진 놀랍고도 기이한 광경에 넋을 잃고, 숨조차 크게 내쉬지 못했다.

운가는 용 머리 위에 깔아 둔 호랑이 가죽에 앉아, 난간에 기댄 채 두 다리를 허공에 흔들면서 하늘을 쳐다보고 있었다.

그녀보다 조금 뒤쪽에 앉아 있던 유불릉이 고량주가 담긴 술 주전자를 들어 한 모금 마시더니, 운가에게 내밀었다. 운가도 한 모금 마신 후 그에게 돌려주었다. 두 사람 사이에는 말로는 표현하기 힘든 편안하고 만족스런 느낌과 서로 통하는 마음이 감돌았다.

운가는 상관소매도 함께 데려올 생각이었지만, 유불릉은 그 말을 무시하고 그녀만 데리고 나왔다. 속으로 세워 둔 계획이 물거품이 되었으니 화가 나야 마땅했지만, 아름다운 경치를 보자 운가도 다소 기분이 풀렸다.

"신선이 된 것 같아요."

운가가 가벼운 투로 말하며 저 멀리 궁전에서 은은하게 비치는 등불을 가리켰다.

"저쪽이 인간 세상이에요. 저곳에서 일어나는 일은 우리와는 아무 관계도 없어요."

유불릉은 운가의 손가락이 가리키는 쪽을 바라보았다.

"오늘 밤만은 저기서 일어나는 일과는 아무 관계가 없어."

운가가 웃음을 터트렸다.

"릉 오빠, 퉁소 가져오는 걸 봤어요. 한 곡 불어 줘요! 음률을 잘 몰라서 같이 연주하지 못하는 게 아쉽지만, 오빠는 피리를 퍽 잘 불잖아요. 어쩌면 진짜 용을 깨울지도 몰라요."

춘추시대 진秦나라 목공穆公의 딸 농옥공주弄玉公主는 소사蕭史라는 남자를 사랑하게 되었다. 혼례를 올린 두 사람은 서로를 무척 아끼고 사랑했다. 소사는 퉁소를 잘 불었는데, 어느 날 부부가 합주를 하다가 용과 봉황을 깨웠고, 두 사람 다 신선이 되어 날아갔다는 전설이 전해지고 있었다.

운가는 무의식적으로 두 사람을 소사와 농옥공주 부부에 비유한 것이다. 유불릉의 눈에 웃음이 피어올랐다.

그는 퉁소를 꺼내 입에 살짝 대고 자신만의 농옥공주를 위해 연주를 시작했다.

함께 마차를 탄 그녀, 얼굴은 꽃처럼 환하다

자유롭게 달리네, 옥패는 반짝이고

미녀는 과연 곱고도 아름답도다

함께 마차를 탄 그녀, 얼굴은 꽃처럼 어여쁘다
자유롭게 달리네, 옥패 소리 쨍강쨍강
미녀의 고운 마음 잊을 수 없노라

《시경詩經》〈국풍國風〉중 정풍鄭風[30]에 나오는 노래로, 한 공자가 마음에 둔 여인의 인품과 외모를 칭찬하는 노래였다. 그 공자 눈에는 마음에 품고 있는 여인의 모든 것이 최고여서, 아무리 아름다운 여자를 만나도 결코 그녀의 인품과 용모를 잊지 못했다.

유불릉은 대놓고 운가 앞에서 자신의 마음을 고백한 것이다. 그 곡을 듣자 운가는 부끄럽고 화가 났다. 왜 화가 나는지는 그녀 자신도 알 수가 없었다. 어쨌거나 유불릉은 자기가 원하는 곡을 불었을 뿐이고, 입으로는 단 한 마디도 하지 않았으니 운가 혼자 그런 식으로 생각한 것일 수도 있었다.

운가는 차마 유불릉을 볼 수가 없어 몸을 돌렸다. 하지만 고개를 돌리고 눈을 내리깐 채 두 뺨을 발그레하게 붉힌 자신의 모습이, 달빛 아래에서 마치 이슬을 머금은 대나무 잎이나 반쯤 핀 연꽃처럼 청아하면서도 사랑스럽다는 것은 알지 못했다.

---

31 정나라의 음악.

유불릉의 곡을 들은 상관소매는 더 이상 미소를 짓고 있을 수가 없었다. 다행히 궁녀들은 황후와 나란히 걸을 수 없어 뒤에 서 있었다. 그래서 그녀는 밤하늘을 마주한 채 억지로 짓고 있던 미소를 지워 냈다.

곡이 끝나기도 전에 상관소매가 휙 몸을 돌렸다.

"폐하께서 계시는구나. 흥을 깰지도 모르니 돌아가자!"

궁녀들은 고개를 돌려 높이 올라앉은 어렴풋한 그림자를 바라보았다. 그들은 곡을 알아듣지 못했지만, 황제가 한밤중에 누군가를 데리고 나와 퉁소까지 연주해 주는 일은 확실히 보통 일이 아니라는 걸 알 수 있었다.

상관소매는 거의 뛰다시피 했다. 노래 말미의 '미녀의 고운 마음 잊을 수 없노라'라는 구절은 듣고 싶지 않았다. 그걸 듣지만 않으면 실낱같은 희망이라도 품고 있을 수 있었기 때문이다.

'고운 마음 잊을 수 없어? 잊을 수 없어……. 정말 평생 잊지 못할까?'

유불릉은 연주를 끝내고 가만히 운가를 바라보았다. 운가는 고개를 들어 묵묵히 달을 구경했다.

"운가, 억지로 인연을 만들려고 하지 마. 나나 소매나 난처하기만 할 뿐이야. 나는……."

유불릉은 퉁소를 입으로 가져가 '미녀의 고운 마음, 잊을 수 없노라'라는 구절을 불었다. 운가의 몸이 바르르 떨렸다.

그녀는 일부러 유불릉과 상관소매가 같이 있을 기회를 만들었다. 상관소매가 껍질을 벗고 진실한 마음을 유불릉에게 보여 주었으면 했다. 두 사람은 부부였다. 서로 사랑하게 되어 화목하게 지내면, 1년 후 그녀가 떠날 때쯤 유불릉을 걱정할 필요가 없을 것 같았다.

하지만 유불릉은 벌써 그녀의 마음을 간파하고 있었다. 그래서 아침에도 오자마자 사라졌고, 밤에는 아예 상관소매를 데리고 오지 않았던 것이다.

고운 마음 잊지 못한다? 운가는 두려웠다. 그리고 무엇인지 분명하지 않은 감정이 짜르르 하며 가슴을 훑고 지나갔다.

❀

곽광의 저택.

소년의 밤이라 곽광의 집도 명절답게 꾸며져 있었지만, 주인은 새해를 맞이할 기분이 아니었다.

곽광이 상석에 앉고, 곽우와 곽산은 그의 왼쪽에 앉았으며, 곽운과 금군의 복장을 한 사람 두 명이 오른쪽에 앉아 있었다. 그 두 사람은 곽우, 곽산, 곽운과 나란히 있었지만, 곽산이나 곽운처럼 편안한 모습이 아니라 어색하고 조심스러운 모습이었다. 이들은 곽광의 사위인 등광한과 범명우였다.

등광한은 장락궁의 위위衛尉[31]였고, 범명우는 미앙궁의 위위

---

32 궁을 지키는 금군을 이끄는 직책.

였다. 황궁의 금군은 모두 이 두 사람 손에 들어 있었다.

범명우가 곽광에게 보고했다.

"아버님, 선실전의 환관과 궁녀들은 모두 우안의 손아귀에 있습니다. 몇 번 사람을 심어 보려고 했지만, 우안이 핑계를 대어 다른 곳으로 옮겨 버리거나, 잘못을 찾아내 궁에서 쫓아냈습니다. 우안이 있는 이상 우리 쪽 사람이 선실전에 들어가는 것은 어렵습니다."

곽운이 눈을 찌푸렸다.

"그런데다 건드리기도 어렵지요. 우안은 선제께서 임종하시면서 친히 총관으로 임명한 사람이고, 황제의 신임까지 받고 있습니다. 몇 년째 돈이나 권력으로 유혹해 보았지만 꼼짝도 하지 않았습니다. 그래서 황제들은 의심이 많으니, 황제의 손을 빌려 그를 처치하거나, 최소한 황제가 멀리하게끔 만들어야겠다고 생각했지요. 하지만 이간계든 도발책이든, 삼십육계에 나오는 계략을 모조리 써 보아도 그에 대한 황제의 믿음은 전혀 흔들리지 않습니다. 두 사람 사이는 마치 틈 하나 없는 계란 껍질 같아서, 찌를 곳이 없습니다."

곽광은 아무 말이 없었고, 곽산은 눈을 찡그리며 고개를 끄덕였다.

오만하고 다른 사람은 안중에도 없는 곽우도 잔뜩 불쾌한 표정이었지만, 평소답지 않게 아무 말도 하지 않았다. 지난번 자객 사건 때 부하들의 시신조차 찾지 못했던 그였다. 고수들을 적잖이 잃었는데도, 우안의 무공이 높은지 낮은지조차 파악하지 못했다. 그동안 앞에서는 예의를 갖추면서도 속으로는 우안 같은 내시 따위는 무척 깔보고 있었는데, 그 일 후로는 우안을 진심으로 꺼리게 되었다.

등광한이 말했다.

"선실전은 무척 넓은 곳이니, 설령 가까이서 시중드는 사람이 없더라도 무슨 일이 벌어지는지는 다 알 수 있습니다."

지금으로서는 그것이 최선이었다. 곽광은 고개를 끄덕이며 범명우를 바라보았다.

"요즘 특별한 일은 없었느냐?"

"어젯밤 황제께서 새로 들인 궁녀의 방에서 묵으신 것 같습니다."

범명우가 신중하게 대답하자 곽우가 버럭 화를 냈다.

"같습니다는 뭐야? 맞으면 맞다, 아니면 아니다! 대체 황제가 그 여자와…… 잤다는 거야, 아니라는 거야?"

곽광이 그를 흘끗 바라보는 바람에 곽우는 실제로 하려던 말을 억지로 '잤다'는 단어로 바꾸었다.

"시위들이 본 바로는 황제께서 그 궁녀의 거처에 드셨다고 합니다."

범명우가 재빨리 대답하자 곽광은 태연하게 미소를 지었다.

"좋은 일이군. 폐하께서는 슬하에 자녀가 없으시니, 은혜를 입은 여자가 많을수록 나라의 복이다."

방 안에 있는 사람들은 아무 대답도 못 하고 침묵만 지켰다. 곽광이 웃으며 그들을 바라보았다.

"더 할 말 없느냐? 없으면 그만 돌아가거라!"

범명우가 조심스레 입을 열었다.

"궁궐을 나오기 전에 초방전의 궁녀가 알려 왔습니다. 황후 마마 곁에 등아라는 궁녀가 새로 들어왔다고 합니다."

"우리도 알고 있습니다, 황제 쪽 사람이지요."

곽운이 말하자 범명우가 대꾸했다.

"확실히 우안이 넣은 사람이긴 합니다만, 듣자 하니 선실전의 운씨라는 궁녀의 생각이었다고 하더군요. 초방전에서 꽃인가 뭔가를 돌보라는 명목이라고 합니다."

곽우는 화가 머리끝까지 치밀어 헛웃음까지 나왔다.

"그 계집애는 대체 어떻게 생겨 먹었지? 평생 여색을 가까이 하지 않던 황제를 그렇게까지 홀려 놓다니? 아직 정식으로 후궁으로 책봉된 것도 아닌데 그 모양이니, 비빈 자리에라도 오르면 조정 일까지 그 계집애 마음대로 되겠구나!"

범명우는 고개를 숙이고 말을 계속했다.

"초방전 궁녀의 말로는, 오늘 밤에도 그 궁녀와 함께 계신다고 합니다. 통소를 불고 술을 마시는 모습이 무척 다정해 보였다고 했습니다."

곽광이 손을 내저었다.

"됐다. 알았으니 모두 물러가거라!"

아들과 조카, 사위들이 공손하게 인사하고 물러나자 곽광은 긴장을 풀고 일어나 천천히 방 안으로 걸음을 옮겼다.

그는 어제 아침에 운가를 만났고, 그날 밤 유불릉은 운가와 함께 있었다. 일부러 그에게 보여 주려는 것일까? 황제의 행동에 간섭하지 말라는 경고일까?

아무래도 유불릉은 첫째 황자는 곽씨와 하등의 관계도 없게 하겠다고 단단히 마음먹은 것 같았다.

장유유서는 성현의 가르침이었다. 진나라 때부터 황위는 적장자가 계승했다. 그 규칙을 깨는 것이 불가능하지는 않았지만, 그러려면 귀찮은 일이 많았다.

곽광의 걸음이 벽에 걸린 커다란 만도彎刀 앞에서 멈추었다. 한족이 만든 것이 아니라 서역 유목 민족이 말을 타면서 쓰는 칼이었다. 곽광의 서재는 매우 전통적으로 꾸며져 있어서, 이 휘어진 만도는 확실히 그곳과 어울리지 않았다.

곽광은 한동안 만도를 응시하다가 갑자기 철컹, 칼을 뽑았다. 서릿발처럼 매서운 한기가 밀려왔다. 반짝이는 칼날 위로 머리칼과 수염이 반백이 된 남자의 모습이 비쳤다. 어쩐지 낯설었다.

어떤 영상이 희미하지만, 마치 어제 있었던 일처럼 눈앞에 떠올랐다. 이 칼이 그의 목을 겨누었고, 그자는 화난 눈길로 그를 쏘아보며 말했다.

"널 죽여 버리겠다."

그는 낭랑하게 웃으며 시선을 내렸다. 한기를 쏟아 내는 칼날 위로 그린 듯한 눈썹과 별처럼 맑은 눈을 가진, 낭랑하게 웃는 젊은이가 보였다. 곽광은 칼날에 비친 남자를 향해 빙그레 미소를 지어 보였다. 이제 그는 낭랑하게 웃는 법을 잊었다.

형님이 돌아가시던 해, 그는 겨우 열여섯 살이었다. 그의 세상은 갑작스레 와르르 무너졌다.

장안을 떠날 때 형님의 모습은 태양처럼 눈부셨다. 그는 형님이 다시 장안으로 돌아올 거라고 믿었다. 그럼 그도 장안성 아래 서서 말에 오른 형님의 영웅다운 자태를 자랑스럽게 바라보고, 다른 사람들처럼 소리 높여 '표기장군'을 외칠 생각이었다. 어쩌면 옆에 있는 사람을 붙잡고, 저 말 탄 사람이 바로 우리 형님이라고 자랑할지도 몰랐다.

그런데 태양이 떨어질 줄 누가 알았을까?

형님은 위항衛抗과 함께 장안을 떠나, 병사들을 이끌고 변경까지 나갔다. 그러나 돌아온 사람은 위항뿐이었다.

성문 밖으로 나간 그가 맞이한 것은 벌써 썩어 버린 형님의 유해와, 형수님은 자결했고, 시신조차 찾아내지 못했다는 소식이었다.

마침내 위씨와 대적할 사람이 없게 되었다. 그리고 그는 장안성에서 고아가 되었다.

형님은 젊어서 뜻을 이룬 데다 오만하고 냉정한 성격 때문에 조정에 적이 많았다. 그러나 태양 같은 형님의 눈부신 빛 앞에서는 아무도 경거망동하지 못했다. 하지만 형님이 떠나자 사람들이 들고 일어났고, 그는 공공의 적이 되었다.

'곽'이라는 형님의 성은 그에게 영광을 가져다주었고, 동시에 그 많은 칼날을 마주할 수밖에 없게 만들었다. 한 걸음 내딛기조차 힘들어 조심조심 목숨을 보존해야 했던 어린 시절부터, 일인지하 만인지상, 그 하나뿐인 윗사람조차 함부로 그를 건드릴 수 없는 지금의 자리에 오르기까지 포기한 것이 얼마나 많았는지, 무엇을 잃었는지, 그 자신조차 알고 싶지 않았다.

'운가?'

일렁이는 촛불 속에서 환하게 웃는 운가의 얼굴이 떠올랐다. 곽광은 칼을 휘둘렀다.

쉭 소리를 내며 촛불이 꺼지자 방 안은 어둠에 잠겼다. 창밖의 달빛이 새어 들어와 오늘 밤 달빛이 무척 아름답다는 것을 일깨워 주었다. 하늘 끝에 걸린 초승달이 마치 그가 쥐고 있는 만도 같았다.

철컥 소리와 함께 칼은 칼집으로 돌아갔다.

황자에게 곽씨의 피를 물려주지 않으면, 유불릉은 황자를 포기해야 할 것이다!

곽씨의 여자가 총애를 얻지 못한다면, 다른 여자는 살아날 생각도 하지 말아야 할 것이다!

8장
임은 내 맘 알고, 나는 임을 그리고

미앙궁 전전은 제야의 행사를 위해 새롭게 단장했다.

한나라 개국 초에 소하는 한 고조 유방에게 다음처럼 진언했다.

"천자는 사해四海를 집으로 삼으며, 장엄한 모습으로 위엄을 떨쳐야 합니다."

"황제가 머무는 곳이 장엄하지 않으면, 백성들이 어찌 그 존귀함을 알겠습니까?"

따라서 백성들이 가난하고 나라가 약했던 고조 시대나, 근검절약을 넘어 인색하기까지 했던 문제, 경제 시대에도 황실의 행사는 소홀했던 적이 없었다.

이번 행사 역시 그랬다. 유불릉은 평소 무척 간소하게 지냈지만, 매년 한 번 있는 큰 연회 때는 앞선 황제의 방식을 따랐다. 하지만 무제 시대처럼 화려하게 꾸미지는 않고 문제나 경제 시대의 격식을 택했다.

뜰 중앙은 붉게 꾸미고, 전각 안은 옻칠을 하고 청동을 깔았으며, 백옥으로 계단을 만들었다. 기둥에는 황금을 칠하고, 그 위에는 금빛 용 아홉 마리가 구름을 타고 오르며 비를 뿌리는 그림을 걸었다. 또 처마에는 내년에 날씨가 좋아 풍년을 이루게 해 달라고 비는 뜻에서 금가루로 오곡도五穀圖를 그렸다.

유불릉도 오늘은 가장 화려한 용포를 걸쳤다. 우안과 세 명의 환관이 한 시간 동안 공을 들여 그에게 용포를 입히고, 면류관도 단정하게 씌워 주었다. 이 용포는 어깨에 해와 달과 용무늬가, 등에는 별과 산이, 소맷자락에는 불과 꿩과 제기祭器가 수놓여 있었다.

면류관에는 동해의 용주龍珠가 열두 줄, 앞뒤에 각각 288개씩 매달려 있는데, 모양이나 색이 하나처럼 똑같았다. 얼마나 많은 진주를 뒤져야 저만큼의 똑같은 용주를 구할 수 있는지, 운가로서는 상상조차 할 수 없었다.

유불릉의 눈은 용주 뒤에 반쯤 가려졌고, 표정도 잘 보이지 않았다. 어쩌다 움직일 때면 면류관에 달린 용주가 흔들리면서 용안이 살짝 드러났지만, 용주의 빛이 워낙 찬란해서 오히려 더 몽롱하게 느껴졌다. 치장한 그의 모습은 신처럼 존귀하고 위엄 있게 보여, 그는 한없이 높고, 보는 사람들은 한없이 낮은 느낌이 들었다.

운가는 턱을 괴고 바보처럼 유불릉을 바라보았다. 이제야 비로소 소하의 말을 이해할 수 있었다. 지금 유불릉에게서 흘러넘치는 위엄과 존귀함은 직접 보지 않고서는 상상할 수조차 없었다.

그가 옥으로 만든 계단을 밟고 미앙궁 전전의 가장 높은 위치에 설 때, 백관들이 그 앞에 일제히 무릎을 꿇을 때, 그리고 장안성, 나아가 대 한나라, 그리고 천하의 모든 이가 그의 발아래 있을 때, 그야말로 천하에 군림하는 것이었다!

운가는 그 말이 의미하는 권력과 힘을 진정으로 깨달았다. 그리고…… 그가 멀고도 멀다는 것도.

"폐하, 모든 준비가 끝났습니다. 어가도 준비되었습니다."

우안의 보고에 유불릉은 살짝 손을 들어 그를 내보내고는 운가 앞으로 다가와 그녀를 일으켜 세웠다.

"무슨 생각을 하고 있지?"

운가는 미소를 지으며, 유불릉의 얼굴 위로 늘어진 용주를 젖혔다.

"한나라 황제들의 초상화를 볼 때마다 늘 생각했어요. 왜 저렇게 주렴을 늘어뜨려야 하지? 시야를 가리지 않을까? 하지만 이젠 알겠어요. 이걸 하고 있으면 황제의 마음을 꿰뚫어 보기가 더욱 어렵겠군요."

유불릉은 잠시 침묵하더니 말했다.

"운가, 네가 내 이름을 부르는 걸 듣고 싶어. 내가 널 부르는 것처럼."

운가는 살짝 고개를 들고 멍하니 그를 바라보았다. 두 사람의 거리는 무척 가까워서, 용주가 아무리 반짝여도 몽롱하게 느껴지지 않았다. 오히려 유불릉의 세밀한 표정을 낱낱이 비춰 주었다. 칠흑같이 검은 눈동자에 넘치는 것은 그녀가 잘 알고, 익숙한 것이었다. 그는…… 결코 멀지 않았다.

밖에서 우안이 조용히 말했다.

"폐하, 곧 길시입니다. 백관들이 전전에 모여 있습니다. 사천감司天監[32]이 길시에 제례를 올릴 것입니다."

유불릉은 못 들은 척하고 다시 운가를 부드럽게 불렀다.

"운가?"

운가는 입을 달싹이며 망설이듯 말했다.

"유…… 유불릉."

누구도 감히 부르지 못하는 이름이지만, 한번 밖으로 나오자 처음의 긴장감과 불편함이 싹 사라졌다. 그녀는 활짝 웃으며 말했다.

"그렇게 부르니까 어색해요, 릉 오빠."

유불릉은 운가의 팔을 잡고 밖으로 나갔다.

"이번 행사를 맡은 사람은 예부에 새로 들어온 인재인데, 새로운 것을 많이 준비했다고 하더군. 주방에도 천하에서 불러 모은 유명 요리사들이 왔다니, 너도 심심하지는 않을 거야."

그 말을 듣자 운가도 흥미를 느끼고 기쁜 표정을 지었다.

"왜 일찍 말하지 않았어요?"

---

33 천문을 관측하고 역법을 계산하는 관직.

"일찍 말하면 넌 매일 어선방御膳房[33]으로 달려갔을 테니까. 그럼 나는 매일 상소문을 받고 골머리를 싸매야 했을 거야."

"그게 무슨 말이에요?"

운가가 알 수 없다는 듯이 물었다.

"이번 연회에는 우리나라 백관들뿐 아니라 주변 각국의 사신들도 축하하러 와 있어. 그러니 조금이라도 차질이 있으면 안 돼. 연회 준비로 무척 바쁜데 네가 요리사들을 졸졸 따라다니면, 예부에서 널 혼내 달라고 매일 상소를 올리지 않겠어?"

어가 앞에 이르자 유불릉도 더는 운가와 함께 갈 수가 없었다. 그래도 그가 여전히 가마를 타지 않고 가만히 운가를 응시하자 우안이 재빨리 말했다.

"안심하십시오, 폐하. 소인이 잘 준비해 두었으니, 다른 환관들이 분명 운 낭자를 잘 모실 겁니다."

그러자 유불릉도 더 이상 지체할 수 없다는 것을 알고, 아쉽다는 듯이 운가의 뺨을 살짝 쓰다듬은 후 돌아서서 가마에 올랐다. 하지만 운가는 뭔지 모를 느낌 때문에 그의 행동에 신경 쓰지 못했다.

다시 만난 후로 두 사람은 늘 함께 다녔다. 아침저녁으로 함께하다가 이번에 처음으로 같은 전각 안에 있으면서도 서로 떨어져 있어야 하는 것이다.

옆에 있던 말다가 운가를 바라보며 장난스럽게 눈웃음을 치

---

34 황궁의 주방.

자, 운가는 그제야 정신이 들었다. 방금 유불릉의 행동은 이런 장소에서는 다소 경박했고, 제왕의 위엄과는 어울리지 않는 것 같았다. 운가는 얼굴을 살짝 붉히며 육순과 부유에게 말했다.

"가자! 우리도 전전으로 가야지. 말다는 두고 갈 거야."

말다가 쪼르르 그녀 뒤를 쫓아왔다.

"다시는 안 그럴게요. 앞으로는 아가씨 말만 들을 거예요. 아가씨가 웃으라고 하면 웃고, 웃지 말라고 하면 절대로 웃지 않겠어요. 그냥 속으로만 웃을게요."

운가는 말다의 장난을 받아 줄 수도 없었다. 어쩐지 몽롱한 기분이었다.

'1년이라는 약속이 다하고 헤어질 때는 어떤 기분이 들까?'

사천감이 종을 쳤다.

연이은 종소리가 전전의 통로를 따라 미앙궁 밖의 골목골목으로 퍼져 나갔다. 이 종소리는 한 해가 끝나고 새해가 오고 있다는 것을 천하에 알리는 소리였다.

흥겨운 음악은 사람들에게 새해의 행복과 건강, 즐거움을 허락하고 또 기대하게 했다. 운가는 고개를 들어 유불릉이 천천히 전전의 천명대天明臺에 오르는 것을 지켜보았다. 사천감이 경을 낭독하는 가운데 유불릉은 먼저 하늘에 제를 올리고, 땅에 제를 올리고, 마지막으로 사람에게 제를 올렸다. 천지인의 화합이었다.

백관들은 가지런히 무릎을 꿇었다. 운가도 황실 연회에 참석한 것이 처음은 아니었지만 오늘같이 성대한 예식은 처음이었다. 말다가 그녀를 살짝 잡아끌자, 그제야 운가도 정신을 차리고 사람들을 따라 무릎을 꿇었다. 하지만 결국 한 박자 늦어 주변 사람들의 시선이 그녀에게 쏠렸다.

사람들의 눈빛 속에서 운가는 익숙한 눈빛을 발견했다. 바늘처럼 날카로운 시선에 저도 모르게 오싹 한기가 들었다. 고명부인誥命夫人[34]들과 천금 규수들의 옷자락과 머리칼 사이로, 곽성군과 운가는 서로를 바라보았다.

'내가 그녀의 행복을 깨뜨린 것일까, 아니면 그녀가 내 행복을 깨뜨린 것일까?'

운가 본인도 답을 알 수 없었다. 두 사람은 웃지도 않고 잠시 서로를 바라보았다. 그리고 마치 약속이라도 한 듯 각자 옆으로 시선을 돌려 아무 일도 없었다는 듯이 다른 사람을 바라보았다.

맹각은 백관이 아니어서 특수한 자리에 있었고, 또 출중한 용모 덕분에 찾지 않아도 금방 눈에 띄었다. 한나라의 관복은 통이 크고 소매가 넓으며, 높은 관에 큰 띠를 둘러 장중하면서도 우아한 느낌이 들었다. 덕분에 맹각은 더욱 깨끗하고 탈속적으로 보였다.

맹각의 이름은 많이 들었지만 기회가 없어 직접 만나지 못한 규수들이 적지 않았다. 지금 그 많은 규수들이 저마다 맹각

---

35 봉작을 받은 여자.

을 훔쳐보고 있었다. 운가 옆에 있는 말다조차 넋이 나간 듯 그를 바라보며, '저 사람이 곽씨도 두려워하지 않는 남자구나. 곱상한 얼굴과 달리 쇠처럼 단단한 기질을 갖추고 있구나!' 하며 감탄했다.

절이 끝나고 모두 일어나자 맹각은 옆으로 눈을 돌렸다. 그는 마치 운가가 어디 있는지 알고 있었던 것처럼, 그 많은 사람들 속에서도 한 치의 오차도 없이 그녀 쪽을 바라보았다. 미처 피할 시간이 없었던 운가는 그와 정면으로 눈이 마주쳤다. 마음 한구석에서 아릿한 슬픔이 솟구쳤다.

'그렇게 잊으려고 노력했는데, 왜 아직도 슬픈 걸까?'

그녀는 머릿속이 텅 비어, 사람들이 모두 일어났다는 것도 느끼지 못한 채 혼자 계속 무릎을 꿇고 있었다.

운가를 챙기는 것을 깜빡하고 혼자 일어나 버린 말다는, 차마 다시 허리를 숙일 수가 없어 급한 김에 그녀를 툭툭 찼다. 운가도 정신을 차리고 황급히 일어났다. 순간, 맹각의 눈동자에 어렸던 어둠이 살짝 옅어지고 기쁨이 떠올랐다.

길고 지루한 예식이 거의 끝나고 밤 연회가 시작되려 하자, 사람들은 다시 한 번 절을 한 후 각자 신분에 맞는 연회석으로 향했다.

말다는 다시는 실수하지 않으려고 운가를 뚫어져라 바라보며 하나하나 알려 주었다. 그러다가 감히 운가를 걷어찼다는 데 생각이 미쳐 몸을 부르르 떨었다. 하지만 운가에게는 신분을 잊게 하는 마력 같은 것이 있어, 그녀와 있으면 저도 모르게 마음 내키는 대로 자연스럽게 행동하게 되었다.

남자와 여자의 연회석은 따로 나눠져 있었다. 남자 쪽은 환관들이, 여자 쪽은 궁녀들이 나와서 한 명씩 자리로 안내했다.

운가는 방금 있었던 일로 맥이 빠져 그냥 돌아가서 쉴까 했지만, 우연히 백관들의 말미에 있는 유병이를 발견하고는 나시 활기를 찾았다. 유병이는 멀리서 그녀를 향해 웃으며 고개를 끄덕여 보였다. 운가도 환하게 웃어 준 후 말다에게 속삭였다.

"백관들만 오고, 그 부인들은 안 오는 거야?"

"보통은 그래요. 하지만 황실의 친척이나 관리의 정실부인은 이번 연회에 참석할 자격이 있어요."

말다는 말을 끝내기 무섭게 자기 혀를 잘라 버리고 싶은 생각이 들었다. 다행히 운가는 허평군을 찾아 고개를 두리번거리느라 그녀가 뭐라고 했는지 신경 쓸 여유가 없었다.

운가는 곧 혼자 외로이 서 있는 허평군을 발견했다. 주위 사람들은 아무도 그녀에게 신경을 써 주지 않았다. 이런 연회에는 처음 와 본 허평군은, 혹시 실수라도 해서 본래도 힘든 자신과 유병이의 운명에 또 다른 파란을 일으키게 될까 봐 무척 긴장하고 있었다. 그래서 주위 사람들의 행동을 관찰해 그들이 하는 대로만 따라 하고, 그 외의 행동은 절대 하지 않았다.

그녀 곁의 귀부인들은 허평군의 궁색한 모습에 입을 가리고 비웃었고, 일부러 아무 의미 없는 행동을 해서 골탕을 먹였다. 길을 가다가 일부러 멈추어 허평군이 황급히 멈추게 해서 뒤에 있는 여자에게 원성을 사게 했고, 앉아 있다가도 일부러 기지개를 펴며 일어서는 척해서 허평군이 자리를 잘못 찾았나 싶어 벌떡 일어나게 만들어 놓고는 자기들은 편안히 앉아 있기도 했다.

그들은 서로 눈빛을 주고받으며 재미있어 했다. 허평군은 이 연회석에서 심심풀이 오락거리가 되어 있었다.

운가는 본래 허평군과 멀리서 인사만 나눌 생각이었다. 한때 허평군이 관리들만의 연회에 참석한 부인이나 아가씨들을 무척 부러워하던 걸 알고 있던 운가였기에, 그 부러워하던 자리에 직접 앉아 보니 기분이 좋은지 어떤지 구경을 할 참이었는데, 그만 이런 장면을 목격하고 만 것이다.

운가는 치밀어 오르는 화를 억누르며 말다에게 말했다.

"무슨 방법을 써도 좋아. 허 언니 쪽에 날 데려다주든가, 아니면 허 언니를 여기로 데려오든가 해. 안 그러면 내 힘으로 허 언니한테 갈 테니까."

운가의 단호한 태도에, 말다도 이 일만은 반드시 해내야 한다는 것을 깨달았다. 그녀는 어쩔 수 없이 살그머니 육순을 불러 뭐라고 속삭였다.

우안 밑에서 일하며 갖은 풍파를 다 겪은 육순이 웃으며 말했다.

"뭔가 했더니 겨우 그런 일이었군! 내가 알아서 할 테니 운 낭자 옆에 자리나 하나 마련해 둬."

육순은 날쌔게 움직였다. 예부 사람에게 뭐라고 말했는지는 모르지만, 얼마 지나지 않아 어떤 환관이 허평군을 안내해 데려왔다.

총명한 허평군도 주위의 부인들이 자신을 놀리고 있다는 걸 깨달았지만 어쩔 수가 없었다. 가난한 집에 태어나 아무것도 모르고, 아무것도 보고 배운 것이 없는 게 그녀의 죄는 아니잖은가?

저녁 내내 조마조마하게 버티던 그녀는 운가를 보자 코끝이 찡해져 하마터면 눈물을 흘릴 뻔했다. 하지만 곧 마음을 다잡고 긴장 상태를 유지했다.

운가는 맛있는 음식을 한 접시 가득 덜어 허평군에게 건넸다.

"음식도 전혀 못 먹은 것 같은데, 먼저 좀 먹어요."

허평군은 고개를 끄덕이고 식사를 시작했다. 그러나 몇 젓가락 먹던 그녀는 갑자기 동작을 딱 멈추고 물었다.

"운가, 이렇게 먹는 게 맞아? 네가 좀 먹어 봐."

운가는 웃음이 터져 나오려는 것을 꾹 참았다.

"허 언니, 뭘 그렇게……."

하지만 허평군의 표정은 진지했다.

"장난하는 거 아니야. 병이가 폐하를 위해 일하게 되었잖아. 얼마나 좋아하는지, 그렇게 오래 알고 지냈는데도 그만큼 진지하고 즐거워 보인 적은 한 번도 없었어. 관리가 되었으니 앞으로 여러 연회에 참석해야 할 텐데, 나 때문에 병이까지 비웃음을 사게 하고 싶지 않아. 그러니까 운가 네가 좀 가르쳐 줘."

운가는 그녀의 마음에 감동해 재빨리 웃음기를 지웠다.

"오라버니는 정말 복이 많아요. 아무도 트집 잡지 못하게 내가 자세히 알려 줄게요. 그동안 책도 많이 읽고, 박학한 사람도 곁에 있어서 다행이네요. 안 그랬으면……."

운가는 혀를 쏙 내밀더니 천천히 이야기를 시작했다.

"예禮라는 것은 역사가 무척 길어요. 크게는 나라의 예법부터, 작게는 조상의 제례까지 있으니 한 번에 다 가르쳐 줄 수는 없어요. 오늘은 간단하게 예의 개요와 기본적인 연회 예절을 알려 줄게요."

허평군은 알겠다며 고개를 끄덕였다.

"한 고조가 개국한 후 명재상인 소하는 율법을 만들었고, 한신은 군법과 도량형을 만들었고, 숙손통叔孫通은 예를 제정했어요. 한나라의 예는 진나라의 제도를 기본으로 공자의 가르침을 결합한 거예요……."

가르치는 사람도 열심이었고 배우는 사람도 열심이었다. 덕분에 두 사람은 자신들이 있는 곳이 연회장이라는 사실조차 잊어버렸다.

❋

황후인 상관소매는 이번에도 유불릉과 함께 상좌에 앉지 못했다. 그녀의 자리는 황제의 자리에서 오른쪽으로 조금 떨어진 아래쪽에 마련되었다.

곽우가 불만스럽게 투덜댔다.

"예전에는 소매의 나이가 어려서 아직 천하의 어머니 노릇을 할 수 없다고 핑계를 대더니, 이제 소매도 열네 살인데 아직도 같이 앉을 자격이 없다는 건가? 아니면 소매를 곁에 앉힐 생각이 아예 없는 거 아냐? 허울뿐인 자리를 다른 사람에게 내주려고? 아버지는 대체 무슨 생각이신 거야? 전혀 초조해하질 않으시니."

곽운이 황급히 말렸다.

"듣는 귀가 많으니 그만 하십시오, 형님. 숙부님께서도 속으로는 다 생각이 있으실 겁니다."

곽우는 연회석을 쭉 훑어보았다. 그가 쳐다보자 사람들은 차마 고개도 들지 못했고, 승상은 그에게 미소까지 지으며 예를 갖추었다. 그러나 맹각과 시선이 마주치자, 맹각은 웃으며 두 손을 모아 보였지만 눈빛에는 두려움이나 비굴함이 전혀 없었다. 곽우는 화가 치밀어 냉소를 지으며 시선을 돌렸다.

거만한 곽우지만 곽광은 무척 두려워했다. 때문에 아무리 화가 나도 맹각을 건드리지 말라는 곽광의 분부를 거역할 용기가 없어서 그저 화를 억누를 수밖에 없었다. 하지만 생각하면 할수록 짜증이 나고, 어려서부터 지금까지 한 번도 느껴 보지 못한 무력감에 휩싸였다. 그러다가 우연히 맹각이 여자 연회석 쪽을 돌아보는 것을 발견하고 물었다.

"저쪽에 있는 여자는 낯이 선데, 어느 집 규수냐?"

곽산이 그쪽을 바라보았지만 짐작이 가지 않아 곽운을 돌아보았다. 그러자 세 사람 중 가장 꾀가 많은 곽운이 말했다.

"바로 황제가 입궁시킨 여자입니다. 운가라고 하지요. 숙부님께서 저 여자의 내력을 조사해 보라고 시키신 적이 있어서 압니다. 저 여자는 의지할 데 없는 고아로, 장안성에서 요리로 생계를 잇고 있었습니다. 바로 그 유명한 '우아한 요리사'지요. 곁에 있는 부인은 허평군이고, 장안성에서 닭싸움이나 하고 지내는 건달의 아내입니다. 그런데 그 건달이 무슨 운수가 있었던지 생김새가 황제와 닮았다고 하더군요. 그래서 황제의 눈에 들어 말단 관리가 되었습니다. 지금 숙부님과 함께 일하고 있는 유병이라는 자지요. 운가와 유병이, 허평군, 맹각은 깊은 관계가 있습니다. 아마 운가에게 유일하게 가까운 사람들일 겁니다. 저 계집애와 맹각 사이에는 명확하게 말할 수 없는 뭔가가 더 있었을 거고요."

곽우는 처음 듣는 이야기였다.

"성군도 알고 있느냐?"

"성군의 표정을 살펴보면 아실 겁니다. 성군도 벌써 저 여자를 알고 있었던 모양이더군요."

곽우는 맹각과 유불릉을 번갈아 바라보고, 다시 운가를 바라보더니 웃음을 터트렸다.

"재미있군."

그런 그의 눈에 곽성군이 미소를 띤 채 혼자 술을 따라 마시고 있는 모습이 보였다. 어쨌거나 그와 곽성군은 같은 부모에게서 난 친남매지간이었다. 게다가 누이동생을 무척 아꼈기 때문에 저 미소 아래에 비참하고 슬픈 마음이 숨겨져 있다는 것을 모를 리가 없었다. 그는 원망스럽고 마음이 아파 욕을 내뱉었다.

"멍청한 계집애. 고아 계집 한 명도 어쩌지 못하다니, 곽씨인 게 부끄럽다!"

곽운이 황급히 나섰다.

"큰형님, 그 일로 소동을 피우시면 안 됩니다. 숙부님께서 아시면⋯⋯."

"내가 언제 소동을 피운다더냐?"

곽우가 웃으며 되물었다. 그러자 곽산도 알겠다는 듯이 웃었다.

"하지만 다른 사람이 소동을 피우는 것까지 막을 수는 없지요."

곽우가 맹각을 혼내 주지 못하는 일로 화가 잔뜩 나 있다는 걸 곽운도 잘 알고 있었다. 언젠가는 화가 폭발할 텐데, 그때는 불똥이 어디로 튈지 알 수 없었다. 그러니 차라리 저 여자에게 화풀이를 하는 게 나을 것 같았다.

맹각이 곽씨들을 제 손바닥에서 갖고 놀 때 그 역시 큰형님 못지않게 화를 삭여야 했다. 더욱이 곽우는 숙부의 유일한 아들이니, 설령 일이 커진다 해도 곽우가 있는 한 숙부는 결코 자신들을 심하게 탓하지는 못할 것이다.

곽운이 속으로 저울질을 해 보는 동안 곽산이 말했다.

"운, 뭘 그렇게 생각해? 저 계집애는 그래 봤자 한낱 궁녀일 뿐이야. 일이 생겨도 궁녀에게 일어난 일이니, 황제가 한낱 궁녀 때문에 우리들과 척을 지려 하겠어? 하물며 이번 일은 일거 삼득이라고. 잘만 하면 숙부님의 수고도 덜어 드릴 수 있어."

곽우는 가소롭다는 듯이 냉소를 지었다. 장안성 전체의 군권이 곽씨들의 손에 있으니 유불릉은 안중에도 없었다.

곽운도 곽산의 말이 무척 일리가 있다고 여겨 웃으며 대답했다.

"그럼 이 아우도 두 분 형님들과 함께 한바탕 놀아 보겠습니다."

곽우가 곽산에게 자세히 분부를 내리자, 곽산은 자리에서 일어났다.

"천천히 드십시오. 저는 취기가 좀 올라 옷 좀 갈아입고 오겠습니다."[35]

곽우가 그를 불러 세우더니 나지막이 말했다.

"우안 그놈의 부하들을 조심해라."

곽산이 웃으며 대답했다.

"오늘 밤의 연회에는 흉노와 강족, 서역 각 나라의 사절들이 와 있습니다. 우안과 칠희 같은 내시들은 황제를 보호하느라 바빠 다른 것은 신경 쓸 틈도 없을 겁니다. 게다가 저는 당당한 나라의 장군이고, 미앙궁의 금군 시위들도 모두 우리 사람이 아닙니까? 우안 그놈이 제아무리 장량처럼 꾀가 많아도, 다 상대할 방법이 있으니 염려 마십시오."

---

36 옷을 갈아입는다는 것은 화장실에 간다는 의미임.

⁂

　운가와 허평군은 한나라 예의범절의 유래와 발전, 그리고 연회에서 사용하는 식기, 젓가락 놓는 법까지 이야기를 나누었다. 그런 다음 운가는 허평군에게 앉는 자세와 술을 권할 때의 행동, 술을 마실 때의 자세, 음식을 집는 방법 등을 하나하나 시범을 보여 주었다.

　이야기가 거의 끝나 갈 무렵 연회장에는 벌써 술이 몇 순배나 돌았다. 이제 민간의 예술인들이 무대에 나와 공연을 펼치고 있었고, 각국의 사신들은 차례차례 앞으로 나와 유불릉에게 절하고 나라의 특산품을 바치고 있었다.

　말다가 어린 환관이 들고 온 음식 한 접시를 받아 운가 앞에 놓으며 말했다.

　"아가씨, 폐하께서 우 총관께 맛있는 음식들을 조금씩 아가씨께 보내라고 하셨답니다."

　백관과 함께하는 자리기는 하지만 좌석은 물론이고, 음식이나 술까지 관직의 품계에 따라 제각각이었다. 때문에 황제에게 올리는 여러 음식들은 운가의 좌석에는 없는 것들이었다.

　운가는 고개를 들고 유불릉을 바라보았다. 그는 대완국의 사신과 이야기하는 중이었다. 거리가 멀고 수많은 사람들과 시끄러운 북소리에 가려져 유불릉의 표정까지 볼 수는 없었다. 하지만 운가는 그가 자신의 시선을 느끼고, 심지어 눈동자에도 따뜻한 웃음을 떠올리고 있을 거라는 걸 알 수 있었다. 이런 느낌을 말로 설명할 수는 없지만 마음으로는 알 수 있었다. 그렇기 때문에 두 사람은 무척 가까이 있는 것처럼 느껴졌고, 연회장 안의 많은 사람들이 그들 사이를 갈라놓는 것 같지도 않았다.

운가는 생긋 웃으며 고개를 돌려 허평군에게 일반적인 예절에 맞게 한번 맛보시라는 자세를 취해 보였다. 허평군도 우아하게 고맙다는 인사를 하고, 젓가락을 든 다음 소매를 잡고 음식을 집었다. 처음처럼 어색해하거나 자신 없는 동작이 아니었다. 이어서 허평군은 입 안의 음식을 삼킨 후 찻잔을 들어 소매로 반쯤 얼굴을 가리고 한 모금을 마신 후, 손수건으로 살짝 입술을 닦았다.

찬탄하는 운가의 미소를 대하자 허평군도 해냈다는 듯이 환하게 웃었다.

9장
슬픈 사랑에 미쳐

한 무제 재위 중반, 위청과 곽거병이 흉노의 왕정王庭[36]을 소탕한 후로 흉노는 더 이상 철기로 한나라의 변경을 압박하던 위용을 갖추지 못했다. 그러나 한나라의 국력이 약해지자 흉노는 다시금 꿈틀거리기 시작하여, 자주 한나라의 국경에서 소란을 일으켰다.

한나라는 흉노의 위협뿐만 아니라 나날이 강성해지고 있는 또 다른 유목 민족인 강족의 거대한 위협도 받고 있었다. 한나라는 강족을 지역에 따라 서강, 북강, 남강, 중강으로 나누어 다루었다.

서강은 무제 말년에 10만의 군대를 일으켜 흉노와 연합하여

---

37 소수 민족의 지휘 거점.

한나라를 공격한 적이 있었다. 물론 결국에는 실패했지만, 한나라 역시 참혹한 대가를 치렀다. 무제는 죽을 때도 그 분을 잊지 못하고 네 명의 고명대신에게 강족을 경계하라는 분부를 내렸다.

무제가 죽은 후 한나라의 국력이 약해지고 내란이 일어나는 것을 본 강족은 위청과 곽거병이 흉노에게서 빼앗은 하서 지방에 눈독을 들였다. 하서 지방은 들판이 많고 물도 풍부하여 유목 민족이 꿈에 그리는 땅이자, 신이 유목 민족에게 하사한 복지福地라고 할 수 있었다.

강족들은 하서 지방을 빼앗기 위해 서역의 나라들과 흉노 사이를 바삐 움직이며 설득 작업에 나섰고, 시시때때로 한나라를 떠보기 위한 공격을 시도했다. 또 이미 한나라에 귀순하여 하서 지방에 살고 있는 흉노인이나 강족 사람들, 혹은 기타 서역 사람들을 선동하여 모반을 일으키려고 했다.

한나라와 강족은 하서 일대에서 격렬한 암투를 치르고 있었다. 특히 군사 요충지인 하황河湟 지역의 쟁탈전은 한 치도 물러설 수 없을 만큼 치열해서, 종종 소규모의 격전이 벌어졌다. 강족 사람들은 마을을 도륙하는 피비린내 나는 정책으로 한인의 수를 줄여, 하황 지역의 대다수를 차지했다.

강족은 유목민의 특성을 가지고 있었고, 또 천성적으로 자유를 숭배했기 때문에 서강과 북강, 남강, 중강은 아직 중앙 왕정을 이루지 못했다. 하지만 공동의 이익을 추구하면서 각 부락이 함께 행동하는 일이 차차 많아졌다.

강족이 하나로 통일되어 흉노와 결탁하고, 나아가 하서와 관중 지방의 흉노족이나 강족 후예 십여만 명들이 가세한다면, 난리가 터졌을 때 한나라 서북 지방 전체가 흔들리는 대재앙이 될 것이다.

그래서 중강의 왕자인 컬타타와 공주 아리아가 강족 각 부락을 대표하여 유불릉에게 신년 인사를 하러 나가자 백관들은 갑자기 조용해졌다. 모두들 잠시 마시던 잔을 내려놓고 컬타타만 바라보았다.

백관들의 침묵이 여자 쪽 연회석에도 영향을 미쳐, 여자들은 무슨 일인지도 모른 채 놀라 입을 다물고는, 황제가 있는 높은 쪽을 바라보며 이민족 왕자를 자세히 살폈다.

하지만 운가는 아리아의 복장에 먼저 눈길이 갔다. 그녀는 "어머!" 하고 탄성을 지르며 한참 동안 그 모습을 살펴보다가 나중에야 컬타타에게로 시선을 돌렸다.

컬타타는 키가 크지는 않았으나 어깨가 넓었고, 눈썹이 짙고 눈이 크며 활력이 넘쳐 우람한 느낌을 주었다. 그가 유불릉에게 하례를 하고 낭랑한 목소리로 말했다.

"대 한나라는 땅이 크고 물품도 풍부하다고 들었는데, 오늘 보니 과연 명불허전입니다. 하늘의 별처럼 반짝이는 보석 때문에 눈앞이 다 어지러울 지경이고, 정갈하고 맛있는 음식에 혀가 굳어 말이 나오지 않을 지경입니다. 또한 설산의 선녀같이 아름다운 아가씨들 덕분에 얼굴이 달아오르고 가슴이 뜁니다……."

허평군이 피식 웃었다.

"말투는 거칠지만 재미있는 왕자잖아. 마치 노래하듯이 말하네."

운가도 웃었다.

"말을 타고 다니는 유목민들은 노래가 곧 언어예요. 봐요, 언니! 저들의 말투는 한인들처럼 우아하진 않아도, 저들의 감정은 한인들과 다를 바 없어요."

그녀도 컬타타의 영향을 받아 노래하듯이 말했다. 허평군은 운가가 서역 출신이라 이민족이나 변방의 나라에 대해 자신들과는 다른 감정을 갖고 있다는 걸 알고 있었다. 그래서 생긋 웃고 입을 다물었다.

장내의 사람들은 컬타타가 하는 말을 듣고 비웃거나 자랑스러운 웃음을 떠올렸다. 컬타타의 거친 말투를 비웃고, 그가 찬탄한 모든 것을 자랑스러워하는 것이었다. 하지만 유불릉은 아무런 표정도 없이 담담하게 컬타타가 화제를 바꾸기를 기다렸다.

컬타타는 웃으면서 아래쪽에 앉은 한나라 백관들을 둘러보았다. 모두들 헐렁한 옷을 걸친 나약한 모습이었다.

"하지만 광활한 하늘에는 용맹한 매가 날고, 끝없는 들판에는 힘센 말이 뛰놀기 마련입니다. 한인 형제들이여, 그대들의 용맹한 매와 힘센 말은 어디로 갔습니까?"

컬타타가 그렇게 말하며 한 손을 쳐들자, 철탑같이 굳센 초원의 대한 네 명이 예물을 들고 유불릉 앞으로 나섰다. 그들이

걸음을 옮길 때마다 탁자가 진동했다. 우안은 앞으로 나서서 유불릉을 보호하며 그들을 물리려고 했다.

유목 민족은 용맹하고, 영웅과 용사를 중요하게 여겼다. 부락의 우두머리인 선우와 가한, 추장은 영웅이어야만 사람들이 따랐다. 그런데 한나라의 황제가 일개 환관의 보호를 받는 것을 보자 컬타타의 눈에 경멸이 떠올랐다. 그가 대한늘을 물리려고 하는데 뜻밖에도 유불릉이 우안을 노려보았다. 날카로운 시선을 받은 우안은 곧 말없이 물러났다.

철탑 같은 네 명의 무사는 유불릉에게 한 걸음, 한 걸음 다가섰지만 유불릉은 마치 그 모습은 보지 못한 듯 컬타타만 바라보며 빙그레 미소를 지었다. 네 무사는 황제의 탁자 바로 앞에서야 걸음을 멈추었다. 유불릉은 평온한 얼굴로 앞에 선 용사들을 바라보며, 느리지도 빠르지도 않은 속도로 말했다.

"하늘 위의 용맹한 매도 독사가 없으면 발톱을 드러내지 않고, 초원 위의 힘센 말도 늑대가 없으면 발굽을 들지 않소. 초원의 형제여, 날개를 접은 매를 기러기라고 생각하오? 쉬고 있는 말을 사슴이라고 생각하오?"

유불릉이 초원식 말투로 컬타타의 질문에 대답한 것은 그를 무척 존중하는 표현이었지만, 그 속에 담긴 내용은 위협적이었다.

유불릉이 회유와 위협을 섞어 말하자 컬타타는 당장 뭐라고 대답해야 좋을지 알 수 없었다. 초원의 방식으로 재빨리 대답하고 질문까지 했으니, 이 황제는 초원의 풍속을 잘 아는 것이 분명했다. 다른 것은 차치하고, 이것만으로도 컬타타는 이 점 잖아 보이는 한나라 황제를 무시할 수가 없었다.

잠시 멍하니 서 있던 그는 네 명의 무사를 옆으로 물러서게 한 후 유불릉에게 절을 했다.

"천조天朝의 황제시여! 우리 용사들이 멀리서 이곳까지 찾아 온 것은 보물 때문도, 술 때문도 아니며, 미녀 때문은 더더욱 아닙니다. 용맹한 매는 오로지 용맹한 매와 함께 날고, 힘센 말 은 오로지 힘센 말과만 달리듯, 용사는 오로지 용사와 교분을 맺을 뿐입니다. 우리는 만도彎刀를 바칠 만한 형제를 찾고 있습 니다. 그런데 어째서 떠들 줄밖에 모르는 기러기나 젖도 못 뗀 사슴만 보이는 것입니까?"

당파를 이루고 계략을 꾸미며, 날카로운 혀와 달변으로 서 로 겨루던 문관이나 유생들의 얼굴이 순식간에 벌겋게 달아올 랐다. 곽우와 곽운을 필두로 권세가인 아버지의 비호를 받는 젊은 무관들은 탁자를 뒤엎고 일어날 태세였다.

유불릉은 무덤덤한 얼굴이었지만 속으로는 암담했다. 지난 날 한나라의 조정에는 문인으로는 사마천, 사마상여, 동방삭東 方朔, 주부언主父偃이 있었고, 무인으로는 위청과 곽거병, 이광, 조파노가 있었다. 훌륭한 문인과 뛰어난 장군이 조정에 가득해 서, 누구든 나서기만 하면 사방 이민족들의 입을 다물게 할 수 있었다.

그러나 이제는…… 떠들기만 할 줄 아는 기러기? 젖도 못 뗀 사슴? 나의 약점을 가장 잘 아는 자는 바로 적이라고 하더니,

정말이지 정확했다!

유불릉이 문무대신들을 훑어보았다. 대사마 대장군 곽광은 아무 표정 없이 단정하게 앉아만 있었다.

오늘 이 연회에서 일어난 모든 일들은 내일이면 장안성 곳곳으로 퍼져 나갈 것이고, 이어 천하에 소문이 날 것이다. 곽광은 마치 유불릉이 천하 사람들 앞에서 이 도발에 어떻게 응한 것인지 지켜보려는 것 같았다.

유불릉이 실수하면 그제야 미소를 지으며 등장해 컬타타를 혼내 줌과 동시에 천하 사람들이 곽광의 현명함을 알 수 있게 만들 속셈인 듯했다.

'허수아비 승상' 전천추는 곽광이 말하지 않으면 입을 열지 않았고, 곽광이 움직이지 않으면 명상에라도 빠진 양 눈을 감고 가만히 있었다.

관리들이 앉은 연회석의 일품 중랑장 자리에는 곽우와 곽운이 있었다.

유불릉은 미소를 띤 채 제일 말석에 앉은 유병이에게 시선을 던졌다.

유병이는 조금 망설였다. 하지만 고개를 쳐들고 비웃음을 띠며 오만하게 한나라 조정을 내려다보는 컬타타의 모습에 일말의 망설임도 사라져 버렸다. 지금은 개인의 이익만 신경 쓸 때가 아니었다.

유불릉의 시선을 받은 유병이는 살짝 고개를 끄덕인 후 일어나 앞으로 나가며 노래했다.

매에 우는 사슴 들판의 풀을 뜯고
귀빈이 오시니 슬瑟[37] 타고 생笙[38]을 분다
생을 불며 칭송하며 대광주리 받쳐 올리니
귀빈이 나를 아껴 주행周行[39]을 보여 주시다

매에 우는 사슴 들판의 쑥을 뜯고
귀빈이 오시니 덕이 높고 말씀도 훌륭하다
백성을 후덕하게 대하니 군자도 따른다
좋은 술 꺼내 귀빈을 모시니 연회는 즐겁다

매에 우는 사슴 들판의 갈대를 뜯고
귀빈이 오시니 슬을 뜯고 금을 뜯고
슬을 뜯고 금을 뜯으니 참으로 즐겁다
좋은 술 꺼내 연회로 귀빈을 즐겁게 한다

유병이는 걸으면서 노래를 불렀지만, 옷자락이 휘날리면서 걸음걸이가 무척 자연스러워 보였다.

넓디넓은 전각 안에 목석처럼 앉아만 있던 백 명이 넘는 관리들이 차가운 눈길로 그를 바라보았다. 곽우와 곽산 같은 이

---

38 현악기의 일종.
39 관악기의 일종.
40 큰 도리.

들은 입가에 조소까지 떠올렸다.

유병이의 노랫소리는 넓은 전각 안에 울려 퍼졌지만, 메아리만 울릴 뿐 따라 하는 이 없어 외롭게 들렸다. 하지만 그는 꿋꿋했고, 목소리 역시 깊고 풍부했다. 뭇 닭들 사이에 선 고고한 선학仙鶴처럼 늠름한 자태와 당당한 기개에서, 혼자 힘으로 하늘을 떠받들 시원시원함이 느껴졌다. 덕분에 듣는 사람들은 점차 그에게 찬탄하고 존경심을 품게 되었다.

《시경》에 나오는 〈녹명鹿鳴〉은 중원의 귀족들이 친구를 환대하며 부르는 축가였다. 연회석에 있던 악사 중 머리 회전이 빠른 두어 명은, 유병이가 한인의 위엄과 관대함을 드러내는 노래를 통해 강족의 도발에 맞서려는 것을 눈치챘다. 유병이의 시원시원한 응대를 보자, 강족 왕자의 오만함에 화가 난 악사들 중 용기 있는 몇 명이 그의 노래에 맞추어 연주를 시작했다.

처음에는 두세 명이 드문드문 시작했을 뿐이지만 곧 모든 악사들이 유병이의 뜻을 깨달았다. 그들은 한마음으로 공동의 적에 맞서듯 각자 유병이의 노래에 반주를 하며 함께 따라 불렀다.

가희들도 슬 소리에 맞추어 합창했다. 무희들도 슬 소리에 맞추어 합창했다. 한 명, 두 명, 세 명……

모든 악사와 가희, 무희들은 이 자리에서는 그저 배경이요, 장난감인 자신의 신분을 잊고, 나라를 지키는 것은 장군들이 할 일이라는 사실도 잊고, 명령 없이 사적으로 노래를 부르면 처벌을 받는다는 것도 잊었다. 처음으로 그들은 각자 맡은 직무를 따지지 않고 다 함께 노래를 불렀다.

〈녹명〉은 《시경》소아편小雅篇에 처음 나오는 노래니, 그 곡이 얼마나 아름답고 기세가 웅장한지 알 만했다. 즐거운 곡조 속에 웅장함이 넘치고, 온화한 가운데 위엄이 넘쳤다. 그러나 더욱 놀라운 것은 그 노래를 부르는 사람들이었다.

그들은 글을 지을 줄 모르니 격문을 써서 적국에 보낼 수도 없고, 싸움을 할 줄 모르니 전쟁에 나가 적을 죽일 수도 없었다. 하지만 자신만의 방식으로 한나라의 위엄이 타인의 발아래 짓밟히지 않도록 지키고 있었다. 그들은 비록 비천한 신분이었지만 나라를 보호하고자 하는 마음은, 자리만 차지하고 앉은 고관과 귀족들보다 훨씬 높았다. 그들은 민족의 존엄성을 위해 노래했고, 가족과 나라를 수호겠다는 결심을 드러냈다.

마침내 유병이는 빙그레 웃는 얼굴로 뒷짐을 진 채 컬타타 앞에 섰다. 대전 안에는 〈녹명〉이 성대하게 울려 퍼지고 있었다. 백여 명이나 되는 악사와 가희, 무희가 대전의 구석구석에서 숙연한 얼굴로 노래를 불렀다. 그들의 노랫소리가 전각 안을 가득 울려 모두를 놀라게 했다.

유병이는 혼자 컬타타 앞에 서 있었지만, 그 뒤에는 수천만 명의 대 한나라 백성들이 있었다.

곡이 끝났다.

컬타타의 오만한 웃음은 사라지고 눈은 놀라움으로 가득했다. 이런 백성이 있는 나라를 함부로 건드릴 수 있을까? 연약

하고 비천한 가희마저 그의 눈을 똑바로 쳐다보며 큰 소리로 노래를 부르고 있었다. 저 미소 아래에는 함부로 범할 수 없는 영혼이 자리하고 있었다!

유병이는 컬타타를 향해 두 손을 모아 읍을 했다.

"우리나라는 예악을 중요하게 생각합니다. 좋은 술로 손님의 피로를 덜어 주고, 즐거운 노래로 고향을 그리는 손님의 마음을 달래 주지요. 활이나 창은 적 앞에서만 꺼낼 뿐입니다. 그러나 멀리서 오신 손님께서 그들의 방식으로 우리의 우의를 증명하라고 하신다면, 받들 수밖에 없겠지요."

컬타타는 망설였지만, 이렇게 물러서는 것도 내키지 않았다. 이곳에 오기 전 그는 모든 강족 추장들 앞에서 가슴을 치며, 장안 사람들이 강족의 용맹을 영원히 기억하게 만들겠다고 장담했다. 이번 길에 데려온 네 사람은 강족의 전사 중에서도 고르고 고른 용사들이었다. 그는 부왕의 명령대로, 이번 기회에 모든 강족 추장들이 자신감을 굳히게 만들어 통일을 이루고, 다 함께 거사를 논의할 생각이었다.

상황을 살핀 유병이도, 컬타타가 기세는 꺾였지만 완전히 포기하지는 못했다는 것을 눈치챘다.

"왕자 전하, 이 몸은 한나라 백관 중 말석을 차지하고 있을 뿐이나, 왕자의 용사들께서 저와 겨룰 뜻이 있다면 더없는 영광이겠습니다."

그러잖아도 컬타타 뒤에서 싸우고 싶어 안달이던 용사 저츠는 그의 도전을 받자 더 이상 참지 못하고 컬타타에게 말했다.

"왕자님, 제가 해 보겠습니다."

컬타타가 유불릉을 바라보았다.

"무예로 우의를 다지는 것은 이번만이오."

유불릉의 허락에 우안은 황급히 사람을 시켜 장내를 수습하게 하고, 남몰래 가장 뛰어난 태의를 불러오게 했다.

유병이가 일어날 때부터 내내 숨조차 쉬지 못하고 있던 허평군은 유병이가 직접 상대 용사와 싸운다는 말에 마음이 더욱 복잡해졌다. 한나라 백성으로서 강족 왕자의 계속되는 도발과 모욕에 그녀 역시 다른 사람 못지않게 화가 났다. 그래서 남편이 전각을 천천히 거닐며 노래를 부르고, 당당하게 강족 왕자에게 맞서는 모습에 내심 자랑스럽고 흥분되기도 했다.

'저 사람이 내 남편이야! 태어나서 저런 남편을 얻었는데, 아쉬울 게 뭐 있을까?'

하지만 한편으로는, 저 사람이 바로 자신의 남편이기 때문에 걱정스럽고 두렵기도 했다.

운가가 그런 허평군의 손을 꼭 잡았다.

"걱정 말아요! 오라버니는 한때 장안성 건달들의 대장이었으니 무예가 보통이 아닐 거예요. 안 그러면 그 건달들이 오라버니를 따랐겠어요?"

컬타타가 유불릉을 향해 웃으며 말했다.

"존귀한 천조의 황제시여! 시합을 한다면 무릇 삼세판은 해야 합니다. 백성들에게 이 이야기가 전해지면 우리 양국의 우호에 대한 증명이 될 것입니다."

유불릉이 빙긋 웃었다. 그 역시 벌써 생각한 바가 있었다.

"왕자의 뜻대로 하시오. 간의대부 맹각은 나와서 명을 받들라. 짐이 명한다. 그대는 한나라를 대표하여 강족 용사와 무예를 겨루도록 하라."

장내에 침묵이 감돌았다.

황제가 무슨 생각으로 문관을 싸움에 내보낸 것일까?

곽광의 명령이었다면 이해가 되지만, 황제가 그런 명령을 내리다니?

설령 맹각이 황제의 눈 밖에 나서 이 기회에 그를 죽일 생각이라 해도, 꼭 이렇게 결정적인 순간에 그럴 필요는 없지 않을까?

그러나 맹각 본인은 전혀 놀라지 않았다. 그도 지난번 장안성 교외에서 벌어진 우연한 사건에서 마주쳤던 사람이 우안과 칠희 등이라는 것을 알고 있었다. 그렇다면 그가 무예를 한다는 것을 황제가 아는 것도 이상한 일이 아니었다.

그는 미소를 지은 채 일어나, 앞으로 나가 머리를 조아리고 황명을 받았다.

세 번째는 누구일까?

유불릉은 태연하게 곽광을 바라보았다. 곽광도 돌아가는 상황과 유불릉의 속마음을 알 수 있었다. 그가 한 수 지고 있는 것이다.

지난날 위 태자가 유병이를 보호하기 위해 뽑은 시위들은 모두 일류 고수들이었다. 게다가 유병이 역시 생사를 넘나드는 위험 속에서 자신의 목숨을 보존하기 위해 열심히 무예를 익혔을 것이다. 그리고 나중에는 강호 협객들 속으로 흘러 들어가 더욱 잡다한 것들을 배웠다. '형님'이라는 이름은 거저 얻을 수 있는 것이 아니었다. 따라서 곽광도 유불릉도, 유병이가 손쉽게 이기리라는 것을 알고 있었다.

물론 곽광은 맹각의 무예가 어떤지는 알지 못했다. 하지만 유불릉이 한나라의 국위國威를 놓고 장난을 칠 리가 없으니, 맹각이 반드시 이긴다는 자신이 있는 것이 분명했다. 곽광 역시 유불릉의 사람 보는 눈은 한 치도 의심하지 않았다.

유불릉이 이런 일을 벌인 것은 열세를 만회하는 한편, 이번 공로를 이유로 유병이와 맹각의 관직을 높여 주려는 것이었다. 그렇게 되면 곽광도 반박할 말이 없었다.

이렇게 되자 더 이상 머뭇거리고 있을 수 없게 된 곽광이 곽씨의 자제들 중 한 명을 추천하려고 하는데, 그동안 컬타타 옆에 서서 한 마디도 하지 않고 있던 강족 공주가 갑자기 허리를 숙이며 유불릉에게 말했다.

"존귀한 황제시여, 아리아에게 세 번째 시합을 허락해 주십시오."

누구를 내보낼지 생각해 두었던 컬타타는 누이의 뜻밖의 청에 다소 불쾌했지만, 가만히 생각해 보니 누이는 채찍을 무척잘 쓰는 데다 여자기 때문에 오히려 유리하다고 생각했다.

초원의 여자들은 남자 못지않게 강하지만, 중원 여자들이 무예에 능하다는 말은 들어 본 적이 없었다. 한인들이 남자를 내보내면 누이에게 이겨 봤자 체면이 서지 않을 것이다. 컬타타는 이 상황에서 한인들이 어떻게 나올지 보고 싶어졌다.

결과를 자신한 유불릉은 세 번째 시합에는 별로 관심이 없었다. 상대가 남자기만 했다면 곽광에게 곽씨 중 한 명을 내보내라고 하면 되었다. 곽씨의 자제들은 오만무례했지만 무예는 약하지 않았다.

이기면 물론 좋지만, 이기지 못해도 좋았다!

하지만 여자가 나선다고 하자 다소 난처했다. 우안이 직접 가르친 궁녀들 중 한 명을 내보낼 수도 있지만 지금 전각 안에는 말다밖에 없었다. 게다가 궁녀가 무예를 할 줄 안다는 것을 백관들이 알게 되면 후환이 생길 것이다.

어쩌면 아리아에게 여자들 중 아무나 고르라고 한 후, 규방의 놀이 삼아 차를 끓여 그 맛을 품평하는 것도 괜찮을 것 같았다. 그렇게 그가 마음을 정하지 못하고 있는데 갑자기 낭랑한 소리가 들려왔다.

"폐하, 소녀가 공주와 겨뤄 보겠습니다."

아래쪽에 있던 운가는 유불릉이 머뭇거리며 망설이자 자신이 나서기로 결심했다. 허평군이 말리는 데도 불구하고 운가는 끝내 자리에서 일어나 앞으로 나가 무릎을 꿇었다.

바닥에 꿇어앉은 운가를 바라보는 유불릉은 마음이 불편했지만 어딘지 모르게 따뜻한 기분이 들었다. 이 전각 안에서 그는 결코 높은 자리에 홀로 앉은 외로운 사람이 아니었다.

하지만 운가의 무예 솜씨는 어느 정도일까? 잘은 모르지만, 오랫동안 함께 지내면서 운가가 요리책이나 시집, 야사野史 같은 걸 읽는 건 보았지만 궁궐 안에 있는 무공비급을 읽는 모습은 한 번도 본 적이 없었다. 운가의 성격상 흥미가 없는 일을 억지로 할 리 없었다.

유불릉이 핑계를 대고 거절하려는데 운가가 눈빛으로 계속 소리쳐 댔다.

'하게 해 줘요! 하게 해 줘요! 별일 없을 거예요! 장담해요!'

게다가 컬타타와 다른 나라의 사자들이 엎드린 호랑이처럼 차가운 눈으로 그의 일거수일투족을 지켜보고 있었다. 유불릉은 어쩔 수 없이 운가를 일어나게 한 다음 그녀의 청을 들어주었다. 그가 아래쪽에 시립해 있는 칠희를 흘끗 바라보자, 칠희가 재빨리 나와 운가에게 무슨 무기가 필요한지 묻는 척하면서 신신당부했다.

"폐하께 다 생각이 있으십니다. 못 이길 것 같으면 억지로 싸워 다치지 마시고 졌다고 하세요."

운가는 킥킥 웃으며 연신 고개를 끄덕였다.

"물론이지. 나도 내 목숨을 갖고 장난치지는 않아."

"어떤 무기를 쓰시겠습니까?"

칠희가 다시 물었지만 운가는 고개를 저으며 멍한 표정으로 말했다.

"아직 생각 안 해 봤어. 생각해 본 후에 말해 줄게."

칠희는 머리 위로 까마귀 떼가 날아가는 것같이 오싹해져 식은땀을 닦았다.

운가가 나서자 모든 사람들의 이목이 집중되었다. 기운 없이 앉아 그 무엇에도 관심이 없던 곽성군조차 들고 있던 술잔을 내려놓고 복잡한 심정으로 운가를 바라보았다.

허평군은 말할 것도 없었다. 전각 안에 차려진 무대 위에 올라간 세 사람은 모두 그녀가 가장 가깝게 여기는 사람들이었다. 자신도 무대 위로 달려가 그들과 나란히 싸우지 못하는 것이 한스러웠지만, 그녀가 도울 수 있는 것은 아무것도 없었다. 그저 속으로 그들이 무사하기만을 하늘에 기도하는 수밖에 없었다. 정말이지 '이번만'이었으면 싶었다.

운가는 맹각을 없는 사람 취급하면서, 생글거리며 유병이에게 인사를 했다. 게다가 유병이 옆에 앉은 후에는 한시도 가만히 있지 않고 여기저기를 돌아보고, 아리아를 자세히 살피며 마치 놀러 나온 사람처럼 행동했다.

유병이와 맹각은 말없이 그런 운가를 바라보았다. 그 어설픈 실력으로 무슨 망신을 당하려고 여기까지 나왔담? 이런 자리만 아니었다면 그들은 벌써 운가의 목을 쥐고 그녀가 걸어 나온 쪽으로 집어 던져 버렸을 것이다.

첫 번째 시합은 유병이와 저츠였다.

유병이가 일어나자 맹각은 웃으며 낮은 소리로 그에게 몇 마디 했다. 유병이도 고개를 끄덕인 후 편안한 얼굴로 나갔다.

저츠가 우렁찬 목소리로 말했다.

"내가 말 등에서 적을 죽일 때 쓰는 무기는 낭아봉狼牙棒이오. 하지만 말에서 내려서 싸울 때는 무기 없이 씨름과 근접격투를 하오. 하지만 당신은 무기를 써도 되오."

유병이는 두 손을 모아 예를 갖추며, 상대의 솔직함에 똑같은 솔직함으로 응수했다.

"이 몸은 어려서부터 잡다한 것들을 익혀 무엇을 제일 잘한다고 말할 수가 없소. 그러니 맨손으로 형씨와 한번 겨뤄 보겠소."

저츠는 고개를 끄덕인 후 공격을 시작했다. 그의 무공은 거친 외모와는 달리 투박하면서도 세밀했다. 하반신으로는 씨름의 버티기와 피하기를 쓰고, 주먹은 근접격투의 빠른 공격과 연속 기술을 주로 썼다. 그의 주먹이 끊임없이 빠르게 짓쳐 오자 유병이는 그의 권풍拳風을 이리저리 피하기만 할 뿐이었다.

저츠는 말한 대로 씨름과 근접격투 기술만 썼다. 할 줄 아는 것이 이 두 가지밖에 없었기 때문에 수십 년 동안 익히고 또 익혀 완전히 통달해, 안정된 하반신과 빠른 주먹의 조합에서는 빈틈을 찾아볼 수가 없었다.

무예를 하는 사람이라면 저츠가 한인 무예의 복잡하고 세밀한 부분을 단순하게 하여 자신의 것에 결합시켰다는 것을 알아볼 수 있었다. 하지만 무예를 모르는 부인네나 아가씨들은 아무리 봐도 흥미가 일지 않았다.

유병이는 또 달랐다. 그는 계속 움직이며 피하기만 했다. 그러면서 때로는 간단한 초식을 썼다가 때로는 복잡한 초식을 쓰고, 가끔은 부드럽게 공격하고 가끔은 강하게 공격하곤 했다. 그 모습이 여자들의 눈길을 끌었는지 모두 신이 나서 지켜보았다.

하지만 운가는 이해할 수가 없었다. 유병이의 무예는 화려하고 보기는 좋지만 전력을 다하는 것 같지 않았다. 그는 지금 배운 것은 잡다하게 많지만 통달한 것은 전혀 없는 것 같은 모습을 보여 주고 있었다. 하지만 운가는 유병이가 결코 그런 사람이 아니라는 걸 잘 알고 있었다. 여러 가지를 배웠어도 대충대충 익혔을 리가 없었다. 분명 자신이 가장 좋다고 생각한 것을 끝까지 파고들었을 것이다.

순식간에 백여 초가 지났다. 유병이와 저츠 둘 다 털끝 하나 상하지 않은 상태였다.

초원의 무예에 대해 어느 정도 알고 있던 유병이는 저츠가 펼치는 백여 초를 살펴본 뒤 마음을 정하고는 그에게 말했다.

"조심하시오."

갑자기 초식이 바뀌었다. 유병이는 저츠와 똑같은 초식으로 그를 공격하기 시작했다.

저츠는 단순한 사람이었다. 그는 대여섯 살 때부터 씨름과 격투를 배우기 시작해서 둘 다 전심전력으로 익혔고, 다른 무예에는 전혀 관심을 두지 않았다. 그렇게 수십 년이 흐르는 동안 어느새 그는 초원에서 누구나 할 줄 아는 무예로 당해 낼 자가 없는 경지에 오르게 되었다.

유병이가 다른 무예를 썼다면 그는 평소대로 상대의 기술이 무엇이든, 속임수를 쓰든 말든 신경 쓰지 않고 자기 식대로 응수했을 것이다. 하지만 유병이가 갑자기 같은 무예로 공격하자 머리가 복잡해졌다.

'저자가 어떻게 내가 하는 무예를 알지? 저자가 다음번에 어떻게 나올지 뻔히 알 수 있어! 그럼 어떻게 공격해야 하는 거지? 반대로 저자도 내가 어떤 공격을 할지 알지 않을까? 분명 준비를 하고 있을 거야. 그럼 어떻게 공격을 해야……'

유병이는 저츠가 넋이 나간 틈을 타서 갑자기 다리를 걸고 상체를 덮쳤다. 그리고 가장 역사가 긴 씨름 기술인 어깨너머 던지기를 사용해 그를 바닥에 내동댕이쳤다.

두 사람이 갑자기 같은 기술로 싸울 때부터 뭐가 뭔지 몰라 어리둥절하던 사람들은, 유병이가 저츠를 내던지자 더욱 명해져서 미처 반응할 수도 없었다.

유불릉이 가장 먼저 손뼉을 치고 찬탄하자, 그제야 사람들도 유병이가 이겼다는 것을 깨닫고 황급히 환호하고 박수를 쳤다.

유병이는 저츠를 부축해 일으켰다. 그러자 저츠는 얼굴이 새빨개진 채 멍한 표정으로 말했다.

"실력이 좋군. 당신이 이겼소."

유병이는 솔직한 초원 사내의 마음속에 그림자가 드리워진 것을 알 수 있었다. 다음번에 싸울 때는 예전처럼 자신감을 갖지 못할 것이다.

저츠의 무예는 무척 훌륭했다. 한눈팔지 않고 하나만 갈고 닦은 덕분에 이미 무예에서는 최고의 경지에 올라 있었다. 그의 마음이 흐트러지지만 않았다면, 그를 공격해서 쓰러뜨린다는 것은 결코 쉬운 일이 아니었다.

저츠에게 호감을 느낀 유병이는 해명을 해서 그의 자신감을 찾아 주고 싶었다. 내가 당신을 이긴 것이 아니라, 당신 스스로 마음이 흐트러져 진 것이라고 알려 주고 싶었다.

하지만 저츠가 아무리 마음에 들어도 결국은 강족이었다. 훗날 두 나라가 싸우게 되면 저츠의 허점은 한나라 병사에게는 곧 기회가 될 것이다. 그렇게 생각한 그는 빙그레 웃으며 예를 갖추어 인사만 한 후 돌아섰다.

컬타타는 억지로 웃으며 유불릉에게 축하 인사를 건넸다.

"한나라의 용사는 과연 훌륭합니다!"

유불릉은 기쁜 표정도 짓지 않고 예의 담담한 얼굴로 대답했다.

"초원의 무예도 훌륭하오. 짐도 저렇게 뛰어난 씨름 기술과 격투 기술은 처음 보았소."

그 진지한 말투에 듣는 사람들도 그가 진심으로 찬탄하고 있음을 알 수 있었다.

컬타타는 비록 저츠가 패하긴 했으나, 한인의 무예가 아니라 자신들의 무예로 패했기 때문에 아무래도 기분이 덜 나빴다. 그가 맹각을 바라보며 말했다.

"이제 내가 당신과 겨룰 거요."

맹각은 컬타타가 왕자의 신분이고, 또 미리 준비한 듯 용사들을 데려왔으니 직접 시합에 나설 리 없다고 생각했다. 그런데 뜻밖에도 그가 직접 싸우겠다고 한 것이다. 하지만 그가 이미 그렇게 말했으니, 맹각도 어쩔 수 없이 미소를 지으며 인사했다.

"잘 부탁드립니다, 전하."

운가는 무대 쪽을 보지도 않고 헤헤거리며 유병이에게 물었다.

"오라버니, 오라버니가 제일 잘하는 무예는 뭐예요? 사람들이 눈 한번 깜빡하지 않고 한참 동안 쳐다봤지만 도무지 알 수가 없었어요. 너무 꽁꽁 숨겨 두는 거 아니에요?"

쓸데없이 끼어든 운가에게 불만이 가득하던 유병이는 퉁명스럽게 대꾸했다.

"시간 있으면 어떻게 해야 낯부끄럽지 않게 질지나 생각해 봐."

"날 너무 얕보는군요. 이기면 어쩔 거예요?"

유병이는 엄한 얼굴로 운가를 머리끝에서 발끝까지 훑어보더니, 툭 던지듯 말했다.

"연회가 파하면 의원을 찾아가 봐. 몽유병이 아주 심각한 수준이야!"

운가는 코웃음을 치며 그 말을 무시했다.

얼마 후, 유병이가 다시 그녀를 부르더니 신신당부했다.

"운가, 이건 그냥 놀이니까 너무 진지하게 하지 마. 안 되겠거든 그냥 못 하겠다고 소리쳐."

운가는 자신을 걱정하는 그의 마음을 알고 고개를 끄덕였다.

"알았어요. 걱정해 줘서 고마워요."

유병이는 차갑게 코웃음을 쳤다.

"널 걱정하는 사람이 너무 많아서 나까지 걱정할 필요는 없을 거야. 폐하께서 저 위에 계시니 위험한 일이야 없겠지. 내가 걱정하는 건 맹각이야. 규칙이고 뭐고, 널 구하겠다고 뛰어들까 봐 심히 걱정되는구나.”

운가는 “쳇!” 하고 비웃음을 지으며 더 이상 유병이와는 이야기를 하지 않았다. 그사이 벌써 맹각과 컬타타의 싸움이 시작되었다.

한쪽은 검을, 다른 한쪽은 칼을 썼다. 맹각의 초식은 표홀하고 민첩해 마치 하늘에서 내리는 눈이나 바람에 흔들리는 버들가지 같았다. 반면 컬타타의 초식은 묵직하고 흉포해 마치 산에서 내려온 호랑이나 동굴에서 나온 뱀 같았다.

한동안 그들의 싸움을 지켜보던 유병이는 점점 눈살을 찌푸렸다. 삼판이승제의 시합이었다. 강족은 한 번 졌으니 이번에도 컬타타가 지면, 아리아가 운가를 이기더라도 강족의 패배였다. 컬타타는 패색을 만회하기 위해 무슨 대가를 치르더라도 이기고야 말겠다는 의지를 불태우고 있었다.

맹각과 컬타타의 무예 솜씨는 백중지세였다. 하지만 지략은 맹각이 훨씬 뛰어났다. 싸움이란 단순히 무예 솜씨만 겨루는 것이 아니라 지략을 겨루는 것이기도 하니, 맹각이 이길 확률이 열 중 일곱이었다. 그러나 결사의 각오로 덤비는 컬타타 때문에 맹각이 이기려면 적지 않은 대가를 치러야 할 것 같았다.

운가는 무대 위에서 벌어지는 싸움을 보지 않을 생각이었지만, 유병이의 안색이 점점 어두워지자 황급히 무대 쪽으로 시선을 던졌다. 싸움을 보는 그녀의 눈도 점점 찌푸려졌다.

보는 사람도 힘들지만 싸우는 사람은 더 힘들었다. 맹각은 컬타타가 이렇게까지 과격하고 강맹할 줄은 예상하지 못했다. 왕자라는 사람이 목숨을 내놓고 싸움을 할 거라고는 상상도 할 수 없는 일이었다. 이런 것을 우의를 다지기 위한 싸움이라고 할 수 있을까? 차라리 불구대천의 원수 간의 싸움이라 해야 할 것이다.

그보다 더 어려운 것은, 컬타타는 그를 해칠 수 있어도 그는 컬타타를 해칠 수 없다는 사실이었다. 컬타타는 그에게 상처를 입히거나, 심지어 죽이더라도 사과하고 벌을 받으면 그만이었다. 그러나 그가 컬타타에게 상처를 입힌다면 강족이 서역 각 부족들을 부추겨 한나라를 공격할 수 있는 핑곗거리가 될 뿐이었다.

맹각은 오랫동안 서역에서 살았기 때문에, 서역 각 나라와 한나라의 접경 지역 상황을 잘 알고 있었다. 매년 일어나는 전쟁에다 한나라 예전 관리들의 혼란스러운 실정과 더불어, 변경에 머무는 한나라 관리들이 서역의 민족들을 피도 눈물도 없이 억압하고 착취하여 서역의 나라들은 한나라에 대한 원한이 깊었다. 그런데 강족 왕자가 새해를 축하하기 위해 멀리 한나라까지 갔다가 한나라 관리에게 상처를 입었다는 말이 들리면, 이 조그만 불씨가 여차하면 초원을 태워 버릴 큰불이 될 수 있었다.

맹각의 무술은 주로 서역 살수殺手로부터 배운 것이었다. 이 무술은 질질 끄는 싸움에는 맞지 않았다. 최대한 단순하고, 최대한 체력을 아끼는 방식으로 상대방을 죽이는 것이 이 무술의 지향점이었다.

살인하는 솜씨만 따지면 컬타타는 맹각의 적수가 아니었다. 하지만 맹각은 진짜 살초殺招는 단 하나도 쓸 수가 없었다. 그저 다년간의 고된 훈련을 통해 얻은 실력으로 컬타타의 살초를 막아 낼 뿐이었다.

이렇게 싸운다면 시간이 갈수록 맹각이 위험해진다! 컬타타는 사정 봐주지 않고 칼을 휘두르는데, 맹각은 마음대로 검을 찌를 수가 없었다. 컬타타의 칼이 몇 번이나 맹각의 급소를 아슬아슬하게 스쳐 갔고, 그때마다 전각 안에 있는 여자들이 놀란 듯이 비명을 질렀다. 맹각의 검은 컬타타의 공세에 밀려 점점 약해졌다.

싸움이 이백여 초나 이어지자 컬타타는 더 이상 참을 수가 없었다. 그는 눈을 가늘게 뜨며 잔인한 미소를 떠올리더니, 칼을 힘껏 휘둘렀다. 마주한 맹각의 검날이 노리는 왼쪽 측면만 보호하여 급소를 찌르지 못하게 하고, 배 쪽은 훤히 드러낸 채였다. 자신이 중상을 입는 한이 있어도 맹각을 베어 죽이겠다는 뜻이었다.

만도가 곧장 맹각의 목을 향해 가로질러 왔다. 속도가 무척 빨랐다. 그러나 맹각은 그보다 조금 더 빨리 움직일 자신이 있었다. 짧디짧은 시간이었지만, 칼이 목에 날아든 순간 오른손에 쥔 검을 왼손으로 바꿔 쥐고, 컬타타의 실수를 이용해 그가 예상하지 못한 방향으로 심장을 찌르기에는 충분했다.

생사가 갈리는 순간이었다. 훈련을 잘 받은 맹각의 몸은 생각을 하기도 전에 먼저 움직였다.

오른손의 검을 놓고 왼손으로 쥔다. 화려한 변화도 아니었고, 오히려 보기 흉한 검법이었지만 빨랐다. 남들은 상상조차 할 수 없을 정도로 빨랐고, 누구도 제대로 보지 못했을 정도로 빨랐다.

검날이 컬타타의 심장을 향해 갔다. 순간, 컬타타는 맹각이 왼손으로도 검을 다룰 줄 안다는 사실을 깨달았다. 또한 그제야 조금 전까지는 맹각이 무척 느리게 검법을 펼치고 있었다는 것도 깨달았다!

맹각의 눈빛은 차분하다 못해 냉혹, 무정했다. 그 눈빛에 컬타타는 초원의 사냥꾼들이 가장 두려워하는 외로운 늑대를 떠올렸다. 그 늑대는 사냥꾼들이 늑대 떼를 도살할 때 요행히 살아남은 어린 늑대였다. 이런 늑대가 자라면 누구보다 잔인하고 냉혹한 외로운 늑대가 된다.

컬타타의 동공이 확 수축되었다. 자신의 실수를 깨달은 것이다. 그 실수의 대가는…… 죽음이었다!

칼은 유성처럼, 벽력같은 기세로 맹각의 목을 향해 갔다.

검은 번개처럼, 독사처럼 은밀하게 소리도 기척도 없이 컬타타의 심장을 향해 갔다.

순간 맹각의 눈빛에 담긴 피에 굶주린 냉혹함 속에, 갑작스레 아득함과 망설임이 떠올랐다. 그리고…….

'연민까지?'

컬타타는 믿을 수가 없었다.

갑자기 맹각이 검을 억지로 돌려 컬타타의 심장을 피해 옆구리를 찔렀다. 그러나 컬타타의 칼은 그대로 맹각의 목으로 날아들었다.

하지만 맹각의 눈에는 컬타타가 없었다. 그는 어느새 시합에 관심을 잃고 차분하고 담담하게 다른 곳을 보고 있었다. 살아 있는 마지막 순간, 그의 눈에는 지울 수 없는 따스한 정과 끊을 수 없는 근심이 짙게 떠올랐다.

"안 돼!"

가슴이 찢어질 듯 참담한 비명 소리가 터져 나왔다.

컬타타는 정신을 차리고 온 힘을 다해 칼을 거두었다. 칼은 맹각의 목 바로 앞에서 멈추었다. 칼날에 선혈이 배어 나왔다. 조금만 늦었다면 맹각의 목은 벌써 날아갔을 것이다. 반면 컬타타는 심해 봤자 옆구리에 상처를 입거나, 아니면 전혀 다치지 않았을 것이다. 맹각의 검은 그의 근육에 닿기 무섭게 힘이 사라졌기 때문이었다.

맹각이 검을 돌리는 순간 결과는 이미 정해졌다. 그때 맹각은 이미 이런 일 따위에 정력을 낭비하고 싶지 않은 것처럼 모든 힘을 오로지 눈에만 쏟아부으며 다른 곳을 응시하고 있었다. 컬타타는 어리둥절해져 눈앞에 있는 남자를 자세히 살폈다. 그러다가 그의 눈동자에 부드러운 정과 근심이 담겨 있는 것을 보고 깜짝 놀랐다.

맹각이 상황을 깨달았는지 웃으며 컬타타를 바라보았다. 눈
동자에 떠올랐던 정과 근심은 순식간에 사라지고, 칠흑 같은 어
둠만 남아 아무도 그가 무슨 생각을 하는지 알 수 없게 되었다.

컬타타는 도무지 맹각을 이해할 수가 없었다. 그 짧은 순간,
이 남자의 눈에는 무척 많은 감정이 스쳐 갔다. 너무나도 다른
감정들이어서 그 자신조차 같은 사람이라는 것을 믿을 수가 없
을 정도였다.

갑자기 컬타타는 이 남자가 무엇을 그렇게 뚫어져라 쳐다보
았는지 궁금해졌다. 그는 즉시 고개를 돌려 맹각이 방금까지
쳐다보던 곳을 바라보았다.

한 여자가 멍하니 무대 아래에 서 있었다. 크게 뜬 눈으로
맹각을 똑바로 바라보는 그 여자는 입을 반쯤 벌린 채였다. 조
금 전의 비명은 저 여자 입에서 나온 것이 분명했다. 여자의 눈
에는 걱정과 두려움, 그리고 눈물이 담겨 있었다.

운가의 머릿속에는 조금 전 컬타타의 칼이 맹각을 벨 뻔했
던 장면이 계속 되풀이되고 있었다. 자신이 비명을 질렀는지
아닌지는 기억이 나지 않았다. 다만 벌떡 일어나 달려 나갔던
것만은 기억했다. 그리고…….

그녀는 자기가 왜 혼자 시합이 벌어지는 무대 앞에 우뚝 서
있는지 알 수가 없었다. 그녀는 맹각의 눈에서 무엇을 보았을까?

그 순간, 그녀가 본 모든 것이 칼날처럼 심장을 후벼 파 마
음이 아팠다. 하지만 다시 쳐다보았을 때는…… 아무것도 없었
다. 맹각의 눈은 평소와 마찬가지로 차분하고 온화했으며, 따

스함이 느껴지지 않고 어두웠다.

운가는 재빨리 고개를 돌렸다. 하지만 곧 다른 사람의 시선과 마주쳤다.

유불릉이 외로이 높은 자리에 앉아 차분하게 그녀를 응시하고 있었다.

'방금 일어난 일들을 모두 봤을까?'

그녀가 벌인 추태도, 넋이 나간 모습도, 그 모든 것을 다 보았을 것이다.

운가는 그의 표정을 읽을 수가 없었다. 하지만 그 눈빛이 상처를 입었을까 봐 두려웠다. 그의 상처 역시 운가의 마음을 아프게 했기 때문이다.

갑자기 이대로 서 있는 것은 너무 눈에 띈다는 생각이 들어 황급히 원래 자리로 걸음을 옮겼다. 부끄러움과 슬픔 때문에 숨도 제대로 쉴 수가 없었다. 하지만 유불릉은 그러지 말라는 듯이 그녀를 바라보며 살짝 고개를 저었다.

그는 이해해 주었다. 운가는 그의 눈동자에 어린 위로의 빛을 느낄 수 있을 것만 같았다. 운가는 괴로움과 감동이 교차하여 말로 표현할 수 없는 이상한 기분이 들었다.

전각 안은 쥐 죽은 듯이 조용해서 바늘 떨어지는 소리마저 들릴 정도였다.

대부분은 무예를 모르기 때문에, 혹은 거리가 멀거나 각도가 나쁘기 때문에 무슨 일이 일어났는지 전혀 알지 못했다. 맹각의 검이 컬타타의 옆구리에, 컬타타의 칼이 맹각의 목에 닿은 것만 볼 수 있을 뿐이었다.

높은 곳에서 무대를 내려다보던 우안만 모든 것을 확실히 지켜보았다. 가까이 있던 유병이도 반쯤은 추측으로 상황을 짐작했다. 하지만 아리아는 알 수가 없었다.

'오라버니는 이겨 놓고 왜 계속 멍하니 있는 거지?'

그녀가 일어나 유불릉에게 말했다.

"폐하, 오라버니의 칼이 맹각의 급소를 베었습니다. 오라버니가 멈추지 않았다면 맹각은 죽었을 겁니다. 맹각도 검으로 오라버니를 찔렀지만, 가벼운 상처만 입혔을 뿐입니다."

유불릉이 우안을 바라보자 우안이 고개를 끄덕였다. 아리아가 한 말대로였다, 단 하나만 제외하고. 하지만 그 하나는 맹각 외에는 누구도 진실을 알 수가 없었다.

유불릉이 선포했다.

"이번 시합은 강족 왕자의 승리요. 짐은 체면을 세워 준 왕자에게 감사하오."

맹각은 태연하게 컬타타를 향해 손을 모은 후 돌아서서 무대를 내려갔다. 태의가 달려와 지혈을 해 주었다.

컬타타는 부르르 떨었지만 아무 말도 하지 않았다. 그 역시 전혀 기뻐하지 않는 얼굴로 무대에서 내려가 자기 자리에 앉았다.

유병이는 창백하고 넋이 나간 운가를 바라보다가 아무 표정 없이 이쪽을 바라보는 유불릉을 돌아보았다. 그가 한숨을 쉬며 말했다.

"운가, 시합에 나갈 수 있겠어? 못 하겠으면……."

운가는 심호흡을 해서 정신을 가다듬은 후 생긋 웃었다.

"못 하긴요? 이제 나만 믿어요! 내가 없었으면 어쩔 뻔했어요?"

유병이는 쓴웃음을 지었다. 이겼다고 생각한 시합에서 착오가 생기고 말았다.

"운가, 절대 억지로 버티지 마!"

운가는 웃으며 고개를 끄덕였다. 그리고 구름처럼 부드럽게 무대 앞으로 걸어가, 발을 딛는 동시에 손으로 무대를 짚고 그 힘으로 몸을 솟구쳤다. 그녀의 몸은 선학처럼 날아올라 사뿐히 무대 위로 내려섰다.

운가가 무대에 오르는 동작을 본 아리아가 살짝 고개를 끄덕였다. 운가의 동작은 표홀하고 민첩해서 고수의 가르침을 받았다는 것을 쉽게 알 수 있었다. 저 정도면 겨뤄 볼 만한 가치가 있었다.

그러나, 아리아가 진실을 알게 된다면…….

운가는 무예 중에서 경신법輕身法[41]을 가장 열심히 배웠고, 그중에서도 나무나 담을 타고 오르는 것을 가장 잘했다. 방금 무대로 뛰어오른 동작도 겉보기에는 아무렇게나 한 것 같지만, 사실은 무대 아래에서부터 눈짐작으로 계산을 하고, 부모님과

---

41 몸을 가볍게 해서 빨리 달리거나 높이 뛰게 하는 무술.

오빠들, 친구들이 가르쳐 준 모든 것을 하나씩 짚어 본 후 가장 '매력적'인 동작을 골랐던 것이다.

아리아가 이걸 안다면, 그녀의 오만한 성격으로 미루어 보아 유불릉에게 싸울 만한 상대로 바꾸어 달라고 청했을지도 모를 일이었다.

아리아가 말채찍을 살짝 휘두르자 손에서 짝 하는 소리가 났다.

"이게 내 무기다. 너는?"

운가는 머리를 긁적이며 눈을 찌푸렸다. 무척 난처한 표정이었다. 보다 못해 아리아가 다시 물었다.

"그게 그리 어려운 질문이냐? 평소에 쓰는 무기를 고르면 돼."

운가는 미안한 듯이 웃어 보였다.

"쓸 줄 아는 무기가 무척 많아서 결정하기 힘들어서 그래요. 음……. 만도를 쓰죠, 뭐!"

만도는 유목 민족이 즐겨 쓰는 무기지만, 익히기는 무척 어려웠다. 그러니 운가가 만도를 골랐다는 것은 그녀의 무예가 그만큼 뛰어나다는 의미였다.

운가의 말만 듣고 그녀가 할 줄 아는 무예가 많다고 생각한 아리아는 고수를 만났다는 생각에 마음의 준비를 단단히 했다. 그때 운가가 또다시 생글생글 웃으며 말했다.

"한인들은 만도를 거의 안 써서 갑자기 구하기 어려울 거예요. 공주님께서 적당한 만도를 빌려 주시겠어요?"

마침 아리아는 허리에 만도 한 자루를 차고 있었다. 그녀는 두말없이 허리에 찬 만도를 풀어 운가에게 내밀었다. 그러면서 더욱 주의하기로 다짐했다. 운가가 무예만 뛰어난 게 아니라, 주도면밀하게도 쓸데없는 위험을 남겨 놓지 않으려고 자신의 칼을 빼앗아 두려는 게 분명하다고 생각한 것이다.

유병이는 머리가 어지러웠다.

'적에게 얕보이는 편이 좋은데 어쩌자고 스스로 무덤을 파는 거지?'

유병이는 상처를 치료하고 돌아와 앉은 맹각에게 답답한 듯이 물었다.

"도대체 운가는 무슨 생각이지? 상대방의 무예 솜씨가 나쁠까 봐 저러는 건가?"

"모르겠네."

맹각은 평소 늘 띠고 있던 미소도 지운 채 굳은 얼굴로 대답했다.

그사이 운가는 만도를 받아 들고 요리조리 살폈다.

"공주님, 앞의 시합은 너무 무서웠어요. 공주님께서는 이렇게나 아름다우시니 몸이나 얼굴에 상처가 남는 것은 바라지 않으실 거예요. 저도 이제 막 꽃다운 나이가 되어, 마음에 품은 사람에게 연가戀歌도 불러 주지 못했어요! 그 사람이 받아 주든 안 받아 주든, 품은 정을 표현하지도 못하고 죽고 싶지는 않아요. 그러니 우리 차라리 문투文鬪를 해요! 그러면 무예 솜씨를 겨룰 수도 있을 뿐 아니라, 필요 없는 상처를 입지 않아도 돼요."

뒤쪽 여자들이 앉은 자리에서 경멸과 비웃음 소리가 들려왔다. 유병이는 운가 때문에 기절이라도 할 지경이었다.

'운가는 대체 무슨 생각일까?'

하지만 어쨌거나 처음 알게 된 사실도 있었다. 저 계집애가 눈 하나 깜빡하지 않고 거짓말하는 솜씨가 감쪽같다는 것이었다. 그녀가 연가를 부르면 그 누가 받아 주지 않을 것인가? 유병이는 쓴웃음을 지었다.

아리아는 방금 있었던 오라버니의 시합을 떠올려 보고, 이어 맹각의 목에 난 상처를 흘끗 바라보았다. 오싹 한기가 일었다. 자신이 채찍을 잘 쓰긴 하지만, 채찍의 날카로움은 만도에 비할 바가 아니었다. 운가가 들고 있는 만도는 부왕이 그녀의 열세 살 성년 생일 선물로, 대식국에서 가장 뛰어난 장인을 시켜 만들어 준 것으로, 무척 날카로웠다.

조금 전 무대에 뛰어오르던 운가의 모습으로 미뤄 보아 상대는 경신법이 무척 뛰어났다. 반면 그녀는 어려서부터 말을 타고 뛰어다녔기 때문에 하반신이 약한 편이었다. 혹시라도 운가의 칼에 얼굴이라도 베인다면…….

'차라리 죽는 게 나아!'

더욱이 '마음에 품은 사람에게 연가를 불러 주지도 못했다'는 운가의 말이 여자의 마음을 흔들었다. 생각이 꼬리에 꼬리를 물자 마음이 씁쓸하면서도 깨닫는 것이 있었다. 그녀 역시 사랑하는 사람에게 연가를 불러 주지 못했다! 그가 받아 주든 안 받아 주든 최소한 한 번은 들려줘야 했다. 그런데 시합 중에 상처를 입어 얼굴이 망가지면 연가를 부를 용기가 더 줄어들 것이고, 그 사람은 평생 그녀의 마음을 알지 못할 것이다!

"문투가 무엇이냐?"

아리아가 차가운 얼굴로 묻자 운가가 생글거리며 대답했다.

"서로 양쪽 끝에 선 다음, 차례로 한 번씩 초식을 펼치는 거예요. 그러면 승패도 나고, 상처도 입지 않게 되죠."

여기까지 듣고 나자 맹각은 공주가 벌써 운가의 꼬임에 넘어왔다는 것을 알 수 있었다. 그는 여전히 눈을 찌푸린 채 생각에 잠긴 유병이에게 말했다.

"별다른 사고만 없으면 운가가 이길 걸세."

"저 실력으로 어떻게……."

그렇게 말하던 유병이는 갑자기 깨달았다는 듯 물었다.

"운가의 스승이나 친척, 혹은 친구가 고수인가? 그렇다면 비록 실력은 모자라도 어려서부터 본 게 많겠지. 총명하니까 기억하고 있는 초식도 많을 테고. 내공을 쓰지 않고, 상대가 압박해 들어오지만 않으면 몇 가지 흉내 정도는 낼 수 있겠군."

맹각이 피식 웃었다.

"운가의 가족 중에서 가장 멍청한 사람이 운가일세. 셋째 오라비를 따르는 하녀조차 컬타타 정도는 가볍게 물리칠 수 있을 정도니까."

유병이는 속으로 깜짝 놀랐다. 운가가 범상치 않은 집안 출신이라는 것은 짐작하고 있었지만, 그렇게 대단한 집안 사람이라는 건 처음 듣는 소리였다! 문득 운가의 부모가 대체 어떤 사람인지, 운가가 왜 혼자 장안으로 왔는지 궁금해졌다.

잠시 고민하던 아리아는 할 만하다고 여겼는지 이렇게 말했다.

"싸울 때는 초식뿐만 아니라 속도도 겨루어야 한다. 초식이 아무리 정묘해도 속도가 느리면 죽을 수밖에 없으니까."

운가가 재빨리 대꾸했다.

"공주님 말씀이 옳아요."

그녀가 눈을 찡그리며 생각에 잠기자, 아리아는 운가의 대답을 기다리기 귀찮아 먼저 말했다.

"한족의 물시계를 사용하면 되겠군. 물방울이 세 번 떨어지는 동안 초식을 펼치지 못하면 지는 걸로 해."

"좋은 생각이군요. 그렇게 해요. 공주님께서는 어느 쪽에 서시겠어요?"

아리아는 어리둥절했다.

'아직 동의한 게 아니라 문투의 가능성을 따져 봤을 뿐이었는데, 어쩌다 그렇게 하기로 결정된 거지?'

하지만 못 할 일도 아니어서, 그녀는 말없이 고개를 끄덕인 후 무대 한쪽으로 물러났다. 운가도 몇 걸음 뒤로 물러나 다른 한쪽에 섰다.

환관 두 사람이 구리로 만든 물시계를 가져와 무대 한편에 놓자 운가가 웃으며 물었다.

"누가 먼저 할까요? 제비를 뽑죠. 물론 공평하게 하려면 제비를 만드는 사람은 양국에서 각자 한 사람씩……."

성격이 시원시원하면서도 오만한 아리아는 과할 만큼 신중한 운가의 태도를 더 이상 참을 수가 없어 귀찮다는 듯이 외쳤다.

"승부는 한두 초식 만에 결정되는 것이 아니다! 네가 먼저 해라."

운가가 기다린 것은 바로 이 한마디였다. 아리아가 먼저 시작하면 운가로서는 도저히 이길 자신이 없었다.

그녀의 머릿속에는 잡다한 초식들이 수없이 들어 있었지만, 그저 눈으로만 본 것들이어서 흉내만 낼 뿐이지 직접 해 본 적은 없었다. 어떤 초식으로 어떤 초식을 이길 수 있는지도 전혀 몰랐다. 게다가 시간이 정해져 있으니 뭘 써야 할지 고민하다 보면 질 것이 뻔했다. 하지만 운가가 먼저 시작하면 상황은 완전히 달라졌다.

아리아는 누가 먼저 시작하느냐는 별로 중요하지 않다고 생각했다. 따지고 보면 아리아의 생각이 옳지만, 중요한 것은 지금 운가가 쓰려는 도법이 셋째 오빠와 아죽이 무예를 겨룰 때 셋째 오빠가 만든 것이라는 사실이었다.

그해, 셋째 오빠는 병이 나 침대에 누워 있어야만 했고, 지루함을 달래려고 늘 혼자 바둑을 두었다. 운가도 그때 바둑을 배웠다. 그 전에는 바둑 두는 것은 머리가 아픈 일이라고 좋아하지 않았다. 하지만 심심해하는 셋째 오빠를 위해 진지하게 배우기 시작했고, 점점 즐기게 되었다.

그 1년 전, 셋째 오빠는 아죽과 무예를 겨루기로 약속했다. 아죽은 셋째 오빠와 시합을 하기 위해 수년 간 고된 훈련을 했으나, 바람이 이뤄질 무렵 셋째 오빠가 움직일 수 없게 되고 말았다.

운가는 그 약속이 흐지부지되거나 미뤄질 거라고 생각했으나, 예상외로 셋째 오빠는 한번 한 말은 반드시 지키는 사람이었다. 아죽 역시 괴팍한 사람이었기 때문에 두 사람은 결국 시합을 치렀다. 하지만 실제로 싸우지는 않고 초식만 겨루었다. 셋째 오빠는 침대에 앉아 초식을 펼치고, 아죽은 그 옆에서 셋째 오빠의 초식을 상대하기 위한 초식을 펼쳤다.

처음에는 아죽도 매우 빨리 반응했다. 하지만 갈수록 느려지더니 나중에는 운가와 셋째 오빠가 바둑 한 판을 다 두고 나서야 어떻게 상대하면 좋을지 깨닫곤 했다. 그러나 아죽이 고심해서 생각해 낸 초식을 펼치기 무섭게, 셋째 오빠는 벌써 알고 있었다는 듯 보지도 않고 아무렇게나 다음 초식을 펼쳤다. 그러면 아죽의 얼굴은 흙빛이 되었다.

옆에서 보고 있던 운가는 셋째 오빠가 너무 무정하다고 생각했다. 아죽이 가여웠다. 셋째 오빠는 운가와 바둑을 두면서 그녀가 만든 요리를 먹고, 둘째 오빠가 사람을 시켜 보내 준 우담주憂曇酒를 마셨다. 하지만 아죽은 먹지도, 마시지도 못하고 거의 하루 종일 생각만 했다!

하지만 아죽이 생각해 낸 초식은 셋째 오빠가 아무렇게나 낸 초식에 곧장 깨어졌다. 운가는 이렇게 소리치고 싶었다.

'셋째 오빠, 아무리 그래도 여자 마음 좀 생각해 줘! 최소한 생각해 보는 척이라도 하고 초식을 펼치면 안 돼?'

결국 아죽이 사흘 만에 생각해 낸 초식이 또다시 셋째 오빠가 대충 쓴 초식에 깨어졌을 때에야 비로소 아죽이 패배를 인정하면서 시합이 끝났다. 그러자 셋째 오빠가 아죽에게 물었다.

"언제쯤 패배를 시인하는 게 맞았지? 너 내문에 내가 시간을 얼마나 낭비했는지 아느냐?"

"열흘 전, 도련님께서 마흔 번째 초식을 썼을 때입니다."

그러자 셋째 오빠는 냉랭하게 그녀를 바라보았다.

"열하루 전이다. 네가 아홉 번째 초식을 펼쳤을 때 패배를 시인해야 했어. 내가 네게 먼저 하라고 한 것도 그 때문이다. 만일 내가 먼저 했다면 넌 세 초식 만에 졌을 거다."

아죽은 얼빠진 사람처럼 멍하니 셋째 오빠를 바라보았다. 셋째 오빠는 그런 그녀를 무시한 채 운가에게 바둑이나 계속 두라고 했다.

운가와 바둑을 두면서, 셋째 오빠가 무덤덤하게 말했다.

"병 때문에 누워 있으면서 의외의 수확을 얻었어. 싸울 때는 보통 상대방의 초식을 보고 뭘 할지 생각하기 마련인데, 싸워 본 경험이 많으면 상대가 다음번 다섯 초식 안에 무얼 쓸지 짐작할 수가 있거든. 그럼 고수가 되었다고 할 수 있어. 열 초식 까지 예상할 수 있으면 벌써 고수인 셈이지. 하지만 상대의 초식을 모두 예상하고, 나아가 상대방에게 자신이 원하는 초식을 쓸 수 있게 할 수 있다면 어떨까?"

아죽은 알 듯 말 듯한 얼굴로 셋째 오빠와 운가의 바둑판을 바라보았다. 셋째 오빠는 다시 말했다.

"무예 시합도 바둑과 같아. 배치만 잘하면 상대의 초식을 다 읽을 수 있지. 상대를 꼬드기고 압박하는 것도 같아. 허점을 노출해 상대방이 네가 원하는 곳에 바둑돌을 놓게 꼬드기거나, 살 곳을 딱 한 군데만 마련해 놓아 어쩔 수 없이 그곳에 바둑돌을 놓도록 압박하는 거지. 꼬드김과 압박을 함께 쓰면, 상대가 어디에 바둑돌을 놓든 네가 원하는 대로 흘러가게 돼. 상대는 네 진영을 깨뜨렸다고 생각하지만, 사실은 네 진영 안으로 뛰어든 셈이지."

운가는 승복하지 않고 아무렇게나 바둑알을 놓았다.

"꼬드기는 것이 말은 쉽지만, 양을 풀어놓고 늑대를 불러들이는 것과 같은데, 조심하지 않으면 풀어놓은 양도 먹히고 양 우리까지 포위될 수도 있어. 압박도 그래. 오빠가 아무리 잘났어도 처음부터 모든 길을 봉쇄할 수는 없잖아."

그러자 셋째 오빠는 오히려 아죽을 보면서 그 질문에 대답했다.

"양을 지킬 정도의 힘도 없으면 싸움을 말아야지. 그 실력에 싸움을 하는 건 죽고 싶다는 소리야! 고수를 만났을 때는 실제로 모든 길을 봉쇄하는 게 쉽지 않아. 하지만 상대가 그렇게 믿게 만들면 돼. 하물며……."

셋째 오빠는 콩 소리가 날 정도로 운가의 이마를 세게 때리더니, 귀찮은 눈길로 그녀를 바라보며 말했다.

"첫술에 배부른 법 있어? 처음에는 살 곳을 네 개쯤 만들어 놓으면 돼. 상대가 한 길로 가면 세 곳만 남기고, 그중 또 한 길로 가면 두 곳만 남기고……."

"……."

운가는 이마를 문지르며 화난 눈길로 셋째 오빠를 노려보았다.

운가는 그때 우울한 마음에 셋째 오빠에게 물었던 것을 기억하고 있었다.

"내가 어떻게 놓을지 다 짐작한다면서, 뭐 하러 나와 바둑을 두는 거야?"

하지만 셋째 오빠의 대답은 더욱 우울했다.

"넌 멍청하니까. 내가 꼬드기든 압박을 하든, 넌 보고도 몰라서 오로지 네가 생각한 대로만 놓는 능력이 있거든. 지반도 나 몰라라 하면서 죽을 곳으로 뛰어들기도 하지. 사람이 대체 얼마나 멍청해질 수 있는지 지켜보는 게 너와 바둑을 두며 느끼는 유일한 즐거움이야!"

운가는 뾰로통해졌지만, 옆에 서 있던 아죽은 운가가 바둑을 두는 것을 보며 뭔가 깨달은 표정이었다.

나중에 아죽은 셋째 오빠가 썼던 초식 중에 일부를 선별하여 도법으로 만들었다. 이것이 운가가 이 도법을 '혁기십팔식弈棋十八式'이라고 부르게 된 이유였다.

운가는 셋째 오빠처럼 아홉 초식 안에 상대를 자신의 진영으로 끌어들일 능력이 없었다. 그래서 먼저 시작해서 주도적으로 진영을 만들어 나가는 수밖에 없었다.

아리아가 손을 들며 시작하라는 자세를 취했다. 운가가 초식을 펼칠 시간이었다.

운가도 아죽처럼 화려하게 칼을 뽑고 싶은 마음이 굴뚝같았다. 하지만…… 밑천을 드러내지 않으려면, 본래 하던 대로 고수인 척하는 것이 좋았다!

운가는 보통 사람들처럼 칼을 뽑은 후, 혁기십팔식의 첫 번째 초식, 청군입국請君入局을 펼쳤다.

운가가 초식을 펼치자마자 아리아의 눈꺼풀이 살짝 떨렸다. 운가가 죽는 것이 두렵다며 문투를 청한 것이 다행스럽게 느껴졌다.

어지러운 칼빛 속에 아리아의 채찍이 운가의 진영으로 날아들었다.

아니! 운가의 셋째 오빠의 진영으로 날아들었다고 해야 할 것이다.

무대 위에 있는 아리아는 마치 적의 십면매복 안으로 뛰어든 느낌이었다. 다음에 펼칠 초식은 막히고, 앞서 펼친 초식은 더 이상 진행할 수가 없었다. 왼쪽에는 늑대가, 오른쪽에는 호랑이가 있는 형국이었다. 그녀의 초식이 점점 느려지기 시작했다. 하지만 운가는 여전히 생글거리며 장난이라도 치듯 편안하게 초식을 펼치고 있었다.

어느새 아리아는 물방울이 세 번 떨어진 후에도 초식을 펼치지 못하게 되었다. 하지만 살기등등한 시합에 정신이 빠져 그것조차 깨닫지 못했다.

우안과 유병이, 맹각, 그리고 전각 아래쪽에 있는 무장들 역시 간담이 서늘해졌다. 운가의 초식은 갈수록 정묘해졌고, 더 이상 할 수 있는 것이 없어 보이는데도 전혀 생각지 못한 초식으로 이어졌다. 대단하다고 소리치고 싶을 정도였다. 사람들은 운가가 또 어떤 놀라운 초식을 펼칠까에만 집중하느라 승패 따위는 안중에도 없었다.

아리아는 도법에 밀려 더 이상 갈 곳이 없었다. 가슴까지 살기가 전해져 오싹해지자 놀란 비명과 함께 채찍이 그녀의 손에서 빠져 날아갔다. 아리아의 얼굴은 창백했고, 이마에는 식은 땀이 송골송골 맺혀 있었다. 몸도 쓰러질 듯이 비틀거렸다.

사람들은 이 시합에 푹 빠져 운가의 승리에 박수를 치거나 축하하는 것조차 잊었다. 우안도 아리아가 너무 빨리 멈추는 바람에 운가의 도법을 끝까지 보지 못한 것이 아쉬워 길게 한숨을 내쉬었다.

무예에 심취한 사람은 이런 도법을 보기 위해서라면 죽는 줄 알면서도 목숨 걸고 도전하곤 했다. 지금처럼 옆에 서서 아무 위험도 없이 구경하는 것은 다시없는 행운이었다. 아쉽고 실망스러워하던 우안은 문득 운가가 선실전에 살고 있다는 것을 떠올리고 다시 눈을 빛냈다.

컬타타는 맹각과의 시합이 끝난 후부터 내내 맥이 빠진 얼굴이었고, 누이동생과 운가의 시합에도 관심이 없어 보였다. 운가가 칼을 휘두르는 동안 뭔가 이상하다는 느낌은 들었지만, 이렇게 훌륭한 도법을 보는 것만으로도 패배를 인정할 만하다고 생각했다.

컬타타는 무대에 올라 아리아를 부축해서 내려온 후, 유불릉에게 허리를 숙여 절하며 공손하게 말했다.

"존귀하신 천조의 황제여. 경험이 없는 이 사냥꾼을 용서하십시오! 용맹한 매가 날개를 접은 것은 다음에 더 높이 날기 위해서고, 힘센 말이 누운 것은 다음에 더 멀리 달리기 위해서입니다. 한인 형제들의 환대에 감사드립니다. 그대들의 환대와 용감함을 초원 구석구석까지 알리겠습니다. 양국의 우의가 천산의 눈처럼 깨끗하고 신성하기를 바랍니다."

컬타타는 두 손으로 아버지인 왕이 유불릉에게 바치는 만도를 받쳐 올렸다. 유불릉은 답례로 중강의 추장에게 줄 보도를 그에게 맡기고, 능라비단과 찻잎, 소금 등을 가득 하사했다.

이어서 유불릉은 사람들 앞에서 유병이와 맹각의 용맹함을 칭찬하고, 유병이에게는 금 3백 냥을, 맹각에게는 금 백 냥을 내렸다. 그리고 마지막에는 "특별히 중용할 만하다."는 말까지 덧붙였다. 하지만 운가의 이름은 유병이와 맹각 뒤에 대충 언급만 하고 끝냈다.

연회장에서 벌어진 의외의 막간극이 즐겁게 끝난 듯 보이자 본래 공연하기로 되어 있던 가무극이 차례로 진행되었다. 처음과 전혀 다를 게 없는 것 같았지만, 각국 사자들의 태도는 눈에 띌 만큼 공손해졌고, 말도 훨씬 조심스러워졌다.

황제의 은혜에 머리를 조아리며 감사한 유병이와 맹각, 운가는 계단을 따라 천천히 아래로 내려갔다. 그들이 무대 아래로 내려와 본래 자리로 돌아가려 하자, 갑자기 킬타타가 옆 복도에서 나와 맹각에게 말했다.

"당신과 단둘이 할 말이 있소."

그러나 맹각은 눈썹 한번 까딱하지 않고 계속 걸었다.

"그만 자리로 돌아가시지요."

그와 이야기하는 것에는 아무 흥미도 없다는 표정이었다. 킬타타는 잠시 망설이다가 맹각 앞을 가로막았다.

"왜 목숨까지 걸면서 나를 살렸소?"

"무슨 말씀을 하시는지 모르겠습니다, 전하."

맹각은 그렇게 말하며 킬타타를 피해 걸어갔다. 킬타타가 손을 내밀어 막으려 했지만, 얼음같이 차가운 맹각의 눈이 아무런 감정도 없이 자신을 바라보자 오싹 한기가 들었다. 그는 맹각의 눈에 자신은 아무 생명도 없는 물건일 뿐이라는 생각이 들어 묵묵히 팔을 내리고 그가 지나가도록 내버려 두었다.

유병이와 운가는 킬타타 곁을 지나며 웃는 얼굴로 예를 올렸다. 하지만 실은 운가도 머릿속이 복잡했고, 킬타타 못지않게 곤혹스러웠다.

'맹각은 절대로 그런 사람이 아니야!'

하지만 컬타타가 헛소리를 할 리도 없었다.

갑자기 뒤에서 컬타타의 목소리가 들려왔다.

"맹각, 훗날 내가 중강의 왕이 된다면, 당신이 한나라의 관리로 있는 한 중강은 절대로 한나라의 털끝 하나 건드리지 않을 것이오."

유병이가 우뚝 걸음을 멈추고 컬타타를 돌아보았다. 하지만 맹각은 잠시 멈칫했을 뿐 계속 앞으로 걸어갔다. 컬타타가 그런 맹각의 등 뒤에 대고 말했다.

"당신이 내 목숨을 살려 주었지만 그것은 당신과 나 사이의 은원일 뿐이오. 부족 사람들의 이익을 걸고 내 개인의 은혜를 갚을 수는 없소. 이런 약속을 하는 것은 내가 중강의 왕자며, 부족민들을 보호할 사명을 받았기 때문이오. 당신이 마음껏 도살하도록 내 부족민들을 당신 앞에 내놓을 수는 없소. 훗날 초원에 놀러 오거든 당신에게 목숨을 빚진 컬타타를 기억해 주기 바라오."

말을 마친 컬타타는 맹각의 등 뒤에 대고 인사한 후 몸을 돌려 성큼성큼 멀어졌다.

맹각은 어느새 자기 자리로 돌아가 있었다.

유병이는 깊이 생각에 잠긴 얼굴이었다. 운가가 이만 가겠다며 인사했지만, 그는 건성으로 고개만 끄덕였다.

10장
삶도 죽음도 그리움으로

허평군은 운가를 바라보며 기쁘고 흥분한 얼굴로 말했다.

"운가, 내 술 한 잔 받아. 한나라의 여자들을 대표해서 네게 감사하는 거야. 너 같은 여동생이 있어서 정말 기뻐."

운가도 웃으며 술잔을 받았다. 그리고 놀리듯이 말했다.

"아닐걸요? 나 같은 동생이 있어 봤자 대단할 게 뭐 있겠어요. 사실은 오빠 같은 부군을 둔 것이 더 기쁘잖아요?"

허평군이 유병이 쪽을 돌아보았다. 다소 부끄러운 표정이었지만 미소를 감출 수는 없었다.

운가는 젓가락으로 음식을 집었지만, 채 입에 넣기도 전에 한 궁녀가 술잔을 들고 나타났다.

"곽 소저께서 낭자께 보내신 술입니다."

운가가 돌아보니 곽성군이 이쪽을 바라보고 있었다. 그녀는 건배를 청하는 자세로 운가를 향해 손에 든 잔을 들어 보였다. 운가는 생긋 웃은 후, 궁녀가 들고 온 술을 마시려고 했다. 그러나 말다는 깜짝 놀라 그 술잔을 빼앗으려고 했다.

"마시지 마세요, 아가씨."

운가가 그 손을 뿌리치자 말다가 다급히 말했다.

"그럼 제가 먼저 마셔 볼게요."

그러자 운가가 말다를 쏘아보았다.

"이게 내게 준 술이지, 네게 준 술이니?"

그리고 고개를 젖히고는 재빨리 술을 털어 넣었다. 다 마셨다는 것을 보여 주려고 운가는 곽성군에게 잔을 뒤집어 보인 후, 고맙다며 살짝 허리를 숙였다.

곽성군은 담담히 그녀를 바라보다가 생긋 웃은 후 고개를 돌렸다. 바로 그때, 운가는 곽성군의 입가에 묻은 핏자국을 발견했다. 순간, 들고 있던 술잔이 천근만근 무겁게 느껴져 운가는 그것을 바닥에 떨어뜨릴 뻔했다.

전각 아래에 앉아, 무대 위에서 펼쳐진 모든 것을 지켜본 그녀의 기분은 어땠을까? 소리를 지르지 않으려고 이를 악물어야만 했을 것이다! 그런데도 방금 보여 준 미소에는 아무런 억지도 없었다.

운가는 심장이 서늘해지는 것 같았다. 곽성군은 이제 화가 나서 채찍으로 사람을 때리던 옛날의 그녀가 아니었다.

허평군은 멍하니 서 있는 운가를 지켜보다가 우아하게 미소를 띤 곽성군 쪽을 몰래 쳐다보았다. 아무래도 이해할 수가 없었다. 운가는 다시는 맹각과 이야기를 하지 않았고, 곽성군은 맹각을 보고도 마치 모르는 사람을 본 듯 무관심한 얼굴이었다. 그러나 곽성군과 운가는⋯⋯.

맹각도 조금 전의 두 사람 모습을 본 것 같았다. 그의 기분은 어떨까? 그리고 운가와 황제의 관계는⋯⋯.

허평군은 운가에게 물어보고 싶은 마음이 굴뚝같았지만, 뒤에 있는 궁녀와 환관 때문에 말을 꺼내지 못하고 그저 혼자 의문을 품고 있어야 했다.

문득 옛날과는 상황이 다르다는 생각이 들었다. 예전에는 하루 종일 함께 웃고 떠들었지만, 이제 운가는 구중궁궐에 살게 되어 얼굴 한번 보기도 어려웠다. 오늘이 아니면 언제 또 만나게 될지 기약할 수도 없었다.

운가는 장안에 친척 한 명 없는 외로운 처지였고, 가까운 사람은 허평군 자신과 유병이뿐이었다. 그러니 그들이 아니면 누가 운가를 걱정해 줄 것인가?

이렇게 생각한 허평군은 가벼운 목소리로 운가에게 말했다.

"황궁은 처음 와 봤어. 언제 또 올 수 있을지 모르니, 운가 네가 구경 좀 시켜 줘!"

"좋아요."

운가는 미소를 지으며 대답했다.

말다가 등롱을 들고 앞장서자, 운가는 허평군의 손을 잡고 연회장을 나왔다. 걷는 동안 음악 소리와 사람들의 목소리가 점점 멀어졌다. 번잡하고 시끄러운 연회장에서 멀어지자 밤 본

연의 평온함이 느껴져 허평군은 훨씬 마음이 편해졌다.

"언니는 본래 저런 연회에 참석하는 부인들과 아가씨들을 부러워했는데, 오늘 황실에서 가장 성대한 연회에 손님으로 참석한 기분이 어때요?"

운가가 웃으면서 묻자 허평군은 쓴웃음을 지었다.

"무엇이든 한 발짝 물러서서 봐야 아름다운 거야. 어쩌면 갖지 못한 것이 가장 좋아 보일 수도 있어. 갖지 못했을 때는 가진 것을 부러워하지만, 갖고 나면 없는 것이 더 좋아 보이기도 하거든. 세상에서 가장 만족을 모르는 것이 바로 사람 마음이야!"

운가가 깔깔거리며 손뼉을 쳤다.

"언니, 지금 한 말은 한 마디 한 마디가 명언이군요. 깊이 생각해 볼 만해요."

운가에게 놀림을 받은 허평군은 자조하며 말했다.

"요즘 내 삶은 땅에 떨어졌다가 하늘에 올랐다가, 부침이 심해. 죽었다 살아나고, 슬픈 일이 터지는가 싶으면 또 기쁜 일이 생기고. 겨우 몇 달 만에 평생 겪을 일을 다 겪은 것 같다니까. 그러니 그 정도 얻는 것은 있어야지?"

운가는 허평군이 말다와 부유 때문에 하고 싶은 말을 못 한다고 은근히 돌려 말한 것을 깨닫고, 말다와 부유에게 말했다.

"말다, 오늘 밤은 달이 밝아서 길을 비춰 주지 않아도 잘 보여. 허 언니와 단둘이 이야기하고 싶어."

"예."

말다와 부유는 조용히 뒤로 물러나 멀리서 두 사람을 지켜보았다. 허평군은 운가가 이렇게 대놓고 말하자 약간 걱정스러웠다.

"운가, 그렇게 말해도 돼? 폐하께서 아시면……."

운가는 혀를 쏙 내밀었다.

"괜찮아요. 릉 오빠가 여기 있었더라도 우리 두 사람만 할 얘기가 있을 때는 쫓아내야죠."

허평군은 어리둥절한 얼굴로 운가를 바라보았다.

"운가, 너와…… 맹 오라버니는……."

운가의 미소가 어두워졌다.

"그와 나는 이제 아무 관계도 없어요. 언니, 이제 다시는 그 사람 얘기 꺼내지 말아요, 네?"

"하지만……. 운가, 비록 맹 오라버니가 한동안 곽 소저와 교제를 했지만, 지금은……."

운가는 귀를 막아 버렸다.

"듣기 싫어요! 안 들을래요! 언니, 언니와 그 사람이 친한 사이라는 건 나도 알아요. 하지만 자꾸 그 사람 이야기를 하면 가 버릴 거예요."

허평군은 어쩔 수가 없었다.

"알았어. 그 사람 이야기는 안 할게. 그럼 네 '릉 오빠' 얘기는 괜찮아?"

허평군은 운가의 마음을 편안하게 해 줄 생각으로 그렇게 말했지만 운가는 여전히 눈을 찌푸리고 있었다. 그녀는 허평군의 팔을 잡고 묵묵히 길을 걷다가 말했다.

"룽 오빠 이야기도 하고 싶지 않아요. 우리 즐거운 이야기나 해요, 네?"

"운가, 장안성에서 너와 가까운 사람은 우리밖에 없어. 네가 날 언니라고 부르니 난 네 언니야. 황궁이 어떤 곳이니? 네가 이런 곳에 있는데 어떻게 걱정을 안 해? 가끔 깊은 밤에 그런 생각이 떠오르면 마음이 심란해. 병이도 그렇고, 너도……. 난 모르겠어. 우린 그저 평범한 백성이었잖니. 어쩌다 이렇게 황실과 가까워졌을까? 정말이지 모든 게 꿈이었으면 좋겠어. 꿈에서 깨어나면 넌 여전히 요리를 하고, 나는 술을 팔고 있을 거야."

"오라버니의 신분을 알았어요?"

"병이가 얘기해 줬어. 그 신분 때문에 의심받는 것을 싫어했는데, 지금은 관리가 되었어. 운가, 네가 볼 땐……."

허평군의 목이 메었다. 운가는 가볍게 한숨을 쉬더니, 그녀의 어깨를 꼭 잡고 진지하게 말했다.

"언니, 룽 오빠가 오라버니에게 안 좋은 일을 할까 봐 두려운 거 알아요. 하지만 내가 보장할게요. 룽 오빠는 절대 오라버니를 시험하는 것도 아니고, 함정에 빠뜨리려는 것도 아니에요. 룽 오빠가 뭘 생각하는지는 나도 확실히는 몰라요. 하지만 절대로 아무 이유 없이 오라버니를 해치지는 않을 거라고 믿어요."

허평군은 멍하니 운가를 바라보았다. 운가는 처음 만났을 때와는 무척이나 달라져 있었다. 예전의 천진하고 아이 같던 모습은 사라지고, 눈가에 수심이 어려 있었다. 그러나 눈동자는 여전히 진실하고 거리낌이 없었다.

"널 믿어."

허평군이 고개를 끄덕이자 운가가 미소 지었다.

"오라버니를 더 믿어야죠. 오라버니는 무척 똑똑한 사람이니 다 생각이 있을 거예요. 자신과 가족의 목숨을 갖고 장난칠리 없어요."

허평군은 빙긋 웃었다. 걱정이 완전히 가신 것은 아니지만 그래도 마음은 훨씬 편안해졌다.

"어쩐지 맹…… 아니, 운가. 난 폐하에게 질투가 나. 너와 난 훨씬 오랫동안 알고 지냈는데, 네가 가장 믿는 사람은 폐하인 것 같거든."

그러자 운가의 미소가 씁쓸하게 변했다.

"언니, 내 걱정은 말아요. 난 아주 어렸을 때 릉 오빠를 만났어요. 하지만…… 작은 오해 때문에 릉 오빠가 한나라의 황제라는 걸 몰랐던 거예요. 그러니 난 황궁에 있어도 무척 안전해요. 릉 오빠는 날 해치지 않을 거예요."

"하지만…… 어쨌든 오늘 헛걸음을 하진 않았네. 상관 황후도 봤으니 돌아가서 어머니께 허풍 좀 떨어야겠어. 운가, 넌 계속 여기서 살 거니? 이곳에서는 즐거워?"

운가는 허평군이 일부러 상관 황후를 들먹인 걸 알고 말없이 잠시 걷다가 잠시 후에야 대답했다.

"릉 오빠와 약속했어요. 1년 후에는 떠나기로요."

허평군은 유불릉과 운가의 관계를 자신으로서는 도저히 이해할 수 없다고 생각했다. 운가는 유불릉에게 매우 깊은 감정을 갖고 있는 것 같았지만, 또 무척 소원하게 대하는 느낌도 들었다. 그렇다면 유불릉은 운가를 어떻게 생각하고 있을까? 좋아한다면 어째서 떠나보내는 걸까? 좋아하지 않는다면 왜 운가에게 그렇게 잘해 줄까?

운가는 우울한 일들을 떨쳐 버리려는 듯 웃으며 물었다.

"허 언니, 언니 어머니도 오라버니의 신분을 아세요? 그때 본 점이 딱 맞아떨어졌잖아요."

허평군은 언젠가 유병이의 진짜 신분을 알게 된 어머니의 표정을 상상하고 웃음을 터트렸다.

"말할 용기가 없어. 요즘 얼마나 신이 나셨는데! 만나는 사람마다 사위가 황제의 신하가 되어 곽 대사마와 함께 일하게 되었다고 자랑을 하신다니까. 내가 아이를 낳고 조리를 하고 있을 때도 한 번도 와 보시지 않더니, 요즘은 매일 오셔서 호를 돌봐 주셔. 가끔씩 계란을 가져오실 때도 있어. 진상을 알게 되시면 아마 내 목을 졸라 계란을 토해 내게 하실 거야. 그러고는 곧장 병이에게 이혼장을 보내시겠지. 물론 나와 모녀 사이가 아니라는 증명서를 만들어 두시는 게 제일 좋겠지만."

허평군은 그렇게 말하며 어머니가 자신의 목을 잡고 계란을 토하도록 흔들어 대는 흉내를 냈다. 운가는 참지 못하고 깔깔거렸다.

"아주머니는 참 재미있으세요. 속마음을 직접적으로 표현하시기 때문에 좀 난감하기도 하지만, 사실 좋은 점도 있어요."

허평군도 고개를 끄덕이며 동의했다.

"맞아! 이런저런 일을 겪어 보니, 가끔은 어머니가 꽤 귀엽다는 생각도 들어. 예전에 어머니가 병이를 그렇게 냉대하시는데도 병이는 늘 히죽거리며 '백모님, 백모님' 하고 어머니를 불러 댔지. 그때 나는 병이가 속으로 불쾌해할까 봐 걱정이었는데, 이젠 아니라는 걸 알았어. 우리 어머니 같은 사람은 상대하기가 참 쉬워. 그러니 무슨 말씀을 하셔도 깊이 생각할 필요가 없지. 와아! 나도 이제 생각이 깊어지고, 심오한 뜻을 깨달은 것 같지 않니?"

운가는 허평군의 말을 인정하듯 대답 없이 웃었다. 두 사람은 전각 옆으로 난 청석 길을 따라 걸었다. 웃고 떠들며 걷다 보니 어느새 창하에 이르렀다. 운가가 그쪽을 가리키며 말했다.

"저쪽에 내가 얼음으로 만든 높은 누대가 있어요. 아주 재미있는 거예요. 언니는 놀이에는 흥미가 없겠지만, 그곳에 올라 전각에서 벌어지는 성대한 연회를 내려다보는 것도 꽤 볼 만할 거예요."

허평군은 처음 사람들에게 놀림을 당했을 때의 불쾌함을 벗어던지고, 웅장하고 화려한 황궁의 모습에 경탄을 금치 못했다. 하지만 그래도 긴장이 되는지 차마 자세히 살펴보지는 못했는데, 그러던 중 백관들이 참석한 연회를 굽어볼 수 있다는 말을 듣자 얼른 그쪽으로 가자고 재촉했다.

두 사람은 구름사다리를 타고 누대에 올랐다. 말다와 부유는 누대 위가 좁을 뿐 아니라, 허평군과 운가가 한창 신나게 이야기를 나누고 있어 방해받기 싫어할까 봐 누대 아래에 남았다.

높은 곳에 올라 보니 사방에 등불이 환하게 켜져 있고, 반짝이는 불빛 속에 사람들이 노래하고 춤추는 것이 보였다. 거기에 단아하고 우아한 미녀들의 모습까지……! 마치 봉래산에 있다는 신선이 사는 곳 같았다. 거리가 멀어 이따금 불어오는 바람에 실려 온 음악 소리와 북소리, 종소리를 들을 수 있었는데, 이 때문에 더욱 감미롭게 느껴졌다.

드넓은 창하 위에 올라 머리에 검푸른 하늘을 인 채 봉래산의 선경을 마주하고 있자니, 눈앞이 어지럽고 정신이 몽롱해져 지금 어디에 있는지조차 가물가물했다.

갑자기 운가의 뒤에서 바스락대는 소리가 들렸다. 말다라고 생각한 운가가 웃으며 고개를 돌렸다.

"너도 왔어? 어서 와 봐, 정말 선경처럼 아름다워."

그러나 뒤에는 모르는 남자 두 명이 서 있었다. 약간의 거리를 두고 술 냄새가 확 끼쳤다. 운가가 즉시 소리를 질렀다.

"말다! 부유!"

그러나 아래에서는 아무 대답이 없었다. 운가의 목소리도 죽음과도 같은 밤빛에 삼켜져 버렸다. 그녀는 재빨리 허평군을 앉혔다.

"언니, 빨리 앉아요. 이 미끄럼틀을 타고 내려가면 돼요."

두 남자를 발견한 허평군도 상황이 안 좋다는 것을 깨닫고 재빨리 운가가 시키는 대로 했다. 하지만 지면이 너무 멀어 보여 내려가기가 망설여졌다.

먼저 올라온 남자는 부잣집 공자 같은 차림이었는데, 운가를 보자 눈을 빛내면서 웃는 얼굴로 그녀를 붙잡았다.

"풍자도가 날 속이지는 않았군. 과연 미인이야!"

또 다른 남자는 허평군을 붙잡았다.

"귀염둥이, 달아나는 게 그리 쉬울 줄 알았니?"

운가가 허평군의 등을 걷어차 아래로 밀었다. 그러나 허평군이 미끄럼틀로 내려가기도 전에 남자가 그녀의 팔을 낚아채는 바람에 그녀는 올라가지도, 내려가지도 못한 채 허공에 대롱대롱 매달렸다. 기가 센 허평군은 살려 달라고 소리를 지르며, 전혀 기죽지 않고 다른 손으로 남자를 때리기 시작했다. 방심한 사이 남자의 얼굴은 허평군의 손톱에 긁혀 피가 배어 나왔다.

이 남자는 본래 거친 성격이었고, 살인을 밥 먹듯이 하는 군인이었다. 술기운이 오른 데다 화가 난 그가 잡고 있던 허평군의 팔을 세차게 휘두르자, 퍽 하는 소리와 함께 허평군은 그가 집어 던진 쪽으로 날아가 얼음 기둥에 부딪혔다.

우두둑 하는 소리가 또렷하게 들려왔다. 팔이 부러지고 가슴뼈가 상한 허평군은 극심한 통증을 느끼고 기절하고 말았다.

운가는 잔재주로 익힌 무술로 남자와 싸우면서 시간을 끌다가 허평군이 아래로 내려가면 즉시 달아날 생각이었는데, 뜻밖에도 허평군이 다른 남자에게 붙잡히는 바람에 계획은 물거품이 되었다.

기척도 없이 쓰러져 있는 허평군은 죽었는지 살았는지 알수가 없었다. 마음이 아팠지만 지금은 정신을 흩뜨릴 때가 아니었다. 그녀가 매섭게 소리쳤다.

"너희들, 내가 누군지 아느냐? 멸족을 당하고 싶으냐?"

그러자 운가의 맞은편에 선 남자가 히죽거리며 대답했다.

"궁녀 아니냐. 그것도 아주 예쁜 궁녀지. 하지만 네 주인이 벌써 널 내게 주었다."

그는 이렇게 말하며 왼손을 휘둘러 운가를 오른쪽으로 몰아넣은 다음, 오른손으로 그녀를 끌어안으려고 했다. 하지만 운가가 재빨리 허리를 숙이는 바람에 그녀를 붙잡지 못하고, 오히려 걷어차이고 말았다.

그는 무술 솜씨가 꽤 있었지만, 아무래도 취해 있었기 때문에 다리에 힘이 들어 있지 않았다. 운가의 발길질에 휘청한 그의 손이 목표를 잃고 왼쪽에 있는 난간을 내리치자 난간이 와스스 부서지고 말았다.

운가는 허평군을 붙잡았던 남자가 허평군을 흔들어 대다가, 그녀가 아무 반응이 없자 누대 아래로 던지려고 하는 것을 보았다. 놀란 그녀는 안색이 창백해져서 외쳤다.

"나는 폐하의 후궁이다! 그런데 어떤 주인이 감히 날 네게 주었다는 거냐? 저 여자를 해치면 너희들의 구족을, 아니 십족을 멸하겠다!"

남자는 취해서 몽롱한 상태였지만, '폐하의 후궁'이라는 말은 똑바로 들었는지 깜짝 놀라 식은땀을 흘렸다. 그는 허평군을 든 채 멍청하게 서서 어쩔 줄을 몰랐다.

운가 앞에 있는 남자도 잠시 멍해졌지만, 곧 웃음을 터트렸다.

"후궁을 사칭하는 것도 멸족을 당할 죄다. 황제께서 황후 말고 나른 여자를 후궁으로 삼았다는 말은 못 들었다."

그 말과 함께 그는 점점 가까이 다가왔다. 저쪽에 있는 거친 남자는 무슨 말인지 이해하지 못한 듯했지만, 이 남자의 행동으로 보아 운가의 말이 거짓말이라는 것을 알았는지 킥킥거리며 웃었다.

"요 계집, 간도 크구나. 감히 이 어르신을 속여?"

그는 허평군을 내던지고 다른 남자를 도와 운가를 잡기 위해 달려왔다. 허평군의 몸은 낙엽처럼 높은 누대에서 떨어졌다. 운가는 심장이 갈기갈기 찢기는 기분으로 처절하게 비명을 질렀다.

"허 언니!"

맹각은 운가와 허평군이 자리를 떠나는 것을 보고 마음이 움직여 슬며시 일어났다.

운가는 황궁 안을 자유롭게 다녔지만 맹각은 시위들과, 남몰래 운가를 보호하는 환관들의 눈을 피해야 했기 때문에 멀리서 그녀 뒤를 쫓았다.

다행히 운가는 창하 쪽으로 가고 있었다. 그곳은 매우 조용했고, 가끔 순라를 도는 시위들만 있을 뿐이어서 맹각은 서두르지 않고 천천히 길을 돌아가기로 했다.

그가 처마와 기둥의 그림자를 따라 걷고 있는데, 갑자기 앞에 누군가가 나타났다. 맹각은 재빨리 손에 힘을 주었지만, 유병이인 것을 알아보고 힘을 뺐다.

"비키게."

유병이는 비키지 않았다.

"백성들이 올곧은 사람으로 여기는 간의대부가 국법과 예를 무시하고 사사로이 황제의 궁녀를 만나다니, 곽광이 알면 얼마나 기뻐하겠나? 제 발로 찾아든 일석이조가 아닌가?"

맹각은 차갑게 코웃음을 쳤다.

"곽광의 눈과 귀가 살아서 보고를 할 수만 있다면 그렇겠지. 내 일이니 자네가 걱정할 필요 없네!"

그는 유병이를 밀어내려고 했지만, 유병이는 꼼짝도 하지 않고 재빨리 맹각의 공격에 대응했다.

"지금 운가의 처지가 매우 위험해. 그녀를 위해서 한 번 더 생각할 수는 없겠나?"

맹각은 날카로운 초식으로 공격을 퍼부으면서도 빙그레 웃었다.

"그런 생각은 황제나 해야 할 일일세. 곁에 둘 힘이 있으면 지켜 줄 힘도 있어야지."

두 사람은 계속 싸웠다. 그때, 은은히 들려오는 음악 소리 속에 갑작스레 처절한 비명이 섞여 들려왔다.

"허 언니!"

그 소리를 들은 맹각과 유병이는 동시에 손을 거두고 앞으로 달려갔다. 이제는 그림자에 몸을 숨길 생각도 없이, 그저 최대한 빨리 창하를 향해 달렸다.

얼마 가지 않아 시위의 외침이 들려왔다.

"멈춰라!"

유병이가 살짝 속도를 늦추며 황급히 해명했다.

"대인, 이 몸은 조정의 관원이오. 지금 누가 살려 달라는 비명을……."

반면에 맹각은 일말의 지체도 없이 빠른 속도로 달리기만 했다. 어둠 속에서 수많은 시위들이 나타나 그 앞을 가로막았다. 맹각은 곧장 그들과 싸움을 벌였다. 몇 초 안에 시위 한 명이 쓰러지자 다른 시위가 외쳤다.

"나라의 관복을 입고 있으면서 함부로 궁궐에 뛰어들어 시위를 죽여? 모반이라도 할 생각이냐?"

맹각은 죽은 시위의 검을 빼앗아 단칼에 그렇게 말한 시위병을 찔렀다. 검광이 번쩍이자 시위는 목에서 피를 쏟으며, 믿을 수 없다는 듯 눈을 크게 뜬 채 쓰러졌다. 맹각이 냉소했다.

"모반을 하려는 건 너희들이겠지. 병이, 나는 운가를 구하러 갈 테니, 자네는 즉시 우안을 찾아 황제에게 알리게."

언제부터 창하 근처에 이렇게 많은 시위들이 필요했을까? 운가의 비명은 멀리 있던 유병이와 맹각의 귀에도 어렴풋이 들렸다. 그런데 창하 가까이에 있는 시위들은 아무 반응도 없다니!

유병이는 자신들이 나타났으니 시위들이 양심이 찔려서라

도 곧 손을 거두리라 여겼다. 그러면 자신도 모르는 척하고 서로 갈 길을 갈 생각이었는데, 뜻밖에도 시위들은 전혀 물러서지 않았다. 유병이도 오늘 밤 벌어지는 일이 얼마나 위험한지 알 수 있었다.

"평군을 부탁하네."

그는 맹각에게 말한 후 재빨리 몸을 돌려 반대 방향으로 달려갔다.

"허 언니!"

참혹한 비명을 지른 운가는 아무 생각도 할 수가 없었다. 그저 허평군에게 달려가 그녀를 붙잡을 생각뿐이었다. 가장 먼저 비연점수飛燕點水를, 뒤이어 항아람월嫦娥攬月, 마지막으로 도괘금종倒掛金鍾이라는 기술을 펼쳐 허평군에게 달려갔다.

운가는 평생 처음으로 뛰어난 무예가 얼마나 좋은 것인지 깨달았다. 어쨌거나 결국 늦지 않게 두 손으로 허평군의 두 팔을 붙잡을 수 있었다. 그녀는 두 발을 누대의 오른쪽 난간에 걸쳐 대롱대롱 매달렸다.

얼음으로 만든 난간은 왼쪽이 남자의 손에 부서지면서 오른쪽에도 균열이 가 있었다. 거기에 운가가 부딪히고 매달리자, 벌써 얼음 깨지는 소리가 들려왔다.

위에는 적, 아래는 죽음, 살아날 곳이 없었다. 그 순간 운가는 어쩌자고 이런 것을 만들었는지 자기 자신이 미워 죽을 지경이었다.

얼음 깨지는 소리를 듣자 남자는 그물에 들어온 고기를 보듯 느긋하게 웃으며 말했다.

"역시 장미는 가시가 있는 게 매력이지. '오라버니!' 하고 부르면 구해 주겠다."

거꾸로 매달린 운기는 누대 아래의 상황을 명확히 볼 수 있었다. 누대뿐 아니라 미끄럼틀 아래쪽도 금이 쩍쩍 가 있었다. 아예 구멍이 난 곳도 있었다. 구멍은 점점 넓어지고 있었고, 누대에 걸쳐 둔 구름사다리도 어느새 사라져 보이지 않았다.

아무리 그들의 싸움에 충격을 받았다 해도 이렇게 빨리 무너질 리가 없었다. 유일한 가능성은, 그들이 싸우고 있는 동안 누군가 아래에서 '빙룡'을 부수었다는 것이었다.

운가는 냉소를 지었다.

"곧 염라대왕을 만날 텐데도 색을 밝히다니! 의지는 칭찬할 만하고 용기도 가상하지만, 그 어리석음에 한탄이 절로 나오는구나!"

운가는 한눈에도 곧 무너져 내릴 것 같은 미끄럼틀을 바라보며 허평군을 그쪽으로 던질지 말지 고민했다. 미끄럼틀에만 올라타면, 비록 무너지더라도 아래쪽으로 미끄러질 테니 바닥에 부딪히는 충격은 적을 것이다. 그러면 살아날 희망도 컸다.

그러나 지금도 그녀는 온 힘을 발에 모아 난간에 매달려 있었다. 허평군을 던지려면 다리에 더 힘을 주어야 하는데, 그러면 난간이 그 힘을 견뎌 내지 못할 것이다.

운가는 꽁꽁 언 수면을 내려다보았다. 눈앞이 어질어질했다.

'저기 부딪혀 죽으면 어떻게 될까? 물론 보기 좋지는 않겠지! 하지만……'

그녀는 죽고 싶지 않았다. 살고 싶었다. 하고 싶은 일도 많았다…….

얼음 계단이 부서지는 소리가 점점 빨라지고 있었다. 운가는 재빨리 결심을 내렸다.

'한 명이라도 살아야 해!'

하물며 이 사건은 그녀 때문에 벌어진 일이었고, 허평군은 아무 죄도 없이 피해를 입었다.

팔에 힘을 주려는데, 갑자기 매우 낯익은 모습이 얼음 위를 나는 듯이 달려오는 것이 보였다. 그 뒤로 금군 시위 십여 명이 그를 막기 위해 쫓아오고 있었다. 단정하던 복장에 피가 점점이 묻어 있었다.

운가는 다소 멍해졌다. 최후의 순간에 본 것이 저 사람이라니, 기뻐해야 할지 슬퍼해야 할지 알 수가 없었다.

맹각은 누대 끝에 매달려 당장이라도 떨어질 것 같은 운가와 허평군을 보자 가슴이 타들어 가는 것 같았다.

"운가, 조금만 기다리시오! 내가 가겠소!"

'기다려? 기다리면 어떻게 되지?'

누대는 무너지고 있었고, 사람 힘으로는 떠받칠 수가 없었다. 운가는 다리를 걸친 얼음이 부서지는 것을 느끼며, 멀리서 달려오는 맹각을 깊이 응시했다. 그리고 두 팔에 힘을 주어 그네처럼 몸을 흔들다가 가장 높은 곳에 이르자 허평군을 미끄럼틀 쪽으로 던졌다.

허평군이 날아감과 동시에 운가가 매달려 있던 얼음 기둥이 무너졌다. 운가의 몸은 곧장 아래로 떨어졌다.

순간 그녀만 바라보고 있던 맹각의 몸이 딱딱하게 굳었다. 그의 얼굴은 무서우리만치 하얗게 질렸다.

"운가!"

그가 소리를 질렀다. 그가 들고 있던 검 끝에서 선혈이 솟아올라 핏빛 안개를 뿌렸다. 맹각은 화살처럼 빙룽을 향해 질주했다.

운가가 입은 치마가 넓게 펴지며 바람에 펄럭였다. 높은 곳에서 갑자기 떨어지는 바람에, 남아 있던 난간 조각에 치마가 걸렸다. 덕분에 떨어지던 것이 잠시 멈추었다. 하지만 무너진 난간은 들쭉날쭉해서 칼날처럼 날카로운 부분도 있었다. 비단 치마는 중력에 의해 점점 찢어지기 시작했다. 찌지직 하는 소리와 함께 운가의 몸은 조금씩, 조금씩 아래로 떨어졌다.

바로 이때, 아주 먼 곳에서부터 또 다른 사람의 외침이 들려오는 것 같았다.

"운가……!"

운가는 탄식했다.

'릉 오빠, 오지 말아요! 오빠에게 추한 모습을 보여 주고 싶지 않아요.'

그러나 운가 아래에 있는 맹각은 평온한 표정이었다. 눈 속에서는 먹물처럼 어두운 파도가 일고 있었지만, 그는 빙그레 웃는 얼굴로 운가를 바라보며 소리 높여 외쳤다.

"절대 당신을 죽게 하지 않아!"

그 순간, 운가는 더 이상 그를 원망하지 않았다. 맹각은 분명 그녀에게 많은 고통을 안겨 주었지만, 또 많은 즐거움을 선사했다. 그때 누렸던 즐거움은, 나중에 생긴 고통 때문에 부인하거나 지워 낼 수 있는 것이 아니었다. 어쨌거나 그녀의 인생은 맹각으로 인해 눈부시고 반짝였다.

운가는 그를 향해 미소 지었다. 무척 환하고 아름다운 미소였다. 마치 처음 만났을 때처럼.

"운가!"

맹각이 외쳤다. 하지만 운가는 더 이상 그를 보지 않고, 저 멀리에 있는 그림자 쪽으로 시선을 돌렸다. 그리우면서도 마음이 아팠다. 그 순간, 그녀의 마음은 무엇보다 분명했다. 생의 마지막 순간, 그녀가 보고 싶은 사람은 그였다. 남은 미련도 오직 그를 위해서였다.

'룽 오빠, 다시는 깊은 밤에 난간 앞에 홀로 서서 별을 바라보지 말아요. 다시는 날 생각하지도 말아요…….'

이제 알 수 있었다. 자신이 이렇게도 그를 떠나기 아쉬워한다는 것을. 마음에서부터 눈물이 솟아 눈으로 번졌다. 한 방울, 한 방울, 또 한 방울…….

그리움, 아쉬움, 후회, 미련.

이제 보니 그녀는 그와 함께한 수많은 시간을 허비하고 있었다.

'사람에게 정말 다음 생이 있을까? 정말 있다면, 그때는 주저하지 않고 용감하게 나서야지…….'

얼음 조각에 걸린 치마가 완전히 찢어지면서, 운가는 떨어지는 별처럼 아래로 추락했다. 바로 그때, 우르릉 하는 굉음이 들리며 빙룡이 완전히 무너져 내렸다. 맷돌처럼 크고 눈송이처럼 작은 얼음 조각들이 사방으로 흩날리면서, 빙룡은 눈사태처럼 천지를 진동시키며 부서지기 시작했다.

운가는 유불릉을 바라보며 천천히 눈을 감았다. 진주 같은 눈물방울이 똑똑 떨어지고, 그 생명에서 그 무엇보다 사치스러운 날개가 그녀를 데리고 떠나갔다.

운가가 허평군을 미끄럼틀로 던지기는 했으나, 한 가지 생각 못 한 것이 있었다.

빙룡이 무너지면서 갖가지 모양의 얼음 조각들이 함께 떨어졌다. 허평군은 구불구불한 미끄럼틀 덕분에 바닥에 떨어지는 속도는 바로 떨어지는 것보다 훨씬 느렸다. 운가가 허평군을 구할 수 있다고 생각한 것도 그 때문이었으나, 지금은 그것이 허평군의 목숨을 재촉하는 원인이 되었다.

떨어지는 얼음 조각들 중에는 칼날처럼 날카로운 것도 있었고, 맷돌처럼 커다란 것도 있었다. 어느 쪽이든 허평군의 몸 위로 떨어지면, 이미 상처를 입은 허평군은 죽을 것이 분명했다.

왼쪽에서는 운가가 늦가을 가지에서 떨어지는 단풍잎처럼 떨어지고 있었다. 불타는 듯이 새빨간 치마가 하얀 눈 위로 펄럭펄럭 춤을 추었지만, 그 춤의 끝은 죽음이었다.

그리고 오른쪽에서는 허평군의 옅은 노란색 치마가 눈 속에 피어난 봄꽃처럼 보였다. 그렇지만 그 가냘픈 꽃은 언제 얼음 조각에 찔려 새빨갛게 물들지 모를 일이었다.

그리고 유병이와 유불릉은 아직 먼 곳에 있었다.

말로 설명하면 길지만 실제로는 무척 짧은 시간이었다. 맹각은 운가를 깊이 응시하며 시간을 가늠한 다음 허평군 쪽을 슬쩍 살펴보았다. 그러는 동안에도 그의 손은 잠시도 쉬지 않았다. 그의 왼손은 무지개를 그리듯 뻗어 나갔고, 오른손에 든 검은 번개처럼 날아올랐다. 어느 쪽이든 닿는 족족 사람들이 죽어 나갔다.

동시에 맹각은 발에 힘을 주어 쓰러진 시신을 허평군 쪽으로 걷어찼다. 그러자 허평군을 찌를 뻔한 얼음 칼날이 시신에 부딪혀, 방향을 바꾸어 허평군 옆에 떨어졌다.

또 다른 시위 한 명이 다른 동작으로 쓰러졌다. 하지만 피를 흘리는 것은 똑같았다. 또다시 시신 하나가 허평군에게 떨어지던 얼음 조각에 부딪혔다. 또 한 명, 또다시 선혈이 흩날렸다…….

매번 검을 휘두르면서도 맹각은 시선을 들어 운가를 바라보았다. 아래로 떨어지는 그녀의 자태는 무척 아름다웠다. 펄럭이는 옷자락과 흩날리는 머리칼이 마치 아름다운 나비 같았다. 나풀대는 나비의 그림자 속에서, 맹각의 눈앞에는 떠나던 동생이 그리워하던 모습, 눈 못 감고 돌아가신 어머니의 모습, 그리고 둘째 형님이 죽었다는 충격적인 소식을 듣고 심장이 찢어질 듯 고통스러워하던 기억이 차례로 스쳐 갔다…….

또다시 눈앞에서 사랑하는 사람을 잃는 고통을 겪을 수는 없었다. 염라대왕의 화신이 와도 막아 내고야 말 것이다!

검이 가볍게 미끄러지고, 선혈은 사방으로 튀었다.

그때쯤, 운가는 전체 높이에서 반 정도 떨어진 상태였다. 맹각은 운가의 속도를 가늠하고 시신 한 구를 붙잡았다. 그리고 절묘한 각도로 급소를 피해 운가 쪽으로 내던졌다. 동시에 발에도 힘을 주어 다른 시신을 허평군 쪽으로 걷어찼다.

"악!"

퍽 하는 거친 충돌음과 동시에 운가가 비명을 질렀다. 입가로 선혈이 새어 나왔지만 떨어지는 속도는 현저히 줄었다.

맹각의 손이 부르르 떨렸다. 하지만 그는 입을 꾹 다문 채 망설이지 않고 시신 한 구를 더 들어 올려 각도를 바꾸어 운가에게 던졌다.

운가는 벌써 기절한 것 같았다. 그녀의 입에서 점점 더 피가 많이 흘러나왔지만 더 이상 비명을 지르지는 않았다.

허평군은 벌써 아래로 내려와 빙판을 따라 얼마쯤 미끄러진 후에야 멈추었다. 운가의 떨어지는 속도도 조금 늦춰졌다.

무예가 가장 뛰어난 우안이 도착하자 맹각이 소리를 질렀다.

"저를 위로 던져 주십시오!"

맹각이 하던 행동을 보고 뜻을 짐작한 우안은, 그를 붙잡아 힘껏 위로 올려 보냈다. 맹각은 허공에서 운가를 받아, 자기 몸을 방패 삼아 운가를 안고 함께 아래로 떨어졌다.

이어서 우안은 막 도착한 칠희를 붙잡아 맹각 쪽으로 던졌다. 칠희는 공중에서 맹각을 후려쳤고, 맹각은 그 힘을 빌려 떨어지는 속도를 늦춘 후 무사히 운가를 안고 빙판 위에 내려섰다.

똑바로 서자마자 그는 곧장 운가의 상처를 살폈다. 급소는 피했지만, 빠른 속도로 부딪혔기 때문에 충격이 매우 컸는지 오장육부가 크게 상해 있었다. 다른 곳은 괜찮았지만, 지난번에 검에 찔린 후 아직 다 낫지 않은 폐가 문제였다. 맹각은 눈을 찌푸리며 치료법은 나중에 찬찬히 생각해 보자고 중얼거렸다. 지금은 목숨을 살린 것만으로도 다행이었다.

맹각은 소맷자락으로 운가의 입가에 묻은 피를 닦으며, 그녀의 귀에 대고 속삭였다.

"당신이 죽는 건 허락할 수 없소. 당신은 꼭 살아야 해."

장검을 쥐고 달려온 유병이의 옷에도 핏자국이 묻어 있었다. 그의 얼굴에는 기쁨도 분노도 없었지만, 얼음 더미 속에서 허평군을 끌어안았을 때는 손에 푸른 힘줄이 섰다. 그녀는 팔과 다리뼈가 부러졌지만 다행히 숨은 쉬고 있었다.

"태의를!"

유병이가 크게 외쳤다. 장 태의가 달려와 진맥을 해 본 후 서둘러 말했다.

"안심하십시오, 유 대인. 오장을 다쳤고 뼈도 많이 부러졌지만 목숨에는 지장이 없습니다."

유불릉은 창백한 얼굴로 맹각의 품에 쓰러진 운가를 바라보았지만 한 마디도 하지 않았다. 맹각이 고개를 들어 그를 바라보더니, 온화하면서도 비웃는 미소를 지었다.

"폐하께서는 그녀를 붙잡아 두셨습니다. 하지만 안전하게 지킬 수 있으시겠습니까?"

우안이 꾸짖었다.

"맹 대인, 충격이 너무 커서 정신이 맑지 않으신 것 같소! 일찍 돌아가 쉬시는 것이 좋겠소!"

맹각은 빙그레 웃으며 고개를 숙였다. 그리고 막 준비된 대나무 들것에 조심조심 운가를 올려놓고, 유불릉에게 머리를 조아린 후 그 자리를 떠났다.

우안은 맹각의 뒷모습을 응시했다. 가슴이 서늘했다. 일처리에 저렇게 재치가 있고 잔인한 사람은 드물었다. 저런 사람이 폐하를 위해 일한다면 폐하는 날카로운 검을 얻는 셈이지만, 그렇지 않다면?

유병이가 유불릉에게 물러가겠다고 청하자, 우안은 황급히 칠희를 불러 가장 좋은 마차를 준비해서 유병이와 허평군을 편안하게 모시라고 분부했다. 유병이도 허평군의 상태 때문에 굳이 거절하지 않고 유불릉에게 머리를 조아리며 감사했다. 유불릉이 그런 그를 일으키며 말했다.

"부인이 다친 것은 짐이 소홀했기 때문이다……."

그러자 유병이가 말문을 열었다.

"폐하께서 얼마나 자책감과 무력감을 느끼시는지 신도 알 수 있습니다. 신이 감히 한마디 올리는 것을 용서해 주십시오. 폐하께서는 사람이지 신이 아닙니다. 지금 상황은 수십 년 동안 쌓여 만들어진 것이니, 짧은 시일 안에 바로잡을 수 없는 것이 당연합니다. 폐하께서는 최선을 다하셨으니, 지나치게 자책하실 필요 없습니다."

그 말을 마친 유병이는 유불릉에게 다시 한 번 머리를 조아린 후, 허평군을 든 어린 환관을 따라 사라졌다.

과연 황제가 사용하는 마차답게, 궁에서 나간 후 좁은 길을 달려도 흔들림이 전혀 없었다. 문득 마차를 몰던 환관이 말했다.

"앞에 맹 대인께서 계십니다."

유병이가 황급히 가리개를 걷어 보니 맹각이 홀로 어둠 속을 걷고 있었다. 그의 옷자락이 피로 흥건했다. 유병이는 환관에게 속도를 줄이라고 한 후 맹각을 불렀다.

"맹각."

그가 무시하고 계속 가자 유병이가 다시 말했다.

"그런 모습을 순라를 도는 병사들에게 들키면 뭐라고 해명할 텐가?"

맹각은 유병이를 흘끗 보더니 말없이 마차에 올랐다.

마차 안에는 허평군이 편안하게 누워 있었다. 유병이와 맹각은 서로 마주한 채 아무 말도 하지 않았다. 유병이는 맹각이 혈투를 벌일 때 입은 목의 상처에서 다시 피가 흐르는 것을 보았다.

"자네 목에서 피가 흐르고 있네."

그가 흰 수건을 꺼내 다시 지혈을 해 주었다. 맹각은 개의치 않고 품에서 약병을 꺼내 상처에 아무렇게나 발랐다. 그러더니 중상을 입고 혼절한 허평군을 바라보며 물었다.

"어쩔 셈인가?"

유병이는 맹각의 상처를 싸매 준 후, 다른 수건으로 손에 묻은 피를 닦으며 차분하게 말했다.

"천천히 도모해야지."

맹각은 허리를 숙이고 허평군의 상처를 살폈다. 유병이가 장 태의가 써 준 처방전을 건네자 맹각은 그것을 읽어 본 후 말했다.

"장 태의도 의술이 훌륭하군. 약을 신중하게 쓰긴 했지만. 물론 신중한 것도 나름의 장점이 있으니 이대로 하지! 돌아가면 삼월에게 약을 들려 보내겠네. 삼월도 의술을 조금 아니, 운가가 살던 곳에 머물게 하면서 평군을 보살피게 하게."

확실히 허평군에게는 돌봐 줄 사람이 필요했다. 유병이는 예전과 달리 바빴기 때문에 집에 남아서 허평군을 보살펴 줄 수가 없었다. 이제는 돈이 생겼지만, 창졸간에 믿을 만한 하녀를 구하기란 어려운 일이었다. 그래서 유병이도 거절하지 않고 두 손을 모았다.

"고맙네."

"매일 틈이 나면 자네 집에 가서 평군의 상처를 봐 주겠네."

환자를 다 살펴본 맹각은 다시 본래 자리에 앉았고, 두 사람은 또다시 침묵에 빠졌다.

잠시 후, 유병이가 웃으며 물었다.

"어째서 컬타타를 죽이지 않았나? 강족에 아는 사람이라도 있나? 아니면 자네 어머니가⋯⋯."

맹각이 여전히 말이 없자 유병이가 재빨리 수습했다.

"대답하기 싫으면 묻지 않은 걸로 하세."

"선제 말년에 서강이 10만의 병사를 이끌고 한나라를 공격했네. 그때 나는 마침 포한枹罕에 있었지."

맹각은 그 말만 하고는 다시 입을 다물었다. 옛일을 회상하는 것 같았다. 유병이가 말했다.

"나도 기억하네. 무척 인상에 남는 사건이었지. 서강의 10만 군사는 금거令居와 안고安故를 공격했고, 흉노도 오원五原을 공격했지. 양군이 합류해 포한을 포위하자, 선제께서는 장군 이식李息과 낭중령 서자위徐自爲에게 10만 병사를 주어 반격하게 하셨지. 결국 한나라가 승리했지만 참혹한 승리였어. 10만 병사 중에 절반이 꺾였으니까."

맹각은 눈을 내리뜨며 미소했다.

"병사의 절반이 죽었다면, 백성들은 몇이나 죽었을 것 같나?"

유병이는 할 말을 잃었다. 전쟁이 일어날 때마다 윗사람들은 죽은 병사의 수만 센다. 그러나 백성은⋯⋯.

"서강과 흉노의 말발굽이 지나간 곳에는 말살 정책이 시행되었네. 한인들은 남녀노소 가리지 않고 모두 죽임을 당했지.

금거와 안고 부근의 성은 거의 텅 비다시피 했네. 어렵사리 한나라 군대가 도착했지만, 이식 장군은 포한을 이용해 서강의 주력군을 묶어 놓고 측면에서 서강의 대군을 분산 공격할 생각으로 포한의 포위를 푸는 걸 차일피일 미루었지. 포한이 무너지자, 분노힌 강족들은 그간의 손해를 백성들에게 풀었어. 남자는 나이가 많든 적든 모조리 효수를 시키고, 나이 든 여자는 참수하고, 젊은 여자는 죽이기 전에 옷을 벗기고 윤간을 했네. 임신한 여자도 액을 피하지 못했지. 막 태어난 아이들은 말에서 밀어 떨어뜨리고…….”

맹각은 잠시 멈췄다가 다시 담담하게 말을 이었다.

“인간 지옥이 따로 없었네.”

그의 담담한 목소리를 듣는 동안 유병이는 코끝에서 짙은 피비린내를 느낄 수 있었다. 그가 주먹을 불끈 쥐며 이를 악물었다.

“지독한 강족 놈들!”

맹각은 입가에 모호한 미소를 떠올렸다. 비웃는 것 같기도 하고 가엾어하는 것 같기도 했다.

“강족들도 한인들을 무척 미워했네. 승리한 한나라는 강족의 전투력을 없애 버리려고 선령先零과 봉양封養, 뇌저牢姐, 이 세 곳에서 열두 살 이상의 강족 남자들을 모두 죽여 버렸지. 그해 겨울에 선령에 들렀는데, 도처에 굶어 죽은 여자와 노인, 어린아이들의 시신들이었네. 물론 한인들은 교화한답시고 노인과 부녀자, 아이들은 죽이지 않았네만, 일할 장년층을 잃은 사람들은 추운 겨울을 견딜 수가 없었지."

유병이는 뭐라고 하고 싶었지만, 말이 나오지 않았다. 한인들의 잘못이 아니다. 선제는 사경을 헤매고 있었고, 내란이 끊이지 않던 때였으니, 강족이 또다시 공격한다면 무슨 수로 막을 수 있었을까? 강족들을 죽이지 않았다면 한인들이 죽어야 했을 것이다. 유병이는 한숨을 내쉬었다.

"백성들 입장에서 본다면, 전쟁에 진정한 승리자란 없을 걸세. 그저 집은 망하고, 가족이 죽고, 노인들이 젊은이들을 앞세울 뿐이야."

맹각은 대답 없이 빙그레 웃기만 했다. 그 전까지 유병이는 맹각의 미소에서 무정함, 나아가 냉혹함을 느꼈다. 그러나 지금은 그 무정함과 냉혹함 아래 모든 것을 다 겪어 본 사람의 무력함과 맹각 본인은 인정하려 하지 않는 연민이 느껴졌다.

맹각의 검이 강족 왕자의 심장을 찔렀다면, 용맹하고 싸움을 좋아하는 강족들이 복수하지 않고 가만히 있었을까? 그렇게 되면 맹각은 인간 지옥을 다시 보게 될 것이다. 얼마나 많은 사람이 죽어 나갈까? 20만? 30만? 그리고 또 얼마나 많은 성이 인간 지옥으로 변할까……. 맹각은 결국 검을 돌려 컬타타의 심장을 비켜 나가게 했다.

어쩌면 맹각 자신도 자신의 선택을 경멸했을지 모른다. 하지만 결국은 그런 결정을 내릴 수밖에 없었다.

컬타타는 총명한 사람이었으므로, 짧은 순간이었지만 많은 것을 보았다. 맹각은 전쟁을 원하지 않았지만, 정말로 전쟁이 벌어진다면 그는 분명 다음 전쟁이 일어나지 않게 하기 위해 단순히 열두 살 이상 남자만 죽이는 것으로 끝내지 않을 것이다.

❈

대사마 대장군부.

곽산과 곽운은 바닥에 무릎을 꿇고 있었고, 곽우는 버드나무로 만든 의자에 엎드려 있었다. 두 명의 장정이 곽우를 매질했지만 곽우는 이를 악물고 아무 소리도 내지 않았다.

곽광은 차가운 눈길로 두 장정을 지켜보았다. 그의 감시 때문에 장정들은 차마 봐주지 못하고 전력을 다해 매를 쳤다. 순식간에 곽우의 등이 새빨갛게 물들었다.

곽 부인은 방 밖에 서서 엉엉 울었다.

"나리, 나리! 그 애를 때려죽이시면 저도 죽겠어요!"

그녀는 방 안으로 들어오려고 몸부림을 쳤지만, 문 밖에 있는 장정들이 꿋꿋이 문을 지키고 서서 절대 들여보내 주지 않았다. 곽성군은 눈물을 머금은 채 어머니의 팔을 붙잡으며 말렸다.

"아버지께서 화가 단단히 나셨어요. 어머니가 이렇게 우시면 더 화를 내실 거예요."

뜻밖에도 어머니가 홱 돌아서더니 그녀의 뺨을 올려붙였다.

"맹각과 왕래하지 말라고 그렇게 말했는데도 안 듣더니, 네가 무슨 일을 벌였는지 봐! 네 오라버니에게 무슨 사고라도 생기면, 내 배로 널 낳은 것이 한스러울 뿐이다."

곽성군은 비틀거리며 쓰러질 뻔했지만 소청이 황급히 부축해 주었다.

어려서부터 지금까지 그녀는 아버지의 총애를 듬뿍 받으며, 야단 한 번 들은 적이 없었다. 하지만 맹각을 알게 된 후 어머니는 그녀에게 좋은 얼굴을 한 적이 없었고, 오라버니도 늘 이죽거리기만 했다.

바로 전날까지만 해도 그 사람은 그녀와 함께 연지를 사러 나갔고, 따스하고 부드럽게 그녀를 부축해 마차에서 내려 주었다. 그런데 눈 깜짝할 사이에 무정하게 그녀를 심연으로 밀어 버리고 만 것이다. 그녀는 마음속 고통과 슬픔으로 밤마다 잠들 수가 없었다. 오장육부가 고통으로 조여들었지만 울 수도 없었다. 그녀 자신이 자초한 일이니 당해도 마땅한 일이었다.

그녀는 가슴을 치며 우는 어머니를 멍하니 바라보았지만, 눈에는 눈물방울 하나 없었다.

곽산과 곽운도 곽우가 벌써 기절했다는 것을 알 수 있었다. 그러나 곽광은 여전히 싸늘한 얼굴로 아무 말도 하지 않았다. 두 장정은 차마 멈추지 못하고, 식은땀을 줄줄 흘리며 힘껏 매질을 계속했다.

곽산과 곽우가 머리를 짓찧으며 울음으로 애원했다.

"숙부님, 숙부님, 모두 저희 잘못입니다. 잘못을 깨달았으니 부디 저희를 때려 주십시오."

곽 부인도 그들의 울음소리에 곽우가 잘못된 것을 알았다. 죽었거나 아니면 반죽음이 되었을 것이다. 그녀는 흐느끼며 머리로 문을 들이받았다.

"나리, 나리, 제발 부탁이에요. 제발…… 제발……."

곽성군은 소청의 손을 뿌리치고 옆에 선 하인들을 훑어보았다.

"부인을 방으로 모셔라."

하인들이 머뭇거리자 그녀가 생긋 웃으며 말했다.

"내 말을 못 들었느냐? 짐 싸서 돌아가고 싶은 모양이지?"

곽성군이 명령을 내릴 때의 얼굴은 곽광과 무척 닮아 있었다. 미소를 띤 온화한 표정 속에 무시무시한 생각을 품고 있었기 때문에 하인들도 소름이 끼쳤다. 몇 사람이 다가가 곽 부인을 붙잡았다. 곽 부인은 이마에서 피를 흘리며 소리소리 질렀지만, 하인들은 곽성군의 시선 때문에 억지로 곽 부인을 끌고 갔다.

곽성군이 앞으로 나가 문을 두드렸다.

"아버지, 성군이에요. 드릴 말씀이 있어요."

곽광은 곽성군을 다른 자식들과는 달리 보고 있었기 때문에, 그녀의 차분한 목소리를 듣자 마음에 위로가 되었다. 그가 손을 들어 하인들에게 문을 열어 주라는 표시를 했다.

곽성군의 뺨 한쪽이 부어오른 것을 보자 곽광의 마음속에 부인에 대한 증오가 솟구쳤다.

"성군, 우선 하녀를 불러 그 얼굴부터……."

곽성군은 곽광 앞에 무릎을 꿇었다.

"아버지, 곽씨가 아닌 사람은 모두 나가라고 해 주세요."

그 말에 매질을 하던 하인들이 곽광을 바라보자, 곽광은 곽성군에게서 시선을 떼지 않은 채 살짝 고개를 끄덕였다. 방 안에 있던 하인들은 모두 밖으로 물러나 문을 닫았다.

곽산과 곽우가 멍하니 곽성군을 바라보았다. 백방으로 빌어봤지만 아무 소용이 없었는데, 곽성군이 무슨 말로 곽광의 화를 누그러뜨릴 수 있을지 알 수가 없었다.

곽성군은 고개를 들어 아버지를 바라보았다.

"오라버니가 다소 생각이 짧은 행동을 하긴 했지만 잘못은 없어요. 이렇게 과하게 벌하시면 저희가 어떻게 따를 수 있겠어요?"

"성군!"

곽산과 곽운이 황급히 소리쳐 막으며 초조한 얼굴로 곽광을 바라보았다.

"숙부님……."

곽광은 입 다물라는 듯이 그들을 노려본 후, 차가운 목소리로 곽성군에게 말했다.

"왜 따르지 못하겠다는 거냐?"

"첫째, 지금 곽씨 입장에서는 태자에게 의지해야만 훗날 가족의 안녕을 보장할 수 있어요. 그렇지 않으면 황제뿐 아니라 미래의 태자 역시 곽씨의 힘을 줄이거나 아예 곽씨를 내치려고 할 거예요. 운가가 황제의 총애를 받아 먼저 황자를 낳으면, 설령 한미한 집안 출신이라고 해도 위자부의 선례가 있으니, 황후가 되는 것도 불가능한 일은 아니에요. 상관 황후가 폐위되면 우리 곽씨도 팔 한쪽을 잃는 셈이에요. 그러니 오라버니가 운가를 없애려고 한 것이 무슨 잘못이겠어요? 둘째, 만약 운가기 낳은 황자가 태자가 되고, 백관들의 마음이 쏠려 천하의 인정을 받게 되면, 곽씨의 몰락이 다가올 거예요. 오늘 밤 오리버니의 행동은 가족의 안녕을 위해서인데 무슨 잘못이겠어요? 셋째, 황제는 황후와의 합방을 계속 미루고, 오늘 같은 나라의 연회에 황후를 옆자리에 앉히지도 않았어요. 지금은 이름뿐인 그 자리에 누구를 앉히려고 하는 걸까요? 황제가 만천하 앞에서 곽씨의 뺨을 때렸는데도 가만히 있으면, 약한 자에게 강하고 강한 자에게 약한 조정 백관들이 어떻게 나올지는 뻔해요. 다른 것은 몰라도 후궁의 여자는 끊이지 않고 나올 거예요. 한두 명은 죽인다 해도, 모두 죽일 수는 없잖아요? 오라버니는 오늘 밤 일로 황제의 공격에 반격을 해 주었고, 황제와 백관들에게 호랑이의 수염을 함부로 건드리면 안 된다고 경고를 해 준 셈인데 그게 무슨 잘못이겠어요? 넷째, 오라버니는 판단이 좋았어요. 운가를 덮치려던 자들은 모두 그 자리에서 죽었으니까요. 시위들이 조사하더라도 풍자도가 한 짓이라고 나올 테죠. 풍자도가 맹각과 사이가 나쁘다는 것은 천하가 다 아는 사실이니, 그가 맹각의 옛 연인을 혼내 주려고 한 것은 이치에 맞는 일이에요. 제 추측으로는, 풍자도는 아마 벌이 두려워 벌써 자결했을 거예요. 그러니 더욱더 조사할 것이 없겠죠. 황제도 곽씨의 짓이라는 심증은 있어도 물증이 없는데 어쩌겠어요? 설마 한낱 궁녀 때문에 아버지를 책망하겠어요? 충성스러운 신하를 저버린, 멍청하고 덕이 없는 군주라는 오명을 대대손손 남기고 싶을까요? 혹여 성군이 될 마음이 없더라도, 신하를 핍박해서 반란을 일으키게 하고 싶지는 않을 거예요!"

곽성군의 서슬 퍼런 목소리 덕분에 사람들은 그녀가 겨우 스물도 안 된 소녀라는 것마저 잊고 말았다.

곽광이 냉소했다.

"내 계획이 우의 경솔한 행동 때문에 엉망이 되어 버렸다. 그런데 네 말을 들어 보면 저 녀석이 모두 잘했다는 것이구나?"

"물론 잘못도 있어요. 실행을 해 놓고 실패했다는 것이 잘못이지요. 오늘 밤 운가를 제거하려고 한 것은 때와 장소가 모두 좋았어요. 하지만 너무 자기 방식대로만 하려고 했죠. 아버지께 말씀드리고, 아버지의 도움을 받아 연회장에 있는 사람들을 모두 전각에 묶어 놓아야 했어요. 아무도 함부로 자리를 뜨지 못하게 하고, 아무도 소식을 전하지 못하게 했다면, 지금쯤 오라버니는 저기서 매를 맞지 않고 가족 잔치에서 동생들의 축하주를 받고 있었을 거예요. 하지만 오라버니의 잘못은 반쯤은 아버지 탓이에요. 운가를 제거하는 걸 아버지가 지지하신다는 것만 알았다면, 왜 아버지께 알리지 않았겠어요? 오라버니는 아버지의 속마음을 알 수가 없어 독단적으로 결행한 거예요."

곽광은 일언반구도 없었다. 방 안은 폭풍 전야의 고요함으로 가득했다. 하지만 곽성군은 조용히 곽광을 보고 있을 뿐 그

436

시선을 피하거나 두려워하지 않았다.

곽산과 곽운은 어려서부터 보아 온 누이동생에게 이상한 감정을 느꼈다. 존경과 두려움이었다.

한참 후에야 곽광이 곽산과 곽우에게 분부했다.

"사람을 불러 우를 방으로 데려가 치료하게 해라."

곽산과 곽운은 안도의 숨을 내쉬며 황급히 고개를 끄덕였다. 하인들이 곽우를 데리고 나가자, 곽광은 바닥에 무릎 꿇고 있는 곽성군과 곽산, 곽운을 일으켜 세웠다. 곽산과 곽운은 조심조심 의자에 앉았다.

곽성군은 몇 마디 말로 아버지의 노기를 풀고 오라버니를 구해 냈지만 조금도 기쁜 표정이 아니었다. 자리에 앉은 후에도 상처 입은 사람처럼 멍하니 넋을 놓고 있었다. 곽광이 곽산과 곽운에게 말했다.

"성군의 말대로 내가 벌써 사람을 시켜 일을 잘 수습해 놓았다. 황제가 아무리 조사해도 물증을 얻지는 못할 것이다. 앞으로는 어떻게 해야겠느냐? 너희 생각부터 말해 보아라."

곽산과 곽운은 서로를 바라보았다. 잠시 후 곽운이 말했다.

"이번 일로 황제는 단단히 경계를 하게 될 겁니다. 앞으로 운가를 어떻게 하는 일은 더욱 어려워지겠지요. 아마 단시일 안에 해낼 수는 없을 겁니다. 운가가 두세 달 안에 임신을 하면……."

곽운은 한숨을 쉬고 다시 말했다.

"시위들은 궁궐 문만 지키지, 후궁을 마음대로 드나들 수는 없습니다. 환관들은 모두 우안의 사람이고요. 궁녀들 중에는 우리 사람이 있지만, 그들은 시키는 대로만 하는 노비들이지 단독으로 뭔가를 할 수 있는 인물은 아닙니다. 황후는 곧 열네 살이고, 이치대로라면 후궁을 장악해야 하지만, 그런 일에는 관심이 전혀 없지요. 그렇지만 않으면 황후가 안을 지키고 저희가 밖을 지키는 한, 황제가 아무리 다른 여자를 총애한들 황자를 낳지 못하게 할 수 있었을 겁니다."

곽광이 한숨을 내쉬자 곽운도 말을 끊었다. 상관소매는 황후였지만 겉으로 보기 좋게 꾸며 놓은 장식일 뿐, 지금의 곽씨에게는 실질적인 도움이 되지 못했다.

곽광의 마음속에는 다른 생각도 있었다. 하지만 곽성군은…… 곽성군은 다른 딸들과는 달랐다. 억지로 진행해 봤자 역효과만 가져올 수도 있었다.

"아버지, 제가 궁으로 들어가겠어요."

곽성군이 아무 표정 없이 말했다. 곽산과 곽운은 깜짝 놀랐지만 곧 기쁜 표정이 되어 확인하듯이 재차 물었다.

"누이, 그 말은……."

곽성군은 탐문하는 듯한 곽광의 시선을 마주 보며 빙긋 웃었다. 그런 그녀의 머릿속에 무수한 장면들이 스쳐 갔다. 어렸을 때 그녀는 친구들과 장난삼아 시집가는 놀이를 하며 자신만만하게 말했었다.

"내 부군은 반드시 훌륭한 사람이 될 거야."

맹각을 처음 만났을 때의 놀라움과 기쁨, 그리고 다시 만났을 때…… 수줍어하고 기뻐하던 자신의 모습이 떠올랐다.

맹각과 나란히 말을 타던 것도 떠올랐다. 때로는 그가 말에 오르는 그녀를 다정하게 부축해 주기도 했다.

그는 그녀를 위해 금을 탔고, 시선이 마주칠 때면 미소를 지었다.

그를 위해서 그녀가 직접 떡을 만들었을 때, 그는 맛있다고 칭찬했다.

다정하게도 그녀를 위해 꽃을 꺾어 준 적도 있었다.

달빛을 맞고 걸으며, 깔깔거리며 웃기도 했다.

처음으로 손을 잡았던 날, 처음으로 껴안았던 날, 처음으로 입 맞추었던 날…… 그 쿵쾅거리던 심장.

그때 오늘 같은 날이 올 줄 알았다면, 그렇게 아무 두려움 없이 빠져들 수 있었을까?

아무 미련도 없이 돌아서면서, 그는 소녀의 마음을 묻어 버렸다. 그 후로 그 모든 것은 죽어 버린 전생이었다. 그리고 이 생은…….

곽성군의 미소는 옅었지만, 눈빛은 결단을 내린 듯이 단호했다.

"아버지, 제가 입궁해서 곽씨를 대신해 후궁을 장악하겠어요."

11장
함께 날자고 임과 약속하다

밤이 깊었지만, 꽃이 잠들까 봐 두려운지 붉은 촛불을 켜 두어 대청이 환했다. 잠깐이라도 정신을 팔면 눈앞에서 운가가 사라질까 봐, 유불릉은 시선을 가리는 단 한 줌의 그림자도 허용할 수 없었다.

선실전 안에는 불이 환해 모든 것들이 선명하게 보였다. 장 태의가 침대 앞에 한쪽 무릎을 꿇고 운가에게 침을 놓고 있었다. 유불릉은 장 태의를 놀라게 하지 않으려고 가리개 밖에 서 있었지만, 눈은 가리개 안쪽에서 한시도 떠나지 않았다.

우안과 칠희, 육순 등의 환관들은 암울하게 무릎을 꿇고 있을 뿐이었다. 전각 안팎에 사람들이 가득했지만 아무 소리도 나지 않았다. 전각 안은 답답할 정도로 고요했다.

한참 후, 장 태의가 구슬땀이 맺힌 얼굴로 나와 유불릉에게 머리를 조아리며 지친 목소리로 말했다.

"신은 내일 다시 오겠습니다. 걱정하지 마십시오. 운 낭자의 상처는 무겁지 않으니, 얼마간 쉬면 좋아질 겁니다."

유불릉이 따뜻하게 대답했다.

"가서 푹 쉬시오."

장 태의가 대전을 나가자 유불릉은 침대 곁에 앉아 손가락으로 운가의 눈썹과 눈, 코를 살며시 쓰다듬었다.

전전에서 바삐 나와 창하에 도착했을 때 그가 본 것은 운가가 누대 위에 거꾸로 매달려 있는 모습이었다. 순간, 얼음 누대가 무너지고 눈발이 휘날렸다. 운가는 날개 꺾인 나비처럼 죽음의 심연으로 추락했다.

그는 두 눈 똑바로 뜬 채 그녀가 떨어지는 모습을 보고 있을 수밖에 없었다. 그녀를 위험 속에 몰아넣고도 지켜 줄 수 없었다. 그저 눈 뜨고 그녀를 잃는 것을 지켜보는 수밖에 없었다. 그저 보는 수밖에⋯⋯.

유불릉은 운가의 침대 옆에 한 시진 넘게 앉아 있었다. 우안은 그가 계속 운가의 곁에 있으려는 것을 알고, 한참을 망설이다가 겨우 입을 열었다.

"폐하, 한 시진 후면 날이 밝습니다. 날이 밝으면 정무를 보셔야 하니 조금 쉬십시오. 운 낭자는 소인들이 돌보겠습니다."

'돌봐?'

유불릉이 고개를 들어 우안을 바라보았다. 그의 날카로운 눈빛을 대하자 환관들은 깜짝 놀라 고개를 푹 숙였다. 우안도

식은땀을 흘리며 말했다.

"폐하, 소인의 불찰입니다. 부디 벌을 내려 주십시오."

육순이 황급히 말했다.

"스승님의 잘못이 아니라 소인의 잘못입니다. 시위들의 계략에 빠져 운 낭자를 보호하지 못했으니, 소인을 죽여 주십시오."

유불릉이 담담하게 물었다.

"말다와 부유는 살았느냐?"

"부유는 중상을 입었고, 말다는 상처가 가벼운 편입니다. 둘다 혼절했으나 목숨에 지장은 없습니다. 깨어나면 엄벌을 내리겠습니다."

우안이 재빨리 대답했다. 유불릉은 무릎 꿇고 앉은 환관들을 둘러보더니 지친 듯 말했다.

"밤새 무릎을 꿇고 있었구나. 그만 돌아가서 쉬어라!"

육순은 깜짝 놀랐다. 저건 무슨 뜻일까? 벌을 내리지 않겠다는 말일까?

"모두 물러가라!"

유불릉이 손을 내젓자 환관들은 고개를 푹 숙인 채 재빨리 대전에서 물러났다. 얼마 후 대전은 텅 비었다. 우안 혼자 가지 않고 남아 있었다. 그가 더듬거리며 말했다.

"폐하, 앞으로 소인이 반드시 운 낭자를 보호하겠습니다. 오늘 같은 일이 또다시 벌어지는 일은 없을 것입니다."

유불릉은 운가를 응시하며 혼잣말처럼 중얼거렸다.

"한두 번 보호할 수는 있겠지만, 평생 보호할 수 있을까? 궁궐 안의 시위들이 모두 저들의 사람인데, 다시는 이런 일이 없다고 보장할 수 있겠느냐? 저들의 사람일지도 모르는 궁녀들은 어떻게 막을 수 있겠느냐?"

우안은 대답할 말이 없었다. 유불릉의 안전 문제도 확신할 수 없는데 운가는 밀할 것도 없었다. 환관의 수는 정해져 있고, 그들의 가장 중요한 책임은 황제를 보호하는 것이었다. 그러니 운가의 안전을 위해 나눠 줄 사람의 수도 한계가 있었다. 곽광이 운가를 죽이려고 결심했다면, 우안이라고 해도 그녀를 보호할 수 있다는 확신을 할 수 없었다.

우안은 운가를 바라보았다. 그녀의 운명은 정해져 있었다, 그저 시간문제일 뿐! 그렇게 생각하자 마음이 아팠지만, 그녀를 구할 방법이 떠오르지 않았다.

유불릉은 탄식하며 고개를 저었다. 그녀를 붙잡을 수만 있었지, 보호할 수는 없다는 맹각의 말대로였다.

"물러가거라! 짐은 운가와 단둘이 있고 싶다. 운가가 깨어나면 말다와 부유에 대해 물을 것이니, 그들을 벌할 필요 없다. 이 일은 여기서 끝내겠다."

유불릉의 표정을 살피던 우안은 차마 한 마디 말도 못 하고 물러났다. 유불릉은 바닥에 앉아 한 손으로 운가의 손을 잡고, 다른 손으로는 그녀의 손금의 생명선을 반복해서 쓰다듬었다.

또다시 이런 '사고'가 발생하게 둘 수는 없다. '사고'가 벌어질 때마다 운 좋게 살아날 수는 없을 것이다. 만약 운가가 자신 때문에……

운가가 추락하는 장면을 직접 목격했을 때, 끝없는 절망이 그를 집어삼켰다.

유불릉은 운가의 손을 꼭 움켜쥐며, 그녀의 안전을 확인했다.

'어떻게 해야 그런 사고를 확실히 없앨 수 있을까?'

방법은 두 가지였다. 하나는 곽광을 제거하는 것이었다. 하지만 그것은 짧은 시간 안에 해낼 수 있는 일이 아니라, 길게 보고 처리해 나가야 했다. 실수라도 하면 나라가 망하고 천하가 혼란에 빠질 수 있었다.

또 하나는…… 운가를 떠나보내는 것이었다. 본래부터 그녀가 속해 있지 않은 이 궁궐에서, 장안성의 소용돌이에서 벗어나는 것이다.

그녀에게 자유를 주어야 한다. 그녀는 본래 광활한 세상에 속해 있었고, 구석구석 음모와 피비린내로 가득한 궁궐에 어울리는 사람이 아니었다.

하지만 그녀를 만난 이후로, 손가락을 걸고 맹세를 한 이후로, 그녀는 유일한 사람이었다. 그 기다림의 세월, 쌀알만 한 새싹도 하늘을 찌를 듯 높이 솟은 나무가 되었을 시간인데 그의 그리움은 오죽할까?

그녀는 이미 그의 심장에 뿌리내려, 깊고 단단히 얽혀 있었다. 그녀를 뽑아내려면 아마 그의 심장도 함께 뽑아내야 할 것이다. 그 누가 스스로 심장을 제거하는 법을 가르쳐 줄까?

감각을 회복한 운가는 오장이 불에 타는 듯이 아파 저도 모르게 신음을 흘렸다.

"어디가 아파?"

유불릉이 다급히 물었다. 운가는 스르르 눈을 떴다. 눈앞이 몽롱해서 꿈을 꾸는 것만 같았다.

"내가 살아 있어요?"

유불릉이 고개를 끄덕였다.

"맹각이 널 구했어."

운가는 멈칫하더니 미소를 지었다.

"그럼 당신은 그 사람에게 감사해야겠네요."

유불릉은 그 말 속에 다른 뜻이 담겨 있는 것을 느끼고 가슴이 두근거리기 시작했다. 믿을 수 없는 기쁨에 말이 나오지 않아 그저 멍하니 운가를 바라볼 수밖에 없었다.

죽어서 다시는 보지 못할 줄 알았는데, 이렇게 다시 만나자 운가도 말할 수 없이 기뻤다. 그녀는 유불릉의 미간을 살짝 누르며 가슴 아픈 듯 책망했다.

"밤새 한숨도 안 잤어요? 왜 그렇게 바보 같아요? 누워서 아무것도 모르는 내 옆에 있어 봤자 할 수 있는 것도 없는데, 뭐하러 잠을 안 자요?"

유불릉은 다가온 운가의 손을 잡았다. 그녀는 예전처럼 손을 빼려 하지 않고, 그저 부끄러운 듯이 살짝 눈만 내려떴다.

유불릉은 불확실한 기분이 가시고, 마음속에 기쁨만 남아 파도처럼 출렁이는 것을 느꼈다. 방 밖은 햇빛 찬란한 맑은 날씨였고, 방 안은 오랫동안 꿈꾸어 오던 것이 이루어진 꿈나라였다.

유불릉은 운가의 손을 얼굴 옆에 내려놓고 부드럽게 쓰다듬었다. 입꼬리가 살짝 휘어지며 미소가 피어오르는가 싶더니 나중에는 입을 벌리고 크게 웃었다.

운가도 기쁨을 억누를 수 없었다. 활짝 웃는 유불릉을 보자 그녀도 신나게 웃으려고 했지만, 뱃속이 아파서 힘을 줄 수가 없었다.

알고 보면 인생이란 참 단순했다. 나아갈 길과 물러날 길이 정해져 있지 않으면 이루 말할 수 없이 고통스럽지만, 일단 결심이 서서 앞으로 나아가면 비록 가시밭길이라도 두려울 것 없고 언제나 기쁘게 보낼 수 있었다.

두 사람은 바보처럼 아무 말도 못 하고 그저 서로 바라보며 멍청하게 웃기만 했다.

"폐하."

방 밖에 있던 우안의 조용한 부름에 두 사람은 바보 같은 웃음에서 깨어났다.

"방해하지 마라! 오늘은 아무도 만나지 않겠다. 모두 돌려보내고, 가족들과 새해를 맞이하라고 해라."

유불릉의 외침에 우안은 뭐라고 더 말하려다가 입을 다물었다.

"그러다 남들이 우둔한 황제라고 욕해요."

운가의 속삭임에 유불릉이 웃으며 대꾸했다.

"마음대로들 떠들라지! 난 원래 그랬으니까. 지금 나가서 정무를 본다 한들 무슨 말을 할지 몰라."

그의 목소리는 전에 없이 경쾌했고, 웃음기로 가득했다.

우안은 정신없는 사람이 황제뿐만이 아니라고 생각했다. 지금은 그도 정신이 없었다. 어젯밤만 해도 수심에 잠겨 남들도 숨 한 번 쉬지 못하게 하던 사람이 오늘은…….

'변해도 너무 빨리 변하는군!'

우안은 고개를 들고 하늘을 보더니, 천천히 그 자리를 뜨며 탄식했다.

"하늘이 파랗고 구름 한 점 없구나. 정말 좋은 날씨야. 1년을 바삐 보냈으니 며칠 쉬면서 새해를 맞이할 만도 하지!"

"힘들어? 쉬지 않아도 되겠어? 장 태의가 밤에 다시 와서 침을 놔 주겠다고 했어."

유불릉의 물음에 운가는 고개를 저었다.

"오빠가 웃기지만 않으면 돼요. 천천히 이야기하는 것은 괜찮아요."

"운가, 할 이야기가……."

"릉 오빠, 할 이야기가……."

두 사람은 서로를 바라보며 웃다가 동시에 입을 열었고, 동시에 멈췄다.

"먼저 말해요."

운가가 말했다.

"네가 먼저 말해!"

유불릉도 말했다. 운가는 부끄러운 듯이 웃으며 눈을 내리떴다.

"릉 오빠, 난 어젯밤에 깨달았어요. 떨어지는 순간, 해야 할 일을 하지 못했던 게 무척 후회되고 아쉬웠어요. 살다 보면 예상치 못한 일들이 많이 있어요. 훗날 무슨 일이 일어날지 예측할 수 있는 사람은 없잖아요. 마지막에 가서야 후회하고 아쉬워하는 게 싫어요. 그러니까 좋으면 좋다고 말하고, 하고 싶은 일은 바로 해야 해요. 이것저것 따지고 꺼릴 필요가 어디 있겠어요?"

유불릉은 살짝 떨리는 운가의 눈썹을 바라보며, 기쁨을 억누른 채 가볍게 물었다.

"뭘 하고 싶어?"

그러자 운가의 눈동자에서 자그마한 나비 두 마리가 날갯짓을 했다.

"릉 오빠, 난 오빠와 함께 있고 싶어요!"

간단한 한마디였지만, 유불릉은 마치 천상의 소리라도 들은 것 같았고, 좋은 술에 잔뜩 취한 기분이었다. 이렇게 기뻤던 적이 몇 년 만일까? 그는 운가의 손을 잡고, 고개를 숙여 손바닥에 입을 맞추었다.

"운가, 나도 어젯밤에 깨달았어. 인생은 말로 하기엔 길지만 사실은 무척 짧아. 평화롭게 보내도 겨우 수십 년밖에 안 되는데, 병이나 사고가 생기면 얼마나 될지 아무도 알 수 없어. 내 인생은 충분히 한스럽고 힘들었어. 평생 그렇게 보내고 싶지는 않아. 운가, 어렸을 때 내게 했던 약속 기억해? 나와 함께 묘강에 가서 놀기도 하고, 세상을 두루 돌아보고 싶다고 했지?"

운가는 유불릉의 말뜻을 이해할 수가 없었다. 그가 단순히 '릉 오빠'라면 그때 했던 약속을 지키는 것은 무척 쉬운 일이었다. 하지만 그는 그녀의 '릉 오빠'일 뿐 아니라 한나라의 황제였다.

"한 번도 잊지 않았어요."

그녀가 고개를 끄덕이자 유불릉이 미소를 지었다.

"운가, 앞으로 나는 너의 릉 오빠만 하겠어."

운가는 눈을 동그랗게 떴다. 잠깐 동안이지만 유불릉이 한 말을 제대로 알아들을 수가 없었다. 잠시 후 정신이 든 그녀가 더듬거리며 말했다.

"그, 그건……. 그러면……."

한참을 더듬거리던 그녀는 마침내 말을 토해 냈다.

"그럼 누가…… 누가 한나라의 황제가 돼요?"

유불릉은 바보처럼 놀란 운가를 보고 일부러 곤란한 표정을 지어 보였다.

"그렇군! 누가 한나라의 황제가 되지?"

출렁이는 기쁨 속에서도 운가는 약간 정신이 들어, 유불릉을 때리려고 하며 외쳤다.

"오빠는 총명하니까 벌써 생각해 놨겠죠. 빨리 말하지……."

하지만 때리기도 전에 뱃속에서 통증이 느껴져 눈을 찌푸렸다. 유불릉은 더 이상 그녀를 놀리지 않고, 그 손을 붙잡아 자기 몸을 몇 번 때린 후 말했다.

"운가, 유하와 유병이 중에 누가 낫겠어? 난 둘 다 괜찮은 것 같은데. 둘 중 한 사람을 골라 황제로 만드는 게 어때?"

그제야 운가도 유불릉의 말이 진심이라는 걸 깨달았다. 어느새 그는 자신의 결심을 실천하기 위한 상세한 계획까지 세워 둔 것이다.

본래 운가는 다른 모든 것을 희생할 마음으로 유불릉 곁에 남기로 결심했다. 어쩔 수 없는 일들이 많았지만, 죽음을 앞에 둔 순간 느낀 후회와 아쉬움 속에서, 그 일들은 릉 오빠를 떠나는 것보다는 견딜 만하다고 느꼈던 것이다.

그런데 뜻밖에도 유불릉은 황위를 포기하기로 결심했다. 운가는 한순간 자신의 세상이 휘황찬란하게 밝아지는 것을 느꼈다. 이제 그곳에는 옅은 안개조차 없었고, 앞으로는 오로지 행복하고 즐거운 날만 가득하다는 것을 느낄 수 있었다.

운가도 이렇게 즐거운 기분은 무척 오랜만이었다. 마음이 벅차올라 터질 것 같았다. 비록 터지더라도, 그 파편들은 모두 즐거움으로 가득할 것이다.

바보처럼 넋이 나갔던 운가는 헤헤 웃더니 혼잣말처럼 중얼거리기 시작했다. 유불릉이 귀를 기울여 보니, 운가는 벌써 돌아다닐 계획을 짜고 있었다.

먼저 집에 가서 부모님을 뵙고, 셋째 오빠의 말을 훔쳐서 릉 오빠를 태우고, 그녀는 방울이를 타고 여행을 시작한다. 제일 먼저 묘강에 들렀다가, 그 다음에는…… 그녀는 민간의 식재료를 모아 요리책을 쓸 것이다. 한인들은 소고기나 양고기 요리에 능숙하지 못하고, 유목민들은 조미료를 쓰는 법이나 채소를 요리하는 법을 잘 모르니 여행을 하는 동안 그녀는 각자의 요리법의 장점을 서로에게 전수하여 모든 사람들이 맛있는 음식을 먹게 해 줄 것이다…….

유불릉은 마음이 아팠다. 그동안 그는 운가를 곁에 묶어 두고, 비상을 염원하는 영혼을 감금시켜 둔 것이다. 이 황궁 안에서, 운가가 진정으로 즐거웠던 적이 있었을까? 하지만 다행히도 그들에게는 아직 남은 날들이 많았다.

황위. 그는 한 번도 황위를 좋아해 본 적이 없었다. 그는 그 자리 때문에 모든 것을 잃었다. 그것을 능력 있고, 정말로 필요로 하는 사람에게 준다면 그 사람이 더욱 잘해 줄 것이다.

황위를 내던지고 나면 그는 운가와 함께 그들만의 행복을 찾아 떠날 수 있었다. 유불릉은 평생 가장 올바른 결정을 내렸다고 기뻐했다. 마침내 그도 자신이 원한 대로 날 수 있게 되었고, 자신이 하고 싶은 일을 할 수 있게 되었다.

"운가, 너 돈 있어?"

운가는 아직도 아름다운 꿈속을 헤매고 있다가 그 말을 듣고 멍하니 고개를 저었다. 하지만 곧 고개를 끄덕이며 말했다.

"없어요. 하지만 벌 수는 있어요."

유불릉은 격려하듯 그녀의 머리를 쓰다듬었다.

"내가 부인 하나는 잘 골랐군. 앞으로 네가 날 좀 먹여 살려야겠다."

운가는 초승달처럼 눈을 휘며 생긋거렸다.

"그럼요! 누구는 관직만 팔 줄 아는데, 이제는 그것도 못 하게 되었으니 얼마나 가엾어요! 앞으로는 나만 잘 따라와요! 이부자리를 펴고 개고, 방을 따뜻하게 하고, 시중을 잘 들면, 밥한 그릇 정도는 상으로 줄게요."

유불릉은 나긋나긋한 그녀의 목소리와 반짝이는 눈동자를 보자 마음이 흔들려 저도 모르게 그녀의 이마에 입을 맞추었다.

"반드시 '시중' 잘 들게."

운가의 얼굴이 빨개졌다. 그녀는 "피이!" 하며 입을 삐죽였지만, 차마 대꾸할 용기는 없는지 아무 말도 하지 않았다.

유불릉은 수년 간 운가를 그리워하며 지내 왔다. 그러다 어렵게 다시 만났는데 그녀는 그를 밀어내려고만 했다. 하지만 이제 거의 희망이 없어 보였던 그 오랜 사랑이 마침내 이루어졌다.

그는 감정이 북받쳐, 신발을 벗고 운가 옆에 누워 그녀의 손을 꼭 잡았다. 가만히 그녀의 옆모습을 들여다보고 있으니 편안하고 만족스러웠다.

운가는 갑작스레 귓가에서 유불릉의 숨소리가 들리자 몸이 나른해지면서도 뻣뻣하게 굳었다. 긴장되고 낯설지만 어딘지 기쁘기도 했다. 그와 함께하는 평안하고 즐거운 나날이 영원히 계속되기만을 바랄 뿐이었다.

유불릉은 운가가 긴장해서 상처에 악영향을 줄까 봐, 그녀와 손가락을 걸며 일부러 농담을 건넸다.

"병이 나으면 귀를 씻고 네 연가부터 들어야겠어. 그래야 사람들 앞에서 연가 한 번 못 불러 봤다고 원망하지 않지."

아리아와 이야기할 때만 해도 태연하던 운가는 유불릉의 입에서 그 이야기가 나오자 그때는 무슨 용기로 그런 말을 했는지 몰라 얼굴이 새빨개졌다.

"감히 날 놀려요? 당신을 이기게 해 주려고 그런 건데! 다 이유가 있어서 그런 말을 한 거지 아무렇게나 지껄인 게 아니라고요. 강족의 소녀들은 열세 살이 되면 아버지나 오빠에게서 만도를 받아요. 그게 성년식이죠. 강족 소녀는 마음에 든 남자가 생기면 정표로 만도를 그 사람에게 줘요. 그러니 아리아가 아직 만도를 가지고 있는 건 미래를 약속한 남자가 없다는 뜻이에요. 강족의 소녀가 쓰는 두건에도 뜻이 있어요. 녹색이나 분홍색, 노란색, 남색은 남자들의 구애를 받아들인다는 뜻이에요. 하지만 아리아의 두건은 빨간색이었죠. 빨간색 두건은 남자가 가까이 오는 것을 허락하지 않는다는 뜻이에요. 약속한 남자도 없으면서 왜 빨간 두건을 썼을까요? 이미 마음에 둔 사람이 있는데 아직까지 그 사람에게 말하지 못했다는 것이 유일한 가능성이죠. 그때 아리아를 문투에 끌어들이기 위해서는 우선 그녀가 직접 싸우는 것을 두려워하게 만들어야 했어요. 하지만 초원의 여자들은 두려움이 별로 없어요. 그래서 어떻게든 그녀가 아직 하지 못한 일을 떠올리게 만들 수밖에 없었어요. 공주인 아리아가 차마 만도를 주지 못한 걸 보면, 마음에 든 사람이 그녀에게는 매우 특별한 사람일 거예요. 아리아의 감정이 깊을수록 문투에 끌어들일 가능성이 높았죠."

유불릉도 그제야 당시 운가가 쓸데없는 말은 단 한 마디도 하지 않았다는 것을 알 수 있었다. 그녀의 동작 하나하나, 말 한 마디 한 마디는 모두 아리아의 마음을 흔들어, 그녀가 쉽게 문투를 받아들이게 하기 위한 것들이었다.

유불릉은 사랑스럽다는 듯이 운가의 코를 꼬집으며, 자랑스레 말했다.

"그럼 난 아리아의 마음속 정인에게 고마워해야겠군. 그자가 무의식중에 우리 한나라를 도왔으니까."

순간 운가의 웃음이 살짝 굳었다. 그녀는 마른 웃음을 쿡쿡 웃더니 말했다.

"이 일은 오빠와 나만 아는 거예요. 절대 다른 사람에게 말하면 안 돼요. 만에 하나 내가 여자를 꼬드겨 자기를 쫓아다니게 만들었다는 걸 알면, 셋째 오빠는 분명히 날……."

운가가 잔뜩 겁먹은 표정을 짓자 유불릉은 우스우면서도 의아했다.

"아리아가 마음에 둔 사람이 너희 셋째 오빠였어? 이제 보니 넌 이미 아리아를 알고 있었군."

"아니에요, 나도 가까이서 본 후에야 알았어요. 아리아가 차고 있던 팔찌 봤어요? 작은 은빛 늑대 얼굴이 달려 있었는데, 셋째 오빠가 쓰고 다니던 가면과 똑같았어요. 여자가 셋째 오빠의 가면을 몸에 지니고 다닌다는 게 무슨 의미겠어요?"

갑자기 그녀가 고소해 죽겠다는 듯이 웃어 댔다.

"셋째 오빠가 고생 좀 하겠군⋯⋯! 아야!"

움직이다가 상처를 건드렸는지, 운가는 눈과 코를 잔뜩 찡그렸다. 역시! 사람은 너무 우쭐거려도 안 되는 거야!

"이제 그만 웃어."

유불릉이 황급히 말했다. 운가는 이를 악물며 말했다.

"기뻐서 참을 수가 없는걸요! 어서 안 좋은 이야기 좀 해 봐요. 우리 언제쯤 장안을 떠날 수 있어요? 빠를수록 좋은데! 상처가 낫는 대로 장안을 떠나면 좋겠어요."

유불릉이 진지한 표정을 지었다. 하지만 얼굴과는 달리 눈동자에서는 여전히 기쁨의 빛이 반짝였다.

"그렇게 빨리는 안 돼. 하지만 1년 안에는 반드시 떠날 수 있을 거야."

"병이 오라버니는 무척 좋은 사람이에요. 으음, 대공자도 여자를 좋아하는 것만 빼면 나쁘지 않죠. 두 사람 중 누구한테 줘도 괜찮을 것 같아요. 그런데 선택하는 데 그렇게 오랜 시간이 걸리는 이유가 뭐예요? 조정의 대신들이 반대해서요? 아니면 번왕들이 따르지 않을까 봐?"

"운가, 나도 하루라도 빨리 장안을 떠나고 싶어. 하지만⋯⋯ 대전에서 유병이가 노래할 때 따라 불렀던 사람들 기억하지? 나는 조정 백관이나 번왕들의 반응에는 신경 쓰지 않아. 하지만 그 사람들은 신경 쓰여."

운가가 고개를 끄덕였다.

"알겠어요."

"컬타타가 두려워한 것은 유병이가 아니야. 물론 대전에 있던 문관이나 무장들도 아니지. 그가 두려워한 것은 유병이 뒤에서 소리 높여 노래를 부른 대 한나라의 백성들이야. 그들은 부지런히 일하고 세금을 내어 백관과 군대를 먹여 살렸어. 전쟁에 참전해 싸우고, 자신의 목숨을 바쳐 이민족을 격퇴했지. 하지만 그들의 바람은 그저 따뜻하고 배부르게 먹는 평안한 삶뿐이야. 이 자리에 있는 한 나는 그들을 보호해야 해. 지금은 이기적이게도 내게 주어진 책임에서 달아날 생각을 하고 있지만, 반드시 백성들을 보호할 수 있는 사람에게 이 자리를 평화롭게 물려줘야 해. 내 실수로 황위 쟁탈전이라도 벌어져 백성들에게 피해를 주면 나는 평생 나 자신을 용서하지 못할 거야."

운가는 유불릉의 손을 꼭 쥐었다.

"알았어요, 참고 기다릴게요. 걱정 말아요. 내 생각에는 오라버니든 대공자든 반드시 백성들을 잘 보호해 줄 거예요."

유불릉은 빙그레 웃었다.

"유하는 내가 잘 알아. 포부나 재능은 뛰어나지만 내내 멍청한 사람인 척해 왔기 때문에 일처리를 할 때 어떤 방법을 쓰는지, 풍격이 어떤지 알 수가 없어. 그러니 자세히 살펴볼 필요가 있어. 유병이는 속마음이 더욱 복잡한 사람이니 시간을 두고 관찰해야 할 거야."

새해맞이 연회에서 사고가 있었으나 유불릉과 곽광은 약속이라도 한 듯 침묵을 지켰고, 아는 사람도 거의 없었다. 따라서 금군 병사 몇 명이 소리 없이 사라진 정도로만 마무리되었다.

운가의 사고는 다른 궁정의 음모들과 마찬가지로 어둠 속에서 벌어졌고, 어둠 속으로 사라졌다. 그 사건은 새벽녘 햇살 한 줄기조차 보지 못한 채 사람들의 꿈속 저 너머로 사라졌다.

그러나 실제로는 이 사고를 계기로 모두들 새 판을 짜기 시작했다. 각자 새로운 계획을 세우고도 아직 실행하지 못한 덕분에 사람들은 평화롭게 새해를 맞이할 수 있었다.

운가가 낮잠에서 깨어 보니 유불릉이 침대 옆에 앉아 뭔가를 보고 있었다. 눈을 살짝 찌푸린 채였다.

운가의 기척에 유불릉이 찡그렸던 눈을 펴고, 보던 것을 옆에 내려놓은 후 그녀를 부축해 주었다. 그사이 운가가 유불릉이 보던 것을 집어 들었다. 관리들이 명을 받고 써 올린 조서였다. 창읍왕 유하에게 장안으로 와서 황제를 배알하라는 내용인데, 겉만 번지르르한 단어가 장황하게 나열되어 있었다. 운가가 웃으며 물었다.

"유하를 도성으로 불러서 자세히 관찰하려고요?"

"그것만이 목적은 아니야. 지금부터 천천히 가르쳐 줘야 할 것도 있어. 나는 서너 살 때부터 부황께 상소 읽는 법과 글자 뒤에 숨은 뜻을 파악하는 법을 배웠어."

가리개 밖에서 약을 가져왔다고 하는 말다의 힘없는 목소리가 들려왔다. 약을 들고 안으로 들어오는 움직임도 조심스러웠다. 운가는 그녀가 아직도 자책하고 있다는 것을 알았지만, 단

시일 내에 좋아질 것 같지 않아서 어쩔 수 없다는 듯이 웃기만
했다.

유불릉이 성지를 옆에 내려놓은 후 말다에게서 탕약을 받아
직접 운가에게 먹여 주었다. 운가가 약을 다 먹자, 그는 입가심
할 수 있게 물도 가져다주었다.

"하지만 그가 오려고 할지는 미지수야. 황제와 번왕의 관계
는 무척 미묘하거든. 어떤 면에서는 번왕과 황제의 이익이 일
치할 경우도 있어. 황제가 천하를 다스린다고 해도 결국은 유
씨의 천하야. 다른 사람에게 황제 자리를 빼앗기면 유씨의 세
상은 사라지고 말지. 번왕이나 종친들의 존재는 조정 문무대신
들에게 위협이 될 수 있어. 황실에 인재가 즐비하니, 혹여 황제
가 사라져도 그 자리를 대신들이 차지할 수 없다는 걸 일깨워
주는 역할이지. 하지만 다른 시각으로 보면, 황제는 언제나 번
왕이 다른 마음을 품고 있지 않은지, 대신들과 결탁하지 않는
지 경계해야 해. 물론 번왕들도 항상 황제를 주시해야겠지. 다
른 마음을 품고 있으면 당연히 그렇게 해야 하고, 다른 마음을
품고 있지 않다 하더라도 그렇게 해야 해. 다른 마음을 품었는
지의 여부는, 번왕이 무슨 말을 하느냐가 아니라 황제가 그 말
을 믿느냐 안 믿느냐에 달려 있으니까. 역사상으로도 충성심이
약한 번왕들이 황제의 의심을 사 죽임을 당하거나 핍박에 못
이겨 모반을 일으킨 사례가 있어."

조서 한 장에 그렇게 많은 것이 담겨 있을 줄이야! 운가는
침울하게 말했다.

"유하가 당신을 믿지 않는다고 생각해요? 핑계를 대고 장안으로 오라는 성지를 받들지 않을 것 같아요? 혹시 그 조서를 보고 놀라서 딴마음을 품게 될까요?"

유불릉은 고개를 끄덕였다.

"황제를 믿는 사람이 어디 있겠어. 하물며 그런 자리에 있는 사람이라면 말할 것도 없지. 이 세상에서 날 믿는 사람은 너뿐이야."

"그럼 우린 어떡하죠?"

유불릉이 미소를 지었다.

"너는 그런 일까지 걱정하지 않아도 돼. 내가 반드시 해결 방법을 찾아낼 테니까. 넌 몸을 추스르는 것만 신경 써."

그는 정사 이야기를 그만두고 황실과 백성이 모두 즐거워하는 명절 이야기로 화제를 돌렸다. 그는 운가에게 곧 상원절上元節[41]이 되는데, 어떤 모양의 등이 좋으냐고 물었다. 문득 운가가 말했다.

"상원절에는 궁 밖으로 나가고 싶어요. 등도 구경하고, 또…… 또, 당신만 괜찮다면 맹각을 만나 살려 줘서 고맙다는 인사를 하고 싶어요."

"네가 그를 만나는 걸 싫어한 적은 없어. 조금 긴장될 뿐이지."

유불릉이 운가의 머리를 쓰다듬으며 부드럽게 말했다.

---

42 음력 정월 보름날이며, 원소절, 등절 등으로도 불림. 한 무제 때부터 등을 달고 제례를 올리는 큰 명절이 됨.

"나처럼 보물을 알아보는 눈이 있는 사람이 또 있다니, 오히려 아끼는 마음이 들어. 게다가 그는 존중할 만한 사람이잖아."

운가는 그의 말에 민망한 듯이 얼굴을 붉혔다. 기쁘면서도 씁쓸한 기분이었다. 룽 오빠는 그녀를 보물처럼 여기며 아껴 주는 것도 모자라, 남들도 다 그럴 거라고 생각했다. 하지만 맹각은 그녀를 보물처럼 여기지 않았다. 기껏해야 마음에 들었던 여러 진주 중 한 개였을 뿐이다.

"운가, 맹각은 영리한 사람이야. 그러니 그와 이야기할 때는 주의해야 해. 선위는 무척 중요한 일이니, 최종적으로 결정이 날 때까지는 절대 새어 나가면 안 돼. 잘못하면 무슨 일이 일어날지 몰라."

"알겠어요."

운가는 고개를 끄덕였다.

지금 조정은 미묘하게 균형을 이루고 있었다. 물방울 하나만으로도 무너져 버릴 수 있는 상태인데, 천하를 쥐고 흔드는 힘이 있는 황위 문제가 불거지면 어떻게 될까?

조정의 대신들은 말할 것도 없고, 유하와 유병이만 해도 그랬다. 지금은 다른 마음이 없어서 멍청한 번왕 행세를 하거나 온 힘을 다해 황제를 보필하며 조정이 종실의 이름을 회복하는 날만을 기다리고 있지만, 만에 하나 정당하게 황위를 얻을 수 있는 기회가 있다는 것을 안다면, 과연 가만히 앉아서 기다리기만 할까?

어쩌면 그들의 싸움이 황자들의 황위 다툼보다 더 치열할지도 모른다. 장안성에서의 최후의 길은, 어쩌면 그의 인생 중에서 가장 어려운 길이 될지도 몰랐다.

"운가, 먼저 집에 돌아가 있는 게 어떨까? 일이 끝나면 내가 찾아갈게."

유불릉의 말에 운가는 눈을 부라렸다.

"꿈도 꾸시 말아요! 난 여기서 기다릴 거예요!"

유불릉은 끈질기게 그녀를 설득했다.

"너와 같이 있기 싫어서가 아니야. 앞으로 일어날 풍파가 걱정돼서……."

운가가 입을 삐죽였다.

"릉 오빠, 우리가 처음 헤어지고 몇 년 만에 만났죠? 이제 더는 하루하루를 헤아리며 기다리고 싶지 않아요. 어떤 풍파가 일어나더라도 헤어지지 않을 거예요. 날 쫓아내면 다시는 안 봐요!"

유불릉은 말이 없었다. 운가는 그의 손을 잡고 가여운 척 입을 삐죽였지만, 까만 눈동자에는 고집이 어려 있었다. 유불릉은 한숨을 푹 쉬었다.

"넌 어떻게 아직도 그대로야? 아직 상처가 낫지 않았으니 그만 흔들어. 네 말대로 할게."

운가의 표정이 책장 넘기듯이 순식간에 환하게 펴졌다.

"오빠가 어렸을 때보다는 조금 더 나한테 잘해 줘서 다행이에요. 안 그러면 내 신세가 더 가여웠을 텐데."

"조금 더?"

유불릉이 무표정하게 묻자 운가는 헤헤거리며 그의 코앞에 얼굴을 들이밀었다.

"계속 열심히 하라는 뜻이에요. 유불릉이 예쁘고 사랑스럽고 또 총명하기까지 한 운가에게 잘해 주려면 아직도 한참 멀었어요. 매일매일 전날보다 더 잘해 주고, 매일매일 어제 잘못한 것은 없는지, 사랑스러운 운가를 불쾌하게 만들지는 않았는지 곰곰이 생각해 봐야 해요. 그리고 또 매일매일⋯⋯."

유불릉은 일언반구도 없이 조서를 들고 일어나 돌아섰다. 그의 뒤로 운가의 외침 소리가 들려왔다.

"잠깐만요! 아직 말 안 끝났어요!"

12장
가물거리는 등불 아래

운가의 상처는 허평군이 입은 상처에 비하면 훨씬 가벼웠다. 게다가 기분도 좋고 장 태의가 열심히 치료한 덕분에 금방 좋아져, 상원절 즈음에는 걸어 다닐 수도 있게 되었다.

상원절 낮, 유불릉은 태일신太一神[42]에게 제를 올렸다. 도교의 삼원설에 따르면, 상원, 중원, 하원의 3원元을 주재하는 것은 각각 천관天官과 지관地官, 인관人官이라고 했다. 따라서 상원절이 되면 백성들은 꽃등을 켜 천관에게 축복을 빌곤 했다.

낮에 제를 마친 유불릉은 해질녘쯤 성루에 올라 상원절의 첫 등불을 켜게 되어 있었다. 황제가 첫 번째 등을 켜면 수천,

---

43 우주의 모든 것을 관장하는 신.

수만 호의 백성들도 미리 준비해 두었던 등에 차례로 불을 켜고, 올해도 즐겁게 보낼 수 있게 해 달라고 천관에게 기도할 것이다.

운가는 칠희와 말다의 보호를 받으며, 사람들이 성루 앞에 모여든 틈을 타 살그머니 황궁에서 나갔다. 길을 걷는 동안 수천 개의 등불이 하나씩 켜졌다. 등불들은 마치 불꽃의 나무에 활짝 핀 은빛 꽃처럼 세상을 일곱 빛깔 유리구슬처럼 반짝이게 만들었다.

황궁에 오랫동안 갇혀 있었던 운가는 이 아름다운 광경을 보자 몸이 근질거려 참을 수가 없었다. 어차피 당장 해야 할 일도 아니니 좀 놀고 나서 해도 상관없겠다며 스스로에게 핑계를 마련한 뒤, 운가는 마차의 벽을 두드려 부유에게 마차를 세우라고 분부했다.

"이민족들이 중원을 부러워하는 것도 당연해. 이렇게 멋진 광경을 보고 누가 부러워하지 않겠어?"

운가가 마차에서 내리려고 하자 말다가 우물쭈물하며 말렸다.

"아가씨, 사람이 많으니 마차에서 구경만 하시는 게 좋겠어요."

운가는 그런 말다를 무시하고 부유의 부축을 받아 마차에서 내렸다. 말다가 도움을 청하는 눈길로 칠희를 바라보았으나, 무슨 일이든 운가의 명령에 따르라는 우안의 명령을 받은 칠희는 살짝 고개를 저으며 운가가 원하는 대로 해 주라는 눈짓을 했다.

이번 출궁을 위해 수많은 방법을 생각해 본 그들이었다. 남들의 이목을 끌지 않으려면 사람을 많이 데려가지 않는 편이 나았다. 최소한의 인원만으로 운가의 안전을 확보해야만 하는 것이다.

그들은 이번 일이 무척 중요한 임무라는 걸 알고 있었지만, 신이 나서 어쩔 줄 모르는 운가의 모습을 보니 어쩐지 별로 대단한 일이 아니라는 생각이 들었다.

칠희와 부유는 운가 앞에서 인파를 헤치며 나아갔고, 말다와 육순은 뒤에서 운가를 보호했다. 다섯 사람은 거리를 따라 걸으며 등을 구경했다.

장안성에는 재능 있는 사람과 미녀가 많았다. 그들은 등에 그림을 그리거나 글을 써서 독특한 분위기의 등을 만들고, 친구들끼리 모여 각자가 만든 등을 서로 평가하기도 했다. 이긴 사람은 즐거워하고, 진 사람은 술을 샀다. 승부는 공평하고 풍류가 있어 사람들 입에 미담으로 회자되곤 했다.

또 재녀才女들은 시나 수수께끼를 등에 써서, 시의 대구를 짓거나 수수께끼의 답을 맞힌 사람에게 직접 만든 바느질 천을 주었다. 그것은 귀한 물건은 아니지만 특별했기 때문에 청년들은 서로 얻겠다고 다투어 나섰다. 운가는 그런 모습을 보면서 웃었다.

"말을 타고 마음에 드는 여자를 쫓아가서 연가를 부르는 초원의 풍습과 비슷해. 중원 사람들의 표현이 좀 더 간접적이긴 하지만."

❀

맹각과 유병이는 성루 아래에 모여든 사람들 틈에 끼여 유불릉이 등에 불을 붙이는 모습을 바라보았다. 두 사람은 운가의 성격상 오늘 밤 행사를 뭔가 특별하게 만들었으리라 생각하고 구경 온 참이었다. 그러나 성루 위에 선 궁녀들 가운데 운가의 모습은 없었다.

제대로 치료를 했다면 지금쯤 걸어 다닐 수는 있어야 할 텐데, 몸이 다 나았는지 아닌지 알 수가 없었다. 성 전체가 즐겁고 시끌벅적한데도 맹각은 흥이 깨져 집으로 돌아가고만 싶었다.

유병이는 그의 마음을 짐작했다. 그 자신도 어딘지 모르게 쓸쓸한 기분이었기 때문이다. 두 사람은 어깨를 나란히 하고 돌아가기 시작했지만 아무도 입을 열지 않았다.

시끄럽게 떠드는 소리 속에서 문득 유병이가 물었다.

"맹각, 운가가 황……. 공자의 곁에 1년만 머물기로 했다는 말, 평군에게 들었나?"

맹각은 살짝 고개를 끄덕였다. 유병이는 웃으며 두 손을 모았다.

"축하하네!"

그러나 맹각은 별로 기쁜 표정이 아니었다. 평소처럼 입가에 담담한 미소만 띠고 있을 뿐이었다.

그때 유병이는 군중들 속에 홀로 서 있는 곽성군을 발견했다. 이상하면서도 우스운 일이었다. 워낙 사람들이 많아 잠시만 한눈을 팔면 같이 있던 친구와도 헤어질 판국인데, 그들은 마치 원수는 외나무다리에서 만난다는 말처럼 이런 곳에서 마주친 셋이다.

곽성군은 녹색 치마를 입고, 새까만 머리칼은 단순하면서도 예쁜 비취 비녀로 틀어 올리고 있었다. 비녀 위에는 싸리나무를 얽어 무척 간소하면서도 소박한 차림이라, 거리를 걷는 다른 소녀들과 비슷해 보였다. 하지만 다른 소녀들이 친구들의 손을 잡고 웃고 떠들며 등을 구경하는 반면, 곽성군은 홀로 사람들 속을 묵묵히 걷고 있었다.

어쩌면 오늘 밤이 밖에서 보내는 마지막 상원절일지도 모른다. 이제부터 그녀는 미앙궁의 구중궁궐에서 평생을 보내야 한다. 때문에 그녀는 일부러 하녀들을 물리치고 혼자 몰래 빠져나왔다. 하지만 그녀 자신도 무얼 보고 싶어서인지, 무얼 갖고 싶어서인지 알지 못했다. 인파 속을 걷고 있을 뿐 머릿속으로는 아무 생각도 하지 않았다. 그저 걷기만 할 뿐이었다.

그러나 거리를 물들인 등불과 복잡한 군중 속에서 나풀거리는 한 그림자를 발견한 순간, 그녀는 자신이 보고 싶었던 것이 무엇인지를 깨달았다. 순간, 마음이 아파 한 걸음도 뗄 수가 없었다.

이제 보니 아직도 그를 잊지 못하고 있었다. 아직도 그녀가 찾아 헤매는 것은 그였다.

아무 생각 없이 녹색 치마를 골라 입었는데, 이제 보니 그가 녹색을 매우 좋아했기 때문이었다. 소박한 차림을 한 것도, 이제 보니 마음속 깊은 곳에서 사라진 꿈을 슬퍼하기 때문이었다.

유병이는 사람들 틈에 멍하니 서서 맹각만 바라보는 곽성군을 쳐다보았다. 사람들이 그녀 곁을 스치고 지나가면서 가끔씩 부딪히기도 했지만, 그녀는 전혀 느끼지 못하는 것 같았다.

맹각은 근처에 있는 갖가지 등을 훑어보느라 곽성군을 발견하지 못한 상태였다. 유병이가 가볍게 헛기침을 하며 팔꿈치로 그를 툭툭 쳤다. 곽성군을 본 맹각이 걸음을 멈추었다.

"한참 동안 지네만 보고 있었네. 명절이고 하니 가서 이야기라도 하게! 인사 정도는 해야지."

유병이의 나지막한 말에 맹각은 들릴 듯 말 듯 한숨을 쉬더니 곽성군에게 걸어갔다.

"등을 구경하러 나왔소?"

곽성군은 고개를 끄덕였다.

"당신도요?"

유병이는 아무 말 없이 하늘을 올려다보았다. 바보 같은 질문에 바보 같은 대답이었다. 총명하기 그지없는 사람들이 어쩌다 저렇게 멍청하게 변했을까. 유병이는 평생 저런 애매한 상황에 빠지는 '복'이 없어, 바보가 될 일도 없는 자신이 다행이라고 생각되었다.

상투적인 인사가 끝나고 나자 분위기가 더욱 어색해졌다. 맹각은 말이 없었고, 곽성군도 말이 없었다. 유병이는 묵묵히 맹각을 바라보다가 곽성군을 흘끗 살폈다.

맹각은 멋지고 기운이 넘쳤으며, 유병이는 헌걸찼으며, 곽성군은 비록 소박한 차림을 했어도 타고난 미모는 여전했다. 그런 세 사람이 거리 한가운데에 서 있으니, 지나던 사람들은 모두 한 번씩 돌아보곤 했다.

맹각은 작별 인사를 하려는 듯 곽성군에게 예를 갖추어 손을 모았다. 곽성군은 이것이 그와의 마지막 독대라는 것을 깨닫고 마음이 찢어질 듯 아파 무슨 말이라도 하고 싶었지만, 입만 달싹이다가 결국 고개를 숙였다. 그러자 유병이가 맹각이 입을 열기 전에 나섰다.

"이렇게 만났으니, 같이 걸으며 등이라도 구경하시지요!"

곽성군은 말없이 고개를 끄덕였고, 맹각은 유병이를 노려보았지만 아무 말도 하지 않았다. 유병이가 쿡쿡 웃었다.

"가시지요, 곽 소저."

복잡한 관계를 가진 세 사람이 함께 걷기 시작했다. 한 명이 더 늘었는데도 대화는 더 적었다. 유병이는 조금씩 걷는 속도를 늦추어 곽성군과 맹각이 나란히 걷게 하고, 자신은 뒤처져서 등이나 사람들을 구경했다.

곽성군은 길 바깥쪽으로 걷고 있었는데, 사람이 많아 지나는 이들과 부딪히곤 했다. 그러자 맹각이 어느새 바깥쪽으로 나와 그녀가 부딪히지 않도록 막아 주었다.

등은 각양각색이었다. 사람 키만큼 큰 등이 있는가 하면 주먹만 한 등이 있고, 고급 명주로 만든 등이 있는가 하면 양가죽으로 만든 등도 있었다. 그러나 곽성군은 마음이 어지러워 처마에 매달린 등을 살필 여유가 없었다. 등이 낮게 매달려 있는데도 허리를 숙일 생각을 하지 않고 지나갔고, 길 한가운데 등이 놓여 있는데도 피하지 않았다. 그때마다 맹각이 그녀가 등에 부딪히기 직전에 등을 치우거나 그녀를 끌어당겨 피하게 했다.

그의 심장은 쇳덩이보다 단단하고 차가웠지만, 행동은 언제나 이렇게 따뜻하고 친절했다. 갑자기 곽성군은 미친 듯이 소리를 지르고 싶었다. 엉엉 울면서 그에게 묻고 싶었다. 왜? 어째서?

왜냐고 질문하고 싶은 것이 너무 많았다. 그렇지만 물은들 무슨 소용일까? 오늘 밤 헤어지고 나면 그녀는 다른 사람이 될 것이다. 그가 곽씨의 적이라면 곧 그녀의 적이었다. 그러니 물은들 무슨 소용이 있을까?

오늘 밤이 마지막이다! 지나간 일은 잊고, 앞으로 일어날 일도 생각하지 말자. 오늘 밤만 생각하자. 그와 처음 만났을 때처럼 아무런 은원도 없고, 그저 아름다운 동경만 있는 것처럼.

곽성군은 웃으면서 머리 위에 보이는 등을 가리켰다.
"맹각, 저건 무슨 등이에요?"
맹각이 그쪽을 흘끗 바라보았다.

"옥책소구등玉柵小球燈이오."

"누각같이 생긴 저 등은요?"

"천왕등天王燈이오."

"그럼 수국 같은 저건요? 수국등인가요?"

"수국같이 생겼지만 무늬를 잘 보면 거북이 등껍질 모양이오. 민간에서는 저걸 구문등龜紋燈이라고 하는데, 장수를 의미하오. 선제께서 예순이 되신 해의 상원절에 어떤 사람이 커다란 구문등을 선제께 바쳤소. 그 등 안에는 등잔을 108개나 놓을 수 있어서, 등불을 모두 켜면 10리 밖에서도 볼 수 있었다고 하오."

"그렇게 큰 등이 있어요? 이번 상원절에 제일 큰 등은 크기가 얼마나 될까?"

곽성군은 천진난만한 소녀처럼 굴며, 사랑하는 사람 곁에서 등이 만들어 낸 꿈같은 아름다움 속을 거닐었다. 그러나 웃는 얼굴과 즐거운 목소리 밑에는 불안한 여자의 마음이 깔려 있었다.

지나가는 사람들은 그들을 천생연분이라고 생각하는 듯 부러운 시선을 던졌다. 그 눈길을 받자 곽성군은 모든 것이 진짜처럼 느껴졌다. 그는 정말 그녀와 함께 걷고 있으며, 저 부드러운 목소리가 정말로 귓가에 들려오고 있었다. 가끔 그녀가 농담을 섞어 등을 품평하면, 그 역시 알아듣고 웃음을 터트렸다.

하늘은 그녀에게 인사하시 않았지만, 선심을 써서 오늘 밤을 선물해 주었다. 최소한, 오늘 밤은 그녀의 것이었다.

"맹각, 저기 봐요……."

곽성군이 웃으면서 그를 돌아보았지만, 맹각은 제자리에 가만히 서서 먼 곳을 응시하고 있었다. 곽성군도 그의 시선을 따라 앞을 바라보았다. 순간, 그녀의 웃음이 완전히 사라졌다.

두 각루 사이에 연결된 몇 개의 검은 동아줄 아래로, 흰 천으로 만든 등 스무여 개가 달린 줄이 줄줄이 늘어져 있다. 멀리서 보면 수많은 등이 허공에서 반짝거리고 있는 것 같아서, 마치 하늘에서부터 수정으로 된 폭포가 쏟아지는 것 같았다.

그 수정 폭포 앞에 녹색 치마를 입고, 겉에는 하얀 여우 털 망토를 걸친 여자가 서 있었다. 그녀는 팔각등을 들고서, 동아줄을 올려다보며 등을 자세히 구경하는 중이었다.

'그녀를 만난 것도 모자라, 옷 색깔마저 똑같다니!'

짧은 순간, 곽성군은 모든 것을 깨달았다. 운가가 입은 녹색 치마를 노려보던 그녀는 슬픔에 못 이겨 오히려 웃음이 나왔다.

오늘 밤도 전에 있었던 수많은 나날들과 다르지 않았다. 이번에도 하늘이 장난을 친 것이다. 하늘은 언제나 아름다운 시작을 선사했고, 곧 그보다 더 잔인한 끝을 선물했다.

오늘 밤은 그녀의 것이 아니었다.

운가는 손에 든 등이 무척 마음에 들었지만, 등을 만든 젊은 서생은 칠희가 아무리 높은 값을 불러도 팔지 않겠다고 우겼다. 수수께끼를 맞히면 공짜로 주겠지만, 그렇지 않으면 천금을 준다 해도 팔지 않겠다는 것이었다.

말다와 부유가 화를 내기도 하고 구슬려 보기도 했지만, 서생은 미소를 지으며 고개만 저었다. 운가는 수수께끼에 재주가 없어서 두 번이나 시도했지만, 한 번에 세 개의 수수께끼를 다 맞히지는 못했다. 더욱이 이렇게 머리를 쓰는 일을 좋아하지도 않아 결국 포기할 수밖에 없었다.

등을 서생에게 돌려준 후 돌아가려고 고개를 돌리는 순간, 운가도 우뚝 멈춰 서고 말았다. 무심코 고개를 돌렸더니 가물거리는 등불 아래로 옛 친구와 지난 일들이 보였다. 등의 불빛 아래, 수많은 사람들 속에.

나란히 선 맹각과 곽성군은 천생연분처럼 보였다. 운가는 잠시 그들을 바라보다가 입가에 보일 듯 말 듯 미소를 떠올렸다. 객관적으로 볼 때 맹각과 곽성군은 정말이지 잘 어울렸다.

맹각은 인파를 헤치고 서둘러 앞으로 걸어갔다. 곽성군은 자기가 왜 그 뒤를 따르는지 알 수가 없었다. 유병이도 사람들을 헤치고 다가가며 중얼거렸다.

"역시 천관신도 명절을 즐기러 가 버렸군!"

맹각은 운가가 자기를 보자마자 돌아서서 떠나 버릴 거라고 생각했지만, 뜻밖에도 그녀는 미소를 지은 채 그가 다가오기를 기다렸다. 황급히 그녀 앞으로 갔지만, 어쩐지 말문이 막혀 무슨 말을 해야 좋을지 알 수가 없었다.

"다 같이 등 구경하러 왔나 봐요?"

이윽고 운가가 미소를 지으며 묻자 유병이가 고개를 숙이고 쿡쿡 웃었다. 운가가 알 수 없다는 눈길로 그를 바라보았다.

"병이와 함께 나왔는데, 도중에 우연히 곽 소저를 만났소."

맹각의 말에 곽성군이 어두워진 눈빛으로 고개를 돌렸지만, 운가는 그 말을 듣지 못한 듯 유병이에게 물었다.

"오라버니, 언니 상태는 좀 어때요?"

유병이는 곽성군 때문에 자세히 이야기하지 못하고 모호하게 말했다.

"많이 좋아졌어."

그때, 맹각이 운가가 들고 있던 등을 바라보며 물었다.

"좋아하는 것 같던데, 왜 사지 않소?"

운가는 수수께끼 통을 가리키며 능력 밖이라는 듯 생긋 웃었다. 그러다 문득 지금 나타난 세 사람은 머리 쓰는 것을 좋아하는 사람들이라는 데 생각이 미쳤다. 그녀는 유병이 곁으로 다가가 웃으면서 물었다.

"수수께끼 세 개를 풀어야만 저 등을 얻을 수 있어요. 오라버니가 나 대신 좀 풀어 줘요, 네?"

유병이는 맹각을 흘끔거렸다. 맹각은 별로 기분 나쁜 것 같지 않았으나, 그래도 직접 운가에게 대답할 생각은 없어 보였다. 유병이는 잠시 생각해 보다가 말했다.

"그럼 다 같이 보지 뭐!"

곽성군이 탁자 위의 그릇에 돈 몇 푼을 넣으며 서생에게 수수께끼를 뽑으라고 했다. 수수께끼가 쓰인 죽첨을 받으면서 그녀는 웃는 얼굴로 운가에게 물었다.

"어떻게 궁에서 나왔죠? 황……. 공자는 같이 나오지 않았나요? 공자는 재주가 많으시니, 등 열 개라도 쉽게 얻었을 텐데."

운가의 신분으로는 궁에서 쉽게 나올 수가 없었다. 몰래 빠져나왔다고 하면 문제가 될 것 같고, 그렇다고 유불릉도 알고 있다고 하면 적절하지 못한 처사라고 할 것 같아서, 운가는 그저 생글생글 웃으며 즉답을 피했다. 그러자 곽성군이 나타난 후로 잔뜩 경계하고 있던 부유가 재빨리 대답했다.

"우 총관께서 올해 궁에서 사들인 등이 마음에 안 드신다며, 소인들에게 민간 등을 보고 오라 하셨습니다. 소인들은 글도 모르고 그림도 그리지 못하니, 우 총관께서 특별히 운 낭자에게 출궁을 허락하셨지요. 어떤 모양의 등이 있는지 기록해 두었다가 내년 상원절에 유사한 모양으로 만드시겠다고요."

채 풀지 못한 원망이 쌓여 있던 곽성군은 그 대답에 화가 치밀어 냉소하며 부유에게 물었다.

"내가 너에게 물었느냐? 말을 끊고 끼어드는 것도 우 총관께서 분부한 것이냐?"

부유는 즉시 허리를 숙이고 사죄했다.

"소인이 잘못했습니다."

곽성군은 코웃음을 쳤다.

"알면 끝이냐?"

부유가 제 손으로 뺨을 때리려고 하자 운가가 웃으며 그의 팔을 붙잡았다.

"아랫사람이 주인 이야기에 나설 때나 '말을 끊고 끼어든다'

고 하죠. 저도 아랫사람인데, 여기서 왜 그런 말이 나올까요? 소저께서 물으시는데, 제가 제때 대답하지 않으니 소저의 시간을 빼앗을까 봐 부유가 먼저 대답한 거예요. 그러니 부유에게는 잘못이 없어요. 잘못이라면 제 잘못이니, 제게 벌을 내리세요."

운가에게 한 방 먹은 곽성군은 심호흡을 하며 노기를 억누른 다음, 예쁘게 웃으며 말했다.

"운 낭자는 농담도 잘하시는군요. 공자께서 낭자의 침대에서 주무신 적이 있다고 들었는데, 제가 아무리 간이 큰들 어떻게 아가씨를 벌할 수 있겠어요!"

수수께끼의 답을 쓰고 있던 맹각이 홱 고개를 들고 운가를 바라보았다. 새까만 눈동자 속에 파도가 일렁였다. 유병이가 재빨리 소리쳤다.

"풀었어! '강산의 백성은 귀하고, 조정의 백관은 가볍다'라는 건 이 두 글자겠지?"

유병이는 탁자 위의 붓을 들어 죽첨에 '대大' 자와 '소小' 자를 써서 서생에게 내밀었다. 서생이 웃으며 말했다.[43]

"축하드립니다, 공자. 맞히셨습니다. 애호박등을 가지시면 됩니다. 수수께끼 두 개를 맞히면 연화등을 드리고, 세 개를 맞히면 오늘 밤의 대상을 받으실 수 있습니다."

서생이 운가가 마음에 들어 하던 궁등을 가리켰다.

---

44 강산이 크고, 조정은 작다는 의미.

"다들 축하 안 해 주나?"

유병이가 웃으며 말했지만 아무도 신경 쓰지 않았다. 맹각은 여전히 운가만 바라보고 있었고, 운가는 곽성군의 말과 맹각의 그런 시선에 화가 나 맹각을 불만스럽게 노려보았다.

'곽성군의 헛소리가 사실인지 아닌지 확인하지도 않았다는 것은 그렇다 치고, 설령 그게 사실이너라노 뭐 어쨌다고? 딩신이 무슨 자격으로 날 그렇게 바라보는 거지? 마치 내가 큰 잘못이라도 한 것처럼! 그러는 당신은 어땠는데?'

곽성군이 생글거리며 더 말하려는 것을 보고 유병이가 나섰다.

"곽 소저, 수수께끼의 단서는 좀 찾았소?"

곽성군은 그제야 수수께끼를 풀러 왔다는 것을 떠올리고, 웃으며 죽첩을 펼쳐 유병이와 함께 읽었다.

그리운 임과 헤어진 지 벌써 스무 해

어려운 수수께끼가 아니어서 유병이는 곧 눈치챘다.

"해음諧音[44]이군."

곽성군도 답을 짐작했는지 갑자기 안색이 어두워지며 맹각을 바라보았다. 그러나 맹각은 그녀가 있다는 사실조차 잊어버린 것 같았다.

---

45 발음이 같은 한자 풀이.

'스물'의 뜻을 가진 '입卄' 자는 그리울 '염念'과 발음이 같았다. 그리고 20년 동안 그리워했으니 잊지 못한다는 의미도 있었다. 유병이는 붓을 들고 답을 써서 서생에게 내밀었다.

그리워 한시도 잊지 못하다[念念不忘]

유병이가 가볍게 한숨을 쉬며 나지막이 중얼거렸다.

"적에게 상처를 주면 자신도 세 배나 아픈데, 어째서 고통을 자초하시오?"

곽성군은 가까운 자매도, 친한 친구도 없었다. 때문에 혼자만 걱정을 안고 있어야 했고, 아무도 그녀의 상처와 고통을 진심으로 헤아려 준 적이 없었다. 그래서인지 유병이의 위로 반 충고 반인 한마디가 곽성군의 마음에 와 닿았고, 억울하던 기분은 차츰 슬픔으로 변해 갔다.

그때 맹각이 운가를 끌다시피 하여 억지로 다른 곳으로 데려갔다. 유병이는 두 사람이 떠나는 것을 보고 안도의 한숨을 내쉬었다. 곽성군과 운가가 맹각을 가운데 놓고 계속 함께 있으면 무슨 사달이 벌어질지 알 수 없었기 때문이다.

거리는 등불 때문에 낮처럼 밝았고, 사람들은 인산인해를 이룬 채 즐겁게 떠들었다. 그러나 곽성군은 그 번화한 거리에서 오히려 자신이 혼자임을 절실하게 느꼈다. 그녀는 유병이에게 인사도 하지 않고 떠나려고 몸을 돌렸다. 그때 서생의 목소리가 들렸다.

"수수께끼 두 개를 쉽게 맞혔는데, 하나 더 맞혀 보시지 않겠습니까?"

곽성군은 차가운 눈길로 운가가 마음에 들어 하던 등을 노려보더니, 휙 몸을 돌려 가 버렸다. 서생은 맹각이 풀다 만 수수께끼 죽첨을 들며 다급히 외쳤다.

"이 수수께끼는 재재작년부터 갖고 나왔는데 아무노 푼 사람이 없었습니다. 공자께서는 머리가 무척 좋으신 것 같으니 한번 도전해 보시지요?"

유병이가 곽성군을 불러 세웠다.

"곽 소저, 이왕 여기까지 왔으니 마음껏 놀아 보는 것도 괜찮지 않겠소? 1년에 단 한 번뿐이잖소. 괜찮다면 소저가 등을 얻을 수 있도록 이 몸이 돕겠소."

곽성군은 말없이 서 있다가 고개를 끄덕였다.

"그 말이 맞아요. 단 한 번뿐이죠."

그녀는 정신을 차리고 웃으며 서생에게 물었다.

"정말 3년 동안 아무도 맞히지 못했나요?"

서생은 자랑스러운 표정으로 득의양양하게 대답했다.

"물론입니다!"

유병이가 웃으며 말했다.

"저 등 말고 다른 등은 없소? 이분 소저의 마음에 드는 것이 있다면 내가 수수께끼를 풀겠지만, 없으면 다른 곳으로 가겠소."

서생은 왜 마음에 안 드는지 모르겠다는 듯이 머리 위에 매달린 등을 바라보았다. 잠시 생각하던 그가 허리를 숙여 상자를 뒤지기 시작했다.

유병이의 말에 곽성군은 저도 모르게 고개를 돌려 유병이를 자세히 바라보았다. 지금의 그는 지난날 장안성 밖에서 닭싸움이나 하던 가난뱅이가 아니니 궁색한 모습은 더 이상 찾아볼 수 없었다. 그는 남옥으로 만든 좋은 관으로 머리를 묶고, 호수 색깔의 비단 장포를 걸치고, 발에는 검은 비단으로 만든 관화官靴를 신고 있었다. 그러나 허리에는, 옥패를 매단 다른 관리들과는 달리 단검 하나를 차고 있어서 더욱 늠름하고 당당해 보였다.

서생이 상자 하나를 가져와, 귀한 물건 다루듯 조심조심 열어 띠를 늘어뜨린 팔각등을 꺼내 들었다. 모양은 운가가 고른 것과 똑같았지만 훨씬 정교하게 만들어진 것이었다. 등의 골조는 보기 드문 영남의 흰 대나무로 만들었고, 여덟 개의 면은 빙교사冰鮫紗로 덮고, 그 위에 달로 달아난 항아를 수놓은 팔폭도였다. 그림 속의 여자는 자태도 우아하고 용모도 빼어났다. 표정 또한 기쁨과 슬픔, 노여움이 모두 담겨 있어 마치 진짜 사람 같았다. 황실에서 사용하는 자수에 비해 전혀 손색이 없었을 뿐만 아니라 색다른 운치까지 있었다.

곽성군도 아직 한창때의 소녀였다. 동년배의 소녀들보다 생각이 깊었지만, 아름다운 것을 좋아하는 것은 사람의 천성이었다. 이렇게 아름다운 등을 좋아하지 않을 사람이 어디 있을까? 더욱이 이 등은 운가가 고른 것보다 훨씬 좋은 것이었다.

그녀는 등을 받아 들고 살펴보았다. 보면 볼수록 마음에 들어 한참을 감상하다가 아쉬운 듯 서생에게 내밀었다. 그 모습을 본 유병이가 서생에게 웃으며 말했다.

"수수께끼를 주게!"

서생이 죽첨을 건넸다. 죽첨의 앞면에는 '암향청설暗香晴雪'이라고 쓰여 있고, 뒷면에는 '한 글자로'라고 쓰여 있었다. 유병이는 가만히 생각을 해 보았지만, 알 듯 말 듯해서 확신을 할 수 없었다. 곽성군도 머리를 굴렸지만 생각나는 것이 없는지 고민하는 것을 그만두고 유병이만 바라보았다.

서생은 유병이가 앞서 두 개의 수수께끼를 단박에 알아맞힌 것과 달리 망설이자, 득의양양하면서도 실망했다. 유병이는 다시 죽첨을 뒤집어 맹각이 쓰다 만 답을 읽어 보았다.

"암향롱暗香籠……."

서생이 의아한 듯이 중얼거렸다.

"그 공자께서는 무슨 생각을 하셨나 모르겠군요. 수수께끼의 답은 한 글자인데, 한 구절을 쓰려고 하셨군요."

유병이는 곧 수수께끼의 답을 깨달았다. 맹각이 왜 한 구절을 쓰려고 했는지도 알 수 있었다. 우리의 맹 공자께서는 이 서생이 운가에게 뻣뻣하게 군 것이 불쾌하여, 신랄한 말로 잘난 척하는 콧대를 망가뜨려 약간의 복수를 해 주기로 했던 것이다.

유병이는 웃으며 붓을 들었다. 맹각이 쓰던 것을 이어서 쓰려던 순간, 문득 불편하고 답답한 기분이 들었다. 그는 잠시 생각하다가 맹각이 쓴 글 옆에 새롭게 글을 썼다.

암향심천롱청설暗香深淺籠晴雪

유병이는 자신이 쓴 글을 가만히 바라보다가 피식 웃으며 서생에게 죽첨을 건넸다. 그리고 곧장 등롱을 들어 두 손으로 곽성군 앞에 내밀며 허리를 숙였다.

"소저, 받아 주십시오."

그들을 둘러싸고 구경하던 남녀들이 "와하하!" 웃으며 박수를 쳤다. 그들은 곽성군의 소박한 차림과 귀공자 같은 유병이의 차림을 보고 두 사람을, 상원절에 우연히 만나 연을 맺은 사이라고 생각했던 것이다.

평생 적잖은 선물을 받아 본 곽성군이지만 이런 선물은 처음이었다. 사람들이 "받아라, 받아라!" 하고 소리치자, 어려서부터 배운 규방의 예절과는 어긋난다고 생각하면서도 어쩐지 색다른 재미가 있었다. 그녀는 화가 나기도 하고 부끄럽기도 한 마음으로, 나긋나긋하게 허리를 숙여 유병이에게 예를 갖추었다.

"감사합니다, 공자님."

그러고는 허리를 펴고 두 손으로 등을 받아 들었다. 유병이는 다 안다는 듯 미소를 지었지만 곽성군은 도리어 민망해져, 등을 받자마자 축하하며 웃어 대는 사람들 사이를 황급히 빠져나갔다. 유병이도 구경꾼들을 헤치고 그녀 뒤를 따라갔다.

서생은 죽첨을 든 채 혼잣말을 중얼거리며 자신의 수수께끼를 바라보았다.

"암향청설……."

그리고 맹각이 쓰다 만 답을 읽었다.

"암향롱……. 암향롱청설."

마지막으로 유병이의 답을 읽어 본 그가 웃으며 중얼거렸다.

"암향심천롱청설. 좋아, 좋아, 잘 맞혔군! 훌륭해!"

맹각과 유병이는 수수께끼를 수수께끼로 응답한 것이었다. 세 구절이 모두 같은 글자를 나타내고 있었지만, 원본 구절보다 훨씬 깊이가 있었다.[45]

서생은 유병이가 글로 놀린 것을 개의치 않고 웃으며 찬탄했다.

"공자는 정말……."

그러나 고개를 들어 보니 유병이와 곽성군의 모습은 어디로 갔는지 보이지 않고, 거리만 여전히 인파로 넘실대고 있을 뿐이었다.

수수께끼를 풀어 보겠다고 나서는 사람이 있었지만 서생은

---

46 암향청설은 향(香)에서 일(日)을 뺀 화(禾)와, 설(雪)에서 우(雨)를 뺀 계(彐)를 더한 병(秉) 자를 의미. 이는 암향이 어두운 향이므로 향에서 밝음을 의미하는 날 '일' 자를 뺀 것이며, 청설은 밝은 눈이므로, 눈에서 어두움을 의미하는 비 '우' 자를 뺀 것. 암향롱청설은 롱(籠)이 가두다는 의미를 갖고 있으므로, 암향의 화(禾)가 청설의 계(彐)를 가두고 있는 모양의 병(秉) 자를 나타냄. 암향심천롱청설은 심천(深淺)이 깊고 얕음, 즉 위치의 고하를 의미하므로, 암향의 화(禾)가 청설의 계(彐)를 위아래[深淺]로 가두고[籠] 있는 모양의 병(秉) 자를 나타냄.

손을 내저어 물리쳤다. 손님들은 불만스러워했지만, 서생이 손을 내젓는 순간 힘없고 고리타분해 보이던 모습은 온데간데없고 무엇이든 원하는 대로 할 수 있을 것 같은 기개가 넘치자 두려움이 일어 속으로만 원망하며 물러갔다.

서생은 등롱을 정리해 떠날 준비를 했다. 오늘 밤 저 네 사람을 만난 것만으로도 헛걸음은 아니었다. 아버지께서 돌아가실 때까지 오매불망 잊지 못하고, 어머니께서도 돌아가시면서까지 그리워한 천조에는 과연 뛰어난 인물이 많았다!

운가는 맹각에게 이끌려 등이 전시된 거리 밖으로 나갔다.

말다와 부유가 막으려고 했지만, 칠희는 우안의 기괴한 명령을 떠올리고 나서지 않았다. 운가가 맹각과 함께 있을 때는 가까이 가거나 방해하지 말라고 우안이 분부했던 것이다. 운가와 맹각이 우연히 만나게 될 것을 알고 있었다니, 우 총관은 예지력이라도 가진 걸까?

칠희는 일행에게, 운가의 모습은 볼 수 있되 대화가 들리지 않을 정도의 거리를 유지하게 했다.

맹각은 운가를 데리고 한참 걸었다. 처음 곽성군의 말을 듣고 놀라고 화났던 기분이 점차 가라앉자 문득 우스운 생각이 들고, 어느새 무력감까지 밀려왔다.

"상처가 다 낫지도 않았는데 어째서 혼자 돌아다니는 거요?"

"당신이 무슨 상관이에요?"

"아직도 기침을 하오?"

"무슨 상관이냐니까요!"

맹각은 말하기도 귀찮아 운가의 손목을 덥석 잡고 진맥을 하며, 다른 손으로는 발버둥 치는 그녀를 붙잡았다. 잠시 후, 그는 깊이 생각에 잠긴 얼굴로 운가를 놓아주었다.

"장 태이에게 더 이상 침을 놓지 말라고 하시오. 요즘 당신을 위해 향을 새로 만들고 있소. 밤에 기침이 심해 잠을 못 잘 때 그 향을 피우면 될 거요."

운가는 그의 호의를 받아들이지 않겠다는 의미로 코웃음을 쳤지만 맹각은 그녀의 망토를 여며 주며 말했다.

"오늘은 날씨가 따뜻한 편이지만, 당신 상태로는 오래 밖에 있으면 안 되오. 데려다줄 테니 돌아가시오."

그러나 운가는 그 자리에 꼼짝도 않고 서 있었다. 잔뜩 화가 나 있던 표정도 다소 곤란한 표정으로 바뀌었다.

"궁에서 무슨 일이 있었소?"

맹각의 물음에 운가는 미소를 지으려고 했지만 쉽지 않았다.

"아무 일도 없어요. 그냥……. 그냥 부탁할 일이 있어요."

"말해 보시오."

"릉 오빠가 대공자를 장안으로 불러들이려고 해요. 그렇지만 대공자가 오지 않으려고 할까 봐 걱정이에요. 당신이 가운데서 중재를 해 줬으면 좋겠어요."

'그게 당신이 내 앞에 서 있는 이유였나?'

맹각은 미소를 지었지만, 눈빛은 더없이 또렷했다.

"불가능한 일이오. 황제가 조서를 내리고 싶으면 내리는 것이고, 창읍왕이 오느냐 안 오느냐는 자기가 결정할 문제요. 나와는 상관없소."

"릉 오빠는 절대 악의가 없어요."

"나와는 상관없소."

운가는 기가 막혔다.

"그럼 어떻게 해야 당신과 상관있는 일이 되죠?"

맹각은 '어떻게 하든 나와는 상관없다'고 대답하려다가 잠시 생각해 본 후 물었다.

"그가 왜 당신 침대에서 잤소?"

"뭐……."

운가는 화를 참으려고 가슴을 두드렸다.

"맹각, 당신은 역시 군자가 아니군요."

"내가 언제 군자라고 한 적 있소?"

부탁하는 사람이 숙이고 나갈 수밖에 없는 상황이었다. 운가는 별로 내키지 않았지만 사실대로 대답했다.

"어느 날 밤이었어요. 둘 다 잠이 오지 않아서 내 침대에서 야식을 먹으며 이야기를 나눴어요. 그러다 어느새 잠이 들고 말았죠."

"그가 잠을 못 이루는 건 이해할 수 있소. 편안히 잠들 수 있다면 그게 더 이상한 일이지. 하지만 당신은 한번 잠들면 천둥이 쳐도 안 일어나는 사람인데, 왜 잠이 안 왔소?"

운가는 고개를 숙인 채 대답이 없었다. 그 모습을 본 맹각이 질문을 바꾸었다.

"언제 적 일이오?"

마침 그날 밤 유불릉과 새해가 얼마나 남았는지 헤아려 보았던 운가는 쉽게 대답했다.

"십이월 초사흘이었어요."

맹각은 날짜를 셈해 보았다. 그날 무슨 일이 있었는지, 무엇이 운가를 잠 못 들게 했는지 알고 싶어서였다. 그러나 잠시 생각해 봐도 그날 궁 안팎에서는 별다른 일이 없었다. 운가에게 다시 물어보려는 순간, 문득 그날 유병이가 처음으로 입궁했다며, 허평군이 그에게 유병이가 어떻게 되었는지 확인해 달라며 찾아왔던 것이 떠올랐다. 그리고 온실전 밖 복도에서 언뜻 본 치맛자락이 떠오르자 날카로웠던 눈빛이 점점 부드러워졌다.

운가는 맹각의 표정이 여전히 차갑고 냉정한 것을 보고 비웃듯이 말했다.

"맹각, 당신이 무슨 자격으로 그 일에 관심을 갖는 거죠?"

"누가 관심을 갖는댔소? 잊은 모양인데, 지금 내게 부탁하는 건 당신 쪽이오. 그러니 말을 조심하시오."

운가는 화가 나서 돌아섰지만 얼마 못 가 우뚝 멈춰 섰다. 그리고 심호흡을 하며 자기 이마를 콩 때리더니, 억지로 미소를 지으며 맹각에게로 돌아왔다.

"맹 공자, 요구 조건이 있나요?"

맹각은 생각에 잠긴 듯 운가를 응시했다.

"이번 일이 그에게 무척 중요한가 보군."

운가는 미소를 지었다.

"저울질이 끝났으면 조건을 대세요."

"우선 한 가지 약속해 주시오. 그 많은 유씨 왕족들 중에서 어째서 창읍왕만 부르는 거요? 무슨 근거로 그를 믿을 수 있소?"

운가는 억지 미소를 지우고 진지하게 말했다.

"맹각, 날 믿어 줘요. 유하가 장안에서 위험에 처하지 않으리라는 건 내 목숨을 걸고 보증하겠어요. 어쩌면 오히려 좋은 일이 생길지도 몰라요."

이렇게 말한 그녀는 너무 과했다는 생각이 들어 다시 덧붙였다.

"그러니까, 릉 오빠가 위험하게 만들지는 않을 거라는 말이에요. 다른 사람들이 위험하게 만드는 거라면, 그 정도는 대공자 스스로 보호할 만한 능력이 있으리라고 생각해요."

맹각은 생각에 잠겼다. 운가는 그런 그를 눈 하나 깜빡하지 않고 바라보았다. 한참 후에야 그가 입을 열었다.

"좋소, 당신을 믿지."

그는 믿는다고만 했지, 도와주겠다고 약속하지는 않았다. 운가가 웃으며 물었다.

"내가 어떻게 하길 바라죠? 당신은 영리한 상인이니, 구매자가 지불할 수 없는 가격을 부르지는 않겠죠?"

잠시 침묵을 지키던 맹각이 입을 열었다.

"1년 동안 그와 친밀하게 굴지 마시오. 안지도 말고, 입 맞추지도 말고, 같은 침대에서 자지도 마시오. 아무것도 하면 안 되오."

"맹각, 당신……."

운가의 얼굴이 빨개졌다. 그렇지만 맹각은 도리어 미소를 지으며 말했다.

"물론 그는 한인의 예법을 잘 알고 있으니 정말 당신을 존중한다면 정식으로 맞아들이기 전에는 당신에게 손대지 않을 거요. 하지만 당신은 믿을 수가 없소."

"맹각, 당신은 대체 날 어떤 사람이라고 생각하는 거예요?"

맹각의 눈빛이 살짝 어두워졌다. 하지만 얼굴에 떠오른 미소는 그대로였다.

"말했잖소. 나는 쉽게 약속하지 않지만, 한번 약속한 것은 절대 취소하지 않소. 당신에게 한 약속은 반드시 지킬 거요."

운가는 황당하다는 듯이 그를 바라보았다. 이 세상에 이 사람보다 이해하기 어려운 사람이 또 있을까?

맹각이 빙그레 웃으며 말했다.

"지금 당신은 '좋다', '아니다', 둘 중 하나만 대답할 수 있소."

운가는 멍해졌다. 맹각이 1년이라는 기한을 정한 것은 그녀가 유불릉과 1년 동안만 함께하기로 했다는 것을 허평군에게서 들었기 때문일 것이다. 하지만 그는 유불릉이 무엇을 하려는지 짐작도 못 하고 있었다. 훗날 유병이나 유하가 등극한다면, 그들과의 친분으로 보아 맹각은 높은 관직을 차지하게 될 것이다. 한나라의 아름다운 강산이 모두 그의 손아귀에 들어갈 텐데, 그때 운가를 신경 쓸 여유나 있을까? 하물며 겨우 1년뿐 아닌가?

맹각은 멍하니 서 있는 운가를 바라보며 피식 웃었다.

"그리고, 우리 둘의 약속은 누구에게도 말하지 마시오. 특히 폐하께는."

운가는 눈동자를 또르륵 굴리더니 생긋 웃으며 대답했다.

"좋아요, 약속하죠. 약속을 어기면…… 평생 행복하지 못할 거예요."

맹각이 살짝 고개를 끄덕였다.

"데려다주겠소."

마차 안에서는 운가도 맹각도 아무 말이 없었다. 끼익끼익하고 마차 바퀴 구르는 소리만 들릴 뿐이었다.

황궁 입구에 거의 다 왔을 때쯤 맹각이 말했다.

"배웅은 여기까지만 하겠소! 저 안에 우 총관이 보낸 사람이 기다리고 있겠지."

말을 마친 그가 마차에서 뛰어내리자 운가가 가리개를 걷고 말했다.

"여기서 당신 집까지는 무척 멀어요. 부유에게 마차로 데려다주라고 할게요! 난 걸어가도 돼요."

맹각이 부드럽게 말했다.

"됐소. 혼자 좀 걷고 싶소. 운가, 몸 잘 챙기고, 다른 사람 걱정은 하지 마시오. 특히 궁 안에 있는 사람들은 아무도 믿지 마시오."

운가는 미소를 지었다.

"맹각, 어쩜 아직도 몰라요? 나와 당신은 다른 사람이에요."

맹각의 얼굴 위로 보일 듯 말 듯 웃음이 번졌다. 어딘지 자조하는 듯한 웃음이었다.

"내 문제는 당신을 이해하지 못하는 게 아니라, 내 생각보다 더 당신을 잘 이해하고 있다는 것이오."

운가는 깜짝 놀랐다. 그사이 맹각은 몸을 돌려 천천히 어둠 속으로 사라졌다.

《운중가》 3권에서 계속